STONE MATTRESS

STONE MATTRESS
by Margaret Atwood

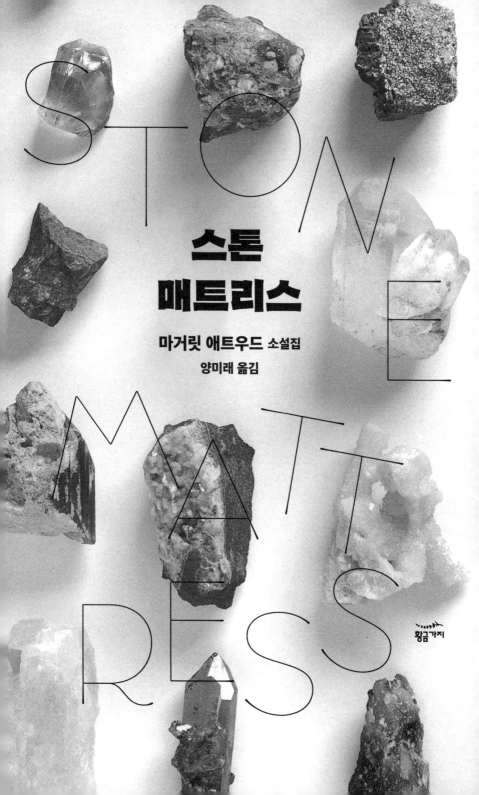

차례

알핀랜드

눈에 보이지 않는 사제가 쌀알 한 움큼을 흩뿌리고 있기라도 하
듯, 차디찬 빗방울이 체에 거른 가루처럼 후드득 떨어진다. 빗방울
이 닿은 곳마다 표면이 오돌토돌한 얼음 알갱이가 맺힌다. 가로등
아래서 바라보면 아름답기 그지없다. 은빛 요정 같네. 콘스턴스는
생각한다. 그러고 나면 이런 생각이 뒤따른다. 자신은 너무 쉽게 매
혹당하는 사람이라는 생각. 아름다움은 일종의 환상이다. 또한 일종
의 경고다. 아름다움도 독나비처럼 어두운 이면을 간직하고 있는 터
다. 그러니 텔레비전 뉴스에서 이번 얼음 폭풍으로 인해 많은 사람
이 겪게 될 것이고 또 이미 겪고 있다고 하는 위협과 위험과 비탄에
대해 생각해야만 한다.
　이완이 하키와 축구 경기를 보겠다고 산 텔레비전은 평면 고해상
도 화면을 탑재하고 있다. 콘스턴스는 수상한 오렌지빛을 발하는 사

람들이 잔물결처럼 일렁였다가 어슴푸레 옅어지기 일쑤였던 옛날의 흐리흐리한 화면이 더 낫다고 생각한다. 고해상도 화면으로 보면 더 별로인 것들도 있지 않은가. 모공, 주름, 코털, 그리고 바로 두 눈 앞으로 덮쳐드는 비현실적으로 새하얀 치아. 현실 속 자기 모습을 도무지 무시할 수 없게 하는 그런 것들을 보면 콘스턴스의 마음에는 불쾌감이 인다. 마치 본의 아니게 타인의 욕실에서 오목한 확대 거울 역할을, 좀처럼 행복을 가져다주지 않는 그런 거울 역할을 수행하는 느낌이다.

다행히 일기 예보를 전하는 기상 캐스터들은 화면에서 멀찌가니 물러서 있다. 그들은 1930년대 휘황찬란한 영화에 등장하는 종업원 혹은 여성 도우미를 공중 부양시키기 직전의 마술사처럼 지도를 꼼꼼히 살피면서 커다란 손동작을 해 보인다. 보십시오! 엄청난 흰 구름 기둥이 대륙을 휘감고 있습니다! 얼마나 거대한지 한번 보십시오!

기상 캐스터는 이제 스튜디오 바깥 상황을 알린다. 차들이 앞 유리 와이퍼를 좌우로 부지런히 움직이며 힘겹게 천천히 전진하는 동안 현장에 나가 있는 젊은 두 리포터는 투두둑투두둑 빗방울을 받아 내는 우산 아래에서 몸을 움츠린다. 한 명은 여자이고 한 명은 남자인데 둘 다 검은 파카를 입고 회백색의 모피가 얼굴을 후광처럼 동그랗게 감싸는 모자를 쓰고 있다. 두 사람은 들떠 있다. 이런 광경은 한 번도 본 적이 없다고 말한다. 당연히 그럴 것이다. 아직 너무 어리니까. 곧이어 자동차 다중 충돌 사고, 어느 주택의 일부를 완전히 깔아뭉개며 쓰러진 나무, 얼음 무게를 못 이기고 축 늘어진 상태로 타다닥 소리를 내며 매섭게 명멸하는 전깃줄, 진눈깨비로 뒤덮인 채 줄줄이 공항에 발이 묶인 비행기들, 트레일러 부분이 전복된 채 도로에 엎어져 연기를 내뿜고 있는 대형 트럭 등을 담은 온갖 재난 현장이 송출된다. 현장에 출동한 구급차와 소방차, 방화복 차림으로 어수선하게 떼 지어 모인 대원들이 보인다. 누군가가 다쳤다. 언제 봐도 심장 박동을 가속하는 광경이다. 얼음 결정으로 수염이 새하얘진 경찰이 화면에 등장하더니 단호한 목소리로 모두 실내에 머물러 달라고 청한다. 심각한 상황입니다. 경찰이 시청자들에게 말한다. 이 태풍에 맞설 수 있을 거라고 생각하시면 안 됩니다! 찌푸린 눈살과 서리로 뒤덮인 눈썹이 마치 1940년대 전시(戰時)에 전쟁 채권을 홍보하는 포스터 속 인물의 얼굴처럼 장엄하다. 콘스턴스는 그때가 기억난다고, 기억나는 것 같다고 생각한다. 하지만 어쩌면 그저 역사책이나 박물관 전시품이나 다큐멘터리 영화에서 본 광경을 떠올리고 있는지도 모른다. 그런 기억 하나하나에 정확한 표식을 달기가 적잖이 어려울 때가 있지 않은가.

마지막으로 약간의 파토스를 자아내는 광경이 펼쳐진다. 반쯤 얼어붙은 몸에 어린아이의 분홍색 낮잠용 담요를 두른 동네 강아지가 화면에 잡힌다. 온몸이 얼음장이 된 아기가 있었다면 그보다 더한 파토스를 자아냈겠지만 아기가 없으면 강아지로 대신하면 된다. 젊은 두 리포터는 아이 귀여워라고 말하는 듯한 표정을 짓는다. 여자는 비에 흠뻑 젖은 꼬리를 맥없이 흔드는 강아지를 쓰다듬는다. 남자가 말한다. "운이 좋은 녀석이구나." '너였을 수도 있었어, 착하게 살지 않았으면 너만 구조되지 못했을 수도 있다고.'라는 속마음이 내포된 말이다. 남자는 카메라를 향해 몸을 돌리더니 엄숙한 표정을 지어 보인다. 하지만 생애 최고의 순간을 보내는 자의 들뜸이 역력하다. 이제 더 많은 일이 벌어질 겁니다. 그가 말한다. 이번 폭풍은·아직 본격적으로 시작되지도 않았으니까요! 대체로 그렇듯 시카고에서는 상황이 더 심각합니다. 계속 상황을 주시해 주십시오!

콘스턴스는 텔레비전을 끈다. 방을 가로질러 램프 조도를 낮춘 다음 현관 전면으로 난 유리창 옆에 앉아 가로등이 불을 밝힌 어둠을 내다보면서 나뭇가지와 지붕과 전봇대가 찬란하게 반짝이는 광경을, 바깥세상이 다이아몬드 결정으로 변하는 광경을 지켜본다.

"알펀랜드." 콘스턴스가 소리 내어 말한다.

"소금이 필요할 거야." 이완이 콘스턴스의 귀에 대고 말한다. 처음 이완이 그런 식으로 말을 걸었을 때 콘스턴스는 화들짝 놀란 것은 물론이고 공포심마저 느꼈다. 이완이 만질 수 있고 살아 있는 상태가 아니게 된 지 적어도 나흘은 지난 지금은 그의 존재에 한결 편안해진 상태이지만, 예측 불가능한 것은 여전하다. 이완과 어떤 방식으로든 대화를 나눌 수 있으리라는 기대는 품을 수 없을지라도 그의 목소리를 들을 수 있다는 것은 굉장한 일이다. 느닷없이 찾아오는 이완의 참견은 보통 일방적이다. 콘스턴스가 대답을 해도 이완은 보통 대꾸하지 않는다. 하지만 둘 사이의 대화는 거의 늘 그런 식이었다.

그 일이 있고 나서 콘스턴스는 이완의 옷을 어떻게 처리할지 답을 내리지 못했었다. 처음에는 옷들을 옷장에 걸어 두었지만 옷장 문을 열 때마다 옷걸이에 걸린 재킷과 정장을 보면서 이완의 몸이 스르르 그 속으로 들어가 산책을 나설 수 있기를 말없이 기다리는 일이 너무 속상했다. 트위드 재킷, 울 스웨터, 작업용 격자무늬 셔츠들……
형편이 어려운 사람들에게 기부하는 것이 현명한 방법이었겠지만
그럴 수도 없었다. 그렇다고 그냥 버릴 수도 없었다. 그건 낭비일 뿐
만 아니라 반창고를 홱 떼어 내듯 너무 느닷없는 행동이기도 했다.
그래서 결국에는 옷을 하나하나 개어 좀약과 함께 여행 가방에 담아
3층에 두었다.

　낮에는 괜찮다. 이완은 자기 옷에 신경 쓰지 않는 듯하고, 불쑥 들
려오는 이완의 목소리는 안정적이고 유쾌하다. 성큼성큼 발을 내디
디며 길을 안내하는 목소리. 유난히 긴 집게손가락으로 지적질하는
목소리. 여기로 가, 이거 사, 저거 해! 약간 깔보는 듯한, 얕잡아 보면서
놀리는 듯한 목소리. 병에 걸리기 전에도 이완은 대체로 그런 태도
로 콘스턴스를 대했다.

　그러나 밤이 되면 상황은 한층 복잡해진다. 이완이 여행 가방 안
에서 흐느껴 울고 구슬픈 목소리로 불만을 표출하면서 자기를 내보
내 달라고 애원하는 악몽이 찾아오는 것이다. 이완으로 변신할 것
같은 기대감을 주면서 실제로 변하지는 않는 낯선 남자들이 현관에
나타나기도 한다. 그들은 이완으로 변신하는 대신 검은 트렌치코트
차림으로 위협만 한다. 콘스턴스가 이해할 수 없는 혼란한 요구를
하거나, 심할 때는 살해 의지가 명백히 드러나는 태도로 이완을 봐
야겠다고 고집을 부리면서 어깨로 콘스턴스를 밀치고 집 안으로 들
어온다. 3층에 둔 여행 가방에서 도움을 요청하는 조용한 외침이 들
려옴에도 콘스턴스는 "이완은 집에 없어요."라고 호소한다. 남자들
이 저벅저벅 계단을 오르기 시작하면 콘스턴스는 그때 잠에서 깨어

난다.

수면제를 복용해 볼까 생각한 적도 있지만 콘스턴스는 수면제가 중독성이 있고 불면증으로 이어질 수도 있다는 점을 안다. 어쩌면 이 집을 팔고 아파트로 이사해야 할지도 모른다. 아파트는 아들 녀석들이, 녀석들이라 부르기에는 이제 나이를 먹을 만큼 먹은 아들들이 이완의 장례식에서 강력히 주장한 대안이었다. 두 아들은 각각 뉴질랜드와 프랑스의 도시에, 콘스턴스를 자주 찾아오기 어렵다는 핑계를 대기 쉬운 먼 곳에 거주하고 있었다. 둘 다 쌀쌀맞지만 약삭빠르고 각각 성형외과의와 칙허회계사로서 직업적 성공을 거둔 아내들로부터 어마어마한 지원을 받고 있었고, 그 탓에 콘스턴스 혼자 네 명을 상대해야 했다. 하지만 콘스턴스는 의견을 굽히지 않았다. 이완이 여전히 머무는 집을 버릴 수는 없는 노릇이었다. 그렇다고 자식들에게 곧이곧대로 말할 만큼 어리석지는 않았다. 아들네 부부는 늘 콘스턴스에게 약간의 경계선 성격장애가 있는 것 같다고 생각했다. 어떤 사업으로든 거금을 쓸어 담기 시작하면 정신 나간 짓 아니냐는 꺼림칙한 기미마저 희미해지곤 하는 법임에도 그들은 알핀랜드를 이유로 콘스턴스를 그런 식으로 바라보았다.

아파트는 양로원을 돌려 말한 것이지만 콘스턴스는 그 대안을 고깝게 여기지 않는다. 아들들은 본인들에게 가장 간편할뿐더러 콘스턴스에게도 최선일 수 있는 방법을 원한다. 더욱이 콘스턴스가 고통스러운 애도의 시간을 겪고 있음을 참작하기는 했지만 콘스턴스에게서, 그리고 콘스턴스의 집에 있는 냉장고 따위에서 무질서한 혼란을 감지하기도 한 터라 마음이 편치 않을 만도 했다. 가령 냉장고에는 상식적으로 왜 거기에 들어가 있는 것인지 설명할 수 없는 물건들이 있었다. 완전 늦지대잖아라는 아들들의 속생각을 콘스턴스는 간파할 수 있었다. 보툴리누스균이 넘쳐나는데 중병에 걸리지 않으셨다니 놀랍네. 하지만 이완의 숨이 멎어 가는 마지막 나날 동안 콘스턴스는 거의 아무것도 먹지 않았으므로 식중독에 걸리지 않은 것은 당연한 일이었다. 그동안 먹은 것이라고는 소다크래커와 치즈 조각, 그리고 병째 숟가락으로 퍼먹은 땅콩버터 정도였다.

그 상황에서 며느리들은 지극히 다정한 태도로 대처했다. "이거 좋으세요? 이건 어떠세요?" "아니, 아니야." 콘스턴스는 통곡했다. "다 싫어! 전부 다 내다 버려!" 세 어린 손주, 여자아이 둘과 남자아이 하나는 콘스턴스가 마시다가 집 안 곳곳에 둔 찻잔과 코코아잔을 찾는 유사 부활절 달걀 찾기에 동원되었다. 잔에 담긴 액체의 표면은 어느새 제각기 다른 성장 단계를 밟고 있는 회색이나 옅은 녹색의 세균막으로 덮여 있었다. "이거 봐, 엄마! 또 찾았어!" "우웩, 토 나올 것 같아!" "할아버지는 어땠어?"

적어도 양로원은 콘스턴스에게 벗이라도 제공해 줄 것이었다. 그리고 콘스턴스가 살고 있는 종류의 집은 유지 관리와 돌봄을 필요로 하는 만큼 그에 뒤따르는 부담과 책임도 덜어 줄 터였다. 게다가 이제는 온갖 귀찮은 가사 노동에 시달릴 이유도 없지 않은가? 며느리들은 구체적인 이유를 들어 가며 그런 생각을 전했다. 브리지 플레잉이나 스크래블 같은 보드게임을 해 보는 것이 어떻겠냐는 제안도 했다. 아니면 다시 유행하고 있다는 백개먼도 괜찮을 것 같다고 했다. 과한 스트레스를 유발하거나 뇌에 지나치게 자극적이지 않은 게임, 다른 사람들과 함께 할 수 있는 무난한 게임이 좋을 것 같다고 했다.

"아직은 아니야."라고 말하는 이완의 목소리가 들린다. "아직은 그런 거 안 해도 돼."

콘스턴스는 이완의 목소리가 실제가 아님을 안다. 이완이 죽었음을 안다. 당연히 알고 있지 않겠나! 하지만 다른 사람들, 그러니까 최근에 유가족이 된 사람들도 콘스턴스와 똑같거나 비슷한 경험을 했다. 환청. 환청이라고들 했다. 콘스턴스는 환청에 관한 글도 읽어 보았다. 정상적인 증상이다. 콘스턴스는 미치지 않았다.

"당신은 미치지 않았어." 이완이 위로하듯 말한다. 콘스턴스가 정신적으로 괴로워하는 것 같을 때마다 이완은 이렇게나 다정해질 수 있는 사람이다.

소금이 필요할 것이라는 이완의 말이 옳았다. 주초에 비축해 두어야 했던 제설제를 깜빡한 바람에 당장 내일이라도 보행로가 아이스링크장이 될 운명에 처했으니, 지금이라도 소금을 챙겨 두지 않으면 콘스턴스는 자기 집에 갇힌 죄수 신세를 면치 못할 것이다. 몇 날 며칠이 지나도 얼음층이 녹지 않으면 어쩜담? 일단 식량이 떨어질 수도 있다. 그리고 이완이 주야장천 지적했듯 공기만 먹고 살 수는 없는 노릇이므로 콘스턴스가 각종 통계 수치 — 독거노인, 저체온증 환자, 아사 — 에 숫자 하나를 더하게 될지도 모른다.

위험을 무릅쓰고라도 밖으로 나가야 한다. 소금 한 자루만 있어도 계단과 산책로를 정비할 수 있을 것이고 그러면 콘스턴스 본인은 물론이고 다른 사람들이 세상을 등지는 일도 막을 수 있을 것이다. 동네 구멍가게가 최선의 선택지다. 두 블록만 가면 된다. 소금은 무거우니 바퀴가 두 개 달린 빨간색 방수 장바구니도 챙겨야 한다. 자동차가 있기는 하지만 그걸 운전한 사람은 이완뿐이었다. 콘스턴스는 알핀랜드에 깊이 빠져들고부터 운전을 할 수 없을 정도로 주의가 산만해진 탓에 수십 년 전에 만료된 면허를 갖고만 있었다. 알핀랜드는 무수한 생각을 요한다. 정지 신호 같은 부차적인 세부 사항들이 머릿속에 들어오지 못하게 밀어내 버린다.

밖은 이미 꽤 미끄러울 것이다. 이 무모한 모험을 감행했다가 목이 부러질지도 모른다. 콘스턴스는 부엌에 서서 안절부절못한다. "이완, 나 어떡하지?"

"진정하고 정신 차려." 이완이 단호하게 말한다. 그다지 유익한 조언은 아니지만 이완은 확답을 피하고 싶은 질문을 받으면 습관처럼 그렇게 말하곤 했다. 어디 있었어? 엄청 걱정했어, 사고 났었던 거야? 진정하고 정신 차려. 나 사랑해? 진정하고 정신 차려. 바람피우고 있는 거야?

부엌 곳곳을 무턱대고 뒤지다가 커다란 지퍼형 비닐봉지를 발견한 콘스턴스는 뿌리가 시들시들해진 당근 세 개를 봉투 안에 던져 넣고 작은 벽난로용 황동 삽으로 재를 퍼서 봉지를 채운다. 이완이 눈에 보이는 형태로 존재하지 않기 시작한 시점부터 콘스턴스는 불을 피우지 않았다. 옳지 않은 일처럼 느껴져서였다. 불을 붙이는 행위는 무언가를 재개하는 행위, 시작하는 행위인데 콘스턴스는 시작하고 싶지 않다. 현재를 지속하고 싶다. 아니, 콘스턴스는 과거로 돌아가고 싶다.

장작더미와 불쏘시개 몇 개가 아직도 남아 있다. 쇠 받침대에는 이완과 마지막으로 불을 피웠을 때 쓴 통나무 두 개가 일부 그을린 채로 남아 있다. 이완은 역겨운 초콜릿맛 고영양 음료가 든 잔을 자기 옆에 두고 소파에 누워 있었다. 항암과 방사선 치료로 민머리 상태였다. 콘스턴스는 격자무늬의 차량용 담요를 이완의 몸에 둘러 준 다음 그 옆에 이완의 손을 잡고 앉아서 이완이 보지 못하게 고개를 돌린 채로 조용히 눈물을 흘렸다. 콘스턴스의 고통에 이완까지 고통스러울 필요는 없었다.

"좋네." 이완이 힘겹게 입을 열었다. 말을 하는 것조차 쉽지 않았다. 목소리가 몹시도 가늘었고 다른 신체 부위도 마찬가지였다. 하지만 지금 이완의 목소리는 그렇지 않다. 지금 이완의 목소리는 정상으로 돌아왔다. 20년 전의 목소리, 특히 웃을 때 두드러지는 깊고도 울림 있는 목소리다.

콘스턴스는 코트를 걸치고 부츠를 신은 다음 손모아장갑과 울 모자를 찾는다. 돈, 돈도 조금 필요할 것이다. 열쇠, 열쇠가 없어 집에 들어오지 못하고 현관 앞에서 얼음덩어리가 되어 버리는 건 어리석은 짓이다. 콘스턴스가 바퀴 달린 장바구니를 끌고 현관으로 향하자 이완이 말한다. "손전등도 챙겨." 콘스턴스는 부츠를 신은 채로 터벅터벅 위층으로 힘겹게 발걸음을 옮긴다. 그런 다음 이완의 침대 자리 옆 탁자에 놓인 손전등을 가방에 챙겨 넣는다. 이완은 계획을 세우는 데 능한 사람이다. 콘스턴스 혼자서는 손전등을 챙길 생각을 절대 하지 못했을 것이다.

현관 계단은 이미 완전히 빙판이다. 비닐봉지 지퍼를 열어 재를 바닥에 흩뿌린 다음 봉지를 다시 주머니에 쑤셔 넣은 콘스턴스는 한 쪽 손으로는 난간을 붙잡고 다른 쪽 손으로는 쿵 쿵 쿵 발맞춰 내려오는 바퀴 달린 장바구니를 잡아끌면서 게처럼 옆걸음으로 계단을 한 번에 한 칸씩 내려간다. 보행로에 다다르자마자 우산을 펼쳐 보지만 이 상태로는 움직일 수가 없다. 장바구니와 우산을 동시에 들고 가는 것이 무리인지라 콘스턴스는 우산을 도로 접는다. 우산은 지팡이로 쓰면 된다. 잘금잘금 움직여 보행로만큼 빙판은 아닌 도로 변으로 걷다가 중간에 휘청 중심을 잃은 콘스턴스는 우산을 이용해 중심을 되찾는다. 차가 한 대도 없으니 적어도 차에 치이는 일은 없을 것이다.

콘스턴스는 유독 반질반질한 도로변에 재를 흩뿌려 희미한 검은 발자국을 남기면서 걸음을 옮긴다. 상황이 여의찮으면 그 발자국을 따라 집으로 돌아갈 수 있을지도 모른다. 숲에서 은은히 빛나는 하얀 바위나 빵 부스러기처럼 신비롭고 매혹적인 검은 재의 흔적을 따라가는 것은 알핀랜드에서 일어날 법한 일이다. 하지만 그러려면 이 재에 뭔가 특별한 것이 있어야 한다. 이 재와 관련된 뭔가를, 의심할 여지 없이 사악한 기운을 내뿜는 힘을 억누르기 위해 발화해야 할 구절이나 문구 같은 것을 알고 있어야 한다. 먼지는 먼지로 돌아갈 것이니라, 따위의 주문은 안 된다. 마지막 의식에 관한 내용도 안 된다. 그보다는 룬 문자 같은 매혹적인 주문에 가까워야 한다.

"애시, 배시, 크래시, 대시, 내시, 매시, 스플래시." 콘스턴스는 조심조심 빙판에 발을 내디디며 큰 소리로 말한다. 재(ash)와 압운을 이루는 단어가 꽤 여럿이다. 이 재를 어떤 이야기로, 아니, 알핀랜드에는 다양한 줄거리가 존재할 수 있으니 여러 이야기로 녹여 내야 한다. 마법을 부리는 재의 창조자로는 교활하고 비뚤어진 악당인 붉은 손의 밀즈레스가 가장 적합할 것이다. 정신을 뒤흔드는 환영으로 여행자들을 현혹하고, 그들이 올바른 경로에서 벗어나도록 유인한 다음 철창에 가두거나 금 사슬이 설치된 벽에 결박하고, 그 상태로 털복숭이 꼬마 악마들이나 시아노린, 파이어피글 같은 정령들을 데려다가 괴롭히기를 좋아하는 붉은 손의 밀즈레스. 비단 소재의 가운, 자수가 수놓인 예복, 털로 장식된 망토, 반짝반짝 화려한 면사포 등 옷이 갈기갈기 찢긴 여행자들이 자기에게 애원하고 매혹적인 자태로 고통에 몸부림치는 광경을 즐거이 지켜보는 붉은 손의 밀즈레스. 외출을 마치고 집으로 돌아가면 이 줄거리의 복잡한 내막을 세세히 그려낼 수 있을 것이다.

밀즈레스는 콘스턴스가 종업원으로 일했던 시절의 상사 얼굴을 하고 있다. 툭하면 엉덩이를 찰싹 때리는 사람이었다. 그 상사는 알핀랜드 시리즈를 한 번이라도 읽어 보았을까, 콘스턴스는 궁금하다.

이제 첫 번째 블록 끝에 다다랐다. 이번 외출은 하지 않는 편이 나았을지도 모르겠다. 얼굴에는 땀이 줄줄 흐르고 두 손은 얼음장이고 어딘가에서 눈 녹은 물이 떨어져 목을 타고 흘러내린다. 하지만 이미 시작한 일이니 끝을 봐야 한다. 콘스턴스가 한기 서린 공기를 들이마신다. 어디선가 불어온 얼음 알갱이들이 채찍처럼 얼굴을 휘갈긴다. 텔레비전 뉴스 보도대로 바람이 거세지고 있다. 그래도 폭풍의 복판에 있으면 어쩐지 활기가 돌고 기운이 솟는다. 폭풍이 거미줄을 휩쓸어 간 덕분에 숨통이 트이는 느낌이다.

동네 구멍가게는 연중무휴다. 콘스턴스와 이완이 20년 전 이 지역에 이사를 온 후로 줄곧 감사하는 부분이다. 그런데 보통 가게 밖에 쌓여 있는 제설제 자루가 오늘따라 보이지 않는다. 콘스턴스는 바퀴 두 개 달린 장바구니를 덜컹덜컹 끌며 가게 안으로 들어선다.

"소금 남은 거 있나요?" 콘스턴스가 계산대에 있는 여자에게 묻는다. 새로운 얼굴이다. 한 번도 본 적 없는 얼굴. 원래 직원이 자주 바뀌는 곳이기는 하다. 이완은 가게 손님 수가 적고 상추 상태가 시들시들하다는 점을 고려하면 수익이 나는 곳일 리가 없고 그렇기에 돈세탁 용도로 운영되는 곳이리라고 말하곤 했다.

"아, 어쩌죠. 갑자기 다 나가 버렸어요. 다들 대비해야겠다고 생각했나 봐요." 그 말은 콘스턴스 당신은 대비하지 못했다는 의미를 내포하고 있었는데 사실이 그렇기는 했다. 평생에 걸쳐 반복된 실패. 콘스턴스는 결코 대비라는 걸 하는 법이 없었다. 그런데 매사에 대비하며 산다고 치면 대체 어떻게 경이로움을 느낄 수 있지? 일몰에 대비하다니. 월출에 대비하다니. 얼음 폭풍에 대비하다니. 그래 버리면 너무 밋밋한 삶이 되지 않겠나.

"아." 콘스턴스가 말한다. "없군요, 전 운이 없었네요."

"이런 날씨엔 밖에 나오면 안 돼요, 선생님. 너무 위험해요!" 여자는 머리를 붉게 염색하고 목 부근의 뒷머리를 밀어서 요새 유행하는 스타일을 연출하고는 있었지만 겉모습으로 보건대 콘스턴스보다 기껏해야 열 살 어린 정도였고 살집도 적잖이 더 많았다. 적어도 난 쌕쌕거리면서 말하지는 않지. 콘스턴스는 생각한다. 그래도 콘스턴스는 선생님이라고 불리는 건 좋다. 지금보다 훨씬 젊었을 때나 들었지 한참을 못 듣고 살았는데. 이제는 심심찮게 듣는 말이 됐다.

"괜찮아요. 집에서 고작 두 블록 거리예요."

"이런 날씨에는 두 블록 가는 데만도 한참 걸리잖아요." 여자가 말한다. 나이에 어울리지 않게 옷깃 위로 설핏 문신이 드러난다. 용이나 그 부류의 동물 같다. 스파이크, 뿔, 불룩 튀어나온 눈. "얼어 죽을 수도 있다고요."

콘스턴스는 여자의 말에 동감하며 장바구니와 우산을 계산대 옆에 좀 놔둬도 괜찮겠느냐고 묻는다. 그런 다음 철제 쇼핑 카트를 밀면서 매대 사이를 어슬렁어슬렁 둘러본다. 캔에 든 토마토즙을 선반에 옮겨 나르고 있는 호리호리한 남자 한 명을 마주쳤을 뿐 손님은 콘스턴스뿐이다. 콘스턴스는 매일매일 지옥의 환상도를 연출하듯 유리 진열대 안에서 꼬치에 꽂힌 채 뱅글뱅글 돌고 있는 바비큐 치킨 한 마리와 냉동 완두콩 한 팩을 고른다.

"고양이 화장실용 모래." 이완의 목소리가 말한다. 그것도 사라는 말인가? 이완은 화학 물질 범벅일 거라며 바비큐 치킨을 못마땅해했지만 콘스턴스가 사 오면 꽤 선뜻 먹어 치웠다. 음식을 먹던 시절에 말이다.

"무슨 말이야? 이제 우리 집엔 고양이 없잖아." 콘스턴스는 대부분의 경우 이완이 자기 마음을 읽어 내지 못하기 때문에 그렇게 생각을 소리 내어 말해야 한다는 사실을 인지하고 있다. 그래도 읽어 낼 때가 가끔 있기는 하다. 그렇게 할 수 있는 힘이 간간이 발휘될 뿐이다.

이완은 부연 설명을 하지 않는다. 이렇게 상대의 마음을 애태우는 습성이 있는 그는 대체로 콘스턴스가 스스로 답을 찾게 한다. 콘스턴스는 그의 의도를 알아서 깨우친다. 현관에 소금 대신 고양이 화장실용 모래를 뿌리라는 말이다. 소금만 하지는 못할 테고 뭔가를 녹이지도 못할 테지만 적어도 어느 정도는 미끄럼을 방지해 줄 것이다. 콘스턴스는 끙끙대며 고양이 화장실용 모래 자루를 카트에 싣고 양초 두 개와 나무 성냥도 한 갑 챙긴다. 됐다. 이제 준비됐다.

콘스턴스는 계산대로 가서 닭고기의 미덕에 대해 여자와 농담을 주고받는다. 여자도 닭고기를 좋아한다고 한다. 하기야, 닭 한 마리만, 아니 두 마리만 있으면 요리가 쉬워지는데 누가 마다할까? 콘스턴스는 용 문신에 대해서도 대화를 나누고 싶은 유혹을 억누른 채 구입한 물건들을 바퀴 달린 장바구니에 채워 넣는다. 이런 주제로 말문을 트면 순식간에 복잡다단한 주제에 관한 대화로 방향이 틀어지곤 한다는 사실을 수십 년의 인생 경험을 통해 배웠다. 알핀랜드에도 용이 있는데, 용에 열광하는 팬들은 자기들이 떠올린 번뜩이는 생각을 콘스턴스와 나누고 싶어 안달이었다. 용을 이렇게 말고 저렇게 그렸어야 했다거나, 자기들이라면 용을 이렇게 그렸을 거라거나, 용의 아종(亞種)은 이래야 한다거나 하면서 용을 돌보는 방식이나 용에게 먹이 주는 방식과 관련해 콘스턴스가 범한 실수 등등을 지적했다. 세상에 존재하지도 않는 것 때문에 어떻게 그렇게나 흥분할 수 있는지 놀라울 따름이었다.

콘스턴스가 이완과 한 대화를 그 여자가 엿들었을까? 그랬을 가능성이 높다. 하지만 그랬더라도 신경 쓰지는 않았을 것이다. 연중무휴로 운영하는 가게에는 눈에 보이지 않는 동행인과 대화하는 사람들이 늘 얼마간 존재하는 법이니까. 하지만 알핀랜드에서 누군가 그런 행동을 한다면 해석을 달리해야 할 것이다. 알핀랜드 주민 중 일부는 정령과 친근한 관계를 맺고 있기 때문이다.

"정확히 어디 사세요?" 콘스턴스가 가게 문을 반쯤 나섰을 때 여자가 묻는다. "친구한테 문자를 보내서 댁까지 동행 좀 해 달라고 부탁할 수 있거든요." 친구라니, 어떤 친구지? 저 여자가 폭주족의 애인일지도 모르는 일 아닌가. 콘스턴스가 생각한다. 어쩌면 여자는 콘스턴스가 생각한 것보다 젊을지도 모른다. 그저 풍파를 맞아 늙어 보이는 것일지도 모른다.

콘스턴스는 못 들은 체한다. 음모가 숨어 있을지도 모른다. 동행을 허락했다가는 주머니에 강력 접착테이프를 챙긴 폭력배가 집을 급습할 때를 노리며 현관문 밖에 서 있을지도 모른다. 폭력배가 차가 고장 났다면서 핸드폰 좀 쓸 수 있겠냐고 물으면 콘스턴스는 선한 마음으로 집으로 들어오시라 했다가 눈 깜짝할 새에 강력테이프로 난간에 결박되고, 그러면 폭력배는 콘스턴스의 손톱 아래를 압정으로 쑤시면서 마지못해 비밀번호를 불게 할지도 모른다. 콘스턴스는 이런 상황에 빠삭하다. 괜히 텔레비전 뉴스를 보는 게 아니다.

재를 뿌려 남긴 흔적은 어느새 쓸모를 잃었다. 그 위로 눈이 덮여서 아예 보이지도 않았다. 바람은 더 강력해졌다. 집에 도착하기도 전에 여기서 고양이 화장실용 모래를 뜯어야 하는 걸까? 아니다, 모래 자루를 뜯으려면 칼이나 가위가 필요할 것이다. 하지만 보통은 입구가 끈으로 봉해져 있기는 하다. 콘스턴스는 손전등으로 장바구니 안을 슬쩍 비추어 보지만 배터리가 거의 다 닳았는지 조도가 너무 약해서 아무것도 분간할 수가 없다. 모래 자루를 뜯겠다고 씨름하다가는 추위가 뼛속까지 스며들 수 있으니 서둘러 앞만 보고 돌진하는 편이 낫다. 정말로 돌진을 할 수 있는 상황은 아니지만.

콘스턴스가 집을 나섰을 때보다 빙판이 두 배는 두꺼워진 듯하다. 앞마당에 심긴 관목을 보니 어둠 속에서 빛나는 관엽들이 우아하게 땅으로 고개를 떨구고 있어 얼핏 분수 같기도 하다. 곳곳에 부러진 나뭇가지들이 길을 부분 부분 막고 있다. 콘스턴스는 집에 도착하자마자 장바구니를 보행로에 그대로 둔 채 난관을 꽉 붙잡고 미끄러운 계단을 힘겹게 오른다. 다행히 현관등이 환한 빛을 비춰 준다. 하지만 콘스턴스는 자신이 그걸 직접 킨 건지 생각할 겨를도 없다. 열쇠를 가지고 문간에서 허둥댄 후에야 문을 연 콘스턴스는 물이 되어 흘러내리는 눈을 뚝뚝 떨어뜨리며 무거운 발걸음으로 부엌으로 향한다. 거기서 부엌 가위를 한 손에 챙겨 지나온 길을 되돌아가 계단을 내려간 다음 빨간 장바구니를 세워 둔 곳으로 가서 고양이 화장실용 모래 자루를 뜯고 모래를 마구 흩뿌린다.

됐다. 콘스턴스는 바퀴 달린 장바구니를 쿵 쿵 쿵 끌며 계단을 올라 집 안으로 들어간다. 콘스턴스 등 뒤로 문이 닫힌다. 쫄딱 젖은 코트를 벗고, 물 먹은 모자와 장갑이 마르도록 라디에이터에 올려 두고, 부츠는 복도에 가지런히 벗어 둔다. "미션 완료." 콘스턴스는 이완이 듣고 있을지도 모른다고 생각하며 소리 내어 말한다. 자신이 안전히 귀가했다는 사실을 이완이 알았으면 해서다. 그렇지 않으면 걱정할지도 모르니까. 온갖 전자기기가 발명되기 전이었던 시절, 콘스턴스와 이완은 서로에게 쪽지를 쓰거나 자동 응답기에 메시지를 남기곤 했다. 요즘 콘스턴스는 평소보다 유독 심하게 외로운 순간이 찾아오면 핸드폰에 이완을 위한 메시지를 남겨 둘까 생각한다. 전기 입자가 됐건 자기장이 됐건, 이완이 공기 중의 파동에 목소리를 실어 보낼 때 쓰는 뭔가를 통해 그 메시지를 들을 수도 있지 않을까.

하지만 지금은 외롭지 않다. 썩 괜찮은 시간이다. 소금 미션을 완수했다는 사실에 콘스턴스는 만족감을 느낀다. 게다가 배까지 출출하다. 이완이 식사 자리에 나타나지 않은 후로 이렇게 허줄한 적도 없었는데. 혼자 밥을 먹고 있으면 침울해지기 일쑤였다. 그런데 지금 콘스턴스는 그릴에 구운 치킨을 손으로 갈기갈기 찢어서 걸신들린 사람처럼 먹어 치우고 있다. 꼭 알핀랜드 사람들 같다. 그들은 던전, 황야, 쇠창살, 표류선 등 무언가에서 탈출하면 꼭 이렇게 손으로 음식을 먹는다. 말하는 동물이 아닌 이상 거의 모두가 칼 한 자루쯤은 가지고 있지만 식사용 날붙이라고 하는 것을 가진 존재는 최상류층뿐이다. 콘스턴스는 손가락을 혀로 핥은 다음 마른행주로 쓱 닦는다. 휴지가 있어야 하는데 보이지 않는다.

아직 조금 남은 우유를 콘스턴스는 거의 한 방울도 흘리지 않고 우유갑째 꿀떡꿀떡 들이켠다. 나중에 뭔가 따뜻한 것도 마실 생각이다. 지금은 검은 재의 흔적을 찾으러 알핀랜드로 돌아가야 하기 때문에 겨를이 없다. 콘스턴스는 그 길을 판독하고 싶고, 해명하고 싶고, 따라가고 싶다. 그 길이 어디로 이어지는지 보고 싶다.

현재 알핀랜드는 콘스턴스의 컴퓨터상에 살아 있다. 알핀랜드는 여러 해에 걸쳐 다락방에서 꽃피었다. 그 다락방은 콘스턴스가 알핀랜드를 통해 방 개조에 필요한 돈을 충분히 벌어들이자마자 스스로를 위한 일종의 작업실로 탈바꿈시킨 공간이었다. 하지만 바닥을 새로 깔고 창문도 새로 내고 에어컨과 천장형 선풍기를 설치해도 다락방은 옛 빅토리아 시대 벽돌집의 꼭대기 층처럼 비좁고 숨 막혔다. 그래서 얼마 후, 아들들이 고등학생이었던 시절에 알핀랜드는 부엌 식탁으로 이주했고, 한때는 혁신의 주봉(主峯)이었으나 이제는 한물간 전동 타자기 위에서 수년간 문장으로 펼쳐졌다. 알핀랜드의 다음 이주지는 컴퓨터였는데, 위험 요소가 전혀 없지는 않았다. 컴퓨터에 담긴 것이 순식간에 사라져 분노가 솟구치는 경험을 하게 될 수도 있었다. 하지만 컴퓨터는 점점 발전했고 콘스턴스도 이제는 능숙하게 다루었다. 그리고 이완이 더 이상 눈에 보이는 형태로 존재하지 않게 된 이후, 콘스턴스는 컴퓨터를 이완의 서재로 옮겼다.

콘스턴스는 혼잣말로라도 '이완의 죽음 이후'라는 말을 쓰지 않는다. 이완에 관해서라면 죽음의 지읒도 꺼내지 않는다. 이완이 그 말을 듣고 상처를 받거나 불쾌해할 수도 있고, 어쩌면 혼란스러워할 수도 있고, 심지어는 화가 날 수도 있으니까. 아직 확실히 굳어진 생각은 아니지만 콘스턴스는 이완이 자신의 죽음을 깨닫지 못하고 있으리라고 믿는다.

콘스턴스는 이완의 검은 고급 목욕가운을 걸친 채 이완의 책상에 앉는다. 남성용 검은 고급 목욕가운이 최신 유행이었던 시절도 있었는데 그게 언제였더라? 90년대? 가운은 콘스턴스가 크리스마스 선물로 사 준 것이었다. 이완은 콘스턴스가 자기를 최신 유행 품목들로 꾸며 주려 할 때마다 늘 거부 의사를 표했다. 어쨌거나 콘스턴스의 그런 시도는 가운 이후로 그리 오래 지속되지 못했다. 이완이 다른 사람들에게 어떻게 보일지에 대한 콘스턴스의 관심이 사라진 터였다.

콘스턴스가 가운을 걸친 이유는 보온이 아니라 안도감을 얻기 위해서다. 가운을 걸치고 있으면 이완이 아직 물리적인 형태로 이 집에, 아주 가까이에 있을지도 모른다는 느낌이 든다. 이완이 죽고 나서 가운을 세탁한 적도 없다. 이완의 체취 대신 세제 냄새가 나는 것이 내키지 않는 터다.

아, 이완. 우리가 함께한 시간 정말 좋았었는데! 이제 다 지난 일이네. 시간이 언제 이렇게나 흐른 걸까? 콘스턴스는 검은 가운 소매로 눈물을 훔친다.

"정신 차려." 이완이 말한다. 이완은 콘스턴스가 훌쩍이며 우는 꼴을 못 본다.

"알겠어." 그런 다음 콘스턴스는 어깨를 쫙 펴고 이완의 인체공학 설계 의자에 깔고 앉은 방석을 조정한 후 컴퓨터를 켠다.

화면보호기가 뜬다. 이완이 대학 교수라는 보다 안정적인 직업을 갖기 전 건축 일을 하던 시절에 콘스턴스를 위해 그려 준 관문 그림이다. 하지만 이완이 대학에서 가르친 과목은 '건축학'이 아니라 '건축 공간 이론', '인간 풍경 창조', '억눌린 신체'였다. 이완은 시간이 흘러도 녹슬지 않은 그림 실력으로 아들들과 손주들을 위한 그림을 그리면서 자신의 재능을 표출할 출구로 삼았다. 화면보호기 그림은 콘스턴스에게 선물로 그려 준 것이었는데 자신이 콘스턴스의 일을—그 일이라 함은, 솔직히 보다 추상적인 사회에 속한 이완이 다소 창피하게 여긴 일이었다—진지하게 생각하고 있음을 보여 주기 위해서였다. 그게 아니라면 콘스턴스라는 사람 자체를 진지하게 생각하고 있음을 보여 주기 위해서였을지도 모르는데, 둘 중 어느 쪽이 맞건 콘스턴스는 이따금 나름의 이유로 이완의 마음을 미심쩍게 여겼다. 그것도 아니라면 이완은 알핀랜드에 몰두한 콘스턴스를, 콘스턴스가 알핀랜드 때문에 자신을 등한시했던 일을 용서한다는 의미로 그 그림을 그려 준 것일 수도 있었다.

콘스턴스가 생각하기에 그 화면보호기 그림은 참회의 선물이다. 이완이 스스로 인정하지는 않을 짓을 저지르고는 그것을 만회하려고 그려 준 그림이다. 감정이 부재했던 기간, 이완이 육체적으로는 아니었을지라도 그렇다면 감정적으로라도 다른 여자에게 몰두했던 기간을 만회하려는 그림이다. 다른 얼굴에, 다른 몸에, 다른 목소리에, 다른 향기에 몰두했던 기간. 콘스턴스가 아닌 다른 여자의 옷에, 생전 듣도 보도 못 한 벨트와 단추와 지퍼에 몰두했던 기간. 그 여자는 누구였을까? 콘스턴스는 추측도 해 보았지만 맞힌 적은 없었다. 그 수상쩍은 존재는 콘스턴스가 잠 못 이루는 어두운 새벽 3시에 조용히 비웃음을 치고는 살그머니 사라졌다. 짐작 가는 사람이 한 명도 없었다.

그러는 내내 콘스턴스는 분란을 일으키는 나무토막이 된 듯한 느낌을 받았다. 지루하고, 설죽은 상태로 살아 있는 느낌이었다. 무감각했다.

콘스턴스는 그 밀회에 대해 이완을 다그친 적도, 터놓고 말한 적도 없었다. 그 주제는 죽음의 지옷과도 같았다. 거대한 광고용 비행선처럼 늘 눈앞에 어른거렸지만 그것을 입에 올렸다가는 마법의 순간이 깨져 버리고 말 터였다. 돌이킬 수 없을 터였다. 이완, 나 말고 만나는 사람 있어? 정신 차려, 말이 되는 소리를 해야지. 내가 뭐 하러 그러겠어? 이완은 매몰차게 콘스턴스의 질문을 무시하면서 가당찮은 소리로 취급할 터였다.

콘스턴스는 이완이 다른 사람을 만날 만한 이유를 무수히 떠올릴 수 있었다. 하지만 얼굴에 미소를 띤 채 이완을 껴안으며 저녁으로 무얼 먹고 싶으냐고 물었고, 그 일에 대해서는 입을 다물었다.

화면보호기의 관문은 돌로 만들어져 있고 로마식 아치형 구조를 띠고 있다. 수직으로 쭉 뻗은 높은 벽의 중간에 뚫려 있는데, 그 위로 여러 개의 망대가 보이고 빨간색 삼각형 깃발들이 흩날린다. 육중한 빗장이 걸린 문은 열려 있다. 그 위로는 햇살 가득한 풍경이 보이고 비죽비죽 솟은 더 많은 수의 망대도 멀찌가니 보인다.

이완은 이 관문을 그리느라 고군분투했다. 크로스 해칭 기법에 더해 수채화법도 썼고, 용을 가지고 장난을 칠 정도로 어리석지는 않왔지만 먼 들판에서 풀을 뜯는 말을 그려 넣기까지 했다. 그림은 무척 아름답다. 윌리엄 모리스, 잘하면 에드워드 번 존스에 버금간다고 할 수도 있을 만큼 아름답다. 하지만 요점을 놓쳤다. 문과 벽이 너무 얄팍하고 너무 신식인 데다가 너무 잘 관리되어 있다. 실크, 태피터 원단, 자수, 화려한 촛대 등 호화로운 물건이 있기는 해도 알핀랜드는 대체로 오래되고 칙칙하고 어쩐지 낡아 빠진 느낌을 주는 곳이다. 게다가 툭하면 폐허로 변하는 통에 수많은 잔해가 널려 있다.

화면보호기 관문 위로 뜨는 돌에는 고딕 양식을 흉내 낸 라파엘전파 문자로 '알핀랜드'라는 제명(題名)이 새겨져 있다.

콘스턴스는 심호흡을 한번 한다. 그런 다음 알핀랜드로 입장한다.

관문을 지나면 햇살 한 점 없는 풍경이 펼쳐진다. 햇살 대신 오솔길에 가까운 좁은 길이 하나 있다. 굽이진 그 내리막길을 따라가다 보면 나오는 다리 하나는 시간이 밤인지라 달걀이나 물방울을 연상하는 모양의 노란 가로등 빛을 받아 환하다. 다리 너머에는 어둑한 숲이 있다.

콘스턴스가 다리를 건너 매복을 경계하며 살멋살멋 숲을 통과해 그 반대편에 다다르면 갈림길이 나올 것이다. 그러면 어떤 길을 따라갈지 선택해야 하는 상황에 봉착할 것이다. 전부 알핀랜드 내부에 뻗어 났지만 각각 다른 버전의 알핀랜드로 이어지는 길이다. 콘스턴스는 알핀랜드의 창시자, 알핀랜드를 꼭두각시 인형처럼 조종하는 왕, 알핀랜드의 운명을 결정짓는 존재임에도 어떤 길이 정확히 어디로 이어지는지에 대해서는 아는 것이 없다.

콘스턴스가 알핀랜드를 구상하기 시작한 것은 이완을 만나기도 수년 전인 옛날 일이다. 당시에는 이완이 아닌 다른 남자와 엘리베이터가 없는 방 두 개짜리 아파트에서 울퉁불퉁한 매트리스를 바닥에 깔고 살았다. 복도에는 공용 화장실이 있었고, 원래는 반입 금지 물품인 (콘스턴스 소유의) 전기 주전자 하나와 (남자 소유의) 조리용 전열기 하나도 있었다. 냉장고는 없었기 때문에 창틀에 음식 보관 용기를 두었다. 겨울이면 음식이 얼고 여름이면 상했지만 봄과 가을에는 다람쥐만 조심하면 썩 괜찮은 대용이었다.

콘스턴스의 동거인이었던 남자는 콘스턴스가 자기도 시인이라고 믿었던 달콤한 청년 시절에 어울린 시인 중 한 명이었다. 이름은 개빈이었는데, 당시에는 특이한 이름이었어도 지금은 아니다. 그동안 수많은 개빈이 번식된 결과다. 젊은 시절의 콘스턴스는 자기보다 네 살 연상이고 많은 시인을 아는 개빈에게, 당시 시인들이 그랬듯 호리호리한 체격에 반어법을 좋아하고 사회 규범에 무관심하고 심각한 태도로 풍자를 일삼는 그에게 선택받은 것이 대단한 행운이라고 생각했다. 요즘 시인들도 그럴는지 모르겠으나 이제는 나이가 많이 들어 그런지 아닌지 알 수도 없다.

콘스턴스에게는 개빈의 반어적이거나 심하게 풍자적인 발언의 대상이 되는 일조차 막연히 짜릿했다. 예컨대, 솔직히 기억에도 남지 않는 콘스턴스의 시보다 최면 효과를 불러일으키는 엉덩이가 콘스턴스라는 사람을 구성하는 훨씬 더 중요한 측면이라는 식의 말조차 그랬다. 게다가 개빈의 시에 등장하는 특권을 누리기도 했다. 물론 본명으로는 아니었다. 그 시절 시에서 욕망의 대상이 되는 여자들은 기사도나 포크 송을 암시하는 '여인'이나 '나의 진정한 사랑'으로 불렸다. 하지만 개빈의 유독 에로틱한 시를 읽다가 여인, 그게 아니라면 그보다 더 좋은 나의 진정한 사랑이라는 단어가 나올 때마다 그게 자신을 의미한다는 사실을 알아차리는 일이 콘스턴스에게는 대단한 유혹이었다. 「내 여인이 베개에 기대어」, 「내 여인의 첫 모닝커피」, 「내 여인이 내 접시를 핥네」를 읽으면 마음이 따뜻해졌지만 콘스턴스가 편애한 시는 「내 여인이 몸을 숙이고」였다. 개빈이 무뚝뚝하게 군다고 느낄 때마다 콘스턴스는 그 시를 꺼내 재독했다.

이런 식의 문학적 끌림에 더해, 격정적이고 즉흥적인 수차례의 섹스도 있었다.

이완과 인연이 되었을 때 콘스턴스는 자기 과거를 세세히 알려 주지 않는 편이 낫다는 사실 정도는 알고 있었다. 하지만 이완이 알았더라도 걱정할 부분이 있었을까? 개빈의 존재감이 강렬하기는 했지만 결국 쓰레기 같은 놈이었다. 이완에게는 상대도 되지 않는 놈이었고, 개빈에 비하면 이완은 반짝이는 갑옷을 입은 기사였다. 게다가 특히 그 젊은 시절의 경험은 끝이 좋지 않았고 콘스턴스에게 눈물과 굴욕을 남겼을 뿐이었다. 그러니 뭐 하러 개빈 얘기를 꺼내겠나? 아무 의미 없었을 것이다. 이완이 콘스턴스에게 그동안 만난 남자에 대해 물은 적도 없었기에 콘스턴스도 말하지 않았다. 콘스턴스는 자기가 입 밖으로 발설하지 않은 생각을 통해서든, 다른 그 무얼 통해서든, 지금 이완이 개빈에 대해 알게 될 일이 없기를 진심으로 바라고도 있다.

알핀랜드의 장점 중 하나는 콘스턴스가 심란한 과거의 기억을 가지고 석조 관문을 통과한 다음 기억의 궁전에, 그, 언제였던가, 18세기였나? 과거에 흔했던 그런 궁전에 보관해 둘 수 있다는 것이다. 기억하고 싶은 것들은 가상의 방과 연결해 둔 다음 그 기억을 온전히 상기하고 싶을 때마다 그 방에 들어가면 된다.

그래서 콘스턴스는 알핀랜드에서 양조장을 관리하고 있다. 콘스턴스의 동맹인 강철 주먹의 지므리가 현재 점령 중인 요새의 영토에 위치한 그 양조장은 오로지 개빈을 가두는 목적으로 운영되고 있다. 게다가 알핀랜드의 규칙 중 하나는 무슨 일이 있어도 이완이 석조 관문을 통과하게 두면 안 된다는 것이므로 이완은 절대 그 양조장을 찾지도, 콘스턴스가 그 안에 숨겨 둔 존재를 발견하지도 못할 것이다.

그러니까 개빈은 그 양조장의 오크통 속에 있다. 객관적으로 보면 고통받아야 마땅할 수도 있는데 고통받고 있지는 않다. 콘스턴스가 개빈을 용서하기 위해 부단히 노력했기 때문에 개빈은 고문당할 수 없다. 대신 가사 상태로 보존되는 중이다. 이따금 콘스턴스는 양조장에 들러 동맹을 단단히 다지는 의미에서 지므리에게 선물로 꿀에 절인 즈나믹 성계가 들어 있는 설화 석고 병, 시아노린 발톱으로 만든 목걸이 따위를 건네고, 오크통 뚜껑을 여는 주문을 외운 다음 내부를 들여다본다. 개빈은 평화롭게 잠들어 있다. 눈 감은 모습이 늘 수려하다. 마지막으로 봤을 때에 비해 단 하루도 늙은 것 같지 않다. 그날을 떠올리면 여전히 마음이 아려 온다. 콘스턴스는 이내 오크통 뚜껑을 교체하고 앞서 외웠던 주문을 거꾸로 외워, 또다시 양조장에 들러 개빈을 몰래 엿보고 싶은 마음이 들 때까지 그를 거기에 봉인해 둔다.

실제 현실에서 개빈은 시 작품으로 몇몇 상을 수상했고 마니토바에 있는 한 대학에서 문예창작과 종신 교수직을 지냈지만 은퇴 후에는 태평양 연안의 근사한 일몰을 볼 수 있는 브리티시컬럼비아주 빅토리아로 도망치듯 떠났다. 그리고 콘스턴스는 매년 개빈으로부터 크리스마스카드를 받는다. 아니, 사실 개빈과 개빈보다 훨씬 어린 세 번째 아내 레이놀즈가 보낸 카드다. 레이놀즈라니, 이렇게 바보 같은 이름이 다 있다니! 담배가 심각하게 받아들여진 40년대의 담배 상표명 같지 않은가.

레이놀즈는 자신과 개빈을 대표해 각각 개브, 레이라고 쓴 카드에 서명을 하고 흥분이 감도는 어조로 한 해 동안 자기들이 떠난 휴가(모로코라니! 지사제를 챙겼다니 참 다행이네! 아니, 이번에는 플로리다잖아! 가랑비를 피할 수 있었다니 참 좋기도 했겠군!)에 대해 이야기하는 짜증 나는 편지를 동봉한다. 이에 더해 동네에서 하는 문학 읽기—중요한 책만, 지적인 책만 읽는!—모임이 한 해 동안 어떻게 흘러갔는지를 들려주는 편지도 보낸다. 요새는 볼라뇨를 다루고 있는데 쉽진 않지만 꾸준히 읽을 만한 가치가 있다나 뭐라나! 모임원들은 모임에서 읽는 책과 어울리는 주제의 간식을 준비해 온다고, 그래서 레이는 토르티야를 반죽부터 만드는 법을 배우는 중이라고 한다. 그래 참 재밌겠어!

콘스턴스는 레이놀즈가 개빈의 보헤미안 청년 시절에 대해, 그리고 무엇보다 콘스턴스 자신에게 불건전한 관심을 품고 있는 것 같다고 의심한다. 어떻게 그러지 않을 수 있겠나? 콘스턴스는 개빈의 첫 동거인이었던 데다가 그 시절 개빈은 성욕이 넘쳐흐르다 못해 콘스턴스가 반경 800미터 안에 있으면 바지 지퍼를 잠그고 있을 때가 없을 지경이었다. 마치 콘스턴스가 원 모양으로 퍼지는 마법의 가루를 발산하는 듯했다. 알펀랜드의 사파이어 트레스가 뿌리는 페로모냐처럼 저항할 수 없는 마법을 거는 듯했다. 그러니 레이놀즈는 감히 상대도 되지 않고, 이제 개빈의 나이를 생각하면 개빈에게 성 건강 보조제를 먹여야 할지도 모른다. 물론 그게 신경 쓰인다면 말이다.

"개빈이랑 레이놀즈가 누구야?" 이완은 묻곤 했다. 매년.

"대학 때 친구야." 콘스턴스는 그렇게 답하곤 했다. 절반은 진실이었다. 사실 무심함과 욕정으로 똘똘 뭉친 개빈이라는 남자에게 과하게 사로잡힌 나머지 콘스턴스는 개빈과 함께하는 삶을 위해 대학을 중퇴했다. 그러나 이완은 그런 이야기를 듣고 싶어 하지 않을 것이다. 슬퍼할 수도 있고, 질투할 수도 있고, 심지어는 화가 날 수도 있다. 그러니 뭐 하러 이완의 마음을 불안하게 만든담?

개빈의 동료 시인들을 비롯해 포크 가수, 재즈 뮤지션, 배우 등 끊임없이 변화를 거듭하는 무정형의 예술적 위험을 감수하는 집단은 평범하기 그지없는 유사 슬럼에서 히피 이전 세대들이 모이는 쿨한 단골 가게로 변모한 토론토 요크빌의 리버보트 커피숍에서 많은 시간을 보냈다. 이제 리버보트에는 예전에 그 장소에 들어서 있던 치치 호텔의 존재를 알리는 암울한 주철 간판 하나만 남아 있을 뿐이다. 모든 것은 휩쓸려 떠내려갈 것이며 그 순간은 생각보다 더 순식간에 빨리 찾아올 것이다라고 단언한 간판만.

시인과 포크 가수와 재즈 뮤지션과 배우 가운데 푼돈이라도 가진 사람은 하나도 없었고 그건 콘스턴스도 마찬가지였지만, 그래도 콘스턴스는 가난을 매혹적으로 여길 수 있을 만큼 젊었다. 보헤미안, 그게 바로 콘스턴스였다. 콘스턴스는 개빈을 뒷바라지할 돈을 벌기 위해 알핀랜드에 관한 이야기를 쓰기 시작했고, 개빈은 그런 지원을 진정한 사랑이 수행하는 역할 중 하나로 여겼다. 콘스턴스는 금방이라도 고장 날 것 같은 수동 타자기로 알핀랜드의 초기 이야기를 그때그때 생각나는 대로 기계처럼 막힘없이 써 내려갔고, 처음에는 본인도 놀랐는데 큰 액수를 받지는 못했어도 저급한 판타지를 다루는 뉴욕의 한 서브컬처 잡지에 어찌저찌 글을 팔기까지 했다. 표지에 투명한 날개가 달린 사람들, 머리가 무수히 많이 달린 동물들, 청동 헬멧과 가죽조끼, 활과 화살이 등장하는 잡지였다.

콘스턴스는 그런 이야기를 쓰는 데 능했다. 아니, 적어도 잡지에 실을 수 있을 만큼은 썼다. 어린 시절에는 아서 래컴 혹은 그런 작가들의 그림이 실린 동화책을 갖고 있었는데 거기에는 옹이투성이인 나무들, 물결처럼 흐르는 가운을 입은 영묘한 아가씨들, 검, 무기를 꽂아 두는 어깨띠, 태양의 황금 사과가 그려져 있었다. 그러니 알핀랜드는 의상을 바꾸고 이름을 새로 지어서 그때 본 풍경을 확장하기만 하면 되는 문제였다.

그 시절 콘스턴스는 식당에서 웨이터로도 일했다. 시골뜨기 만화 캐릭터의 이름을 딴 스너피스라는 곳이었고 옥수수빵과 치킨이 주력 메뉴였다. 직원 혜택 중 하나로 치킨을 원하는 만큼 먹을 수 있었는데, 콘스턴스는 치킨을 몇 조각 훔쳐다가 개빈에게 주고 그가 그걸 게걸스럽게 먹어 치우는 모습을 보며 만족감을 느꼈다. 일은 힘들고 점장은 호색한이었어도 팁이 나쁘지는 않았고 초과 근무를 하면 더 많은 급여를 받을 수 있었으므로 콘스턴스는 그렇게 했다.

그 시절에 여자애들은 그렇게 살았다. 자기 몸이 녹초가 되도록 일해 가며 스스로가 천재라고 생각하는 남자들의 허황한 생각을 떠받쳤다. 그럼 개빈은 집세를 내기 위해 무얼 하고 있었나? 딱히 없었지만, 콘스턴스는 개빈이 부업으로 대마초를 거래하는 것 같다고 생각했다. 이따금 같이 대마초를 피우기도 했다. 하지만 콘스턴스가 기침을 하는 통에 자주 있는 일은 아니었다. 어쨌건 매번 로맨틱한 시간이었다.

시인들과 포크 가수들은 콘스턴스의 알핀랜드 이야기를 비웃었다. 당연했다. 어찌 그러지 않을 수 있었겠나? 콘스턴스 본인도 자기 이야기를 비웃었다. 콘스턴스가 대량으로 찍어 내는 삼류 문학은 존중받을 만한 문학과는 거리가 멀어도 한참 멀었다. 『반지의 제왕』을 읽었노라고 고백하는 소수의 사람들도 있었으나 그러려면 고대 노르웨이어에 관심이 있다는 말로 정당화를 해야 했다. 하지만 시인들은 콘스턴스가 만든 작품이 톨킨 수준에도 훨씬 못 미친다고 생각했는데 따지고 보면 맞는 말이었다. 그들이 쟤는 정원에 사는 땅속 요정들에 대한 이야기를 쓴다면서 놀리면 콘스턴스는 웃으며 시인하면서도 그렇지만 지금 땅속 요정이 존재하면 금화를 한 무더기 파내서 우리 모두에게 맥주 한 잔씩은 사 줄 수 있을 거라고 덧붙였다. 그들은 무료 맥주를 얻어먹을 수도 있으리라는 말에 흔쾌해하며 잔을 맞부딪쳤다. "땅속 요정을 위하여! 부디 오래오래 떠도십시오!

1가정 1요정을 위하여!"

시인들은 돈을 벌기 위해 글을 쓴다는 생각에 눈살을 찌푸렸지만 콘스턴스만은 예외로 두었다. 그들이 쓰는 시와 달리 알핀랜드는 애초에 상업용 쓰레기로 창조한 이야기였고, 어쨌든 콘스턴스는 여인으로서 개빈을 뒷바라지하려고 그런 일을 하고 있던 데다가 그런 쓸데없는 이야기를 진지하게 받아들일 만큼 어리석지도 않아서였다.

그런데 그들이 이해하지 못한 사실이 있었다. 콘스턴스가 점점 알핀랜드를 진지하게 받아들였다는 것이다. 알핀랜드는 오로지 콘스턴스의 것이었다. 알핀랜드는 콘스턴스의 피난처이자 요새였다. 개빈과의 관계가 순탄치 않을 때마다 찾을 수 있는 쉼터였다. 그곳에서는 혼령의 형태로 눈에 보이지 않는 통로를 통과해 어스레한 숲을 거쳐 희미하게 빛나는 들판 너머에서 동맹을 맺고 적을 물리칠 수 있었다. 게다가 입구에는 5차원 방어 주문이 걸려 있었기 때문에 콘스턴스가 허락하지 않으면 아무도 들어올 수 없었다.

콘스턴스는 점점 더 많은 시간을 알핀랜드에서 보내기 시작했고, 특히 개빈이 새로 써낸 시들에 등장하는 '여인'들이 전부 자신은 아닐 수도 있다는 의심이 어느 정도 자명해진 시점부터는 더 그랬다. 그러니까, 한때는 '마녀처럼 푸른'이나 '머나먼 별'이라고 묘사했던 여인의 눈동자 색깔을 이제는 먹처럼 새까맣다고 묘사하는 이유가 개빈의 대단한 착각 때문이 아닌 이상 그럴 수밖에 없었다. 「내 여인의 둔부는 달과 같지 않다」는 셰익스피어에게 부치는 헌정시라고 개빈은 말했다. 예전에 내 여인의 둔부는 달과 **같다**고, 하얗고 둥글고 어둠 속에서 은은하게 빛나고 매혹적이라고 말한, 조금 거칠지만 진심이 우러난 시를 쓴 적이 있었다는 사실을 잊은 걸까? 저번 여인의 달과 같은 둔부와 달리, 이번 여인의 달과 같지 않은 둔부는 탄탄한 근육질이었고, 수동적이기보다는 적극적이었고, 은근히 홀리기보다는 눈을 뗄 수 없게 했다. 물론 모양까지 똑같은 것은 아니지만 여러 모로 보아뱀에 가까웠다. 콘스턴스는 손거울을 이용해 자기 뒷모습을 비추어 보았다. 어떻게 봐도 그 엉덩이가 자기 엉덩이라고 할 수가 없었다. 그냥 비교 자체가 불가능했다. 설마 콘스턴스가 개빈에게 시상이 되어 줬던 그 엉덩이에 불이 나도록 스너피스에서 일하느라 섹스보다 수면을 원할 정도로 녹초가 되어 있을 동안, 개빈은 그 울퉁불퉁한 매트리스에서 생기 넘치고 혈기 왕성한 새로운 진정한 사랑과 뒹굴고 있었던 걸까? 눈을 뗄 수 없는 엉덩이를 가진 여자와?

　과거에 개빈은 늘 자신의 시적 강점 중 하나인 냉소적이고 반어적인 말들로 사람들이 보는 앞에서 콘스턴스를 망신 주며 모종의 쾌감을 느꼈다. 콘스턴스는 개빈의 관심이 자신에게 쏠려 있다는 이유로 그것을 칭찬의 형태로 받아들였다. 그럴 때 개빈은 어떤 의미에서는 콘스턴스를 자랑거리로 삼고 있는 것이기도 했는데, 그러다 보면 어느새 저 혼자 흥분해 버리곤 했기 때문에 콘스턴스는 굴욕감이 밀려들어도 순순히 받아들였다. 그런데 어느 순간부터 개빈은 콘스턴스를 망신 주지 않았다. 대신 무시했다. 망신 주기보다 더 못된 짓이었다. 방 두 개짜리 집에 단둘이 있어도 콘스턴스의 목에 키스를 하거나 옷을 잡아채 사정없이 벗기거나 억제할 수 없는 욕정을 기세등등 표출하며 콘스턴스를 매트리스로 던져 버리는 일이 없었다. 대신 허리가 아프다고 불평하면서 자기가 고통에 시달리며 몸을 마음대로 움직일 수 없게 된 상황에 대해 구강성교로 보상해 달라고 제안했다. 사실상 요구에 가까웠다.

콘스턴스는 그런 성행위를 즐기지 않았다. 경험이 많지 않기도 했고, 그게 아니어도 입에 넣을 것을 대자면 수도 없이 댈 수 있었다.

이에 반해 알핀랜드에서는 그 누구도 구강성교를 요구하지 않았다. 하지만 동시에 알핀랜드에서는 그 누구도 화장실에 가지 않았다. 화장실이 필요하지 않았다. 거대한 전갈들이 성을 침략하고 있는 와중에 그런 반복적인 배변 활동에 시간을 낭비할 이유가 없지 않은가? 그래도 알핀랜드에는 욕조가, 더 정확히 말하자면 재스민 향이 나는 정원에 파여 있고 지하 온천에서 온수가 공급되는 사각형 물웅덩이가 있었다. 알핀랜드 주민 중에서도 도덕적으로 좀 더 타락한 자들은 포로들의 피로 목욕을 했다. 그 포로들은 물웅덩이 주변에 설치된 말뚝에 결박된 채 자신의 생명이 천천히 몸에서 빠져나가 진홍색 거품이 되는 광경을 지켜봐야 했다.

콘스턴스는 리버보트 모임에 나가기를 관두었다. 모임원들이 동정의 눈길을 보내면서 "개빈은 어디 갔지? 조금 전까지 여기 있었는데." 따위의 말을 해서였다. 다들 콘스턴스보다 많은 것을 알고 있었다. 상황이 절정으로 치닫고 있는 것이 눈에 보였다.

새로운 여인의 이름은 마저리로 밝혀졌다. 그러고 보니 이제는 없는 이름이네. 콘스턴스는 생각한다. 마저리들이 멸종 위기에 처해 있다. 그리고 머지않아 콘스턴스도 같은 운명을 맞게 될 것이다. 마저리는 검은 머리와 검은 눈과 빼빼 마른 다리의 소유자로 리버뱅크에서 자원봉사를 하는 시간제 경리였는데, 허리에는 색감이 밝고 선명한 아프리카 직물을 두르고 귀에는 달랑거리는 수제 비즈 귀걸이를 하고 기관지염에 걸린 노새를 연상시키는 시끄럽고 귀 따가운 웃음소리를 낸다는 특징이 있었다.

적어도 콘스턴스에게는 그렇게 느껴졌다. 분명 개빈에게는 그러지 않았을 테지만. 콘스턴스는 개빈과 마저리가 허리 통증이 있다는 말이 가당찮을 정도로 한바탕 섹스 중인 광경을 목격했다. 탁자에는 와인잔들이 어질러져 있고 바닥에는 옷이 너저분히 널려 있고 베개에는, 콘스턴스의 베개에는 마저리의 머리카락이 흩어져 있었다. 개빈은 절정에 다다라서인지, 아니면 하필 그때 콘스턴스가 나타난 것에 넌더리가 나서인지 신음을 냈다. 반면 마저리는 콘스턴스 때문인지 개빈 때문인지 아니면 이 전반적인 상황 때문인지 그 시끄럽고 귀 따가운 웃음소리를 냈다. 조롱이 담긴 소리였다. 달갑지 않았고, 신경에 거슬렸다.

집세 절반 갚아야지? 그 말 말고 콘스턴스가 달리 무슨 말을 할 수 있었겠나. 하지만 결국 그 돈마저 받지 못했다. 개빈은 당대 시인들의 특징 중 하나였던 쩨쩨함 말고는 가진 것이 없었다. 곧 콘스턴스는 자기 소유의 전기 주전자를 들고 이사를 갔고, 알펜랜드 첫 단행본 계약서에 서명했다. 콘스턴스가 땅속 요정 덕분에 그들 기준에는 부자가 되었다는 소문이 리버보트에 퍼지자 개빈은 콘스턴스의 새로운 아파트, 제대로 된 침대를 떡하니 갖춘 데다 그리 오래 지속되지는 않았지만 포크 가수 중 한 명과 동거한 방 세 개짜리 아파트에 모습을 드러내더니 관계를 회복하려 했다. 마저리는 그냥 어쩌다 만난 사람이야. 개빈은 말했다. 사고였어. 절대 진지한 관계가 아니었어. 다신 그런 일 없을 거야. 개빈의 진정한 사랑은 콘스턴스라는 말이었다. 분명 너도 우리가 함께해야 한다는 사실을 알잖아!

개빈이 콘스턴스에게 보인 태도는 비열하다는 말로도 부족할 정도였고 콘스턴스는 그런 생각을 개빈에게 표현했다. 당신한테는 수치심도, 도리도 없어? 당신이 얼마나 거머리 같은 인간인지, 얼마나 진취성도 없고 이기적인지 알기는 해? 처음에 개빈은 온화한 달 소녀 같았던 콘스턴스가 표출한 공격성에 화들짝 놀랐으나 이내 특유의 빈정거림을 한껏 발휘해 너는 괴짜라고, 네가 쓴 시는 무가치하다고, 네가 입으로 해 줄 때마다 아주 형편없었다고, 그 덜떨어진 알핀랜드는 애들이나 읽는 시답잖은 이야기라고, 네가 그 분칠이나 한 쪼그만 뇌를 아무리 써 봐야 그것보다 내 항문으로 할 수 있는 게 훨씬 많다고 말했다.

그게 **진정한 사랑**의 끝이었다.

그러나 개빈은 알핀랜드가 가진 내밀한 의미를 결코 이해하지 못한 사람이었다. 알핀랜드는 위험한 장소였고 어떤 면에서는 당연히 터무니없었지만 천박하지는 않았다. 알핀랜드 주민들에게는 규범이 있었다. 그들은 용맹과 용기, 그리고 원한을 이해했다.

그렇기에 콘스턴스는 마저리를 개빈이 머무르는 양조장에 보관하지 않았다. 대신 향기로운 더듬이의 소유자 프레시아노가 소유한 돌로 된 벌집 속에서 룬 주문에 걸린 채 꼼짝도 못 하게 했다. 반신반인인 프레시아노는 신장이 243센티미터고 짧은 황금빛 털로 뒤덮여 있으며 여러 기능을 갖춘 눈이 있다. 다행히도 콘스턴스는 프레시아노와 친한 친구 사이이고, 프레시아노는 곤충과 관련된 주문을 수여해 준 것에 대한 보답으로 콘스턴스의 계획과 취향을 기꺼이 따르며 돕는다. 그리하여 매일 12시 정각마다 마저리는 에메랄드색과 남색을 띠는 백 마리의 벌에 쏘이고 있다. 백열의 바늘에 적열의 칠리소스를 결합한 벌침이기에 그 고통은 이루 말할 수 없는 극한의 수준이다.

알핀랜드 외부 세계에서 마저리는 개빈과 리버보트 모두와 갈라선 후 경영 대학원에 진학해 광고 회사에서 한 자리를 꿰찼다. 들리는 소문에 따르면 그랬다. 성큼성큼 블로어 스트리트를 따라 걷고 있던 80년대의 콘스턴스가 마지막으로 목격한 마저리는 큼지막한 어깨 패드가 달린 각 잡힌 베이지색 양복 차림이었다. 그 양복은 경악을 금할 수 없을 만큼 보기 흉했고, 걸을 때마다 쿵쿵 굽 소리가 울리는 투박한 신발도 매한가지였다.

하지만 마저리는 콘스턴스를 보지 못했다. 어쩌면 못 본 척했을 수도 있다. 잘된 일이었다.

콘스턴스의 마음속에 자리한 서류함에는 두 사람이 그날 서로를 알아보고 환호성을 터뜨린 후 커피를 한잔하러 가서 개빈과 개빈의 시와 구강성교를 향한 개빈의 열망에 대해 아주 떠들썩하게 재잘거리는 또 다른 버전의 이야기가 담겨 있었지만 그런 일은 결코 벌어지지 않았다.

콘스턴스는 내리막길을 내려와 조도가 낮은 달걀 모양의 가로등이 비추는 다리를 건넌 후 어스레한 숲으로 접어든다. 쉿! 여기에서는 조용히 움직이는 것이 중요하다. 저 앞에 검은 재의 흔적이 보인다. 이제 마법이 필요한 순간이다. 콘스턴스가 자판을 두드린다.

찢이기고, 박살 내고,
때로는 갈아 버린다.
시간의 살벌한 이빨이
모든 것을 재로 만들리라.

하지만 이건 설명이잖아. 콘스턴스는 생각한다. 마법이 아니잖아. 주문 같은 것이 필요한데.

노르그, 스미서트, 주르파시,
환한 텔더린,
빛이 보이게 하라,
재 속의 악을 물리쳐라.
……의 연자주색 피로

핸드폰이 울린다. 파리에 사는 아들, 정확히는 며느리다. 텔레비전에서 얼음 폭풍 소식을 접하고 콘스턴스가 걱정되어 괜찮은지 확인하고 싶었단다.

거긴 몇 시니? 콘스턴스가 묻는다. 이렇게 늦게까지 뭐 하니? 당연히 괜찮고말고! 그래 봐야 고작 얼음이잖니! 그래 사랑한다, 이제 좀 자렴. 다 괜찮아.

콘스턴스는 가능한 한 빨리 전화를 끊는다. 방해받는 건 질색이다. 전화를 끊고 나니 아주 영험한 연자주색 피가 흐르는 신의 이름이 기억나지 않는다. 다행히 컴퓨터에 알핀랜드에 사는 모든 신과 그들의 특성과 선서를 찾아보기 쉽게 알파벳 순서대로 정리한 목록이 있다. 이제 신의 수도 상당하다. 수년간 쌓아 왔으니 그럴 만도 한데, 10년 전에는 애니메이션 시리즈 때문에 추가로 몇몇 신을 더 창조해야 했던 데다가 그 후에는 현재 마무리 작업 중인 비디오 게임을 위해 그보다 더 많은 신을 창조해야 했다. 더 거대하고 더 무시무시하고 한층 더 폭력적인 신을. 알핀랜드가 이렇게 오래도록 지속되고 이렇게 성공할 줄 알았더라면 콘스턴스는 이 세계를 더 정교하게 설계했을 것이다. 형태도 있고, 보다 명확한 구조도 갖추었을 것이다. 경계도 있었을 테고. 지금은 무분별하게 확장한 도시처럼 비대해져 있을 따름이다.

그뿐만 아니라 알핀랜드라는 이름을 붙이지도 않았을 것이다. 애초에 콘스턴스는 콜리지의 시에 나오는 신성한 강, 셀 수 없이 많은 동굴이 있는 강인 알프(Alph)를 생각하면서, 또한 이것이 알파벳(alphabet)의 접두어이기도 하다는 점을 염두에 두며 알핀랜드를 떠올렸건만 정작 알핀랜드는 너무 엘핀랜드(Elfinland)처럼 들렸다. 언젠가 어느 시건방진 인터뷰 진행자는 콘스턴스가 '구축한 세계'가 알핀랜드로 불리는 이유가 혹시 알파 남자들로 가득 차 있어서냐고 물었다. 이에 콘스턴스는 어느 콧대 높은 기자 나부랭이가 자신을 인터뷰할 만한 사람으로 꼽았을 때 방어 차원으로 연습했던 약간 알

쏭달쏭한 미소로 화답했다. 대충 장르 문학으로 한데 뭉뚱그려진 책들이 언론으로부터 조금 주목받기 시작한 시절의, 전부는 아니나 적어도 베스트셀러 작품들은 그랬던 시절의 일이었다.

"오, 아뇨." 콘스턴스가 인터뷰 진행자에게 말했다. "그래서 그런 건 아니에요. 알파 남자라는 뜻은 아니에요. 그냥 어쩌다 보니 그렇게 된 거죠. 어쩌면…… 아침으로들 먹는 그 시리얼을 제가 너무 좋아했는지도요. 이름이 알핀이었던가요?"

콘스턴스는 인터뷰를 할 때마다 얼빠진 사람 같다는 인상을 주었고 그래서 더는 인터뷰에 응하지 않았다. 관련 행사에 참석하지도 않았다. 뱀파이어나 버니나 「스타트렉」 의상을 차려입은 아이들, 특히 알핀랜드에 등장하는 유달리 고약한 악당들로 분장한 아이들은 이미 볼 만큼 보기도 했다. 내면의 악랄함을 탐구하는 인물로 사과빛 뺨을 지닌 순진무구한 존재인 붉은 손의 밀즈레스를 어설프게 흉내 낸 사람은 정말이지 더는 두고 볼 수 없기도 했다.

또한 출판사에서 끈질기게 간청해도 소셜 미디어를 사용하지 않았다. 알핀랜드 판매가 늘어날 것이고 영향력도 확대될 것이라고 말해도 소용없었다. 콘스턴스에게는 더는 돈도 필요 없었기 때문이다. 있어 봐야 어디에 쓰겠나? 돈이 있어도 이완을 구하지 못했는데. 콘스턴스는 자기 재산을 아들들에게 전부 상속할 생각이었고 며느리들도 그러기를 기대하고 있었다. 게다가 콘스턴스는 애독자와 소통하고 싶은 마음도 전혀 없었다. 이미 그들에 대해, 그들의 존재와 그들이 몸에 한 피어싱과 문신과 용 페티시에 대해 너무 많은 것을 알고 있었다. 무엇보다 그들을 실망시키고 싶지 않았다. 팔죽지에는 뱀 팔찌를 끼고 머리에는 단도 모양의 장신구를 착용한 흑발의 마법 사면 모를까, 말씨가 부드럽고 종잇장처럼 마른 데다 한때 금발이었 던 여자를 기대하지는 않을 터였다.

콘스턴스가 신의 목록을 살펴보려고 화면에 보이는 알핀랜드 파 일 폴더를 막 열려는 차에 이완이 오른쪽 귓가에 대고 우렁찬 소리 로 말한다. "꺼!"

화들짝 놀란 콘스턴스가 의자에서 튀어 오른다. "뭐라고? 뭘 끄라 는 거야?" 또 주전자에 불을 올려놓고 깜빡한 걸까? 하지만 따뜻한 건 마시지도 않았는데!

"꺼! 알핀랜드! 당장 끄라고!"

컴퓨터를 말하는 것이 분명하다. 충격에 휩싸인 콘스턴스는 어깨 너머를 쳐다본다. 이완이 있었다니! 그러고는 곧장 종료 버튼을 누 른다. 화면이 어두워지더니 육중하고 둔탁한 소리와 함께 빛이 사라 진다.

모든 빛이 사라진다. 가로등 불까지 전부. 이완은 어떻게 안 걸까? 예지력이 있는 걸까? 한 번도 그런 적이 없었는데.

콘스턴스는 손이 닿는 곳마다 더듬거리며 계단을 내려간 다음 복 도를 따라 현관으로 가서 조심히 문을 열어 본다. 우측으로 이어진 블록을 따라 노란 불빛이 보인다. 나무가 쓰러지면서 전봇대가 무너 진 것이 틀림없다. 언제쯤 수리될지는 하늘만이 알 것이다. 수천 건 의 정전 사고 중 하나일 테니.

손전등을 어디에 뒀더라? 부엌에 둔 가방 안에 있다. 콘스턴스는 발을 질질 끌면서 더듬더듬 길을 찾아 복도를 지나고 손의 감각에 의지해 가방을 찾아 헤맨다. 손전등 배터리가 얼마 남지는 않았지만 촛불 두 개를 찾아 켤 수 있는 시간 정도는 벌 수 있을 것이다.

"가서 수도 차단하고 와. 어디에 있는지 알지, 보여 줬었잖아. 그런 다음 부엌 수도꼭지를 틀어. 배관이 터지는 걸 원치 않으면 물을 빼 둬야 해." 한동안 이완이 했던 말 중에 가장 긴 말이다. 콘스턴스는 흡족한 기분을 느낀다. 이완이 진심으로 콘스턴스를 걱정하고 있다.

수도를 차단하라는 임무를 마친 후 콘스턴스는 오리털 이불과 베개, 깨끗한 털양말 몇 켤레, 격자무늬 차량용 담요 같은 단열 용품을 한 곳에 모으고 벽난로 앞에 둥지를 튼다. 그런 다음 난로에 불을 붙인다. 예방 차원에서 난로 앞에 방화용 칸막이도 세운다. 밤중에 불길에 휩싸이고 싶지는 않다. 온종일 땔 수 있을 만큼의 장작은 없지만 얼어 죽는 일 없이 새벽까지 버티기에는 충분하다. 집이 싸늘히 식기까지 분명 몇 시간은 걸릴 것이다. 아침이 되면 대안을 생각해 볼 것이다. 그즈음이면 폭풍은 물러나고 없을지도 모른다. 자기 몸에 불을 지르는 일이 있어서는 안 되니 콘스턴스는 촛불은 꺼 버린다.

그리고 이불 속에 파묻혀 몸을 웅크린다. 벽난로 안에서 불꽃이 점멸한다. 놀랍도록 아늑하다. 적어도 지금은.

"잘했어. 역시 내 여자야!"

"어머, 이완. 내가 당신 여자야? 항상 그랬어? 그때 다른 사람 만나고 있지 않았어?"

이완은 대답이 없다.

재의 흔적이 달빛과 별빛을 받아 은은히 반짝이면서 숲을 가로질러 이어진다. 콘스턴스가 뭔가를 잊은 걸까? 뭔가가 잘못되었다. 숲속에 있던 콘스턴스가 밖으로 나오자 발밑이 빙판길이다. 콘스턴스가 사는 거리, 수십 년 동안 살아온 거리다. 그리고 집이, 이완과 함께 살고 있는 집이 있다.

여기에, 알핀랜드에 있어서는 안 된다. 이것들이 여기에 있어서는 안 된다. 모든 것이 잘못되었다. 하지만 콘스턴스는 어쨌든 재의 흔적을 따라 현관 계단을 오르고 문을 통해 안으로 들어간다. 어떤 소매가, 검은 옷감의 소매가 콘스턴스를 감싼다. 트렌치코트다. 이완이 아니다. 어떤 입이 콘스턴스의 목을 힘껏 누른다. 오래전 잃어버린 맛이 난다. 콘스턴스는 너무 피곤하다. 힘을 잃고 있다. 힘이 빠져나가는 것이, 손가락 끝을 통해 빠져나가는 것이 느껴진다. 개빈이 어떻게 여기 들어온 거지? 어째서 장의사 차림을 하고 있는 거지? 콘스턴스는 한숨을 내쉬며 개빈의 품으로 녹아든다. 그리고 말없이 바닥에 쓰러진다.

얼음 한 겹이 서려 있는 창유리를 통해 흘러 들어오는 아침 햇살이 콘스턴스를 깨운다. 모닥불은 꺼진 상태다. 바닥에서 자고 일어나니 몸이 뻣뻣하다.

참 대단한 밤이었다. 콘스턴스가 이 나이에 그렇게 강렬하고 에로틱한 꿈을 꿀 수 있으리라고 과연 누가 생각이나 했을까? 게다가 개빈까지 나오지 않았나. 참 어리석은 남자 같으니라고. 콘스턴스는 이제 저를 존중하지도 않는데. 그런데 어떻게 수년 동안 오크통에 가둬 놨는데 그 은유에서 빠져나올 수 있었던 걸까?

콘스턴스는 현관문을 열고 밖을 빼꼼 내다본다. 태양이 빛나고 처마에는 눈부신 고드름이 자라고 있다. 계단에 뿌려 둔 고양이 화장실용 모래는 엉망진창이다. 얼음이 녹으면 질퍽한 진흙이 될 것이다. 길거리도 난장판이다. 나뭇가지들이 사방에 나부러져 있고, 얼음 높이가 못해도 5센티미터나 된다. 장엄한 광경이다.

그러나 집 안은 춥고, 점점 더 추워지고 있다. 눈부신 바깥세상으로 나가 장작을 더 사 와야 할 것이다. 살 장작이 남아 있다면 말이다. 아니면 교회든 커피숍이든 식당이든 일종의 피난처를 찾을 수도 있다. 아직 전기와 난방이 들어오는 공간을.

그렇게 한다는 것은 이완을 떠난다는 의미다. 이완 혼자 여기 남겨질 것이다. 그건 좋은 일일 수가 없다.

콘스턴스는 아침으로 바닐라 요거트를 먹는다. 요거트 통에 숟가락을 집어넣고 통째로 먹는다. 콘스턴스가 먹는 동안 이완은 자기 존재를 알린다. "정신 차려." 꽤나 단호한 말투다.

콘스턴스는 이완의 말을 이해하지 못한다. 정신 차릴 필요가 없으니까. 지금은 안절부절못하고 있지도 않고, 단지 요거트를 먹고 있을 뿐이다. "무슨 말이야, 이완?"

"우리 서로 좋았던 거 아니야?" 이완이 거의 애원하듯 말한다. "왜 망치려는 거야? 그 남자는 누구였어?" 이제는 목소리에서 적대감이 느껴진다.

"무슨 말이야?" 나쁜 예감이 든다. 이완이 콘스턴스의 꿈에 접근하는 것은 불가능하다.

콘스턴스. 콘스턴스가 스스로에게 말한다. 널 어쩌면 좋니. 왜 이완이 네 꿈에 접근할 수가 없겠어? 이완은 네 머릿속에만 살잖아!

"알잖아." 콘스턴스 뒤에서 이완의 목소리가 들려온다. "그 남자 말이야!"

"당신은 그런 질문을 할 자격이 없는 것 같은데." 콘스턴스가 뒤돌아보며 말한다. 거기엔 아무도 없다.

"어째서?" 이완이 보다 희미해진 목소리로 말한다. "정신 차려!" 이완이 사라지고 있는 걸까?

"이완, 바람피웠었어?" 콘스턴스가 묻는다. 이완이 정말 원한다면 콘스턴스는 대화를 나눌 준비가 되어 있다.

"말 돌리지 마. 우리 서로 좋았던 거 아니야?" 이제는 기계에서 나는 듯한 쇳소리 같은 목소리다.

"말 돌리는 건 항상 당신이었어. 그냥 진실을 말해! 잃을 것도 없잖아. 죽었으니까."

그 말은 하지 말았어야 했다. 모든 것이 수포가 될지도 몰랐다. 일단 이완을 안심시켜야 했다. 그 말을 입 밖으로 꺼내지는 말았어야 했는데, 너무 화가 난 나머지 툭 튀어나오고 말았다. "그런 뜻이 아니야! 이완, 미안해, 당신이 정말로……."

너무 늦었다. 훅하고 부는 입김처럼 거의 들리지도 않을 정도의 아주 작은 폭발음이 들린다. 그러고는 침묵이 내려앉는다. 이완이 사라졌다.

콘스턴스는 기다린다. 아무것도 나타나지 않는다. "삐치지 좀 마!

얼른 나오라고!" 콘스턴스는 그렇게 잠깐이나마 화를 내 본다.

콘스턴스는 음식을 구하러 밖으로 나선다. 어느 사려 깊은 사람이 보행로 한쪽에 모래를 뿌려 두었다. 놀랍게도 구멍가게가 열려 있다. 발전기를 구비해 둔 덕이다. 가게 안에는 옷을 두둑이 차려입은 사람들이 한데 모여 있다. 콘스턴스처럼 정전을 겪은 이들이다. 머리카락을 염색하고 몸에 문신을 한 여자가 크락팟 조리기구를 플러그에 꽂고 수프를 데우고 있다. 그에 더해 모두가 충분히 먹을 수 있도록 바비큐 치킨을 조각조각 잘라서 팔고 있다. "오셨네요, 선생님." 여자 종업원이 콘스턴스에게 말한다. "걱정했어요!"

"고마워요."

콘스턴스는 거기서 몸을 녹이고, 치킨과 수프를 먹고, 다른 사람들이 들려주는 얼음 폭풍 이야기를 듣는다. 좁은 탈출구, 공포, 재빠른 판단력. 저마다 자기가 얼마나 운이 좋았었는지를 말하고, 서로에게 자기가 어떻게 도와주면 되겠느냐고 묻는다. 다들 서글서글하고 다정하다. 하지만 콘스턴스는 오래 머물 수 없다. 집으로 돌아가야 한다. 이완이 기다리고 있을 테니까.

집에 도착하자마자 콘스턴스는 살금살금 이 방에서 저 방을 오가며 겁먹은 고양이를 대하듯 소곤소곤 이완을 부른다. "이완, 돌아와! 난 당신을 사랑해!" 콘스턴스의 머릿속에 자신의 목소리가 메아리처럼 울린다. 마침내 콘스턴스는 계단을 올라 다락방으로 가서 좀약을 넣어 둔 여행 가방을 연다. 옷뿐이다. 옷이 거기에, 납작하게 눌린 채 움직일 수 없는 상태로 누워 있다. 이완이 어디에 있건 여기에는 없다.

콘스턴스는 늘 그 질문을, 외도에 관한 질문을 던지기를 두려워했다. 바보는 아니었기에 누구와 그러고 있는지는 몰라도 그런 일이 벌어지고 있다는 사실쯤은 알았다. 이완에게서 그 냄새를 맡을 수 있었다. 하지만 이완도 개빈처럼 떠나 버릴까 봐 두려워했다. 그런 일이 벌어지면 도무지 살아갈 수 없을 것 같았다.

그리고 이제 이완은 콘스턴스를 떠났다. 이완은 침묵했다. 사라졌다. 하지만 이 집에서 사라졌더라도 완전히, 우주에서까지 사라질 수는 없다. 콘스턴스로서는 용납할 수 없는 일이다. 어딘가에는 있어야 한다.

집중해야 할 때다.

콘스턴스는 서재로 가서 이완의 의자에 앉아 컴퓨터의 검은 화면을 뚫어져라 쳐다본다. 이완은 틀림없이 알핀랜드를 구하고 싶었을 것이다. 그는 알핀랜드가 전기 자극에 타 버리기를 바라지 않았다. 그래서 콘스턴스에게 컴퓨터를 꺼 두라고 했던 것이기도 했다. 그런데 왜 그랬을까? 알핀랜드는 이완의 영역이 아니다. 게다가 그는 알핀랜드의 유명세에 속으로 질색했다. 알핀랜드 자체가 바보 같은 짓거리라고 생각했고, 알핀랜드의 지적인 경박함에 모욕감을 느꼈다. 콘스턴스가 알핀랜드에 흠뻑 빠져 있게 하면서도 거기에 깊게 몰두하는 모습을 보면 분개했다. 게다가 이완은 알핀랜드에서, 콘스턴스의 사적인 세계에서 배제되어 있다. 눈에 보이지 않는 빗장이 이완을 막고 있다. 늘 그랬다. 콘스턴스와 이완이 만난 순간부터. 이완은 그 안으로 들어갈 수 없다.

아니, 들어갈 수도 있을까? 어쩌면 그럴지도 모른다. 마법에 걸린 재가 소임을 다하고 고대의 주문이 깨어졌으니 알핀랜드를 다스리는 규칙이 더 이상 작동하지 않을지도 모른다. 지난밤 개빈이 펑 하고 오크통 뚜껑을 열어 콘스턴스의 집에 모습을 드러낼 수 있었던 이유가 그 때문인지도 모른다. 더욱이 개빈이 알핀랜드에서 빠져나올 수 있다면, 당연히 이완은 알핀랜드로 들어갈 수 있어야 한다. 혹은 금지된 것의 마력에 이끌려 알핀랜드로 끌려 들어갈 수 있었던 건지도 모른다.

이완이 사라진 곳은 분명 그곳일 것이다. 이완은 망대가 설치된 석벽을 통과해 지금 거기에 있는 것이다. 이완은 구불구불하고 어둑한 길을 따라 걷고, 달빛이 비치는 다리를 건너고, 고요하고 위험한 숲으로 들어서고 있다. 머잖아 그늘진 교차로에 다다를 텐데, 그러면 어느 방향으로 향할까? 이완은 답을 내리지 못할 것이다. 거기서 길을 잃을 것이다.

이완은 이미 길을 잃었다. 이완은 알핀랜드의 이방인이고, 알핀랜드에 도사리는 위험을 모른다. 룬 주문도 모르고, 무기도 없다. 동맹도 없다.

아니면 콘스턴스가 유일한 동맹일 수도. "날 기다려, 이완. 거기서 기다려!" 콘스턴스는 알핀랜드로 들어가 이완을 찾을 것이다.

돌아온 자

레이놀즈가 베개 두 개를 들고 분주히 거실로 간다. 정확히 몇 년 전이라고 특정하기는 어렵지만 옛날이었다면 몽실몽실하고, 부드럽지만 단단하고, 풍선처럼 팽창할 것 같은 가슴처럼 레이놀즈의 겨드랑이에 끼인 채 위로 부풀어 오른 이 두 베개를 보고 개빈은 그 아래 감춰진 실제 가슴을, 베개처럼 부드럽지만 단단한 가슴을 상상했을 것이다. 어쩌면 두 베개를 보면서 깃털 두 자루를, 그리고 그 깃털 자루가 연상시키는 성적으로 개방적인 닭 두 마리를 가지고 기발한 은유를 떠올렸을 수도 있다. 아니면 그 탱탱함, 그 복원력, 그 탄력성 때문에 트램펄린 두 개를 떠올렸을지도 모른다.

그러나 이제 두 베개는 가슴에 더해 레이놀즈와 개빈이 지난여름 어느 공원에서 본 과장된 아방가르드 스타일의 「리처드 3세」를 떠올리게 한다. 그 연극을 보자고 한 사람은 레이놀즈였다. 레이놀즈는 개빈이 타성에 젖은 생활에서 벗어나 바깥바람을 쐬고 새로운 개념들에 노출되는 게 도움이 될 거라고 말했다. 개빈이 그냥 나체로 바깥바람만 쐬고 오겠다고 하자 레이는 팔꿈치로 개빈을 장난스럽게 쿡쿡 찌르며 "못된 개애애비!"라고 말했다. 개빈을 말 안 듣는 반려동물처럼 대하고 싶을 때마다 레이놀즈는 그렇게 교태 섞인 말투로 말했다. 그렇지 않다고 부인할 수도 없다고 개빈은 씁쓸하게 생각한다. 아직 카펫에서 변을 보고 가구를 부수고 밥투정을 하지는 않았지만 거의 비슷한 수준이다.

공원으로 나들이를 가기에 앞서 레이놀즈는 바닥에 깔고 앉을 비닐 깔개와 혹여 개빈이 오한을 느끼면 챙겨 줄 차량용 담요 두 장, 그리고 하나에는 뜨거운 코코아를, 다른 하나에는 보드카 마티니를 담은 보온병 두 개를 배낭에 챙겼다. 레이놀즈의 계획은 빤했다. 개빈이 심하게 불평을 하면 술을 좀 먹이고 담요를 덮어 준 다음 그가 잠들기를 바라면서 불후의 음유시인이 만든 작품에 푹 빠져드는 것이었다.

오후에 내린 비로 잔디가 젖어 있던 터라 챙겨 간 비닐 깔개가 유용했다. 개빈은 비가 더 퍼부어서 집에 갈 수 있기를 남몰래 바라며 담요에 몸을 맡긴 채 어깨가 아프다고, 배도 고프다고 불평했다. 어깨 통증과 허기 모두 레이놀즈가 예상한 불만이었다. 그래서 개빈이 좋아라 하는 의미 없는 단어 중 하나인 안티플로지스틴이 함유된 러브 A535 소염제와 연어 샐러드 샌드위치를 꺼냈다. "빌어먹을, 글자가 하나도 안 보이잖아." 개빈이 프로그램 설명문을 보며 말했다. 그렇다고 그걸 읽고 싶다는 뜻은 아니었다. 레이놀즈는 개빈에게 손전등과 함께 돋보기를 건넸다. 개빈이 동원하는 거의 모든 회피 전략에 대응할 준비가 되어 있었다.

"신난다!" 레이놀즈가 최대한 낙천적이고 밝은 목소리로 말했다. "당신도 좋아할 거야!" 개빈은 순간 가책을 느꼈다. 레이놀즈는 그렇게 개빈이 즐길 줄 아는 능력을 타고났다는 애처로운 믿음을 품은 사람이다. 노력만 하면 뭐든 할 수 있다고, 개빈의 문제는 지나치게 부정적인 태도에 있다는 것이 레이놀즈의 주장이다. 두 사람은 이에 대해 못해도 한 번 이상은 대화를 나누었다. 개빈이 자기가 생각하는 문제는 이 세상이 악취를 풍긴다는 것이니 나를 고치려는 노력은 그만두고 그 악취에 집중해야 하는 거 아니냐고 대꾸하면, 레이놀즈는 악취는 그 냄새를 맡는 사람의 코가 가진 문제라고, 아니면 칸트의 주관주의를 실천한 문제라고 하면서 — 그렇다고 레이놀즈가 칸트 주관주의에 정통한 것은 아니었다 — 왜 불교 명상을 시도해 보지 않는 거냐고 응수하는 식이었다.

그리고 필라테스도. 레이놀즈는 개빈에게 필라테스를 강력히 권하고 있다. 평소에는 일대일 수업을 하지 않지만 개빈의 작품을 존경하는 독자로서 기꺼이 해 주겠다는 한 젊은 여성 필라테스 강사도 섭외해 놓은 상태다. 이건 끔찍한 생각이다. 개빈과 비교하면 나이가 반의반밖에 안 될 만큼 어리고 에스트로겐 분비가 활발한 순진한 여자들이 개빈의 초기 시에 등장한 팔팔한 화자를, 즉 성적인 활기와 냉소적인 재치로 충만한 화자를 쭈글쭈글한 노끈 뭉치와 가느다란 막대가 돼 버린 지금의 개빈과 비교하면서 비쩍 말라 힘줄이 드러나고 관절이 울퉁불퉁 튀어나온 그의 다리를 비트는' 일이니까. 자,

보십시오. 이 그림, 그리고 이쪽 그림을.* 어째서 레이놀즈는 개빈을 필라테스 고문 기구에 매달아 놓고 그가 낡은 고무줄처럼 툭 끊어질 때까지 사지를 늘어뜨리는 데 이토록 열중하는 걸까? 개빈이 고통받고 있다는 사실을 알고 싶어서다. 레이놀즈는 개빈에게 굴욕을 안기는 동시에, 자신은 고귀한 사람이 된 기분을 느끼고 싶다.

"포주처럼 날 그런 소녀 팬들한테 팔아넘기는 짓 좀 그만해." 개빈이 레이놀즈에게 말한다. "그냥 아예 나를 의자에다 밧줄로 묶어 놓고 입장료를 받지 그래?"

공원은 활기찬 분위기로 충만했다. 어린아이들은 저만치에서 프리스비를 했고, 갓난아이들은 서럽게 울어 댔고, 개들은 짖었다. 개빈은 프로그램 설명문을 탐독했다. 늘 그렇듯 과장 일색인 쓰레기 종이 쪼가리였다. 예정보다 상연이 지연되었다. 조명에 합선 문제가 있었다고 했다. 모기들이 모여드는 통에 개빈은 찰싹찰싹 모기를 잡았다. 레이놀즈는 딥우즈오프 모기 퇴치제를 뿌렸다. 진홍색 쫄쫄이 유니폼을 입고 돼지 귀를 한 바보들이 사람들을 조용히 시키겠다고 나팔을 불더니 작은 폭발음과 함께 주름진 옷깃이 달린 옷차림을 한 인물이 나타나 군것질거리를 파는 간이매점 방향으로 전력 질주했다. 뭘 찾으러 가는 거지? 잊은 게 있나? 그렇게 연극은 시작되었다.

주차장에서 리처드 3세의 유골이 발굴되는 영화 「리처드 3세」 속한 장면이 서막을 대신했다. 실제로 벌어진 그 사건을 개빈은 이미 텔레비전으로 봐서 알고 있었다. DNA 증거와 두개골에 남은 수많

---

* 셰익스피어의 『햄릿』 3막 4장에서 햄릿이 아버지의 초상화와 삼촌이자 어머니의 현 남편인 클로디어스의 초상화를 비교하면서 어머니를 질책하는 대목이다.

은 부상으로 미루어 볼 때 유골의 주인이 리처드임은 확실했다. 연극의 막을 여는 영상은 침대 시트 같은 흰 천에 투사되었다. 실제로 침대 시트일 수도 있었다. 개빈이 소토 보체*로 레이놀즈에게 말했듯 예술계 예산은 예나 지금이나 한결같았다. 레이놀즈는 팔꿈치로 개빈을 쿡쿡 찌르면서 "목소리 좀 더 줄여."라고 속삭였다.

타닥타닥 소리를 내는 스피커를 통해 엘리자베스 시대의 약강 오보격 운율을 형편없이 모방한 선율이 들려왔다. 그 소리를 따라가던 그들은 앞으로 보게 될 연극이 초토화된 리처드의 두개골 속에서 사후 세계를 펼쳐 보이리라는 점을 이해했다. 두개골에 뻥 뚫린 눈구멍이 확대되더니 곧바로 그 구멍을 통해 두개골 속이 보였고, 그 즉시 모든 불이 꺼졌다.

그러더니 침대 시트가 휙 휘날렸고, 투광 조명을 받으며 등장한 리처드 3세가 까불까불 뛰어다녔다가 가만히 포즈를 잡았다가, 씩씩대며 돌아다녔다가 맹비난을 쏟아부었다. 커다란 혹이 달린 것처럼 굽은 리처드의 등은 어릿광대를 상징하는 빨간색과 노란색 줄무늬 옷으로 덮여 있었다. 프로그램 설명문에 따르면 그 의상은 이탈리아 인형극의 펀치넬로**를 모방한 미스터 펀치 같은 광대에서 착안한 것이었다. 감독이 당대 영국에서 순회공연을 한 코메디아 델라르테를 셰익스피어 리처드의 원형으로 삼은 것이다. 혹을 유난히 커다랗게 표현한 것도 의도에 따른 결과물이었는데, ("외핵과 대비되게"라

---

* '소리를 낮추어', '작은 소리로'라는 뜻의 이탈리아어.

** 뚱뚱하고 땅딸막하며 등이 굽은 광대 캐릭터. 이탈리아에서는 '풀치넬라(Pulchinella)'라고 하고 프랑스에서는 '폴리치넬(Polichinelle)'이라고 한다.

며 개빈이 혼자 코웃음을 친) 연극의 내핵을 이루는 모든 것이 소품이었다. 말하자면 소품들이 리처드의 무의식을 상징했고, 그만큼 거대해야 했달까. 분명 감독은 관객들이 거대한 왕좌와 혹과 그 밖의 소품을 보면서 대체 저게 다 뭐냐는 생각을 하게 된다면 대사가 잘 들리지 않아도 신경 쓰지 않으리라고 생각했을 것이다.

그래서 리처드는 환유의 의미를 가진 거대한 형형색색의 소품뿐만 아니라 옷자락이 5미터에 달하는 왕의 예복까지 착용했고, 리처드가 걸친 겉옷 문장에 수퇘지가 수놓아져 있다는 이유로 특대형 수퇘지 머리를 쓴 두 시동이 그를 따라다니며 시중을 들었다. 클래런스 공작이 빠지게 될 엄청나게 커다란 맘지 와인통과 배우들 키만큼 기다란 검 두 자루도 보였다. 런던탑에 두 왕자가 갇히는 장면은 「햄릿」의 연극 속 연극처럼 멍청한 쇼의 형태로 구현되었고, 시체나 젖먹이 돼지구이처럼 들것에 실린 거대한 베개 두 개에는 혹시라도 관객이 그 정체를 파악하지 못할까 봐 리처드가 입었던 형형색색 예복과 똑같은 무늬의 베갯잇이 씌워져 있었다.

혹의 죽음이로군. 개빈은 레이놀즈가 들고 오는 베개를 빤히 쳐다보면서 생각한다. 운명이란. 레이놀즈가, 최초의 살인자*가 오는구나. 모든 것을 고려하면 레이놀즈를 최초의 살인자로 보는 것이 맞을 것이다. 그리고 개빈은 모든 것을 고려하는 사람이다. 그에게는 그럴 만한 시간도 있다.

---

* 헨리 6세, 에드워드 왕자를 살해한 인물로 등장하는 리처드 3세의 심복.

"일어나 있었어?" 레이놀즈가 따닥따닥 발소리를 울리며 명랑하게 말한다. 검은 스웨터 차림에 은색과 청록색 벨트로 허리를 단단히 조이고 꽉 끼는 청바지를 입고 있다. 허벅지 바깥쪽에 살집이 좀 있지만 그 부분만 제외하면 몸무게나 체형은 마치 스피드 스케이트 선수 같다. 개빈이 지금 저 살덩어리를 지적하는 게 좋을까? 아니다. 지적이 더 효과적으로 먹힐 때를 기다리며 참는 것이 낫다. 게다가 살이 아니라 근육일지도 모른다. 레이놀즈는 운동도 할 만큼 하는 편이니까.

"안 일어나 있었어도 바로 깼겠다. 목재 선로를 지나는 기차가 내는 소리 같아." 개빈은 레이놀즈가 신은 나막신이 마음에 들지 않고, 그래서 그렇다고 말한다. 나막신은 다리에도 아무 도움이 안 된다고도. 하지만 레이놀즈는 늘 그랬듯 개빈이 자기 다리에 대해 어떻게 생각하는지 신경 쓰지 않는다. 그래서 나막신이 편하다고, 자기에게는 패션보다 편안함이 더 중요하다고 말한다. 개빈은 모름지기 여자란 아름다워지기 위해 부단히 노력해야 하는 존재임을 말하기 위해 예이츠를 인용해 볼까 했으나, 한때 열렬한 예이츠 팬이었던 레이놀즈는 이제 예이츠도 자기만의 견해를 가질 수는 있지만 지금은 시대도 사회의 인식도 바뀌었다고, 그리고 사실상 예이츠는 죽은 사람일 뿐이라고 생각한다.

레이놀즈는 베개 하나를 개빈의 머리 뒤에, 또 하나를 개빈의 등 뒤에 쑤셔 넣는다. 그러면서 이렇게 베개로 받치면 키가 더 커 보이고 그만큼 더 좋은 인상을 남길 수 있다고 주장한다. 레이놀즈는 개빈의 다리와 발가락을 덮고 있는 격자무늬의 차량용 담요를, 항상 개빈의 낮잠용 담요라고 부르는 그것을 반듯하게 편다. "어머, 투덜쟁이 씨. 미소 짓는 얼굴 어디 갔지요?"

레이놀즈는 매일, 혹은 매 시각, 혹은 매분 개빈의 기분을 분석한 다음 그에 따라 개빈을 새로운 호칭으로 부른다. 레이놀즈가 생각하기에 개빈은 기분이 오락가락하는 사람이다. 시시각각 달라지는 개빈의 기분을 의인화해 호칭을 정하는 레이놀즈는 그를 투덜쟁이 씨, 잠꾸러기 씨, 풍자 박사님, 냉소적인 선생님 등으로 부르고, 이따금 빈정대고 싶어지거나 향수에 젖어 들면 로맨티스트 씨라고도 부른다. 예전에는 개빈의 음경을 꼬불꼬불 씨라고 부르기도 했지만 이제는 그만두었고, 딸기잼 맛, 기분을 좋게 만드는 생강 레몬맛, 상쾌한 치약 같은 민트맛 등을 내는 성욕 증진 젤리와 몸에 바르는 크림으로 개빈에게 존재하지 않는 성욕을 소생시키려는 시도도 그만두었다. 헤어드라이기를 동원해서 개빈 본인은 잊고 싶어 할 만한 과감한 시도도 해 보았지만 소용없었다. "3시 45분이야. 손님 맞을 준비하자고!" 이제 레이놀즈는 개빈이 유일하게 계속 수호하고 있는 머리카락을 위한 빗을 가져올 것이고 그다음에는 옷솔을 가져올 것이다. 개처럼 털이 빠지는 터다.

"이번엔 누구야?"

"아주 멋진 여자야. 멋진 젊은 여자. 대학원생이야. 당신 작품으로 논문을 쓰고 있대." 레이놀즈도 개빈의 작품으로 논문을 쓴 적이 있었다. 결국 그것이 개빈의 몰락을 초래했지만. 어느 매력적이고 젊은 여자가 자기가 쓴 모든 형용사에 온 마음을 다해 몰두하고 있다는 사실이 그때 그에게는 굉장한 유혹이었다.

개빈이 투덜거린다. "내 빌어먹을 작품으로 논문을 쓰다니. 주여, 부디 저희를 지켜 주시옵소서!"

"이제 신성모독 씨네. 그렇게 심술 부리지 마."

"그 빌어먹을 똑똑한 석사생은 플로리다에서 뭘 하고 있는 거야? 멍청하기 짝이 없군."

"플로리다는 당신이 맨날 말하는 것처럼 촌 동네가 아니야. 시대가 변했어. 이제 좋은 대학도 있고 훌륭한 북 페스티벌도 열린다니까! 거기에 수천 명이나 와!"

"아주 빌어먹게 환상적이겠네. 아주 감명받았어."

"어쨌든." 레이놀즈가 개빈의 말을 무시하며 말을 잇는다. "그 여자는 플로리다 출신이 아니야. 당신 인터뷰하겠다고 아이오와에서 비행기 타고 오는 거래! 전 세계 사람들이 당신 일로 일하고 있다니까."

"아이오와, 꺼지라고 해." 개빈이 말한다. 당신 일로 일하고 있다니까. 때로 레이놀즈는 다섯 살배기처럼 말한다.

레이놀즈가 옷솔로 솔질을 시작한다. 개빈의 어깨를 공략했다가 사타구니 쪽으로 방향을 틀어 장난스럽게 쓱 훑는다. "꼬불꼬불 씨한테 보풀이 묻었는지 한번 볼까요!"

"내 소중한 몸에서 그 음탕한 발톱 치워." 개빈은 '보풀은 당연히 묻어 있지, 보풀이 아니면 먼지라도 붙어 있을 테고 어쩌면 녹슬어 있을지도 모르지.'라고 대꾸하고 싶다. 꼬불꼬불 씨가 활동하지 않은 지 꽤 되었다는 사실을 잘 알면서 레이놀즈는 뭘 기대하는 걸까? 하지만 개빈은 말을 삼킨다.

빛을 잃고 녹슬어 버린다는 것, 쓸모를 통해 빛을 발하지 못한다는 것,* 개빈은 생각한다. 테니슨의 시. 마지막 항해에 오르는 율리시스. 율리시스는 운도 좋다. 바다에 침몰한들 적어도 부츠는 신은 채로 가라앉을 테니까.** 그 시절 그리스인들이 부츠를 신고 다닌 건 아니었지만. 학창 시절 처음으로 외워야 했던 시의 구절을 개빈은 지금까지 기억하고 있다. 시간이 지나고 보니 암기에 소질이 있었다. 인정하기는 부끄럽지만 그게 개빈이 시에 입문한 계기였다. 테니슨. 늙은 남자에 대한 시를 쓰는, 시대에 뒤떨어진 빅토리아 시대 시인 말이다. 만물은 원점으로 돌아와 반복하는 속성이 있다. 못된 습성이라고 개빈은 속으로 생각한다.

"꼬불꼬불 씨는 내 음탕한 발톱 좋아해." 레이놀즈가 말한다. 그런 말을 현재 시제로 내뱉다니 어찌나 과감한지. 이건 그들이 하는 일종의 게임이었다. 레이놀즈가 유혹하는 여자, 성행위를 주도하는 여자, 팜 파탈 역할을 맡고 개빈이 레이놀즈에게 휘둘리는 수동적인 희생자 역할을 맡는 게임. 레이놀즈는 그런 시나리오를 즐기는 것 같았고 그래서 개빈도 따랐다. 하지만 더는 게임이 아니다. 오래전 게임들은 이제 전부 효과가 없다. 해 봐야 그 시절을 소생시키려다 둘 다 서글퍼지기만 할 것이다.

레이놀즈는 이러려고 개빈과 결혼한 것이 아니다. 레이놀즈가 꿈꾼 황홀한 결혼 생활에는 매력적이고 창의적인 사람들, 그리고 그들과의 자극적인 지적 수다가 가득했다. 실제로 신혼 초기에는, 말

---

* 앨프리드 로드 테니슨의 시 「율리시스」에 나오는 시구.
** '명예롭게 죽다', '순직하다' 등을 뜻하는 숙어 "die with one's boots on"을 이용한 말장난.

하자면 개빈의 몸에서 아직 호르몬이 왕성하게 분비된 시절에는 그런 시간이 좀 있었다. 우르르르 쾅쾅 마지막 폭죽이 터지기 전이었다. 하지만 지금의 레이놀즈는 폭죽이 터진 후의 여파에서 벗어나지 못하고 있을 따름이다. 평소보다 마음이 너그러울 때면 개빈은 그런 레이놀즈에게 미안함을 느낀다.

분명 다른 곳에서 위안을 얻고 있을 것이다. 그가 레이놀즈였다면 그랬을 것이다. 스피닝 수업을 들으러 간다거나 소위 여자 사람 친구라는 이들과 소위 춤과 함께하는 저녁 식사 시간을 보내러 간다고 할 때마다 실제로는 뭘 하고 있을까? 개빈은 상상할 수 있고, 상상한다. 그런 상상이 괴로울 때도 있었지만 이제는 레이놀즈가 무덤덤한 감정적 분리를 통해 일탈을 범할 수도 있다는 가능성을, 가능한 정도가 아니라 거의 확실한 진실을 받아들이고 있다. 레이놀즈는 분명 그럴 자격이 있다. 개빈보다 서른 살 어리니까. 어쩌면 개빈의 머리에는, 음유시인*처럼 말해 보자면 머리가 백 개 달린 달팽이보다 더 많은 뿔이 나 있을지도 모른다.

젊은 사람과 결혼했다니 그럴 만하다. 연이어 세 번을 젊은 사람과 결혼했다니 그럴 만하다. 자기가 가르친 대학원생과 결혼한 것도 그럴 만하다. 그의 삶과 시대를 수호해 주겠다고 나서며 이래라저래라 하는 사람과 결혼한 것도 그럴 만하다. 결혼을 했다니 그럴 만하다.

하지만 레이놀즈만큼은 자기를 떠나지 않으리라고 개빈은 꽤 확신한다. 남편 잃은 아내 역할을 연마 중인 레이놀즈는 자기 노력이

---

* 은유를 즐겨 쓴 셰익스피어를 가리킨다.

수포가 되기를 원치 않을 것이다. 경쟁심도 무척 강해서 개빈의 옛 두 아내가 문학 작품을 통해서든 다른 어떤 것을 통해서든 개빈의 일부를 차지하지 못하도록 떡하니 버티고 있을 것이다. 개빈의 서사를 통제하고 싶어 할 것이고, 개빈에 관한 전기가 집필된다면 거기에 도움을 주고 싶어 할 것이다. 또한 개빈이 전 아내들과 한 명씩 낳은 두 아이를, 지금은 각각 쉰하나, 쉰둘이니 더는 아이라고 하기는 그렇지만 그 핏줄을 족보에서 파내고 싶어 할 것이다. 개빈은 자기 자식들이 갓난아이였을 때 돌봄이라 할 만한 것을 거의 하지 않았다. 아이들과 그 아이들의 오줌으로 젖은 파스텔 색상 육아용품들이 너무 많은 공간을 차지했고 자기에게 쏟아져야 할 관심을 너무나도 많이 앗아 갔다는 이유로 두 번 다 아이들이 세 살도 되기 전에 도망쳤다. 그래서 자식들도 그를 그다지 좋아하지 않는데, 아버지인 자기를 싫어하는 자식들을 개빈이 비난하지도 않는다. 그럼에도 장례식을 치르게 된다면 분명 언쟁이 벌어질 것이다. 개빈이 일부러 유언을 확정하지 않고 있기 때문이다. 개빈은 생각한다. 공중에 둥둥 떠다니며 그 꼴을 지켜볼 수 있으면 얼마나 좋을는지!

레이놀즈는 솔질을 마치고 개빈이 입은 셔츠의 위에서 두 번째 단추를 잠근 다음 그의 옷깃을 매만진다. "됐다, 훨씬 낫네."

"그 여잔 누구야? 내 '작품'이라는 거에 그렇게나 관심 있다는 여자 말이야. 엉덩이는 귀엽대?"

"그만해. 당신 세대 작가들은 다 섹스에 집착하지. 메일러, 업다이크, 로스, 전부 다 말이야."

"다 나보다 나이 많은 작가들이야."

"별로 차이 안 나잖아. 그 사람들은 섹스, 섹스, 섹스, 맨날 섹스 타령이라니까! 지퍼를 잠그고 있질 못해."

"무슨 말을 하고 싶은 건데?" 개빈이 담담한 말투로 말한다. 그는 이 대화를 즐기고 있다. "그게 나빠? 섹스가? 갑자기 막 내숭 떠는 거야? 섹스 아니면 뭘 가지고 타령을 할까? 쇼핑?"

"내 말은." 레이놀즈가 입을 연다. 그러다 자기 내면에 자리한 전투 대원들을 재정비하기 위해 잠시 말을 멈추고 생각을 고른다. "좋아, 물론 쇼핑이 섹스를 대체하기엔 좀 부족한 게 맞아. 하지만 그래도 어쩔 수 없지."

너무하네. 개빈은 그렇게 생각한다. "뭐가 어쩔 수 없는데?"

"바보같이 굴지 마. 내 말 이해했잖아. 내 말은, 세상 모든 게 엉덩이와 관련된 건 아니라는 거야. 그 여자 이름은 너비나야. 존중받아야 마땅한 사람이지. 이미 리버보트 시대에 관한 논문을 두 편이나 썼어. 알고 보니 굉장히 똑똑하더라고. 인도 태생인 것 같아."

인도 태생. 레이놀즈는 어디서 그렇게 낡아 빠진 표현을 주워들은 걸까? 레이놀즈는 마음먹고 문학적인 표현을 하려 할 때마다 오스카 와일드 희곡에 나오는 희극 배우처럼 말한다. "너비나라." 개빈이 말한다. "슬라이스 치즈 이름 같네. 음, 제모 크림이 좀 더 낫겠다."

"사람을 꼭 그렇게 흉보지 않아도 돼." 한때 레이놀즈는 개빈이 사람들을, 적어도 일부 사람을 흉보는 면에 홀딱 빠져 있었다. 그게 곧 개빈이 남들보다 우월한 지적 능력과 세련된 취향을 갖고 있음을 보여 준다고 생각했다. 하지만 지금은 그저 심술에 불과하다고, 아니면 비타민 결핍 증상의 하나라고 생각하고 있다. "당신은 입만 열면 그런다니까! 다른 사람을 깔아뭉갠다고 해서 당신이 우월해지는 건 아니야. 너비나는 진지한 영문학자야. 석사 학위도 있다고."

"그리고 엉덩이가 귀엽지. 그렇지 않으면 나 그 여자랑 얘기 안 할래. 멍청이들은 전부 다 석사야. 팝콘 같은 존재라고." 개빈은 레이놀즈가 학계라는 소금 광산에서 새로운 광팬을, 새로운 지망생을, 새로운 노예를 데리고 와 자랑스럽게 선보일 때마다 매번 이런 상황을 겪게 만든다. 레이놀즈가 뭐든 겪게 만들어야 하기 때문이다.

"팝콘이라고?" 레이놀즈의 반응에 개빈은 순간 당황한다. 개빈은 무슨 생각으로 그런 말을 한 걸까? 심호흡을 한 후 개빈은 말을 잇는다. "작디작은 옥수수 알갱이라고. 학계라는 냄비가 과열되면 뜨거운 공기가 팽창하겠지. 그러면 펑! 하고 석사 학위가 나오는 거야." 꽤 괜찮은 설명이었군. 개빈은 생각한다. 게다가 사실이기도 하다. 대학은 돈을 원하고, 그래서 뭣도 모르는 애들을 끌어들인다. 그런 다음에는 그 애들을 머릿속에 지식만 잔뜩 채워 넣은 속 빈 강정으로 만들지만 그에 걸맞은 일자리는 제공하지 않는다. 대학에 가느니 배관공 자격증을 얻는 편이 낫다.

레이놀즈가 약간 시큰둥하게 웃는다. 자기도 석사 학위를 갖고 있는 터다. 그러더니 눈살을 찌푸리며 말한다. "당신은 감사해야 해." 이제 신문지를 돌돌 말아 후려치는 꾸지람 시간이다. 못된 개애애비! "적어도 아직 당신한테 관심 가지는 사람이 있는 거잖아! 그것도 젊은 사람이! 다른 시인들은 좋아 죽으려 할걸. 요새는 60년대가 인기가 많아. 당신한테 잘된 일이지. 그러니 외면당하고 있다는 불평도 이젠 그만해야 해."

"내가 언제 그랬어? 난 불평 같은 거 안 하는 사람이야!"

"당신은 늘 만사에 불평하잖아." 레이놀즈의 인내심이 한계에 다다르고 있다. 이쯤에서 그만해야 하는데, 개빈은 멈추지 않는다.

"콘스턴스와 결혼했어야 했어." 툭! 비장의 패를 내려놓은 것이다. 세 어절로 이루어진 그 말은 보통 굉장한 효과를 발휘한다. 레이놀즈가 격렬한 적개심을 폭탄처럼 퍼붓게 할 수도 있고, 어쩌면 눈물을 몇 방울 흘리게 할 수도 있다. 무엇보다 확실한 반응은 문을 쾅 닫고 나가는 것이다. 아니면 물건을 던지든가. 언젠가 레이놀즈는 개빈에게 냅다 재떨이를 던지기도 했다.

레이놀즈가 미소를 짓는다. "뭐, 하지만 그러지 않았잖아. 당신은 나랑 결혼했지. 그러니까 참고 받아들여."

순간 당황한 개빈이 머뭇거린다. 레이놀즈가 아무렇지 않은 척하고 있다. "하, 그럴 수 있으면 진작 그랬지." 개빈이 과장된 태도로 옛 시절을 그리워하며 말한다.

"틀니를 낀다고 못 하는 건 아니니까." 레이놀즈가 똑 부러지는 말투로 말한다. 개빈이 선을 넘으면 이렇게 얼마든 못되게 굴 수 있는 여자다. 레이놀즈가 못된 여자처럼 굴 수 있다는 점은 개빈이 높이 평가하는 부분 중 하나이지만 그 상대가 자신일 때는 못마땅한 것이 사실이다. "이제 마실 차 준비할 거야. 너비나가 왔을 때 처신 똑바로 안 하면 쿠키 없을 줄 알아." 쿠키는 분위기를 띄우려고 농담 삼아 한 말이지만 쿠키를 빼앗길 수 있다는 위협은 개빈에게 막연한 두려움을 안겨 주면서 소기의 목적을 달성한다. 쿠키 없을 줄 알아! 서글픈 파도가 개빈을 휩쓸고 지나간다. 개빈은 침까지 줄줄 흘린다. 신이시여, 개빈이 이 지경까지 이른 겁니까? 이제 자세를 고쳐 앉고 간식을 구걸하기까지 하는 겁니까?

레이놀즈가 성큼성큼 부엌으로 나서고, 혼자 남은 개빈은 소파에 앉아서 풍경이라도 바라본다. 파란 하늘과 전망창이 보인다. 창문 밖으로 보이는 울타리에 야자나무가 한 그루 있다. 자카란다 나무도. 아니, 프란지퍼니 나무인가? 개빈으로서는 알 수 없다. 세 들어 사는 집일 뿐이니까.

온수가 나옴에도 개빈이 한 번도 사용한 적 없는 수영장도 있다. 레이놀즈는 가끔가다 개빈이 일어나기 전 아침에 수영장으로 뛰어든다고 한다. 하지만 어쩌면 말뿐일 수도 있다. 레이놀즈는 자신의 신체적 민첩성을 뽐내기를 좋아하는 사람이니까. 자카란다 나무인지 뭔지에서 떨어진 나뭇잎과 야자나무에서 떨어진 뾰족뾰족한 잎이 물순환 펌프가 만들어 내는 느린 소용돌이를 타고 수면에 떠다닌다. 일주일에 세 번씩 젊은 여자가 와서 손잡이가 긴 그물망으로 그 나뭇잎들을 걷어 낸다. 마리아라는 그 여자는 고등학생인데, 집 임대료에 포함된 인력이다. 마리아는 열쇠로 정원 문을 열고 들어와 밑창이 고무로 된 신발을 신고도 아무 소리 없이 타일이 깔린 미끄러운 테라스로 이동한다. 머리칼은 길고 어둡고, 허리가 예쁘다. 멕시코계일지도 모르지만 한 번도 말을 걸어 본 적이 없기에 정확히는 모른다. 마리아는 밝은 청색이나 어두운 청색을 띠는 짧은 청바지 차림으로 허리를 굽혀 나뭇잎을 건진다. 개빈의 시선에서 보이는 마리아의 얼굴은 무표정하지만 엄숙함에 가까운 분위기가 느껴진다.

오, 마리아. 개빈이 혼자 한숨을 쉰다. 인생에 고난이 있더냐? 없더라도 곧 생길 거란다. 참 근사한 엉덩이야. 씰룩씰룩 흔들기에 아주 제격인 엉덩이지.

개빈이 전망창을 통해 자신을 지켜보는 모습을 마리아는 한 번이라도 목격한 적이 있을까? 그랬을 가능성이 높다. 그렇다면 개빈이 늙은 호색한이라고 생각할까? 그럴 가능성이 아주 높다. 하지만 개빈이 정말 늙은 호색한인 것은 아니다. 개빈이 느끼는 갈망, 아쉬움, 그리고 잔잔한 후회가 뒤섞인 감정을 어떻게 표현해야 하려나? 개빈은 자신이 늙은 호색한이어서 후회하는 것이 아니라, 그렇게 되고 싶어 한다. 지금도 그렇게 될 수 있기를 바란다. 더 이상 맛볼 수 없는 아이스크림의 달콤함을 과연 어떻게 표현할 수 있을까?

개빈은 "죽어 가는 나뭇잎을 마리아가 걷어 낸다."로 시작하는 시를 쓰고 있다. 엄밀히 말하면 나뭇잎은 죽어 가는 것이 아니라 이미 죽었지만.

초인종이 울리고, 레이놀즈가 또각또각 소리를 내며 현관으로 향한다. 문간에서 여자들이 인사를 주고받는 소리가 들린다. 요즘 여자들이 하듯 달콤한 속삭임을 주고받다가, 들어와요, 들어와요, 하며 호들갑을 떨었다가, 어머, 어머나, 하며 비둘기처럼 나지막하고 음악적인 소리를 낸다. 한 번도 만난 적이 없음에도 절친한 사이인 것처럼 서로 구애를 하듯 으음-으음 으으음 소리를 주고받는다. 연락은 이메일로 했다고 한다. 개빈이 경멸하는 이메일. 하지만 경멸해서는 안 됐다. 연락 업무에 대한 통제권을 레이놀즈에게 넘김으로써 왕국의 열쇠까지 넘기는 실수를 저질렀으니까. 이제 레이놀즈는 개빈이라는 왕국의 문지기다. 레이놀즈가 허락하지 않으면 그 누구도 입장할 수 없다.

"개빈은 낮잠을 자고 있었어요." 레이놀즈는 제삼자에게 개빈을 소개할 때 쓰는 억지스러운 공손한 말투로 말한다. "서재부터 한번 보실래요? 글 쓰는 공간 보고 싶지 않아요?"

"아, 어머, 어머나." 기쁨이 분명하게 전해지는 너비나의 목소리가 들린다. "그래도 괜찮다면요." 구두를 신은 두 다리가 또각또각 복도를 걷는 소리가 이어진다.

"그이가 컴퓨터로는 글을 못 쓰거든요. 연필로 써야 해요. 눈과 손의 문제라네요."

"정말 멋지네요."

개빈은 자신의 서재를 지독한 혐오감을 느낄 만큼 싫어한다. 임시 서재일 뿐인 이 서재도 싫지만, 특히 브리티시컬럼비아주에 살 때 가졌던 진짜 서재를 더 혐오한다. 레이놀즈가 개빈을 위해 마련한 그 서재에는 각종 선집에 가장 많이 수록된 개빈의 시들을 인용한 구절들이 신장(腎臟) 색깔의 벽면에 흰색 페인트로 등사되어 있었다. 그러니 거기에 있으면 썩어 가는 자신의 장엄한 기념물에 둘러싸여 앉아 있을 수밖에 없었던 것이다. 게다가 그를 감싸는 공기는 한때 그가 존경했던 일류 시인들의 걸작 종이 쪼가리와 파편, 잘 직조된 작품들의 찌꺼기와 다른 이들의 재치와 심오한 생각이 일으킨 메아리로 갑갑하기 이를 데 없었다.

레이놀즈는 두 서재를 신전처럼, 그리고 개빈을 자신의 우상처럼 돌본다. 개빈이 쓰는 모든 연필을 날카롭게 깎아 두고, 모든 핸드폰 전화를 차단하고, 개빈을 서재에 가둬 둔다. 그러고는 개빈이 생명 유지 장치를 부착하고 있는 상황인 양 서재 밖에서 발끝으로 살금살금 걸어 다니고, 그러면 개빈은 한 자도 쓰지 못한다. 지푸라기를 엮어서 금을 만들 수는 없는 법이다. 서재라는 그 영묘에서는 불가능한 일이다. 요즘 그에게 영감을 주는 뮤즈와 가장 닮은 악랄한 난쟁이 룸펠슈틸츠킨이, 눈에 잘 띄지도 않는 굼뜬 룸펠슈틸츠킨이 그 서재에는 절대 나타나지 터다. 그렇게 있다 보면 점심시간이 찾아온다. 레이놀즈는 식탁 맞은편에서 기대에 찬 눈빛을 보내며 개빈에게 묻는다. "뭐 새로운 소식 있어?" 레이놀즈는 자신이 개빈의 사생활을 보호하고, 그가 자신만의 시적 정수와 교감하게 해 주고, '창의적인 시간'을 보낼 수 있게 하는 방식을 무척 자랑스럽게 여긴다. 그리고 개빈은 자기가 비쩍 곯아 뼈만 남은 상태라고 말할 용기가 없다.

나가야 한다. 여기서. 적어도 이 서재에서는, 방부 처리된 책장들이 무미건조한 향을 풍기는 두 서재에서는 나가야 한다. 1960년대, 콘스턴스와 함께 그 비좁고 푹푹 찌는 한증막 같은 방에서 말린 자두처럼 쩌지며 살던 시절, 돈도 한 푼 없고 당연히 근사한 서재도 없던 시절에 개빈은 바든 패스트푸드 체인점이든 커피숍이든 어디에서나 글을 쓸 수 있었고, 단어들이 폭포수처럼 흘러나와 연필이나 볼펜을 거쳐 봉투가 됐건 휴지가 됐건 평평하고 손에 잡히는 모든 것에 안착했다. 물론 진부한 소리지만 어쨌든 그게 사실이었다.

어떻게 그곳으로 돌아갈 수 있을까? 어떻게 그걸 되찾을 수 있을까?

또각또각 소리가 개빈에게 가까워진다. "여기로 들어가면 돼요."
레이놀즈가 말한다.

너비나가 레이놀즈의 안내를 받아 거실로 들어온다. 작고 아름다
운 생명체, 사실상 어린애다. 커다랗고 수줍음이 묻어나는 까만 눈
동자. 귀에는 문어가 여러 마리 달린 귀걸이를 하고 있다. 바에서 작
업을 걸 생각이었다면 '귀에 해산물을 달고 있네요.'라고 말문을 열
었을 텐데 지금은 그러지 않기로 한다. "어머, 일어나실 필요 없어
요." 너비나가 말한다. 하지만 개빈은 너비나와 악수를 하기 위해 보
란 듯이 몸을 일으켜 세운다. 그리고 너비나의 손을 일부러 조금 오
래 잡는다.

이제 레이놀즈가 유능한 간호사 역할을 하며 베개를 재배치할 차
례다. 그런데 만약 개빈이 자기 시선에 꽂힌 젖꼭지를, 검은 스웨터
위로 튀어나온 젖꼭지를 잡고 그걸 지렛대로 삼아 레이놀즈를 등 뒤
집힌 거북처럼 바닥에 내리꽂으면 어떻게 될까? 유쾌하고 잘나가는 구
혼자.* 열광하는 관중 앞에서 빽 소리를 지르고, 비난에 비난으로 응
수하고, 결혼 생활의 찌꺼기가 담긴 그릇을 감싼 사란** 랩을 찢어
버리면, 그렇게 난동을 피우면 이 수준 낮은 인터뷰를 면하게 될까?

---

* 셰익스피어의 『리처드 3세』에서 리처드가 형의 딸 엘리자베스를 먼저 차지하겠
다며 하는 말.
** 랩 브랜드명.

하지만 개빈은 이 상황에서 벗어나고 싶지 않다. 아직은 아니다. 때로는 이런 시련을 즐기기도 한다. 어떤 시에 관해서건 샐러드처럼 아무 단어를 아무렇게나 뒤섞은 글을 쓴 기억이 나지 않는다고 말하는 것도 즐기고, 감상적인 애송이들이 편애한다고 말하는 시들을 대놓고 무시하는 것도 즐긴다. 그건 내가 싼 똥이고, 헛소리고, 쓰레기예요! 옛날 옛적의 시인 친구들, 옛날 옛적의 경쟁자들 뒷얘기를 하는 것도 즐긴다. 거의 다 죽고 없으니 피해를 끼칠 일도 없다. 피해를 끼친대도 말하지 않을 생각은 없지만.

레이놀즈는 개빈을 정면에서 똑바로 볼 수 있는 안락의자에 너비나를 앉힌다. "만나 뵙게 돼서 정말 영광이에요." 너비나가 충분한 존중이 담긴 태도로 인사한다. "좀 이상하게 들리겠지만, 뭐랄까, 마치…… 제가 선생님을 실제로 아는 것 같은 느낌이 들어요. 선생님의 작품과 그 밖의 모든 것을 공부해서 그런가 봐요." 너비나는 정말 인도 태생일지도 모르지만 목소리는 완전히 중서부 출신 느낌이다.

"그럼 나보다 유리하군요." 개빈이 그러면서 속셈이 있는 사람처럼 음흉한 눈길을 보낸다. 집중력을 흐트러뜨리고 원래의 목적을 잊게 만들기에 충분한 눈길이다.

"네?"

"너비나 씨는 개빈에 대해 아는 게 많은데, 개빈은 너비나 씨에 대해 아는 게 없다는 말이에요." 레이놀즈가 평소처럼 끼어든다. 레이놀즈는 개빈이 대제사장(大祭司長)만 이해할 수 있는 금언을 쏟아 내는 신탁이라도 되는 것처럼 그의 통역사를 자처한다. "자, 그럼 지금 하고 있는 작업에 대해 개빈에게 말해 주는 게 어때요? 개빈의 작품

에서 어떤 부분을 다루고 있는지 같은 거요. 나는 가서 차를 좀 가져
올게요."

"준비됐으니 말해 봐요." 개빈이 계속 음흉한 눈길을 보내며 말한다.

"잡아먹지 말고." 레이놀즈가 꽉 끼는 청바지를 살짝 잡아당기며
말한다. 자리를 뜨면서 남기기에 좋은 말이다. 잡아먹을 가능성, 무
척 중의적인 데다 장소와 의도가 무척 모호하기까지 한 그 가능성이
공기 중에 방향제처럼 맴돈다. 잡아먹어 달라고 한다면 개빈은 어디
부터 먹으려 들까? 목덜미부터 부드럽게 살살 물어뜯을까?

쓸데없는 생각이다. 이런 상상을 해도 자극이 되지 않는다. 개빈
은 하품을 꾹 참는다.

너비나가 작은 기계 장치를 만지작거리다가 개빈 앞에 놓인 커피
테이블에 올려놓는다. 검은색으로 염색된 레이스 커튼 같은 패턴의
스타킹을 드러내는 무릎 위 길이의 미니스커트 차림에 금속 장식이
부착된 부츠를, 굽이 심하게 높은 신발을 신고 있다. 보고만 있을 뿐
인데도 개빈은 자기 발이 아파 오는 기분이다. 세피아 사진으로 본
중국인의 전족처럼 분명 너비나의 발가락도 쐐기 모양으로 짓눌려
있을 것이다. 그렇게 변형된 발은 성적 흥분을 자극했다. 아니, 개빈
이 읽은 내용에 따르면 그랬다. 그러면 남자들은 발육이 중단된 채
발바닥 밑으로 구부러진 발가락이 만든 촉촉한 구멍으로 자신들의
꾸불꾸불 씨를 슬그머니 밀어 넣었다고 한다. 자기는 못 할 짓이라
고 개빈은 생각한다.

너비나의 머리는 발레리나처럼 하나로 둥글게 말려 있다. 이렇게
둥글게 말아 올린 머리는 참 섹시하다. 풀어 헤칠 때마다 만족감을

주곤 했었는데. 마치 선물을 끄르는 것 같았다. 이런 올림머리는 뭐랄까, 너무도 우아하고 단정하며, 너무도 처녀스럽다. 게다가 틀어올려진 머리를 풀고 헝클어뜨리면 머리칼이 자유롭게 흩날리며 스르르 어깨 아래로, 가슴 위로, 베개 위로 흘러내린다. 개빈은 머릿속으로 그런 광경을 하나하나 그려 본다. 내가 아는 올림머리들.

콘스턴스는 올림머리를 하지 않았다. 그럴 필요가 없었다. 콘스턴스라는 사람 자체가 올림머리와 유사했다. 말끔하고 단정한데, 막상 풀어지면 그렇게 거칠 수가 없었다. 개빈이 처음으로 함께 산 사람, 개빈이 아담이면 콘스턴스는 이브였다. 그 무엇도 그 관계를 대체할 수 없었다. 조리용 전열기와 전기 주전자가 있는 그 비좁고 푹푹 찌는 에덴의 동산에서 콘스턴스를 기다리던 고통을 개빈은 기억하고 있다. 콘스턴스가 연하지만 관능적인 몸으로, 그 몸과 상반되는 머리를 저만치 위에 얹은 채로, 이지러지는 달처럼 창백한 얼굴로, 거기다 그 얼굴을 따라 명주솜처럼 옅은 머리칼을 광선을 내뿜듯 흩날리며 집으로 들어오면, 개빈은 콘스턴스를 품에 껴안고 자기 앞니를 콘스턴스의 목에 박았다.

아니, 박은 건 아니었다. 실제로 그런 건 아니었다. 하지만 그런 느낌이었다. 그 시절엔 늘 배가 곯아 있기도 했고, 콘스턴스에게서 스터피스 치킨 냄새가 나기도 해서였다. 게다가 개빈을 몹시도 아꼈던 콘스턴스가 따뜻한 꿀처럼 녹아내려서이기도 했다. 콘스턴스는 무척 고분고분했다. 개빈은 콘스턴스와 함께 자신이 원하는 건 뭐든 할 수 있었고, 콘스턴스를 자신이 원하는 방식으로 휘두를 수 있었고, 그러면 콘스턴스는 늘 좋다고 했다. 그냥 좋다고 한 것도 아니었다. 어머, 좋아!라고 했다.

그 후로 개빈이 그런 대접을 받은 적이, 아무런 저의도 없이 순수하게 대접받은 적이 있었던가? 당시 문학계 내부에서 시인들이 누린 적당한 수준의 명성을 고려해도 개빈은 전혀 유명한 사람이 아니었다. 개빈은 이룬 것도, 받은 상도 없었다. 찬사를 받고 부러움을 살 만한 얇은 시집 한 권도 출간하지 못했다. 그는 무명의 자유를 누렸고, 뭐든 쓸 수 있는 백지 같은 미래가 눈앞에 펼쳐져 있을 따름이었다. 그러니까 콘스턴스는 오로지 개빈이라는 사람 자체를 깊이 아꼈던 것이다. 그의 내면을.

"당신, 내가 다 잡아먹을 수도 있어." 개빈은 콘스턴스에게 그렇게 말하곤 했다. 암냠냠, 암냠냠. 아르르르, 아르르르. 어머, 좋아!

"저기요?" 너비나가 묻는다.

개빈은 황급히 현실로 돌아온다. 어떤 소리를 내고 있었던 걸까? 암냠냠거리거나 아르르르 하는 소리가 났을까? 만약 그랬다면, 그래서 뭐 어떤가? 개빈은 소리를 낼 자격이 있다. 자기가 내고 싶은 모든 소리를 낼 것이다.

하지만 상냥하고 고운 당신, 너비나. 님프처럼 아름다운 당신의 사전에 내 모든 말장난이 수록될 수 있게 하려면 내가 좀 더 쓸모 있는 말을 해야겠군.

"그 부츠 편해요?" 개빈이 정중하게 묻는다. 이렇게 편안한 주제로 시작하는 것이 제일이다. 부츠처럼 상대가 잘 아는 것에 대해 말하게 하자. 어차피 조금 있으면 본인이 감당할 수 있는 깊이를 뛰어넘는 이야기가 시작될 테니까.

"네?" 너비나가 깜짝 놀라며 묻는다. "부츠요?" 얼굴이 달아오른 건가?

"발가락 안 조여요? 아주 멋스럽긴 한데, 대체 그걸 신고 어떻게 걷는 거예요?" 개빈은 너비나에게 한번 일어나서 당당하게 걸어 보라고 하고 싶다. 하이힐의 기능 중 하나가 골반을 꺾게 만들어 엉덩이는 뒤로 쭉 빠지게 하고 가슴은 앞으로 내밀게 함으로써 S자 곡선미를 갖추게 하는 것 아닌가. 하지만 그렇게 하지는 않을 것이다. 어쨌든 너비나는 생판 모르는 사람이니까.

"아, 이거요. 네, 편해요. 빙판길에서는 신지 말아야겠지만요."

"여긴 빙판길이 없어요." 개빈이 말한다. 그렇게 영리한 님프는 아니다.

"아 아뇨, 여기 말고요. 그러니까, 여긴 플로리다주잖아요, 그렇죠? 저는 제가 사는 동네를 말한 거예요." 너비나가 긴장이 서린 목소리로 깔깔 웃는다. "빙판이요."

개빈은 텔레비전에서 기상 예보를 볼 때 북쪽, 동쪽, 그리고 중앙을 휘감고 있는 극소용돌이를 흥미롭게 주시했다. 눈보라, 얼음 폭풍, 전복된 자동차와 부러진 나무 사진도 살펴보았다. 거기에 콘스턴스가 있을 것이었다. 폭풍의 중심에. 개빈은 콘스턴스가 아무것도 걸치지 않고 눈만 뒤집어쓴 채로, 초자연적인 광채를 발산하며 자기를 향해 양팔을 뻗는 모습을 상상한다. 달빛의 여인, 개빈의 여인. 개빈은 어쩌다 콘스턴스와 헤어졌는지 그 이유를 기억하지 못했다. 사소한 일이었다. 콘스턴스에게는 중요하지도 않았을 일이었다. 개빈이 침대에서 시간을 보낸 다른 여자와 관련된 일이었다. 멜라니였나, 메건이었나, 마저리였나? 사실 아무것도 아니었다. 사실상 그 여자가 나무 위에서 그를 향해 뛰어내린 것이나 다름없었다. 개빈은 해명하려 했지만 콘스턴스는 개빈이 처한 곤경을 이해하지 못했다.

어째서 그 둘은 영원히 함께할 수 없었던 걸까? 개빈과 콘스턴스, 태양과 달, 둘은 빛나는 사람이었지만 제각기 다른 방식으로 빛났다. 둘이 함께하는 대신 개빈은 여기에, 콘스턴스에게 외면당하고 버림받은 처지로 있다. 자기를 지탱하지 못하는 시간 속에. 자기를 품어 주지 못하는 공간 속에.

"플로리다주, 맞죠. 무슨 말을 하고 싶은 건데요?" 개빈이 지나치게 날카로운 어조로 말한다. 이 너비나라는 여자가 뭐라고 나불대고 있었지?

"여기엔 빙판이 없다고요." 너비나가 작은 목소리로 말한다.

"아 물론 그렇죠, 하지만 곧 돌아갈 거잖아요." 개빈은 자기 정신이 분산되어 있지 않음을, 대화의 흐름을 잃지 않고 있음을 보여 주어야만 한다. "거기로, 어디였죠? 인디애나? 아이다호? 아이오와? 거긴 눈이 많이 내리잖습니까! 그러니 혹시라도 넘어지면 손으로 바닥을 짚지 않도록 해요." 개빈이 유익한 가르침을 전하는 아버지 같은 어조로 말한다. "가급적 어깨로 넘어져야 해요. 그래야 허리가 안 부러져요."

"아." 너비나가 다시 말한다. "감사합니다." 그리고 어색한 침묵이 이어진다. "그럼 선생님에 대해 얘기해 볼 수 있을까요? 그리고 그, 선생님의, 음, 선생님의 작품에 대해서요. 초기 작품 활동에 대해 여쭤고 싶어요. 아, 녹음기를 가져왔는데 켜도 될까요? 그리고 함께 보면 좋을 것 같은 영상도 준비해 왔는데, 선생님께서 그, 그분, 그 맥락에 대해 말씀해 주시면 좋을 것 같습니다. 괜찮으시다면요."

"한번 해 봐요." 개빈이 의자에 몸을 기대며 말한다. 레이놀즈는 대체 어디 있는 거지? 차는 또 어디에 있고? 그리고 쿠키도. 쿠키 얻을 만큼은 했는데.

"좋아요, 음, 제가 하고 있는 작업은, 그, 리버보트 시절에 관한 것이라고 할 수 있겠습니다. 60년대요. 선생님께서 「내 여인을 위한 소네트」라 불리는 연작을 쓰셨던 시기죠." 너비나는 또 다른 기계 장치를, 그 뭐였더라, 태블릿이라고 하는 것을 꺼내고 있다. 레이놀즈도 얼마 전 녹색으로 하나 구입했다. 너바나의 태블릿은 빨간색이고, 기발한 삼각형 받침대가 붙어 있다.

개빈이 민망한 체하며 손으로 눈을 가린다. "그 시절은 떠올리게 하지 말아요. 「내 여인을 위한 소네트」, 그건 습작이에요. 맥없고 형편없는 쓰레기죠. 난 그때 스물여섯밖에 안 됐고요. 좀 더 중요한 작품 얘기로 넘어가지 그래요?" 사실 그 소네트들은 주목할 만한 작품이었다. 첫째로는 이름만 소네트였기 때문이고—이렇게 당돌할 수가!—둘째로는 새로운 지평을 열고 언어의 한계를 뛰어넘었기 때문이다. 뭐, 시집 뒷면에 실린 설명에 따르면 그랬다. 어쨌든 그 시집은 개빈이 처음이자 마지막으로 상을 낚아챌 수 있었던 작품이었다. 개빈은 그 사실에 무신경한 척했고 심지어는 경멸하는 척도 했지만—상은 제도가 예술에 부여하는 또 다른 수준의 통제에 불과하지 않은가?—상금으로 받은 수표를 현금으로 바꿔 썼다.

"키츠는 스물여섯에 사망했잖아요." 너비나가 심각하게 말한다.

"그런데도 생전에 얼마나 많은 걸 이뤘나요!" 반박하다니, 이렇게 대놓고 반박하다니! 감히? 너비나가 태어났을 때 개빈은 이미 중년이었거늘! 개빈에게 너비나 같은 딸이 있었을지도 모르거늘! 개빈이 너비나의 아동 성추행범이 될 수도 있었거늘!

"바이런은 키츠의 시를 두고 '조니가 이불에 오줌을 싼 것 같은 시'라고 했습니다."

"맞아요, 그랬었죠? 질투를 했던 것 같아요. 어쨌든, 선생님 소네트는 대단해요! '내 여인의 입이 내게로'······ 정말 간결하고, 정말 감미롭고, 단도직입적이죠." 주제가 구강성교라는 사실을 너비나는 모르는 듯하다. '내 여인의 입이 내 입으로'라는 표현과 판이하게 다른데도 모르다니. 당시에 그런 맥락에서 쓰인 '내게로'라는 말은 사실 '음경'을 가리키는 비밀스러운 표현이었고, 레이놀즈는 입이 나오는 그 구절을 처음 읽었을 때 박장대소를 했다. 순결한 백합이었으나 어느새 개빈에게 물들 대로 물든 레이놀즈에게 그런 순수함은 없었다.

"그럼 '여인' 소네트를 연구하고 있다는 거로군요. 명쾌하게 설명해 줬으면 하는 부분이 있으면 뭐든 물어봐요. 논문에 살을 붙이기 전에 나한테 직접 들어야 하는 내용이 있다거나, 뭐 그런 거요."

"아, 제 연구 주제가 정확히 소네트는 아닙니다. 소네트에 관한 연구는 이미 충분하거든요." 너비나가 커피 테이블을 내려다본다. 이번에는 정말로 얼굴이 붉어지고 있다. "사실 저는 C. W. 스타 작가님에 관한 논문을 쓰고 있어요. 아시죠, 콘스턴스 스타 작가님이요, 스타가 본명은 아니지만요. 지금 그분의 알펀랜드 시리즈에 대한 논문을 쓰고 있는데, 그게, 선생님은 당시에 그분을 알고 계셨잖아요. 리버보트에서요, 그분에 대한 모든 걸요."

개빈은 차디찬 수은이 정맥으로 쏟아져 들어오는 듯한 기분에 사로잡힌다. 누가 여기에 이런 인간을 들인 거지? 이런 파괴자를, 이런 위반자를! 누구긴, 레이놀즈지. 음흉한 레이놀즈는 이 악독한 계집의 진정한 사명을 알고 있었을까? 그랬다면 레이놀즈의 어금니를 다 뽑아 버리고 말리라.

하지만 신경이 쓰인다. 조연으로, 콘스턴스라는 주연의 뒷배경에 불과한 조연으로 비춰지는 것이 하등 중요하지 않은 척할 수가 없다. 우스운 땅속 요정 이야기나 하는 하찮은 콘스턴스. 괴짜 같은 콘스턴스. 얄팍한 콘스턴스. 여기서 화를 내 버리면 자기 약점만 노출하는 꼴이, 굴욕에 굴욕을 더하는 꼴이 되고 말 것이다. "아, 그렇죠." 개빈이 재밌는 얘깃거리가 떠오른 것처럼 여유롭게 웃는다. "모든 걸 알고 있죠! 그 사람에 관해서라면 모든 걸 알고 있죠! 해 뜰 때부터 해 질 때까지 그 사람과 나는 모든 걸 함께했으니까! 그때는 그럴 체력이 있었으니까."

"네?" 너비나의 눈이 빛나고 있다. 여기까지 찾아온 소기의 목적을 어느 정도는 달성하고 있다. 하지만 모든 목적을 이룰 수는 없을 것이다.

"오, 이런. 아무것도 모르는군. 콘스턴스와 나는 함께 살았습니다. 우린 매일 부대꼈죠. 물병자리 시대*가 막을 연 때였어요. 그 시대가

---

* 현재 혹은 머지않아 도래할 점성술적 시대를 의미하는 기간으로 미국에서는 1960년대~1970년대 뉴에이지 운동으로 구현되었다.

두 날개를 완전히 펼치진 못했지만 그러거나 말거나 우린 변함없이 늘 바빴고, 서로 옷을 입혀 주기보다는 벗기는 데 많은 시간을 썼죠. 콘스턴스는…… 대단했고요." 개빈이 과거를 회상하며 미소를 머금는다. "하지만 콘스턴스를 주제로 진지한 학술 연구를 하는 건 접어둬요! 어떻게 봐도 콘스턴스가 쓴 건 그럴 만한 게……."

"아, 네, 사실 그걸 하고 있습니다. 저는 세계 구축 과정에서 상징주의와 신(新)재현주의가 갖는 기능을 비교해 보는 심층 탐구를 하고 있는데, 이건 소위 사실주의 소설이 보여 주는 위장된 형태보다는 판타지 장르를 통해 훨씬 더 효과적으로 연구할 수 있거든요. 그렇지 않나요?"

"차 준비됐어요!"라며 레이놀즈가 쟁반을 들고 또각또각 들어온다. 절묘한 순간이다. 개빈의 관자놀이께 혈관이 벌떡거리고 있다. 너비나라는 여자가 방금 대체 뭐라 씨불인 거지?

"어떤 쿠키야?" 개빈은 신재현주의 따위보다 이게 더 중요하다는 듯 화제를 돌린다.

"초콜릿 칩. 너비나 씨가 영상 보여 줬어? 흥미진진하던데! 드롭박스로 나한테 먼저 보내 줬었거든." 레이놀즈가 개빈 옆에 앉아 차를 따르기 시작한다.

드롭박스. 그게 뭐지? 실내용 고양이 화장실 말고는 연상되는 것이 없다. 하지만 개빈은 묻지 않을 것이다.

"이게 첫 번째 영상이에요." 너비나가 말한다. "1965년 무렵의 리버보트 풍경이죠."

이건 매복 공격이다. 배신이다. 하지만 개빈에게 선택의 여지는 없다. 타임 터널에 빨려 들어가듯 저항할 수 없는 원심력이 가해진다.

영상은 입자가 거칠고 흑백이다. 소리는 없다. 카메라가 좌우로 움직이면서 실내를 비춘다. 애송이들을 꼬드기려고 눈을 불에 켜고 있는 사람들이 보인다. 초기 다큐멘터리 영상인가? 무대에 있는 사람은 분명 소니 테리와 브라우니 맥기다. 저건 실비아 타이슨인가? 개빈의 동료 시인 몇몇이 그 시절에 유행한 머리 스타일에 북슬북슬하고 반항적이며 낙관적인 분위기를 풍기는 수염을 하고 한 테이블에 모여 앉아 있다. 지금은 대부분 죽은 사람들이다.

그리고 개빈, 그가 보인다. 옆에는 콘스턴스가 있다. 수염은 없지만 입에 담배를 꼬나물고, 한쪽 팔은 편하게 콘스턴스에게 걸치고 있다. 개빈은 콘스턴스를 보고 있지 않다. 무대를 보고 있다. 하지만 콘스턴스는 개빈을 보고 있다. 콘스턴스는 항상 개빈을 보고 있었다. 너무도 사랑스럽다. 사랑스러운 한 쌍이다. 상처 하나 없이 그 시절의 에너지와 희망으로 가득 차 있다. 아이처럼. 머잖아 자신들을 휩쓸어 갈기갈기 찢어 놓을 운명의 폭풍을 알지 못한 채로. 개빈은 울고 싶어진다.

"콘스턴스 씨 피곤해 보이네." 레이놀즈가 만족스러워하며 말한다. "눈 밑이 축 처진 거 봐. 다크서클도 크고 진하네. 분명 정말 지칠 대로 지친 상태였을 거야."

"피곤하다고?" 개빈은 콘스턴스가 피곤해한다고 생각해 본 적이 한 번도 없었다.

"음, 정말 피곤해하시는 것 같네요." 너비나가 말한다. "저때 쓰신 작품들만 생각해 봐도 그러실 만하죠! 정말 대단하신 분이에요! 사실상 아주 단기간에 알핀랜드 전체의 평면도를 그리신 거잖아요. 게다가 일도 하고 계셨고요. 치킨 파는 곳에서."

"피곤하다고 말한 적 한 번도 없었는데." 두 여자가 책망으로 해석할 수도 있는 눈빛으로 개빈을 뚫어져라 쳐다보자 개빈은 그렇게 말한다. "체력이 정말 좋았다고."

"그에 대해 선생님께 글을 쓰기도 하셨는걸요. 피곤하시다고요. 물론 선생님을 위해 하는 일은 그 무엇도 피곤하지 않다고 하셨지만요! 선생님께 집에 얼마나 늦게 들어오든 항상 본인을 깨워 달라고 하시기도 했죠. 글로도 쓰셨고요! 작가님은 선생님을 정말 사랑하셨던 것 같아요. 정말 대단한 애정이에요."

개빈이 혼란스러워한다. 글을 썼다고? 개빈은 기억하지 못한다. "콘스턴스가 왜 나한테 글을 써? 우린 같은 공간에 살았는데."

"콘스턴스 작가님이 본인 일기에 선생님께 남기는 쪽지를 쓰셨잖아요. 그리고 그 일기장을 테이블에 올려놓으셨죠. 늘 선생님이 주무시고 계실 때 일을 하러 가야 해서 나중에 읽어 보실 수 있게 두셨던 일기장이요. 그러면 그걸 읽은 선생님도 그 밑에 답신을 쓰셨고요. 표지가 검은색이고, 알핀랜드 목록과 지도를 적을 때 사용한 것과 똑같은 일기장 말이에요. 내지가 전부 다 다른 일기장. 기억 안 나세요?"

"아, 그거." 그 시절에 대한 개빈의 기억은 희미하다. 대체로 콘스턴스와 함께 밤을 보낸 후 아침에 비치던 찬란한 빛이 기억난다. 하루의 첫 커피, 하루의 첫 담배, 마법처럼 나타나 하루의 첫 시를 이룬 첫 구절. 그런 시는 대부분 보존할 만한 가치가 있었다. "그랬었지, 조금 기억나는군. 그건 어떻게 구했죠?"

"선생님 기록물에서 찾았습니다. 일기장이요. 텍사스 대학교가 소장하고 있는 일기장. 선생님이 파셨잖아요. 기억나시죠?"

"내가 내 기록물을 팔았다고? 어떤 거지?" 전혀 기억나지 않는 일이었다. 이따금 머릿속에 떠오르는, 거미줄에 난 틈처럼 뻥 뚫린 공백만 느낄 수 있을 뿐, 개빈은 그런 일을 한 기억을 떠올릴 수 없었다.

"음, 엄밀히 말하면 내가 판 거예요." 레이놀즈가 말한다. "내가 그렇게 처리했어. 나더러 관리해 달라고 했었잖아. 당신이 『오디세이』 번역을 하고 있었을 때 말이야. 이이가 엄청 몰입하거든요." 레이놀즈가 너비나에게 말한다. "일할 때 말이에요. 제가 먹여 주지 않으면 밥 먹는 것도 잊을 정도라니까요!"

"아, 알죠." 너비나가 말한다. 두 사람이 무언가를 공모하는 눈빛을 주고받는다. 천재는 유머의 소재가 되어야 한다라고 개빈은 그 눈빛을 보다 관대하게 번역한다. 다르게 번역하자면 쓸데없는 늙은이는 속여 먹어야 한다라고도 할 수 있는 눈빛을.

"이제 다른 영상 보죠." 레이놀즈가 몸을 앞으로 기울이며 말한다. 자비 좀 베풀어. 개빈이 속으로 레이놀즈에게 호소한다. 나 지금 궁지에 몰려 있어. 이 10대 공주님이 나를 갉아먹고 있다고. 도대체 무슨 소리 하는 건지도 모르겠어! 이제 좀 끝내 줘!

"나 피곤해." 개빈이 말한다. 하지만 두 여자에게 들릴 정도로 크게 말하지는 않은 듯하다. 두 여자는 저들끼리 할 일을 하고 있다.

"인터뷰예요. 몇 년 전 인터뷰인데 유튜브에 올라와 있어요." 너비나가 화살표를 누르자 이번에는 색깔과 소리가 있는 영상이 재생된다. "토론토에서 열린 세계 판타지 컨벤션 행사예요."

개빈은 점점 증폭하는 공포를 느끼며 영상을 본다. 호리호리한 한 늙은 여자가 거대한 두개골에 정맥이 드러나 있고 안색은 자줏빛을 띠며 「스타트렉」 의상을 차려입은 한 남자의 인터뷰에 응하고 있다. 클링온*이군. 개빈이 생각한다. 이런 잡다한 밈에 대해서는 아는 것이 별로 없지만 시 워크숍에 참가한 학생들이 자기들 시에 등장하는 소재로 개빈을 계몽시켜 주겠다고 한 적이 있던 덕이다. 화면에는 얼굴이 플라스틱처럼 빤닥거리는 여자도 보인다. "보그 여왕**이에요." 너비나가 속삭인다. 유튜브 제목에 따르면 호리호리한 노인은 콘스턴스일 텐데, 개빈은 그 정보에 신뢰가 가지 않는다.

"오늘 20세기 세계 구축 판타지의 대모라 할 수 있는 분을 모시게 되어 아주 기쁩니다." 보그 여왕이 말한다. "전 세계적으로 인기 있는 알핀랜드 시리즈의 창조자 C. W. 스타 작가님입니다. 선생님, 콘스턴스 씨라고 부를까요, 아니면 스타 씨가 좋을까요? C. W. 씨는 어떠신가요?"

"편하신 대로요." 확연히 쇠약해지기는 했어도 정말 콘스턴스가 맞다. 헐렁하게 늘어지는 은실로 짠 카디건을 걸친 콘스턴스는 머리는 흐트러진 백로의 깃털 같고 목은 팝시클 아이스크림 막대 같다. 소음과 조명에 어지러운지 주변을 가만히 둘러본다. "호칭 같은 건 신경 안 써요. 제가 신경 쓰는 건 알핀랜드와 관련된 일밖에 없어요." 콘스턴스의 피부가 발광 버섯처럼 기묘하게 빛난다.

---

* 「스타트렉」 시리즈에 등장하는 종족 중 하나.
** 「스타트렉」 시리즈에 등장하는 보그 종족의 여왕.

"처음 이런 글을 쓸 때 스스로가 용감하다고 느끼진 않으셨나요?" 클링온이 묻는다. "그때는 이 장르가 몽땅 남자들 차지였잖아요, 그렇죠?"

콘스턴스가 고개를 뒤로 젖히며 웃는다. 개빈은 한때 그 웃음을, 공기 같고 깃털 같은 웃음을 매력적이라고 느꼈지만, 이제는 괴상하다고 생각한다. 상황에 맞지 않게 까불거리는 웃음. "아, 그 당시에 저를 신경 쓰는 사람은 아무도 없었습니다. 관심도 못 받는 걸 하면서 그걸 용감하다고 할 순 없죠. 어쨌든, 전 이니셜을 썼어요. 처음엔 제가 남자가 아니라는 사실을 아는 사람도 없었죠."

"브론테 자매처럼 말이죠." 클링온이 말한다.

"그거랑은 거리가 멀죠." 콘스턴스가 옆으로 시선을 돌리고 가볍게 웃으면서 겸손한 태도를 취한다. 지금 콘스턴스가 피부는 보랏빛이고 두개골에는 정맥이 보이는 저 남자에게 추파를 던지는 건가? 개빈이 얼굴을 찡그린다.

"이제 정말 피곤해 보이시네." 레이놀즈가 말한다. "도대체 누가 화장을 저딴 식으로 해 준 거지? 미네랄 파우더를 쓰면 안 됐는데. 저때 연세가 정확히 얼마나 되셨으려나?"

"자, 그러면 대안 세계는 어떤 식으로 만드신 건가요?" 보그 여왕이 묻는다. "무에서 유를 창조하신 건가요?"

"아, 저는 무에서 유를 창조하는 사람이 아닙니다." 콘스턴스는 이제 과거의 까탈스러움이 느껴지는 태도로 진지하게 말하고 있다. 나 지금 진지해. 당시에 개빈은 눈 깜빡하지 않았다. 뭐랄까, 엄마의 하이힐을 신은 어린 소녀를 보는 것 같았다. 그런 진지함도 그때의 개빈에게는 매력적으로 보였지만 이제는 그냥 가짜 같다. 자기가 뭐라고 진지하게 구는 거야? "음, 알핀랜드의 모든 것이 현실 세계에 바탕을 두고 있어요. 그러니 어떻게 현실과 다르겠어요?"

"인물들도 그런가요?" 클링온이 묻는다.

"음, 그렇죠. 하지만 때로는 여기저기서 일부를 떼 와서 조합하기도 합니다."

"미스터 포테이토 헤드 같은 거군요." 보그 여왕이 말한다.

"미스터 포테이토 헤드요?" 콘스턴스는 당황한 표정이다. "알핀랜드에는 그런 이름 가진 인물이 없어요!"

"어린이용 장난감 이름입니다." 보그 여왕이 말한다. "감자에다가 갖가지 눈과 코를 갖다 붙이는 장난감이죠."

"아." 콘스턴스가 말한다. 그러고는 이렇게 덧붙인다. "제가 어렸을 땐 그런 게 없었네요."

잠깐의 침묵을 클링온이 채운다. "알핀랜드에는 악당이 어마어마하게 많이 등장하지 않습니까! 그 악당들도 현실에서 차용하신 겁니까?" 클링온이 킥킥댄다. "선택의 폭이 아주 넓긴 하겠네요!"

"네, 그럼요. 특히 악당이 그렇죠."

"그럼, 예를 들자면." 보그 여왕이 말한다. "붉은 손의 밀즈레스는 저희가 길을 걷다 마주칠 수도 있는 사람입니까?"

콘스턴스가 또다시 고개를 뒤로 젖히며 웃는다. 그 모습에 개빈은 진저리를 친다. 저렇게 입 좀 크게 벌리지 말라고 누가 말해 줘야 하는데. 이제 그럴 나이가 아니잖나. 어금니 몇 개가 빠진 게 다 보이는데. "오, 절대요, 그런 일은 없어야죠! 그런 옷을 입은 사람이라면

더욱더요! 하지만 밀즈레스는 현실의 어떤 남자를 바탕으로 만든 게 맞습니다." 생각에 잠긴 콘스턴스가 화면 밖을, 개빈의 눈을 똑바로 응시한다.

"과거 애인일 수도 있을까요?" 클링온이 묻는다.

"오, 아뇨. 정치인에 가깝습니다. 밀즈레스는 아주 정치적이거든요. 하지만 과거 애인 중 한 명을 알핀랜드에 넣긴 했습니다. 지금도 거기에 있고요. 아무나 볼 수 없을 뿐이죠."

"얼른 더 말씀해 주세요." 보그 여왕이 자지러지게 웃으며 말한다.

콘스턴스가 수줍어하며 말한다. "비밀이에요." 그러고는 스파이가 있는 것은 아닌지 의심하듯 두려운 눈빛으로 자기 등 뒤를 쳐다본다. "어디에도 있는지 말씀드릴 수 없어요. 망가뜨리고 싶지 않거든요. 균형을요. 그랬다간 우리 모두에게 무척 위험한 상황이 펼쳐질 테니까요!"

인터뷰가 점점 감당이 안 되는 걸까? 혹시 약간 미친 걸까? 보그 여왕은 분명 그렇게 생각했을 것이다. 황급히 인터뷰를 마무리 짓기 시작했기 때문이다. "정말 특별하고 영광스러운 시간이었습니다, 정말 감사합니다! 여러분, C. W. 스타 작가님께 큰 박수 부탁드립니다!" 박수갈채가 이어진다. 콘스턴스는 얼떨떨한 표정이다. 클링온이 콘스턴스의 팔을 잡고 부축한다.

황금처럼 빛나던 개빈의 콘스턴스. 이제는 길을 잃었다. 콘스턴스가 길을 잃었다. 길을 잃고 헤매고 있다.

화면이 까매진다.

"굉장하지 않나요? 정말 대단한 분이에요." 너비나가 말한다. "그래서 저는 선생님께서 아이디어를 좀 주실 수 있지 않을까 생각했는데요…… 그러니까, 사실상 선생님을 알핀랜드에 등장시켰다고 말씀하신 건데, 그 인물이 누구인지를 파악하는 게 저에게, 그러니까 제 연구에 정말 중요한 부분이라서요. 각 인물의 특징과 초능력, 상징, 문장(紋章)을 다 정리해서 목록을 작성해 보니 제 생각엔 확실히 시 쓰는 토머스가 선생님일 것 같습니다. 알핀랜드 시리즈에 나오는 유일한 시인이거든요. 하지만 시인보다 예언자에 가까운 측면이 있기는 해요. 두 번째 초능력이 미래를 내다보는 능력이거든요."

"무슨 토머스요?" 개빈이 냉담하게 대답한다.

"시 쓰는 토머스요." 너비나가 떨리는 목소리로 말한다. "발라드에 나오는 인물이에요. 제임스 차일드의 발라드요. 요정나라 여왕에게 납치당해 붉은 피를 무릎까지 철철 흘린 후 7년 동안 지구에 보이지 않았다가 다시 나타나서는 미래를 내다보는 능력을 얻게 돼 진리의 토머스라고 불린 인물인데요. 물론 시리즈에는 그 이름으로 나오지 않습니다. 시리즈에는 수정 눈동자의 소유자 클루보즈로 나오죠."

"내가 수정 눈동자의 소유자처럼 보입니까?" 개빈이 무표정한 얼굴로 말한다. 그는 너비나가 땀을 삐질삐질 흘리게 할 작정이다.

"아뇨, 하지만……."

"난 확실히 아닙니다. 수정 눈동자의 소유자 클루보즈는 앨 퍼디예요." 그게 개빈이 떠올릴 수 있는 가장 그럴듯한 거짓말이다. 목공에 관한 시를 쓰고 건혈분(乾血紛) 공장에서 일하는 거물인 앨이 요정나라 여왕에게 납치당한다는 이야기! 너비나가 이 이야기를 논문에 쓴다면 개빈은 평생 너비나에게 감사해할 것이다. 어떻게든 건혈분에 관한 이야기를 논문에 녹여 내고 앞뒤가 맞게 잘 다듬어 낸다면 말이다. 개빈은 가만히 입을 다물고 있다. 웃어선 안 된다.

"앨 퍼디라고 생각하는 이유가 뭔데?" 레이놀즈가 미심쩍어하며 묻는다. "개애애비는 거짓말쟁이예요, 명심하세요." 레이놀즈가 너비나에게 말한다. "자기 전기도 가짜로 쓰는 사람이라니까요. 그게 재밌는 줄 알아요."

개빈은 레이놀즈의 말을 무시한다. "콘스턴스가 직접 말해 줬습니다. 그게 아니라면 어떻게 알겠어요? 인물들에 대해 나랑 상의할 때도 많았죠."

"하지만 수정 눈동자의 소유자 클루보즈는 시리즈 3권부터 등장하는걸요." 너비나가 말한다. "『망령이 돌아온다』요. 이 책은 선생님이 말하는 시기보다 훨씬 나중에…… 그러니까, 그 시절에 관한 자료가 거의 없기도 한데, 그때 선생님은 더 이상 콘스턴스 작가님과 함께하지 않으셨어요."

"우리는 몰래 만나곤 했습니다. 수년 동안. 나이트클럽 화장실에서도 보고. 치명적인 이끌림이었달까요. 서로에게서 손을 떼지를 못했죠."

"나한테 그런 얘기 한 적 없잖아." 레이놀즈가 말한다.

"자기야." 개빈이 말한다. "내가 당신한테 하지 않은 얘기가 사실 참 많아." 레이놀즈는 개빈의 말을 한마디도 믿을 수 없지만 그가 거짓을 지어내고 있음을 증명할 수도 없다.

"그럼 모든 게 달라져요." 너비나가 말한다. "논문을 다시 써야 해요…… 제 핵심 전제부터 다시 생각해 봐야 해요. 이건 정말…… 정말 결정적인 부분이거든요! 그런데 클루보즈가 아니면, 선생님은 대체 누구죠?"

"그러게요, 누굴까요? 나도 궁금할 때가 많습니다. 어쩌면 알핀랜드에 아예 없을 수도 있죠. 콘스턴스가 나를 완전히 지워 버렸을 수도 있으니까."

"선생님도 있다고 작가님이 직접 말씀하셨어요." 너비나가 말한다. "불과 한 달 전에 받은 이메일에서요."

"기억력이 예전만 못하실 거예요." 레이놀즈가 말한다. "그 영상만 봐도 알 수 있죠. 심지어 부군이 돌아가시기 전에 촬영한 영상인데. 모든 말이 뒤죽박죽이잖아요. 어쩌면 다른 것들도……."

너비나가 레이놀즈의 말을 흘려듣고 몸을 앞으로 숙인 다음 눈을 더 커다랗게 뜨고 개빈을 쳐다본다. 그리고 은밀하게, 속삭임에 가깝게 목소리를 낮춰 말한다. "작가님은 선생님이 **숨겨져** 있다고 하셨어요. 보물처럼요. 로맨틱하지 않나요? 수풀 속에서 얼굴을 찾아야 하는 그림처럼 숨겨 놓았다고, 그렇게 말씀하셨어요." 너비나는 개빈과 지그 춤을 추고 한가로이 거닐고 싶다, 혀짤배기소리로 말하고 싶다, 거의 텅텅 빈 개빈의 두개골에 남은 마지막 정수를 빨아 마시고 싶다. 꺼져 버려, 이 바람둥이!

"미안합니다. 난 당신을 도와줄 수 없어요. 그런 엉터리 소설은 읽어 본 적도 없어서." 거짓말이다. 개빈은 알핀랜드를 읽었다. 그것도 거의 대부분. 다만 알핀랜드는 그의 기존 생각을 더 확고하게 만들기만 했다. 시인이 되려 했던 콘스턴스가 수준 낮은 시인이었을 뿐만 아니라 형편없는 소설가이기도 했다는 생각을. 알핀랜드 제목만 봐도 알 수 있지 않나. 아피드랜드*라고 해야 그나마 더 정확할 것이다.

"네?" 너비나가 묻는다. "그건 존중과는 굉장히 거리가 먼…… 엘리트주의적인……."

"개구리 알이 우글우글한 진흙탕 웅덩이를 판독하는 것보다 더 나은 일에 시간을 좀 쓰지 그래요? 당신처럼 여성성의 훌륭한 표본이 낭비되고 당신의 어여쁜 엉덩이가 꽃도 못 펴 보고 시들고 있잖아요. 아직 못 해 봤어요?"

"네?" 너비나가 다시 묻는다. 자기만의 안전장치임이 분명하다. 상대가 실례를 저질렀음을 표명하는 것이다.

"안달 난 마음을 채워 주는 거요. 좋아서 어쩔 줄 모르는 거요. 섹스요." 레이놀즈가 팔꿈치로 개빈의 갈비뼈를 푹 찌르지만 개빈은 무시해 버린다. "분명 그런 거 해 주겠다고 덤벼드는 유쾌하고 잘나가는 구혼자들이 있을 텐데. 당신처럼 아름다운 여자는 그런 쓸데없는 글에다가 각주를 달겠다고 시력을 낭비하느니 만족스럽고 건강한 섹스를 하는 게 훨씬 나아요. 설마 처녀라고 대꾸하진 않겠지! 말도 안 되는 소리!"

"개빈! 더는 여자한테 그런 식으로 말하면 안 돼. 이건……."

"선생님이 제 사생활을 걱정할 필요가 있는지 모르겠네요." 너비나의 말투는 딱딱하다. 아랫입술이 파르르 떨리고 있는 것을 보니 개빈의 공격이 제대로 먹힌 듯하다. 하지만 개빈은 거기서 멈추지 않는다.

---

* 진딧물(aphid)에 빗대어 비꼰 것이다.

"당신은 아무런 양심의 가책도 없이 내 뒤를 캐고 있었잖아. 내 사생활을! 내 일기를 읽고 내 글을 뒤지고 내…… 내 과거 애인 뒷조사까지 하면서. 이건 용납할 수 없다고! 콘스턴스는 내 사생활이야. 사생활! 여태 그런 생각은 해 보지도 않았겠지!"

"개빈, 당신은 당신 글을 팔았어." 레이놀즈가 말한다. "그러니 이제 공공 자료라고."

"개소리 집어치워! 내가 아니라 네가 팔았지! 이 배신자 년아!"

너비나가 품위가 전혀 느껴지지 않는 몸짓으로 빨간 태블릿을 닫는다. "가 봐야겠어요." 레이놀즈에게 하는 말이다.

"정말 미안해요." 레이놀즈가 말한다. "저이가 가끔 저래요." 그리고 두 사람은 차례로 자리에서 일어나 어휴, 아휴, 어머, 어머나, 너무 미안해요, 제가 더 미안해요, 속삭이며 복도를 지나 현관을 향해 멀어진다. 현관문이 닫힌다. 레이놀즈는 분명 집에서 두 블록 떨어진 홀리데이 인 앞의 택시 정류장까지 너비나를 데려다줄 것이다. 그리고 틀림없이 개빈에 대해 말할 것이다. 개빈과 그의 신경질적인 분노 표출에 대해. 레이놀즈는 방금 벌어진 상황을 수습하려 들지도 모른다. 그러지 않을지도 모르고.

저녁 시간엔 냉기가 감돌 것이다. 레이놀즈는 개빈에게 달걀 하나를 삶아 준 다음 얼굴에 반짝이를 덕지덕지 바르고 춤을 추러 나갈 가능성이 높다.

개빈은 애써 화를 삭이지 않는다. 하지만 그래선 안 된다. 심혈관에 좋지 않은 터다. 다른 것을 생각해야 한다. 시에 대해, 자기가 쓰고 있는 시에 대해. 소위 서재라는 공간에서는 안 된다. 거기서는 시를 쓸 수 없다. 개빈은 발을 질질 끌며 부엌으로 가서 전화기가 놓인 테이블 서랍을 열고 공책을 꺼낸다. 개빈이 선호하는 공책 보관 공간이다. 그런 다음 연필 한 자루를 찾아서 정원 문을 통과한 다음 테라스로 이어지는 타일이 깔린 계단 세 칸을 내려가 조심스레 테라스를 가로지른다. 테라스 바닥도 타일로 되어 있어 수영장과 가까운 쪽은 미끄러울 수도 있다. 테라스 의자 앞까지 온 개빈이 자리를 잡는다.

낙엽이 소용돌이 속에서 회전한다. 마리아가 짧은 데님 바지 차림으로 말없이 갈퀴를 가지고 와서 그 낙엽을 걷어 낼지도 모른다.

　죽어 가는 나뭇잎을 마리아가 걷어 낸다.
　영혼들인가? 저기에 내 영혼도 있나?
　검은 머리의 마리아, 어둠의 마리아,
　나를 데리러 온 죽음의 천사인가?

　차디찬 웅덩이에서 소용돌이치는, 시들고 방황하는 영혼이여,
　오래도록 그 바보의 공범이었던 내 육신이여,
　어디로 떨어질 텐가? 어느 헐벗은 물가에 내려앉을 텐가?
　죽은 잎사귀 하나에 불과할 텐가? 아니면……

이게 아니다. 너무 휘트먼 같다. 게다가 마리아는 용돈벌이나 하는, 흔하디흔한 귀엽고 평범한 고등학생일 뿐이다. 특별할 게 없다. 님프의 발끝에도, 「베네치아에서의 죽음」의 마음을 잡아끄는 매혹적인 미소년의 발끝에도 미치지 못한다. '마이애미에서의 죽음' 정도면 되려나? 텔레비전 경찰 드라마 제목 같다. 막다른 길에 몰렸군,

막다른 길이야.

그럼에도 개빈은 마리아가 죽음의 천사라는 생각이 마음에 든다. 그 천사를 만날 순간이 머지않았다. 죽어 가는 순간에 눈앞에 아무것도 없는 것보다는 아무 천사라도 보는 게 낫다고 개빈은 생각한다.

그리고 두 눈을 감는다.

개빈은 다시 「리처드 3세」가 펼쳐지는 공원에 있다. 보온병에 담긴 마티니를 종이컵에 따라 두 잔을 마셨더니 요의가 느껴진다. 하지만 극이 한창 진행 중이다. 가죽 의상을 입고 특대형 채찍을 든 리처드가 살해당한 남편의 관을 지키고 있는 앤 공주에게 말을 건다. 앤 공주는 가학피학 성욕을 향한 페티시가 드러나는 의상 차림이다. 두 사람은 서로 독기 서린 대사를 주고받는 동안 번갈아 가면서 부츠로 상대의 목을 밟는다. 터무니없는 연출이다. 하지만 생각해 보면 전부 자연스럽기만 하다. 리처드가 앤의 남편이자 조카를 칼로 찌르고, 앤이 리처드에게 침을 뱉고, 리처드가 앤에게 자신을 찌르라고 하고, 그런 식으로 이어지는 흐름이다. 셰익스피어는 참 변태적인 작자다. '이런 의상을 입은 여자가 승리를 거둔 적이 있었습니까?'라는 질문에 대해 '예' 상자에 체크해야 하니까.

"오줌 좀 누고 올게." 리처드가 앤 공주를 차지했다고 떠벌리는 장면이 끝났을 때 개빈이 레이놀즈에게 말한다.

"저기 뒤쪽 핫도그 가판대 옆에 있어. 쉿!"

"진짜 남자는 이동식 화장실에서 안 싸. 진짜 남자는 수풀에서 싼다고."

"같이 가는 게 낫겠다." 레이놀즈가 속삭인다. "길 잃을 거야."

"혼자 갔다 올 거야."

"그럼 손전등이라도 가져가."

하지만 개빈은 손전등도 거부했다. 맞서고, 모색하고, 찾아내고, 굴복하지 않기 위해서. 느직느직 어둠 속으로 들어간 개빈이 지퍼를 찾아 더듬거린다. 거의 아무것도 보이지 않는다. 그래도 발에 조준하지는 않았다. 이번엔 양말이 뜨뜻해진 상태로 돌아가지 않아도 된다. 안심한 개빈은 지퍼를 잠그고 다시 자리로 돌아가기 위해 뒤로 돈다. 그런데 여기가 어디지? 나뭇가지들이 개빈의 얼굴을 스치고, 개빈은 방향을 잃는다. 나뭇잎 사이로 보이는 아둔한 목표물을 습격할 태세로 대기 중인 깡패들이 한 무더기 있기라도 하면 최악의 상황이 펼쳐질 것이다. 젠장할! 여기서 어떻게 레이놀즈를 부르지? 개빈은 도와 달라며 울부짖지는 않을 생각이다. 당황하면 안 된다.

그때 어떤 손이 개빈의 팔을 움켜잡고, 개빈은 화들짝 놀라며 깨어난다. 심장이 쿵쾅대고, 호흡이 가쁘다. 진정해. 개빈이 스스로에게 말한다. 꿈일 뿐이었다. 유충 상태의 시일 뿐이었다.

그 손은 분명 레이놀즈의 손이었을 것이다. 레이놀즈가 손전등을 들고 수풀까지 따라왔을 것이다. 기억이 나지는 않지만 그런 게 아니라면 어떻게 개빈이 이 테라스 의자에 앉아 있을 수 있단 말인가? 레이놀즈가 아니었다면 결코 여기로 돌아올 수 없었을 것이다.

얼마나 잠들어 있었던 건지 어느새 황혼 빛이 깔려 있다. 어둠과 새벽 사이. 밤이 깊어지기 시작할 때. 황혼에 퍼지는 노래.* 정말이지 빅토리아 시대다운 단어다. 요즘 누가 황혼이라는 단어를 쓴단 말인가. 황혼이면 변함없이 우리를 찾아오는 사랑의 달콤한 무언가.

술을 한잔해야겠다.

"레이놀즈." 개빈이 부른다. 아무 소리도 들리지 않는다. 레이놀즈가 개빈을 버렸다. 그럴 만도 하다. 오후 동안 꽤 볼썽사납게 굴었으니까. 더는 여자한테 그런 식으로 말하면 안 돼. 집어치우라지. 당신이 뭔데 된다 안 된다 그래? 은퇴한 사람을 무슨 수로 해고한다는 건지. 개빈이 혼자 낄낄거린다.

개빈은 테라스 의자에 팔을 짚고 몸을 일으켜 현관문으로 이어지는 계단으로 향한다. 타일이 미끄러운 데다가 마당이 너무 어둑하다. 땅거미가 내렸군. 개빈은 생각한다. 땅거미라, 어쩐지 가재라는 단어처럼 들린다. 뾰족뾰족하고, 껍질이 딱딱하고, 집게발이 달린 단어.

이제 계단 앞이다. 개빈이 오른발을 올린다. 발을 헛디디고, 폭포처럼 추락하고, 바닥과 충돌하고, 피부가 벗겨진다.

늙은 남자의 몸에 그렇게나 많은 피가 있을 거라고 누가 생각이나 했을까?

"어머나, 세상에!" 개빈을 발견한 레이놀즈가 소리친다. "개애애비! 정말 한시도 눈을 뗄 수 없다니까! 대체 이게 무슨 꼴이야!" 레이놀즈가 울음을 터뜨린다.

---

* 헨리 워즈워스 롱펠로의 시 「아이들의 시간」 중 일부.

레이놀즈는 간신히 개빈을 테라스 의자에 끌어 앉힌 다음 베개 두 개로 개빈의 몸을 받쳐 주었다. 피를 조금 닦아 주고 이마에 젖은 행주도 올려놓았다. 그리고 이제 전화기를 들고 구급차를 부를 참이다. "이렇게 계속 기다리게 하면 안 되죠!" 레이놀즈가 말한다. "뇌졸중이거나 아니면…… 아니 이거 **구급** 서비스잖아요! 아오, 씨!"

양옆에 베개를 두고 누워 있는 개빈의 얼굴에서 차갑지도 뜨겁지도 않은 무언가가 찔끔찔끔 흐른다. 황혼은 아직 내려앉지도 않았다. 붉은 해가 눈부시게 아름다운 분홍빛으로 이제 막 저물려 할 뿐이다. 야자나무 잎들이 유유히 흔들리고, 물순환 펌프가 고동친다. 아니, 펌프가 아니라 개빈의 맥박인가? 이제 들판에 어둠이 내려앉고, 콘스턴스가 그 복판에서 떠돈다. 늙고 쭈글쭈글해진 콘스턴스가, 가면을 쓴 것처럼 화장한 콘스턴스가, 화면으로 본 그 창백하고 주름진 얼굴이. 콘스턴스가 당황한 표정으로 개빈을 쳐다본다.

"미스터 포테이토 헤드요?" 콘스턴스가 말한다.

하지만 개빈은 그 말에 전혀 신경 쓰지 않는다. 허공을 가르며 빨리, 아주 빨리 콘스턴스에게 다가가고 있기 때문이다. 좀처럼 가까워지질 않는다. 콘스턴스가 개빈이 움직이는 속도와 똑같은 속도로 달아나고 있는 것이 분명하다. 더 **빨리**. 개빈이 자기 자신을 다그친다. 그러면서 간격을 좁히고 단숨에 목전까지 다가간 다음, 콘스턴스의 당황한 파란 눈동자 속 검은 동공을 들여다본다. 개빈 주변으로 몹시도 밝은 우주가 열린다. 거기에 콘스턴스가, 예전처럼 젊은 모습으로 자기를 반갑게 맞이하는 콘스턴스가, 예전과 같은 모습으로 있다. 콘스턴스가 행복한 미소를 지으며 개빈을 향해 양팔을 벌리고, 개빈은 콘스턴스를 품에 안는다.

"여기까지 왔구나." 콘스턴스가 말한다. "마침내. 깨어났구나."

다크 레이디

매일 아침 식탁에서 조리는 세 가지 조간지의 부고란을 살핀다. 어떤 기사는 조리를 웃게 하지만, 틴이 아는 한 그 어떤 기사도 조리를 울게 한 적은 없다. 조리는 뭐랄까, 징징대는 사람이 아니다.

조리는 눈여겨볼 만한 고인을 X자로 표시하고 장례식이나 추도식에 참석할 생각이라면 XX자로 표시해서 식탁 건너편에 앉은 틴에게 건넨다. 조리는 연립주택 문간 바로 앞에 배달되는 진짜 종이 신문을 읽는다. 디지털 신문은 지면을 아낀답시고 부고란을 넣지 않는다고 생각하기 때문이다.

"여기 또 있네." 이제 조리는 이렇게 덧붙일 것이다. "'그를 알았던 모두가 그를 몹시 그리워하고 있다.' 난 아닌데! 나 스플렌디다 캠페인 할 때 이 여자랑 같이 일했었거든. 완전 미친년이었어." 혹은 이렇게 말할 것이다. "'평화롭게 자택에서 자연사했다.' 그럴 리가! 내가 장담하는데 약물 과다 복용이었을 거야." 혹은 이렇게 말할지도 모른다. "드디어! 어후 그 소름 끼치는 손가락! 이 남자 80년대에 회식 자리에서 봤는데 자기 아내가 바로 옆에 앉아 있는데도 나를 만졌다니까. 완전 술고래라 방부 처리도 안 해도 될 거야."

틴은 혼자가 되어 애정이 필요한 사람을 위로하기 위한 것이 아니라면 자신이 싫어하는 사람의 장례식에는 결코 가지 않는 사람이다. 그런 점에서 에이즈가 출현한 초창기는 지옥 같았다. 흑사병이 도는 듯했다. 한 집 건너 한 집마다 치러지는 장례식, 정신적 마비 상태와 은은한 불신, 생존자들의 죄책감, 불타나게 팔리는 손수건이 일상을 잠식했다. 하지만 조리에게 혐오는 일종의 동기다. 비유하자면 조리는 무덤 위에서 탭 댄스를 추고 싶어 하는 사람이다. 하지만 이제는 조리도, 고등학교 시절 날렵하게 몸을 놀리는 로큰롤 소년이었던 틴도 실제로 춤을 출 생각은 없다.

조리는 틴처럼 날렵하지 않았다. 그보다는 열정이 넘치는 편이었다. 팔다리가 긴 망아지처럼 날뛰었고, 자기 몸을 이리저리 내던졌고, 사정없이 머리를 흔들어 댔다. 하지만 조리와 틴은 자신들이 쌍둥이라는 이유로 무대에 함께 서야 군더더기 없는 그림이 연출된다고 생각했고, 그렇게 해야 틴이 조리의 춤 솜씨를 실제보다 괜찮아 보이게 할 수 있기도 했다. 가능한 한 조리를 그 특유의 충동성으로부터 지키는 것이 어린 시절부터 틴이 짊어진 소명이었다. 또한 조리와 춤을 추면 무도회의 여왕과 손을 맞잡고 내키지도 않는 춤을 춰야 하는 상황에서 잠시나마 벗어날 수도 있었다. 틴에게는 선택권이 있었고, 그 선택의 자유를 만끽했다. 그게 최선이었다.

10대 시절 틴이 미녀들에게 얼마나 인기가 많았는지를 생각하면 새삼 놀랍지만, 또 생각해 보면 그리 놀라운 일은 아니다. 틴은 공감하는 태도를 갖추고 있었고, 그들이 털어놓는 하소연을 경청했고, 주차된 차 안에서 그들의 옷을 난폭하게 벗기려 들지도 않았다. 다만 입 냄새가 날까 봐 걱정하지 말라는 의미로 춤을 추고 나면 그들의 목을 감싸 안고 애무하는 필수 단계는 꼭 거쳤다. 그리고 그들이 유두 부분이 뾰족 튀어나온 와이어 브라의 훅을 풀거나 신축성이 좋은 팬티거들을 벗겨도 된다며 추가적인 호의를 베풀면 배려하는 태도로 거절했다.

"아침이 되면 너 자신을 미워하게 될 거야." 틴은 그들에게 그렇게 충고했다. 그리고 그들은 정말로 자기 자신을 미워하고, 전화기를 붙들고 제발 아무에게도 말하지 말아 달라고 울며불며 애원할 터였다. 또한 피임약이 등장하기 전 소녀들이 다 그랬듯 임신을 했을까 봐 두려워했을 것이다. 어쩌면 임신을 기대했을 수도 있다. 임신을 빌미로 틴을 낚아채 재빨리 결혼해 버릴 수 있기를. 틴이라면, 이렇게 근사한 남자 마틴이라면! 월척을 낚은 것 아닌가!

틴은 자기보다 인기는 없고 여드름은 더 많은 애들이 상습적으로 하는 짓을, 이를테면 데이트 상대에 대해 거짓을 섞어 가며 자랑스럽게 떠벌리는 짓을 한 적도 없었다. 냉기가 감돌고 프릴 장식 따위는 하나도 없이 죄다 벌거벗고 있는 남자 탈의실에서 어젯밤에 어땠냐는 질문이 나오면 틴은 속뜻을 알 수 없는 미소를 지어 보일 뿐이었고, 그러면 남자애들은 서로 씩 웃으면서 팔꿈치로 쿡쿡 찌르고 남자들끼리 뭐 어쩌냐는 식으로 틴의 팔을 주먹으로 쳤다. 키가 크고 날렵하다는 점이 틴에게는 도움이 되었다. 트랙에서든 필드에서든 그는 스타였다. 주특기는 높이뛰기였다.

어찌나 얄미웠는지.

어찌나 젠틀했는지.

조리가 무덤 위에서 혼자 탭 댄스를 추지 않는 이유는 뭐든 혼자 하기 싫어해서다. 조리가 여자만 한가득한 침울한 장례식장에 같이 가 달라고 계속 조르면, 틴은 겉으로는 우울한 척하지만 속으로는 자신이 아직 살아 있다는 사실을 자축하는 늙은이들 틈에서 지루해 죽을 것 같은 기분을 느끼고 싶지 않다고 빵 테두리를 잘라 낸 샌드위치를 잇몸으로 물어뜯으며 말하면서도 조리의 뜻대로 해 준다. 생의 마지막 통과의례에 대한 조리의 관심이 다소 지나치고 심지어는 병적이라고 틴은 생각하며 조리에게 그 생각을 털어놓고는 했다.

"존경을 표하는 것일 뿐이야."라고 조리가 대꾸하면 틴은 코웃음을 친다. 농담하기는. 두 사람 모두 겉치레를 해야 할 때를 제외하고는 존경을 중요한 가치로 삼은 적이 없었다.

"그냥 그거 보는 게 고소해서 그러는 거잖아." 틴이 응수한다. 조리는 틴의 말이 하나도 틀리지 않았기 때문에 코웃음만 친다.

"우리 좀 가식적인가?" 조리는 틴에게 그런 질문을 하기도 했다. 유머 감각이 뛰어난 것과 가식적인 것은 전혀 다른 문제다.

"가식적이고말고." 틴은 그렇게 대답했다. "우리는 날 때부터 가식적이었잖아! 하지만 좋은 점을 보자고. 가식적이지 않으면 안목을 기를 수 없잖아." 그렇다고 조리가 안목을 기른 것은 아니라고, 시간이 흐르면서 퇴색하고만 있다는 말을 틴은 덧붙이지 않았다.

"우리는 뛰어난 사이코패스 살인자가 될 수 있었을지도 몰라." 한번은 조리가 그렇게 말했다. 아마 10년 전쯤, 갓 육십 줄에 들어설 무렵이었다. "생판 모르는 사람을 무작위로 살해해서 완전 범죄를 저지를 수 있었을지도 몰라. 기차선로로 밀어 버리는 거지."

"지금도 늦지 않았어." 틴이 대답했다. "내가 죽기 전에 꼭 해 보고 싶은 일이긴 해. 지금 우리는 암에 걸릴 때를 기다리고 있을 뿐이지만 떠나야 한다면 몇 명 데리고 당당히 떠나자고. 지구의 어깨에서 짐을 좀 덜어 주는 거야. 토스트 더 먹을래?"

"너 혼자만 암 걸리면 안 돼!"

"안 그래. 내 심장과 침을 걸고 맹세할게. 전립선암까지는 어떻게 못 하겠지만."

"그러지 마. 버려진 기분이 들 거야."

"내가 전립선암에 걸리면, 네가 전립선 이식 수술을 받을 수 있게 해 줄게. 그럼 너도 전립선을 가진 경험을 할 수 있을 거야. 지금 당장 전립선을 떼어다 창밖으로 내던져도 개의치 않아 할 남자들을 내가 많이 알거든. 그거 떼어 내면 적어도 밤에 숙면은 취할 테니까. 오줌 누러 왔다 갔다 할 필요 없잖아."

조리가 생긋 웃었다. "너무 고맙네. 늘 하나 갖고 싶었거든. 그럼 노년에 불평을 늘어놓을 게 하나 더 생기잖아. 근데 기증자가 음낭까지 다 떼어 내고 싶어 할까?"

"방금 그 말은 너무 막 던진 것 같은데. 그런 의도였겠지만. 커피

더 마실래?"

　조리와 틴은 쌍둥이이므로 서로 함께일 때 진정한 자기 자신으로 존재할 수 있다. 다른 사람과는 그 어떤 노력을 해도 잘 되지 않은 일이다. 속마음을 숨기고 가식적으로 굴어도 외부 사람만 속인다. 서로 앞에서는 구피처럼 투명하며, 서로의 내면을 들여다볼 수 있다. 적어도 두 사람은 그렇게 생각한다. 하지만 틴이 한때 수족관을 가진 애인을 만난 덕에 잘 알듯이 구피의 몸에도 불투명한 부분이 있다.

　심홍색 테 돋보기안경을 쓰고 미간을 찌푸리면서, 아니 보톡스를 맞은 것을 감안한다면 최대한 찌푸릴 수 있는 만큼 얼굴을 찌푸리면서 부고란을 보고 있는 조리를 틴은 사랑스러운 눈길로 응시한다. 최근 들어, 그러니까 근 수십 년 사이에 조리의 눈은 과로한 사람처럼 앞으로 조금 튀어나왔다. 모발 상태도 좋지 않다. 그래도 틴은 조리가 모발을 시꺼먼 색으로 염색하는 것을 관두게 하는 데 결국 성공했다. 짙은 색의 파운데이션을 칠하고 반짝이는 청동색 미네랄 파우더를 아무리 성실히 발라도 생기가 없는 지금 피부색에 맞지 않게 모발이 너무 '죽지 않은' 상태라 자기를 기만하는 딱하고 불쌍한 사람처럼 보였던 것이다.

　"사람은 자기가 늙었다고 느끼는 만큼만 늙어." 조리는 룸바 수업과 수채화를 그리는 휴가 같은 터무니없는 활동이나 위험천만하기 그지없는 스피닝처럼 요즘 유행하는 운동에 틴을 끌어들이기 위해 툭하면 그런 말을 한다. 틴은 자기가 스판덱스 타이츠 차림으로 제 재소에서나 들을 법한 윙윙 소리를 내며 고정 자전거를 타는 모습을, 안 그래도 쭈글쭈글 주름만 남은 사타구니를 혹사하는 모습을 상상할 수가 없다. 어떤 자전거든, 자전거를 타고 있는 모습 자체를 상상할 수가 없다. 그림은 애당초 재고의 여지도 없었다. 그림을 그리기로 한다고 해도 뭐 하러 징징대는 아마추어 무리에 섞여서 그러겠나? 룸바의 경우에는 미골을 돌릴 수 있어야 하는데 그건 틴이 섹스를 단념했을 무렵에 잃어버린 기술이다.

"맞아." 틴이 대답한다. "난 이천 살은 된 것 같아. 내가 앉아 있는 바위들보다 늙은 느낌이야."

"무슨 바위? 바위는 안 보이는데. 소파에 앉아 있잖아!"

"인용한 거야. 월터 페이터의 글을 좀 바꿔서 말한 거지."

"어휴, 맨날 이렇게 인용을 달고 산다니까! 모든 사람이 따옴표 속에서 살진 않는다고."

틴이 한숨을 쉰다. 조리는 다방면에 걸친 독서를 하지 않고 본질적인 가치를 지닌 것들보다는 튜더 왕조와 보르자 가문에 관한 역사 로맨스를 선호하는 사람이다. "나는 뱀파이어처럼 수도 없이 죽었었지." 틴은 속으로 조용히 한 구절을 인용한다. 소리 내어 말했다간 조리가 불안을 느낄 텐데, 조리가 불안해하면 늘 일이 번거로워지는 탓이다. 조리가 뱀파이어를 두려워하지는 않을 것이다. 성급하고 호기심이 많아, 출입 금지된 지하실이 보이면 가장 먼저 들어갈 사람이다. 다만 조리는 틴이 뱀파이어로, 혹은 자기가 생각하는 틴이 아닌 다른 존재로 변하는 상황을 반기지 않을 것이다.

그런 한편 조리는 다른 사람이 되고 싶다는 확고한 소망을 품고 있다. 지금의 모습이 자기 기준에 미치지 못하는 터다. 조리가 품은 이 유일한 비합리적인 믿음은 값비싼 화장품 라벨과 연관되어 있다. 말만 번지르르한 형용사에 대한 환상이 깨질 수밖에 없는 광고업계에 종사한 경험이 있으면서도 기만적이고 매혹적인 광고 문구, 가령 탱탱해진다, 쫀쫀해진다, 주름을 펴 준다, 젊은 시절의 투명함을 되살려 준다, 영원을 체험할 수 있다 등등의 문구를 실제로 믿는 것이다. 지금껏 살면서 조리가 더 잘 알고 있어야 마땅하지만 그러지 못한 것들이 참 많은데, 메이크업 기술도 그중 하나다. 반짝이는 청동색 미네랄 파우더를 목 중간까지 바르다 말면 안 된다고, 그렇게 하면 머리와 몸이 따로 노는 것처럼 보일 거라고 틴이 계속해서 상기시켜 주어야 한다.

조리의 모발과 관련해 틴이 최종적으로 동의한 타협안은 왼쪽 흰머리를 몇 가닥만이라도 남겨 두는 것이었는데 틴은 '노인 펑크족이라고 하자.'라고 속삭이듯 혼잣말을 했다. 최근에는 여기에다 시선을 사로잡는 진홍색 부분 가발을 쓰는 것까지 더해졌다. 결국 완성된 모습은 말하자면 케첩 병과 충돌한 후 겁에 질린 채 투광 조명에 갇힌 스컹크다. 틴은 그 핏빛 얼룩 같은 가발이 아무 문제도 일으키지 않기를, 자신이 노인 폭행 혐의로 기소되는 일이 없기를 소망하고 있다.

관능적인 집시 이미지, 강렬한 아프리카 패턴의 날염 천, 칭칭 소리가 나는 이국적인 보석으로 한때 이름을 날린 조리가 자기 눈에 들어온 패션을 뭐든 소화할 수 있었던 시대는 이제 끝났다. 현란하게 차려입는 습관은 여전했지만 예전 같은 센스가 없었다. 틴은 이따금 조리에게 스팸 옷을 입은 양고기네라고 말하고 싶은 마음이 간절했지만 그러지는 않았다. 대신 정신을 바짝 차리고 애써 속마음을 감추면서 다른 여자들이 그랬다는 식으로 말해 조리를 웃겨 주었다.

평소에 틴은 조리가 더 가파르고 치명적인 절벽에 가까워지지 않도록 이리저리 방향을 틀어 준다. 90년대에 한번은 코걸이와 관련된 사건이 있었다. 조리가 아무 언질도 없이 갑자기 싸구려 코 피어싱을 하고 틴 앞에 나타나 자기 모습이 어떠냐고 단도직입적으로 물어온 것이다. 그저 바늘로 꿰맨 듯 입을 꾹 다물어야 하는 상황에서 틴은 위선적으로 고개를 끄덕이면서 뭐라 뭐라 중얼댔다. 그 후 조리는 감기에 걸렸을 때, 손수건 실밥이 피어싱에 걸리면서 사실상 콧구멍이 찢어졌을 때 그 싸구려 피어싱을 버렸다.

그 후에는 혀 피어싱의 위협이 찾아왔지만 다행히 조리는 틴과 미리 상의했다. 그때 틴은 뭐라 했을까? "네 입안이 폭주족 재킷처럼 보이길 원하는 거야?" 이건 아니었을 것이다. 그랬다가 '맞아'라는 대답이 나올 경우에 초래될 위험이 크기 때문이다. 물론 틴은 어떤 남자들은 그런 구슬을 구강성교를 해 주겠다는 광고로 여긴다는 점도 말해 주지 않았다. 그랬다간 조리를 더 부추길 수도 있었다. "혀 패혈증으로 죽을 수도 있는데?"라며 건강과 관련된 조언을 할 수도 있었지만, 건강을 들먹이는 경고는 조리에게 먹히지 않는다. 조리는 그걸 일종의 도전장으로 받아들이기 때문이다. 눈에 보이지 않는 세계가 투척할 수도 있는 모든 세균을 자신의 우월한 면역 체계가 확실히 괴멸시키리라고 자신하는 것이다.

"대피 덕이 말하는 것처럼 보일걸. 모든 사람한테 침을 뱉게 될 거고. 내 생각엔 매력적이지 않아. 어차피 피어싱 유행도 지났잖아. 이제 그거 하려는 사람은 주식 중개인밖에 없어."라고 말했을 가능성도 높다. 그랬다면 적어도 조리를 웃게는 했을 것이다.

조리에게는 과민 반응하지 않는 것이 최선이다. 상대가 밀면 다시 밀어내는 사람이 조리다. 틴은 어린 시절 조리의 성질머리를, 다른 애들이 비웃고 놀리면 조리가 긴 팔을 무용하게 쉼 없이 휘두르며 싸웠던 일들을 지금도 기억하고 있다. 그럴 때면 틴은 가만히 지켜보면서 눈물을 꾹 참았다. 학교 운동장에 모인 남자들 무리에서 이도 저도 못 한 채 조리를 구해 줄 수 없어서였다.

그래서 틴은 조리에게 맞서지 않는다. 권태로운 태도가 더 효과적인 통제 방법이다.

쌍둥이 남매의 이름은 마저리와 마틴이었다. 당시 그들의 부모는 아이들의 이름에 돌림자를 넣는 것이 세련되다고 생각했고, 옷도 서로 비슷하게 생긴 어린이용 멜빵바지를 입혔다. 그 시절에도 남매의 엄마는 딱히 눈치가 빠르지 않은 사람이었음에도 마틴이 '팬지'*가 되면 어떡하느냐며 드레스를 입히지 않았다. 그래서 쌍둥이의 두 살배기 시절 사진을 보면 둘은 서로 비슷한 세일러복을 입고, 작은 세일러 모자를 쓰고, 손을 맞잡고 있으며, 햇살에 눈이 부셔 마틴은 왼

---

* pansy. 여자처럼 보이는 게이 남성을 가리키는 속어.

쪽 입꼬리만, 마저리는 오른쪽 입꼬리만 올린 채 개구쟁이 같은 미소를 짓고 있다. 남자애들인지 여자애들인지 분간할 수는 없어도 아주 즐거워하고 있다는 점만은 여실히 드러난다. 쌍둥이 뒤에는 참전 중이라 제복 차림을 한 남자, 바로 쌍둥이의 아빠가 서 있는데 머리 윗부분이 잘려 나가 있다. 머잖아 현실에서 벌어진 일이 그 사진에 담겨 있다. 쌍둥이의 엄마는 술을 마실 때마다 그 사진을 보며 통곡했다. 그 사진이 일종의 불길한 예고였다고 생각했다. 카메라를 똑바로 들고 있었더라면 웨스턴의 머리가 그렇게 잘리진 않았을 테고 그러면 그의 목숨을 앗아 간 폭발도 일어나지 않았으리라고 생각했다.

조리와 틴은 어린 시절 사진을 가만히 들여다볼 때 지금은 그 누구에게도 좀처럼 느끼지 못하는 다정함을 느낀다. 좋아 죽을 것 같은 표정을 짓고 있는 이 작은 장난꾸러기들을, 노랗게 바래 가는 흔적을 끌어안아 주고 싶은 심정이 된다. 물 한 병 크기밖에 안 되어 보이는 이 세일러들에게 결국 마지막에는 다 괜찮아질 거라고, 비록 그들의 시간 여행이 곧 좋지 않은 상황으로 치달을 것이고 한동안은 더 나빠지기만 할 테지만 괜찮아질 거라고 확실히 말해 주고 싶다. 아니, 마지막까지는 아니더라도 그즈음까지는 괜찮을 거라고. 지금 두 사람의 삶을 보면 딱히 틀린 말은 아니니까.

왜냐, 짜잔, 조리와 틴이 다시 완전한 원을 이루며 함께 있기 때문이다. 몇 차례 내상도 입었고 몇 개의 흉터도 생겼고 몇 군데 벗겨진 흔적도 있지만 그래도 둘은 다 견뎌 냈다. 그리고 지금도 조리와 틴은 마지와 마브라는 별명을 거부하고 본명의 뒤 음절을 자기들만 아는 비밀스러운 본명으로 쓰고 있다. 또한 둘은 백색 일색인 결혼식처럼 사회가 마련해 놓은 설계도도 따르지 않는다. 조리와 틴은 그런 것에 굴복하지 않는 사람이다.

그것이 그들이 살아온 삶이다. 틴의 경우 한밤중 체리 비치를 비롯한 수풀 더미에서 개인적으로 굴욕적이기도 하지만 쾌감을 주기도 하는 경험을 몇 차례 한 적 있었으나 굳이 조리에게 그런 이야기를 해서 귀를 더럽힐 필요는 없었다. 그리고 적어도 자정에 초조하게 길거리를 서성거리다가 학생들을 마주친 적은 없었다. 적어도 강도를 당한 적은 없었다. 적어도 잡힌 적은 없었다.

"정말 천국의 풍경 같네." 틴이 사진을 보며 미소를 짓는다. 훈증 오크목 액자틀에 끼워진 그 사진은 틴이 40년 전 헐값에 얻은 아르데코 양식의 찬장 위 거실 벽면에 걸려 있다. "머리카락이 검게 변한 게 참 아쉽네."

"글쎄, 난 잘 모르겠는데." 조리가 말한다. "금발이 과대평가됐지."

"다시 뜨고 있어. 요즘엔 50년대 스타일이 인기를 끌고 있다고. 몰랐어? 마릴린 먼로가 한몫했지."

최근 들어 크고 작은 갖가지 화면에 50년대 풍경이라면서 등장하는 장면을 틴은 믿지 않는다. 그 당시에는 50년대가 평범한 삶처럼 느껴졌지만 지금은 머나먼 옛 시절이 되어 텔레비전 쇼에서 아무렇게나 소비되고 있는데 너무 선명하고 너무 파스텔톤이라 색감도 엉망이고, 크리놀린이 너무 많이 등장하는 터다. 실제로 포니테일을 한 사람은 극히 드물었을뿐더러 성인 남자들이 항상 맞춤 정장을 입고, 멋을 부리겠다며 페도라를 살짝 비스듬히 쓰고, 빳빳한 손수건을 삼각형으로 접어 다닌 것도 아니었다.

남자들이 파이프 담배를 피운 것은 사실이다. 하지만 그 시절에도 파이프 담배는 이미 주류에서 밀려나 있었다. 그들은 주말이면 모카신을 신고 청바지를, 특색 없기는 해도 아무튼 청바지이기는 한 바지를 입고 어슬렁거렸다. 스툴까지 갖춰진 노가하이드 라운지 체어에 앉아 나른하게 맨해튼 칵테일을 마시며 신문을 읽고 연신 담배도 피워 댔다. 날카로운 지느러미 장식이 붙어 있고 크롬 연료를 덕지덕지 바른 연비가 안 좋은 자동차를 애지중지 닦아 주며 왁스 칠도 했고, 잔디 깎는 기계로 잔디를 관리했다. 적어도 틴과 조리의 친구들 아빠들은 그랬다. 올록볼록한 라운지 체어, 번쩍번쩍 광이 나지만 위험천만한 자동차, 육중하고 다루기 힘든 잔디깎이 기계. 틴의 마음속에는 그런 것들에 대한 약간의 회한이 있었다. 아빠가 살아 있었다면, 그럼 틴이 더 나은 삶을 살 수 있었을까?

아니다. 삶은 더 나아지기는커녕 끔찍해졌을 것이다. 낚시터에 끌려가서 낚싯대로 물고기를 낚아채 올린 다음 여느 남자들처럼 끌끌대는 소리를 내면서 물고기를 죽여야 했을 것이다. 각종 렌치를 들고 자동차 밑으로 기어 들어가 '소음기' 따위의 단어를 말해야 했을 것이다. 등짝을 얻어맞으면서 '이 아비는 네가 자랑스럽단다.' 같은 말을 들어야 했을 것이다. 그런 게 더 나은 삶일 리가 없다.

"하지만 어니스트 헤밍웨이의 엄마는 그랬잖아." 조리가 말했다.
"뭐라고? 뭐가 그랬다는 거야?"
"어니한테 드레스 입혔잖아."

"맞아."

쌍둥이는 예전에 나누던 대화를 불쑥 소환할 때가 더러 있는데, 주변에 다른 사람들이 있을 때는 그러지 않는 편이 낫다는 사실쯤은 알고 있다. 거슬리기 때문이다. 틴과 조리에게 거슬리는 일은 아니다. 둘은 한 사람이 예전에 하다 만 얘기를 불쑥 꺼내도 바로 이해하고 대화를 이어 나갈 수 있으니까. 하지만 다른 사람들은 소외감을 느낄 수도 있다. 혹은 요즘 들어 그러한데 저 쌍둥이들이 어딘가 좀, 아니 많이 이상하다는 느낌을 받을 수도 있다.

"그리고 총으로 자기 머리를 날려 버렸지." 틴이 말했다. "난 개인적으로 그럴 생각은 전혀 없어."

"안 그러는 게 좋을 거야." 조리가 말했다. "엉망진창이 될 테니까. 온 벽이 뇌 샐러드로 범벅이 되겠지. 그런 충동이 들면 그냥 다리에서 뛰어내려."

"참 고마운 소리네. 그 조언 명심할게."

"좋을 대로."

그들은 그렇게 살아가고 있다. 30년대 영화에 나오는 익살맞고 현명한 사람들처럼. 막스 형제. 햅번과 트레이시. 닉과 노라 찰스처럼. 단, 더는 몸이 감당할 수 없기에 마티니를 연거푸 들이마실 수는 없다. 틴과 조리는 차갑고 얇고 반짝이는 수면을 타고 놀 뿐, 깊은 곳은 피한다. 이렇게 한 쌍으로 살아가는 삶에 틴은 다소 지쳐 있다. 어쩌면 조리도 똑같은 심정일지 모르지만, 둘 다 각자에게 주어진 역할을 다해야 한다는 사실을 알고 있다.

좌우간 틴은 팬지가 되었다. 틴과 조리는 그 사실을 엄마를 골탕먹일 일종의 야심 찬 음모로 생각했지만 틴이 팬지로서의 자기 모습을 숨기지 않기로 했을 즈음 엄마는 이미 죽고 없었다. 이런 성 역할 반전은 반대로 일어났어야 했다. 적어도 세일러복을 생각하면 이성의 옷을 입은 건 조리였으니 말이다. 하지만 조리는 결코 레즈비언이 될 수 없는 사람이었는데, 그건 조리가 다른 여자들을 별로 좋아하지 않았기 때문이다.

여자를 뭐 하러 좋아하겠나? 엄마만 생각해도 그럴 수가 없는걸. 쌍둥이의 엄마 메이브는 망치 자루처럼 돌머리이기만 했던 것이 아니라, 시간이 흘러도 폭발로 사망한 남편을 향한 슬픔이 잦아들지 않자 술꾼으로 변하더니 술을 살 돈을 마련하기 위해 남매의 저금통까지 털었다. 또한 그로부터 상당한 세월이 흐른 후 틴이 각종 연회 자리에서 들려준 관련 일화들에 따르면 성적 교제를 위해 집에 얼간이와 깡패들을 데려왔다. 어찌나 재밌던지! 쌍둥이는 현관문이 열리는 소리가 들리면 잽싸게 뒷문으로 나갔다. 혹은 지하실에 숨어 있다가 집 안이 조용해지면 몰래 계단을 기어 올라가 그 교제라는 것이 어떻게 진행되고 있는지를 염탐했다. 침실 문이 닫혀 있으면 안에서 나는 소리를 몰래 엿들었다.

어린 시절의 쌍둥이는 그 모든 일에서 어떤 감정을 느꼈을까? 사실 잘 기억하지 못했다. 너무도 자주 반복된 원초적인 장면을 저들끼리 지어낸 말도 안 되는 이야기나 미신적인 서사로 몇 겹씩 덧씌운 터라 원래의 단순한 개요마저 가물가물했다.(그들이 어땠는지를 묻는 질문은 '그 개가 정말 커다란 검은색 브래지어를 입에 물고 뛰쳐나갔던가?',

'개가 있기는 했었나?', '오이디푸스가 스핑크스의 수수께끼를 풀었던가?', '제이슨이 골든 플리스 코트를 훔쳐 갔던가?' 같은 질문과 다를 바가 없다.)

가족과 관련된 우스꽝스러운 일화에 틴이 더 이상 재미를 느끼지 못하게 된 것은 꽤 오래된 일이다. 엄마는 일찍, 그것도 호상이라 할 수 없는 방식으로 죽었다. 죽음에 호상이라는 것이 있겠나 싶지만 그래도 정도는 있다고 틴은 생각한다. 퇴근 후 슬픔에 잠겨 두 눈이 눈물에 가려진 상태로 무단횡단을 하다가 트럭에 치여 죽는 것은 호상이 아니었다. 다만 신속한 죽음이기는 했다. 엄마의 죽음을 계기로, 쌍둥이는 대학에 진학할 무렵 얼간이와 깡패로부터 자유로운 삶을 살게 되었다. 실로 선 없는 악은 없다라고 틴은 그 시절 드문드문 쓴 일기에 적었다. 쥐구멍에도 볕 들 날은 있는 법이다.

얼간이들 중 두 명은 감히 엄마의 장례식에도 찾아왔다. 이는 조리가 장례식에 집착하는 이유를 설명하는 사건일지도 모른다. 조리는 지금도 그 개새끼들을 가만두지 말았어야 했다고, 묘 옆에 나타나 슬픈 척을 하면서 쌍둥이에게 너희 엄마는 정말 멋지고 친절한 사람이었다고, 정말 좋은 친구였다고 말하게 내버려 두지 말았어야 한다고 생각한다. "친구? 무슨 말 같지도 않은 소리야! 그냥 자기랑 놀아날 여자나 원했던 거면서!" 조리는 노발대발했다. 그들에게 따졌어야 했다. 소란을 피웠어야 했다. 주먹으로 코를 납작하게 만들어 줬어야 했다.

틴은 그 남자들이 정말 슬펐을지도 모른다고 생각한다. 실제로 엄마 메이브를 사랑했을 수도 있다는 게, 사랑이라는 말의 의미를 한 가지나 두 가지 혹은 세 가지로 본다면 그렇게 불가능한 일은 아니지 않나? 아모르, 볼룹타스, 카리타스로 즉 사랑, 쾌락, 자선으로 말이다. 하지만 틴은 그 생각을 입 밖에 내지 않는다. 그랬다간 조리의 분노를 더 자극할 것이다. 특히 이렇게 라틴어를 써 가면서 말하면 더 그럴 것이다. 조리는 라틴어와 관련된 모든 것에 인내심이 없으니까. 라틴어는 조리가 평생 틴에 대해 이해하지 못한 부분 중 하나다. 왜 사람들 기억에서도 잊힌 죽은 언어로 쓰인 그 곰팡내 나는 낙서 쪼가리에 인생을 낭비하는 거야? 너는 정말 영리하고, 정말 재능이 많고, 잘하면…… (뒤이어 틴이 잘하면 될 수도 있었을 많은 것이 길게 나열될 테지만 그중 무엇도 실제로 가능하지는 않다.)

그러니 조리를 자극하지 않는 것이 최선이다.

'얼간이와 깡패들'은 쌍둥이가 8학년 시절 교장으로부터 배운 표현이었다. 교장은 특히 돌멩이에 눈을 뭉쳐서 서로에게 던지거나 칠판에 욕설을 쓴다거나 하면 얼간이와 깡패들이 될 위험이 크다면서 전교생을 상대로 열변을 토했다. 교장의 설교가 있은 지 얼마 지나지 않아 틴은 팬지가 되기 전 인기쟁이 시절에 운동장에서 하는 '얼간이냐, 깡패냐' 게임을 만들었다. 깃발 뺏기 싸움과 유사했는데 남자애들만 할 수 있었다. 여자애들은 얼간이와 깡패가 될 수 없다고 틴은 말했다. 남자들만 할 수 있다는 사실에 조리는 분노했다.

그리고 조리는 엄마 메이브를 불렀다 말았다 했던, 나중에 틴은 "들어왔다 나갔다 했다고 할 수도 있지."라며 빈정거린 신사들을 얼간이와 깡패들로 부르자는 아이디어를 냈다. 그로써 틴은 자기가 만든 게임을 할 수 없게 되었다. 시간이 흐른 뒤 틴은 분명 그게 자신이 팬지가 된 사실에도 영향을 미쳤다고 생각했다. "내 탓 하지 마." 조리가 말했다. "내가 집으로 불러들인 거 아니잖아."

"그럼, 네 탓 한 거 아니야. 고마워하고 있어. 진심으로 고마워." 그 무렵 상황을 좀 정리한 이후에 틴은 진심으로 고마운 마음이었다.

쌍둥이의 엄마가 늘 술에 절어 있던 것은 아니다. 폭음은 주말에만 했다. 군인 남편을 잃은 배우자에게 지급되는 연금이 누구 코에 붙일 수도 없는 수준의 금액이었기 때문에 어떻게든 먹고살기 위해 주중에는 박봉의 비서 일을 했다. 그래도 본인 나름의 방식으로 쌍둥이를 정말로 사랑했다.

"그래도 엄청 폭력적이진 않았어." 조리는 그렇게 말하곤 했다. "다혈질이기는 했지만."

"그때는 모든 어른이 애들을 때렸어. 다들 다혈질이었지." 자기가 받은 체벌을 다른 아이들이 받은 체벌과 비교하고 과장하는 것은 실로 하나의 자랑거리였다. 슬리퍼, 벨트, 자, 빗, 탁구채 등등이 부모들이 택할 수 있는 체벌 무기였다. 어린 쌍둥이는 그런 체벌을 가할 수 있는 아빠가 없다는 사실에 서글퍼했다. 그들에게는 무력한 엄마 메이브만, 그들이 치명적인 부상을 입은 척하면 눈물을 흘리게 만들 수 있고 아무리 괴롭혀도 상대적으로 가벼운 벌만 받고 끝날 수 있고 마음만 먹으면 가출을 감행할 수도 있는 메이브만 있었다. 쌍둥이에게는 서로라는 두 사람이 있었고 엄마에게는 엄마 한 사람밖에 없었기 때문에 그들은 어떤 일이든 함께 저질렀다.

"우리 잔인했던 것 같아." 조리는 이렇게 말하곤 한다.

"반항적이었지. 항상 말대꾸했잖아. 통제도 안 됐고. 하지만 사랑스러웠지. 그건 인정해야 해."

때로 조리는 이런 말도 덧붙인다. "우리는 악동이었어. 잔인한 작은 악동들. 자비라곤 하나도 없었지." 후회일까 아니면 자랑일까?

사춘기의 정점에 이르렀을 때 조리는 얼간이 중 한 명에 의해 끔찍한 경험을 했다. 틴이 잠들어 있어 조리를 보호할 수 없었던 시간에 급습을 당했던 것이다. 그 사건은 틴의 마음을 내리눌렀다. 분명 조리의 삶에서 남자와 관련된 부분을 망가뜨려 놓기도 했을 것이다. 하지만 그런 일이 없었더라도 조리의 삶은 망가졌을 가능성이 높긴 했다. 시간이 흘러 이제는 "트롤이 나를 덮쳤었지!" 하며 그 사건을 농담거리 삼아 말하지만 항상 그럴 수 있던 것은 아니다. 상당히 많은 여성이 격분해 들고 일어났던 70년대 초반에는 강간이라는 문제를 그저 언짢아하기만 했다. 하지만 이제 조리는 그것도 극복한 듯하다.

성폭력만 문제였던 것은 아니라고 틴은 생각한다. 그 얼간이들한테 성폭력을 당한 적은 한 번도 없었지만 틴이 남자들과 맺은 관계도 그에 못지않게 엉망이었고, 어쩌면 그보다 더 심했다고 할 수도 있었다. 조리는 틴의 사랑에 문제가 있다고 말했다. 사랑을 너무 지나치게 개념화한다는 뜻이었다. 그리고 틴은 조리가 사랑을 충분히 개념화하지 않는다고 말했다. 하지만 뭐가 어떻건, 다 사랑이 하나의 대화 주제가 될 수 있었던 시절의 일이었다.

"우리가 만났던 사람들을 다 블렌더에 넣어 버려야 해." 한번은 조리가 그렇게 말했다. "잘 섞어서 평균치의 사람을 만드는 거야." 틴은 조리에게 너는 무슨 일을 하든 가장 잔인한 방식을 택한다고 말했다.

사실 틴이 생각하기에 쌍둥이는 서로 말고는 그 누구도 사랑한 적이 없었다. 아니, 그 누구도 무조건적으로 사랑한 적은 없었다. 다른 사람을 향한 사랑에는 늘 많은 조건이 따라붙었다.

"이번엔 누가 죽었는지 맞혀 봐." 조리가 말한다. "대물의 상징!"

"그 별명을 적용할 수 있는 남자는 너무 많잖아." 틴이 말한다. "하지만 누구 말하는지 알 것 같아. 귀가 씰룩이는 게 보이거든. 너한테 중요한 사람이었겠지."

"기회는 세 번이야. 자, 힌트. 내가 시간제 자원봉사자로 경리일 했던 여름에 리버보트에 자주 출몰했던 남자."

"보헤미안들이랑 어울리고 싶어서 그랬었지. 기억이 날락말락하는데. 누군데? 사랑에 미친 꼬맹이 테리?"

"유치하게 굴지 마. 그때도 그 정도로 어리진 않았어."

"모르겠다, 포기. 난 거기 별로 가 보지도 않았거든. 나한텐 거기 냄새가 너무 고약했어. 포크 가수들은 안 씻는 거에 페티시가 있잖아."

"그건 아니야. 다 그렇진 않았어. 내가 알아, 진짜야. 그렇다고 이렇게 포기하는 건 공정하지 않지!"

"누가 나더러 공정한 사람이래? 너도 그런 말 한 적 없잖아."

"넌 내 마음을 읽을 수 있어야지."

"알겠어, 해 볼게. 알겠다. 개빈 퍼트넘. 네가 푹 빠져 있었던 그 자칭 시인."

"뭐야, 알고 있었잖아!"

틴이 한숨을 내쉰다. "진정성이라곤 하나도 없었어. 그 사람도, 그 사람 시도. 감상적인 쓰레기였지. 꽤 소름 끼칠 정도로 불쾌했어."

"초기 시는 되게 좋았어." 조리가 방어적으로 말한다. "소네트 말이야. 실제로 소네트는 아니었지만. 다크 레이디 소네트."

틴이 말실수를 했다. 진정성이 없는 게 아니라 재능이 없는 사람이었다. 개빈 퍼트넘의 초기 시 중 일부가 조리에 관한 시였다는 사실을 틴이 어떻게 잊을 수 있겠나? 실제로 그랬는지 아닌지는 몰라도 어쨌든 조리의 주장에 따르면 그랬으니. 조리는 그 사실에 황홀해했다. "난 뮤즈야." 다크 레이디 선집이 처음 출간되었을 때, 아니 정확히 말하자면 시인들끼리 출간으로 인정했던 형태로 나왔을 때, 말하자면 등사판으로 찍어 종이찍개를 박은 다음 투박함을 강조하겠다고 《먼지》라는 이름을 붙인 잡지로 저들끼리 출간한 다음 저들끼리 1달러에 사고팔았을 때 조리는 그렇게 선언했다.

조리가 그따위 시에 그토록 설레는 모습이 틴에게는 뭉클하기도 했다. 그해 여름 틴은 조리를 자주 보지도 못했다. 좋게 말하면 조리는 그때 매우 적극적으로 사회생활을 하고 있었는데, 물론 그건 아무 거리낌 없이 침대에 몸을 던지는 일을 의미했다. 반면 그때 던다스의 한 이발소 건물 위 방 두 개짜리 집에 살았던 틴은 잠잠히 성 정체성의 위기를 겪으며 고생스럽게 박사 논문을 쓰고 있었다.

틴의 논문은 마르티알리스*의 보다 명확하고 그럴듯한 경구를 꽤 충실하게 재검토했지만 솔직히 그런 경구에서 대단한 영감을 받은 것은 아니었다. 틴이 마르티알리스에게 이끌린 진짜 이유는 섹스를 향한, 틴이 사는 지금 시대보다 훨씬 덜 복잡했던 섹스를 향한 군더더기 없이 현실적인 태도 때문이었다. 마르티알리스는 로맨틱한 감정을 에둘러 표현하지도, 여자를 고귀한 영적인 소명을 띤 존재로 이상화하지도 않았다. 그런 소리를 듣고 파안대소하면 모를까! 게다가 무엇도 금기시하지 않았다. 모든 사람이 모든 사람과 모든 것을 할 수 있었다. 노예든, 여자애든, 남자애든, 젊은이든, 중년이든, 노인이든, 앞으로든, 뒤로든, 입으로든, 손으로든, 음경으로든, 아름답게든, 추하게든, 대놓고 혐오감을 불러일으키든 상관없었다. 섹스는 음식 같은 기본 전제였고, 그렇기에 훌륭하면 음미하고 수준에 미치지 못하면 비웃으면 될 일이었다. 또한 섹스는 연극 같은 여흥이었으므로 공연을 보듯 평가를 내릴 수도 있었다. 순결은 여자에게든 남자에게든 근본적인 미덕이 아니었고, 대신 특정한 형태의 우정과 관대함과 다정함은 확실히 중요하게 여겨졌다. 동시대인들은 마르티알리스를 보기 드물게 쾌활하고 선량한 사람으로 평가했고 그가 통렬하고 신랄한 재치를 던져도 그에 대한 평판은 아무런 타격을 입지 않았다. 마르티알리스는 자신의 비평이 개인이 아니라 유형을 향한다고 주장했다. 하지만 틴은 이 점에 대해서는 의구심을 품었다.

그러나 모름지기 논문이란 내가 왜 어떤 주제를 높이 평가하는지

* 에스파냐 출신의 고대 로마 시인. 인간의 통속성을 풍자하는 경구를 많이 남겼다.

를 말하는 글이 아니었다. 학계에 있는 동안 틴은 그런 생각은 사회 생활용 잡담으로 남겨 두어야 한다는 사실을 이해하게 되었다. 논문에서는 그보다 더 세밀한 측면에 집중한 내용을 꾸며 내야 했다. 틴이 세운 핵심적인 가설은 서로 공유하는 도덕적 기준이 없는 시대에서 풍자를 하는 것이 얼마나 어려운지를 중심으로 전개되었다. 이는 마르티알리스가 살았던 시대에 벌어진 일이었다. 마르티알리스는 네로가 집권한 시기에 로마로 이주하기까지 했었다. 과연 마르티알리스는 정말 진정한 풍자 작가였을까 아니면 일부 비평가들이 주장하듯 음담패설을 일삼는 사람에 불과했을까? 틴은 후자가 던지는 혐의로부터 자신의 영웅을 보호할 생각이었다. '마르티알리스에게는 음경, 소년과의 섹스, 헤픈 여자, 시답잖은 농담 같은 것보다 훨씬 폭넓은 세계가 있다고!'라고 주장할 생각이었다. 물론 그런 노골적인 속어를 논문에 그대로 싣지는 않았다. 게다가 틴은 마르티알리스가 능수능란하게 만들어 낸 속어에 잘 맞는 문체로 그의 경구를 직접 번역하기까지 했지만 그중에서도 유독 불결한 경구는 분별력을 발휘해 가만히 원문으로만 남겨 둬야 했다. 아직 그들의 시대가 도래하지 않은 터였다.

"래티누스, 너는 머리를 염색해 젊음을 모방하는구나. 민첩하기도 하지! 어제의 백조가 오늘의 까마귀가 되었다니. 하지만 모두를 속일 수는 법. 프로세르피나가 네 흰머리를 발견했으니, 이제 네 머리에 씌워진 그 어리석은 가면도 단숨에 벗겨지겠지!!" 틴이 번역에서 추구한 어조는 이런 것이었다. 현대적이고, 박력 넘치고, 딱딱하지 않은 어조. 틴은 일주일에 한두 줄씩 번역하곤 했지만 더는 하지 않는다. 하지 않는다고 해서 딱히 신경 쓰는 사람도 없지 않은가?

틴은 박사 과정을 밟던 시기에 보조금을 받았지만 금액은 많지 않았다. 조리는 고전은 분명 곧 사장될 텐데 그럼 무엇으로 먹고살 수 있겠냐고 틴에게 말했다. 디자인으로 방향을 틀어야 한다고, 그러면 사람들을 벗겨 먹을 수 있을 거라고 했다. 하지만 틴은 벗겨 먹는 것이야말로 자기가 하고 싶지 않은 일이라고, 벗겨 먹으려면 벗겨야 하니까 싫다고 말했고 틴의 내면에는 그런 본능이 없었다.

"결국 돈이 말해 줄 거야." 보헤미안의 삶에서 배운 점이 있음에도 많은 돈을 갖고 싶어 한 조리가 말했다. 조리는 지루하기 짝이 없고 영혼을 갈아 넣어야 하는 막일을 하느라 악착같이 살 생각이, 과로를 하고 푼돈을 받고 얼간이와 깡패들의 먹잇감이 될 생각이, 자기 엄마처럼 살 생각이 없었다. 조리가 상상한 가까운 미래에는 화려한 자동차와 카리브해에서 보낼 휴가와 몸에 착 감기는 옷으로 가득 찬 옷장이 있었다. 아직 그 상상을 말로 표현한 적은, 소리 내어 말한 적은 없었지만, 틴은 감지할 수 있었다.

"맞아." 틴이 말했다. "돈이 말해 주긴 하겠지. 하지만 돈이 말할 수 있는 어휘는 한정돼 있어." 마르티알리스라면 그렇게 말했을 것이다. 실제로 그런 말을 했을 수도 있다. 확인해 봐야겠다고 틴은 생각한다. 아우레오 하모 피스카리. 황금을 낚겠다고 황금 낚싯바늘로 낚시를 하는 꼴이니라.

틴이 사는 건물 1층에서 일하는 이발사들은 세상이 어떻게 돌아가는지는 모르고 다만 나쁘다는 정도만 아는 노년의 염세적인 이탈리아인 삼 형제였다. 이발소 선반에는 젊은 여자의 나체 사진 일색인 잡지들, 경찰 이야기와 가슴이 풍만한 매춘부 사진을 내세운 잡지들이 꽂혀 있었다. 남자들이 좋아할 잡지였다. 그 잡지를 보면 엄마 메이브의 유령이 검은 브래지어와 관련된 모든 것 위에 정신없이 맴돌았기에 틴은 욕지기가 났다. 하지만 선의를 표하는 의미로 어쨌든 그 이발소에서 머리를 했고 대기를 하는 동안 잡지를 훑어보았다. 당시에는 동성애자임을 너무 노골적으로 드러내 봤자 좋을 것이 하나도 없었고, 어차피 틴 본인도 자기 마음을 확실히 모르는 상태였다. 그리고 이탈리아인 이발사들은 집주인이기도 했던 터라 잘 보여야 할 필요도 있었다.

그러나 조리가 바람기 많은 여자친구가 아니라 자신의 쌍둥이 남매라는 사실은 확실히 알려 주어야 했다. 일과 관련해 필요하다고 생각했는지 몰래 야한 잡지들을 갖춰 두고 있었음에도 이발사 형제들은 자신들이 세놓은 집에서 법적으로 승인되지 않은 소행이 벌어지는 것에 매우 금욕적인 태도를 취하는 사람들이었다. 그들은 틴을 훌륭하고 올곧은 젊은 학자라고 생각하면서 '교수님'이라고 불렀고 결혼은 언제 할 것이냐고 줄기차게 물었다. 틴이 "제가 가진 게 너무 없어서요."라거나 "저한테 맞는 여자를 기다리고 있어요."라고 대답하면 이발사 삼 형제는 현명하다는 듯 고개를 끄덕였다. 두 가지 평계 모두 그들이 납득할 만했던 것이다. 그래서 조리가 가끔가다 틴의 집을 방문하면 이탈리아인 이발사들은 창문 너머로 손을 흔들어 인사하고 특유의 생각에 잠긴 미소를 지었다. 교수님에게 저렇게 모

범적인 누이가 있다니 참 보기 좋지 않은가. 자고로 가족이란 그래
야 했다.

《먼지》에서 다크 레이디 특집호를 출간했을 때 조리는 자신이 뮤
즈가 되었다는 사실을 한시라도 빨리 틴에게 알리고 싶어 안달이었
다. 그래서 갓 인쇄되어 뜨끈뜨끈한《먼지》를 펄럭이며 계단을 전속
력으로 올라가 잔가지를 엮어 만든 틴의 의자에 풀썩 자리를 잡았다.
"이것 봐!" 조리는 종이찍개로 고정한 지면을 틴에게 들이밀면서
한 손으로 길고 검은 머리를 어깨 뒤로 쓸어 넘겼다. 잘록한 허리에
는 붉은색과 황토색이 섞인 직물 견본이 휘감겨 있었고, 목 부분은
둥글게 파이고 품은 넉넉한 블라우스 위로 목걸이가 대롱거렸다. 저
목걸이는 정체가 뭐지? 소 이빨인가? 조리의 두 눈은 빛났고, 팔찌
는 잘랑잘랑했다. "일곱 편이나 돼! 내가 등장하는 시 말이야!"
조리는 참 순진했다. 참 열성적이었다. 조리와 남매지간이 아니었
다면, 게이가 아니었다면, 틴은 기겁하며 내달렸을 것이다. 그런데
조리와 먼 곳으로 내달렸을까 아니면 조리를 향해 내달렸을까? 조
리를 보면 막연한 두려움이 일었다. 조리는 모든 것을 원했다. 모든
사람을 원했다. 경험을 원했다. 이미 삶에 권태를 느끼고 있던 틴의
관점에서 볼 때 경험이란 것은 원했던 것을 얻지 못했을 때 갖게 되
는 것이었지만, 조리는 늘 틴보다 낙관적이었다.
"네가 시에 등장할 수는 없어." 과도한 열정에 사로잡힌 조리가 걱
정된 틴은 심술궂게 대답했다. 그렇게 두었다가는 자기를 해할 수밖

에 없었다. 조리는 날카로운 도구를 다루는 데 능숙하지 않은 서툰 소녀였기 때문이다. "시는 단어로 만들어진 거야. 상자가 아니라. 집도 아니고. 그러니 아무도 시에 등장할 수 없어."

"이 트집쟁이. 내 말 무슨 뜻인지 알면서."

틴은 한숨을 쉬었고, 조리의 성화에 못 이겨 중고의 중고로 산 삐걱대는 외다리 테이블 앞에 앉아 조금 전에 끓인 티가 담긴 머그잔을 두고 시를 읽었다. "조리. 이건 너에 관한 시가 아니야."

조리의 표정이 굳어졌다. "맞다니까, 나에 관한 시야! 그럴 수밖에 없어! 분명 내……."

"너의 일부분에 관한 시일 뿐이야." 틴은 나머지 부분이 어떤 것인지를 말하지 않았다.

"뭐라고?"

틴이 다시 한숨을 쉬었다. "넌 이 이상의 존재야. 넌 이것보다 나은 사람이야." 어떻게 말해야 할까? 넌 그저 하나의 헤픈 보지가 아니야라고 해야 할까? 아니다, 그 말은 큰 상처가 될 것이다. "그 사람은 너의, 너의…… 너의 내면을 빼먹었어."

"멘스 사나 인 코포레 사노, 이게 항상 네가 하는 말이잖아. 건강한 육체에 건강한 정신이 깃든다. 둘 다 필요하다는 거지. 네가 무슨 생각 하는지 알아. 그냥 섹스에 관한 시일 뿐이라는 말이잖아. 하지만 그게 핵심이야! 내가 표상하는 건, 그러니까 그 여자, 다크 레이디가 표상하는 건, 거짓되고 심약하고 감상적인 것에 대한 건강하고 현실적인 거부야. ……D. H. 로런스 작품처럼. 그 사람이 그랬어. 개브가 사랑하는 내 모습이 그런 거라고!" 그렇게 조리는 말을 계속 이었다.

"그럼, 인 베누스 베리타스*라는 소리야?"

"뭐라고?"

아, 조리. 틴은 생각했다. 넌 이해 못 하는구나. 그런 남자는 널 갖자마자 너한테 질려 버려. 넌 버려지게 될 거라고. 마르티알리스 제7권 76행: 이는 쾌락일 뿐, 사랑이 아니다.

버려지게 될 거라는 틴의 생각은 옳았다. 버려짐은 신속했고, 또 가혹했다. 조리는 심하게 충격을 받아 할 말을 잃은 터라 자세한 내막을 말하지는 않았지만, 당시에 틴이 이런저런 정보를 꿰맞춰 추측한 바로는 개빈이 동거하는 여자 친구가 있었는데 조리와 그 야비한 시인이 신성불가침의 영역인 그 집 매트리스에서 정신없이 즐기고 있을 때 그 여자 친구가 집에 들어온 것이었다.

"웃으면 안 됐는데." 조리가 말했다. "무례한 짓이었어. 하지만 정말 말도 안 되는 촌극이었다니까! 게다가 얼마나 충격 받은 표정이었는지! 정말 못돼 보였을 거야. 내가 웃었던 거 말이야. 하지만 정말 참을 수가 없었어."

이름은 콘스턴스("이름부터 너무 까탈스러워!"라고 조리는 코웃음 쳤다.)이고 삼류 시인 개빈이 몹시도 얕보는 바로 그 심약함과 감상성의 화신이었던 여자 친구는 안색이 침대보만큼 하얗게, 원래도 하얀데 그보다도 더 하얗게 질려서는 집세에 대해 말했다. 그러고는 뒤돌아 집 밖으로 나갔다. 발을 쿵쿵 구르지도 않았다. 쥐처럼 잰걸음으로 나갔다. 얼마나 심약한 사람인지를 대번에 알 수 있는 모습으로. 조

---

* '사랑 속에 진실이 있다.'는 뜻.

리는 자기라면 적어도 머리채를 잡아당기고 뺨을 때렸을 거라고 말했다.

콘스턴스가 떠난 것은 마땅히 기념할 일이라고 조리는 생각했다. 활력, 생명, 육체의 진리가 가진 힘이 추상성, 침체가 가진 힘을 상대로 승리를 거두었노라고 말이다. 그러나 상황은 그렇게 흘러가지 않았다. 시인이 되다 만 남자는 달의 여인의 방에서 쫓겨나자마자 그 방에 다시 들어가게 해 달라고 발정 난 고양이처럼 울어 댔고, 희미한 안개처럼 모호한 진정한 사랑을 향해 마치 젖을 빼앗긴 아기처럼 울부짖었다.

조리는 그렇게 과한 징징거림과 후회에 재치 있게 대응하지 못했다. 여자한테 잡혀 산다거나 남자가 빌빌 긴다는 식의 말이 어쩌면 너무 아무런 거리낌 없이 입에서 튀어나왔다. 당연하게도 조리는 개빈의 집에서 쫓겨났다. 삼류 시인 개빈은 갑자기 태세를 바꾸어 이 복잡한 혼란이 전부 조리 때문에 벌어졌다고 말했다. 조리가 그를 유혹했다고. 조리가 그를 부추겼다고. 조리가 과수원에 숨어든 독사였다고.

아예 틀린 말은 아니었다고 틴은 생각했다. 조리는 사냥감이라기보다는 사냥꾼에 가까웠기 때문이다. 하지만 그렇다 해도 손뼉은 마주쳐야 소리가 나는 법이었다. 그러니 그 삼류 음유시인이 그냥 싫다고 거부했으면 될 일이었다.

요약하자면 조리는 개빈에게 콘스턴스 얘기는 이제 그만 좀 하라고 했고, 두 사람은 그걸 두고 싸웠으며, 조리는 쓰다 버린 콘돔처럼 삶이라는 격자무늬 하수구로 내던져졌다. 그 누구도 조리를 이렇게 대한 적이 없었건만! 조리가 불쌍해 마음이 찢어질 듯 아팠던 틴은 금전적으로 여유가 있지는 않아도 영화와 술 등으로 조리의 주의를 돌리려 했으나 조리는 나아질 기미를 보이지 않았다. 과하게 신경질을 내지도, 눈물을 뚝뚝 흘리지도 않았다. 그러다 우울한 시기가 지나가자마자 도저히 숨길 수 없는 북받치는 분노를 표출했다.

이러다 완전히 통제력을 잃는 건 아닐까? 공공장소에서 그 시인을 만나 소리를 지르며 때리는 건 아닐까? 그렇게 하고도 남을 만큼 조리는 분노에 차 있었다. 한때 자긍심과 즐거움의 원천이었던 뮤즈라는 정체성이 조리를 못살게 구는 잔인한 농담이 되어 고통을 주기 시작했다. 이름만 소네트인 다크 레이디 소네트는 이제 개빈의 얇은 첫 시집 『묵직한 달빛』에 고이 자리를 잡고서 매 장마다 조리를 조소하고 비난하고 비웃었다.

최악은 개빈이 승승장구하며 찬사를 받자 다크 레이디 소네트가 더 중요하게 받아들여졌고 대단하지는 않아도 경력 면에서 상당히 의미 있는 상들을 연달아 수상하는 계기가 되었다는 것이다. 시간이 흐름에 따라 개빈의 이 초기 시들은 색다른 결을 가진 후기 시들을 통해 변주되었다. 사랑에 빠진 화자는 처음에는 다크 레이디의 단순한 육체성을, 실제로는 추잡함과 변덕스러움을 좇았고, 나중에는 예전만 못해도 여전히 희미한 빛을 발하는 자신의 진정한 사랑의 뒤꽁무니를 다시 좇았다. 하지만 진정성이 느껴지지 않을 만큼 매끄럽기만 하고 진부하기 이를 데 없는 데다 나중엔 책으로 출간되기까지 한 화자의 호소를 진정한 사랑은 차가운 눈길로 일축했다.

이 후기 시들은 조리라는 사람을 제대로 반영하고 있다고 볼 수 없었다. 조리는 틴이 가진 『속어 및 비어 사전』에서 매춘부라는 단어를 찾아보기까지 해야 했다. 상처가 되는 일이었다.

　복수심에 사로잡힌 조리는 길거리의 도랑과 주차장을 훑고 돌아다니면서 마치 눈에 보이는 데이지 꽃을 죄다 꺾어 버리듯 성욕 강한 아무 남자하고 관계를 맺었다가 그들을 아무렇게나 버렸다. 그런 행동이 조리를 함부로 내팽개친 사람에게 어떤 영향을 미치지는 못한다는 사실을 틴은 경험을 통해 알고 있었다. 그런 짓을 할 수 있는 사람은 내가 그 사람을 붙잡기 위해 무슨 짓을 하며 망가지든 신경 쓰지 않는다. 머리 없는 염소와 떡을 친다 해도 달라지는 것은 하나도 없다.

　그러나 계절의 수레바퀴가 돌아갔고, 매일의 새벽이 362차례 분홍빛 아침을 부드러운 손길로 어루만진 후 또다시 362번의 아침을, 그리고 또다시 362번의 아침을 어루만졌다. 욕망의 달은 차올랐다 이지러졌다 다시 차오르기를 반복했고, 그러는 사이 정욕의 화신 같은 시인은 점점 희미하고 까마득한 먼 곳으로 사라져 갔다. 아니, 그러기를 틴은 바랐다. 조리를 위해서.

　하지만 정욕의 시인은 사라지지 않은 듯하다. 당장 죽어서 다시 사람들의 조명을 받는 것, 그게 너 같은 자식이 해야 할 일이야. 틴은 그렇게 생각한다. 그리고 개빈 퍼트넘의 사라지지 않는 그림자가, 실제로 사라지지 않는다면, 무해하기를 바라고 있다.

틴이 말한다. "맞아, 다크 레이디 소네트. 기억나. 압생트를 먹이면 매춘부를 더 애타게 할 수 있지만,* 시는 그보다 더 값싸게 먹히는 방법이지. 그러니 네가 홀라당 넘어갔을 수밖에. 넌 떳떳하지 못한 섹스의 악취를 풍기면서 이발소에 잡아먹힌 내 자취방으로 비틀비틀 들어오곤 했었어. 그때 너한테 일주일 묵은 흰 연어 냄새가 났었는데. 그해 여름 내내 너는 그 멍청한 놈한테 완전히 정신이 나가 있었지. 정말 어떻게 그럴 수 있는지 난 상상도 안 가."

"그야 그 사람이 너한테 그걸 보여 줄 일은 없었으니까 그렇지." 조리가 말한다. 그러고는 자기가 한 농담에 자기가 웃는다. "정말 볼 만했거든. 네가 봤으면 날 질투했을걸!"

"그 사람을 사랑했다는 말만큼은 하지 마. 그건 저열하고 천박한 정욕이었어. 넌 호르몬 때문에 정신이 나가 있었던 거야." 틴은 그런 상태가 어떤 상태인지 이해한다. 틴 자신도 비슷한 상태에 빠졌던 적이 있었다. 자기는 모르지만 남들이 보면 우습기 짝이 없는 상태에.

조리가 한숨을 쉰다. "몸이 정말 좋았어. 젊었을 땐."

"쓸데없는 소리 하지 마." 틴이 말한다. "한때 대단한 몸을 가졌더라도 이제는 시체일 뿐인데 뭐." 두 사람 다 킬킬대며 웃는다.

"나랑 같이 갈래? 추도식에. 구경 삼아 어때?" 조리는 쾌활한 어조로 말하지만 자기 자신도, 틴도 완전히 속이지는 못한다.

"너 거기 가면 안 될 것 같은데. 너한테 안 좋을 거야."

"왜? 궁금한데. 그 사람 전 부인들이 몇 명 와 있을지도 모르고."

---

* "부재는 마음을 더 애틋하게 한다(Absence makes the heart grow fonder.)"라는 속담을 변형한 것.

"넌 경쟁심이 너무 강해. 넌 다른 여자들이 널 밀어냈고 네가 최종 선택받은 여자가 아니라는 사실을 아직도 믿을 수 없는 거잖아. 이제 인정해. 너랑 그 사람은 결코 운명이 아니었다는 걸."

"아, 나도 그건 알아. 우리는 불타는 사이였어. 너무 뜨거워서 지속될 수 없는 사이. 난 그냥 그 여자들의 이중 턱을 한번 보고 싶은 것뿐이야. 그리고 그, 이름이 뭐였더라, 그 여자가 올지도 궁금하고. 오면 엄청 재밌어질 것 같지 않아?"

오, 제발. 틴은 생각한다. '이름이 뭐였더라'라니! 조리는 개빈이 동거한 옛 여자 친구이자 자기가 더럽힌 매트리스의 공동 소유자인 콘스턴스에게서 여태 헤어 나오지 못해 이름조차 부르지 못하고 있다.

살짝만 건드려도 파사삭 무너져 사라질 것 같았던 콘스턴스는 안타깝게도 그 존재감이 희미해지기는커녕 다소 황당한 이유에서이기는 하지만 어마어마하게 유명한 사람이 되었다. 알핀랜드라는 어딘가 맛이 간 것 같은 판타지 시리즈의 저자 C. W. 스타가 된 것이다. 그리고 알핀랜드는 콘스턴스에 비해 궁핍했던 시인 개빈이 실제로 죽기 전에도 수십 년 동안 구천을 떠도는 유령처럼 살게 할 만큼 막대한 돈을 쓸어 담았다. 개빈은 분명 발정난 듯 흥분한 조리에게 한눈팔았던 날을 두고두고 저주했을 터였다.

스타라는 별이 떠오르면서 조리라는 별은 퇴색했다. 조리는 더 이상 빛나지도 않았고, 어린아이처럼 짓궂게 장난치는 일도 줄어들었다. 반면 C. W. 스타의 신간이 출간되는 날이면 사람들은 먹이를 먼저 차지하려 드는 동물처럼 소란스럽게 서점으로 모여들어 긴 줄을 이루었고, 아이며 어른이며 여자며 남자며 할 것 없이 붉은 손의 밀즈레스 악마나 무표정한 얼굴로 시간을 집어삼키는 스킨크롯, 향기나는 더듬이를 가진 프레시아노, 쪽빛과 에메랄드빛의 마법 벌들을 거느리는 곤충 눈의 여신 등으로 변장해 나타났다. 이 모든 소동이 조리의 신경을 적잖이 긁었을 것이 분명했지만 조리는 한 번도 그런 속내를 드러내지 않았다.

틴은 조리를 따라 리버보트를 몇 번 방문했을 때 알핀랜드의 비현실적인 전설을 들은 기억을 어렴풋이 간직하고 있었다. 그 전설은 검과 마법이 등장하는 유형의 동화를 베껴 쓴 것 같은 이야기로 시작했고, 도마뱀처럼 생긴 남자들이 반나체 상태의 소녀들을 힐끔거리는 표지가 그려진 시시한 잡지를 통해 발표되었다. 매일같이 리버보트에 죽치고 앉아 있던 사람들, 특히 시인들은 콘스턴스를 웃음거리 삼곤 했지만 틴이 보기에는 그것도 한때인 것 같았다. 돈이 황금 낚싯바늘로 황금을 낚고 있었기 때문이다.

물론 틴은 알핀랜드 시리즈를 읽어 보았다. 전부는 아니어도 일부분은 읽었다. 조리를 위해 그래야 할 것 같았다. 그 덕에 조리가 비판적인 의견을 물어오면 얼마나 형편없는 작품인지를 정성껏 떠들어 댈 수 있었다. 그리고 물론 조리도 알핀랜드 시리즈를 읽어 보았다. 질투 어린 호기심에 압도당한 나머지 참을 수 없었을 것이다. 하지만 둘 중 누구도 척추에 금이 갈 정도로 깔깔대며 읽었다는 사실을 인정하지 않았다.

콘스턴스 W. 스타가 은둔자처럼 살고 있다니, 특히 남편의 사망 이후로는 더더욱 그렇게 살고 있다니 다행이라고 틴은 생각한다. 언젠가 조리가 말없이 건넨 신문의 부고란에 스타의 남편이 죽었다는 소식이 실려 있었다. 완벽한 세상에서라면 스타가 개빈의 장례식장에 나타날 일은 없었다.

그런데 완벽한 세상이 존재할 확률이 얼마인가? 백만분의 일이다.

"퍼트넘의 장례식에 가는 이유가 사실상 콘스턴스 W. 스타 때문이라면, 그럼 물론 난 안 갈 거야. 왜냐하면 네가 말하는 것처럼 엄청 재밌는 일은 없을 테니까. 그리고 너한테 굉장한 해가 될 거야." 틴이 하고 싶었지만 하지 못한 말은 이랬다. 네가 질 거야, 조리. 과거에 졌던 것과 똑같은 방식으로. 그 여자가 더 유리한 위치를 점했거든.

"그 여자 때문에 가는 거 아니야, 정말이야! 50년도 더 지난 일이 잖아! 그 여자 이름도 기억 못 하는데 어떻게 그 여자 때문에 가는 거겠어? 게다가 그 여자 볼품 하나 없었어! 그냥 완전 애송이였다니까! 내가 재채기 한 번으로 날려 버릴 수 있을 정도였지!" 그러더니 조리는 숨이 넘어갈 듯 웃는다.

틴은 생각에 잠긴다. 조리의 허풍은 곧 취약하다는 증거다. 그러니 틴의 도움이 필요할 것이다. "그래, 알겠어. 갈게." 틴이 내키지 않는 마음을 솔직히 드러낸다. "하지만 좋아서 가는 건 아니야."

"사내답게 악수 한번 하지." 조리가 어릴 때 틴과 함께 따라 하곤 했던 서부 마티니 영화 구절로 맞받아친다.

"그 무시무시한 의식은 어디서 열린대?" 추도식 날 아침 틴이 묻는다. 조리가 요리를 해도 되는 일요일이다. 보통 조리가 요리를 한다고 해 봐야 포장 음식 뚜껑을 여는 수준이지만 의욕이 넘치는 날에는 접시들이 깨지고 욕설과 화재도 난무한다. 천만다행으로 오늘의 메뉴는 베이글이다. 그리고 커피 맛은 완벽하다. 틴이 직접 내렸기 때문이다.

"이넉 터너라는 시골 학교 건물이야. 구시대를 떠올리게 하는 우아한 분위기가 풍기는 곳이지."

"누가 쓴 문장이야? 찰스 디킨스?"

"내가. 옛날에 썼어. 프리랜서가 된 직후에. 고풍스러운 문체를 원했거든." 틴이 기억하기로 조리가 엄밀한 의미의 프리랜서였던 적은 없었다. 조리는 광고 회사를 다녔고 그때 회사에서 내전이 벌어졌는데, 안타깝게도 조리가 상대편에 대한 속마음을 있는 그대로 내뱉는 바람에 패배를 맛보았다. 하지만 다행히 썩 괜찮은 낙하산을 확보해 둔 덕에 부동산 투기에 뛰어들 수 있었다. 그래서 조리는 폐경기에 만난 애인 중 하나가 조리가 저축한 돈을 들고 튈 때까지는 계속 명품 신발과 상스럽고 지출이 과한 휴가에 집착하는 삶을 살았다. 그러다 빚이 지나치게 불어나는 바람에 하락장에 자산을 매도하고, 다시는 손에 쥘 수 없는 엄청난 액수의 돈을 잃었다. 그런 상황에 처한 조리에게 틴이 어찌 피난처를 제공하지 않을 수 있었겠나? 틴의 집은 두 사람이 살 정도의 크기는 되었지만 정말 딱 그 정도였다. 그리고 조리는 대부분의 공간을 차지했다.

"학교라는 그 장례식장이 온갖 천박한 것들의 온상이 되진 않았으면 좋겠네." 틴이 말한다.

"뭐 어쩌겠어?"

옷장을 한참 뒤지던 조리가 옷걸이에 걸린 옷 세 벌을 들고 틴의 판결을 기다린다. 조리와 함께 행사에 참석할 때마다 틴이 하겠다고 한, 혹은 틴이 해 주어야 한다고 강요받은 일 중 하나다. "최종 판결은?"

"진분홍은 제외."

"하지만 샤넬이야, 진품이라고!" 조리와 틴 모두 빈티지 옷가게에 자주 드나들지만 고급 의류만 취급하는 곳에 간다. 지금껏 적어도 그렇게 할 만한 몸매는 유지하고 있다. 틴은 수십 년 동안 멋 부리기 용으로 입은 30년대의 우아한 스리피스 세트도 아직 입을 수 있다. 심지어 옻칠한 지팡이도 갖고 있다.

"그건 중요하지 않아. 상표 읽는 사람도 없고 넌 재키 케네디도 아니잖아. 진분홍을 입으면 과하게 주목받게 될 거야."

조리는 과하게 주목받고 싶어 한다. 그게 핵심인데! 개빈의 전 부인들이 참석한다면, 특히 그 '이름이 뭐였더라', 그 여자가 나타나기라도 한다면, 조리는 자신이 장례식장에 들어서는 순간 그들의 시선이 자기에게 꽂히기를 간절히 바랄 것이다. 하지만 조리는 한발 물러난다. 그러지 않으면 틴이 같이 가지 않을 것임을 알기 때문이다.

"그리고 모조 표범 가죽 숄도 안 돼."

"하지만 요새 다시 유행하는데!"

"그러니까. 너무 유행하는 거라서 안 돼. 입 삐죽거리지 마. 낙타 같아."

"그럼 회색을 입으라는 거구나. 아우 지루해라고 말해도 될까?"

"해도 돼. 하지만 그런다고 현실이 바뀌는 건 아니야. 회색 옷이 맵시 있어. 수수하고. 스카프 해도 괜찮을 것 같은데?"

"비쩍 말라비틀어진 목 감추라고?"

"난 그런 말 한 적 없어."

"난 항상 널 믿어." 진심이다. 조리는 틴의 조언을 얻을 때마다 자기 무덤을 팔 위기에서 벗어난다. 현관문을 나설 즈음 조리는 자기 모습이 남들 앞에 부끄럽지 않은 수준이라는 확신을 갖게 될 것이다. 틴은 조리를 위해 차분한 색감의 진홍색 스카프를 고른다. 스카프 덕에 안색이 밝아 보일 것이다.

"나 어때?" 조리가 틴 앞에서 한 바퀴 돌며 묻는다.

"굉장해."

"네가 날 위해 거짓말하는 게 좋아."

"거짓말 아니야." 굉장하다(stupendous): 대단한 놀라움이나 경이를 불러일으키다. '대단히 놀라다'는 뜻의 라틴어 스투페레의 동명사에서 유래함. 그러니 거짓말은 아니다. 하지만 시간이 어느 정도 지나면 맵시 좋은 회색 옷이 발휘할 수 있는 효력도 사라질 것이다.

마침내 두 사람은 외출 준비를 마친다. "제일 따뜻한 코트로 챙겨 입어야 할 거야." 틴이 말한다. "밖이 완전 꽁꽁 얼어붙었네."

"뭐라고?"

"엄청 추워. 오늘 최고 기온이 영하 6도 밑이래. 안경은 챙겼어?" 틴은 조리가 자기를 귀찮게 하지 않고 식순을 직접 읽었으면 한다.

"그럼, 그럼. 두 개 챙겼어."

"손수건은?"

"걱정 마. 안 울어. 그 나쁜 놈 때문에 울진 않아."

"눈물 난다고 내 옷소매에 닦으면 안 돼."

조리가 턱을 앞으로 삐죽 내민다. 전투를 선언하며 깃발을 휘두르는 의미다. "필요 없다고."

틴이 자기가 운전하겠다고 고집을 부린다. 조리가 운전대를 잡은 차에 탄다는 것은 러시안룰렛을 돌리는 일에 가깝다. 괜찮을 때도 있지만 지난주에 조리는 라쿤을 들이받았다. 이미 죽어 있었다고 조리는 강변했지만 틴은 미심쩍었다. "어쨌든 개가 잘못한 거야." 조리가 말했다. "이런 날씨엔 나오지 말았어야지."

두 사람은 틴이 세심하게 관리한 1995년식 푸조를 몰며 조심조심 빙판길을 지난다. 타이어가 빙판에 닿으면서 끼이익 소리를 낸다. 크리스마스를 강타했던 얼음 폭풍은커녕 눈보라 정도였음에도 어제 쌓인 눈이 아직도 정리되지 않은 상태다. 캐비지타운의 집에서 난방도 조명도 없이 사흘을 보내는 건 괴로운 일이었다. 조리가 얼음 폭풍을 인신공격으로 받아들이면서 이건 불공평하다고 불평했기 때문이다. 어떻게 날씨가 조리한테 그런 공격을 할 수 있단 말인가?

킹시티 북부에 위치한 주차장에 들어섰다. 조리가 안내하는 잘못된 길을 따라가는 건 피하고 싶었기 때문에 틴이 굳이 온라인으로 미리 찾아본 곳이다. 그런데 놀랍게도 정체가 심각하다. 뒤따라오던 몇몇 차가 주차장에 진입하기를 포기하고 돌아선다. 틴은 조수석에 앉은 조리에게 내리라고 했다가 빙판길에서 미끄러지려 하자 중심을 잡아 준다. 굽이 뾰족한 부츠를 신게 놔둘 걸 왜 못 신게 했을까?

자칫하면 심각한 낙상뿐 아니라 엉덩이나 다리에 골절상을 입을 수도 있었다. 그리고 그런 사고가 벌어지면 조리는 몇 달 동안 침대 살이를 면치 못할 테고 틴은 쟁반을 들고 다니며 음식을 챙겨 주고 변기를 비워 줘야 할 것이다. 틴은 조리의 팔을 꽉 붙잡고 킹 스트리트를 따라 걸음을 재촉하다가 트리니티 스트리트가 있는 남쪽으로 방향을 꺾는다.

"사람들 좀 봐." 조리가 말한다. "대체 다 누구지?" 틴도 같은 생각이다. 꽤 많은 사람이 이넉 터너 시골 학교로 우르르 몰려가고 있다. 대부분은 충분히 예상되는 사람들, 틴과 조리 같은 늙은이 세대이지만 희한하게 젊은 사람도 꽤 보인다. 개빈 퍼트넘이 이젠 청년들을 거느리는 사이비 교주가 된 건가? 정말 생각만 해도 불쾌하군. 틴은 그렇게 생각한다.

조리가 틴에게 바짝 붙은 채 고개를 잠망경처럼 이리저리 돌린다. "그 여자 안 보여." 조리가 속삭인다. "여기 없다고!"

"안 올 거야." 틴이 말한다. "네가 그, 이름이 뭐였더라, 자기를 알아볼까 봐 두려워서 안 올 거야." 조리가 웃는다. 하지만 정말 진심으로 웃는 건 아니다. 계획이 없구나. 틴은 생각한다. 늘 그랬듯 아무 생각 없이 일단 온 거구나. 따라오길 잘했다.

건물 안으로 들어서자 사람들로 내부가 붐비고 심하게 후끈하다. 그러면서도 구시대를 떠올리게 하는 우아한 분위기가 풍긴다. 멀리서 물새가 날아가는 듯한 먹먹한 재잘거림이 들린다. 틴은 조리가 코트를 벗을 수 있게 돕고 자기 코트도 낑낑대며 벗은 다음 자리에 앉아 식이 거행되기를 기다린다.

조리가 팔꿈치로 틴을 쿡쿡 찌르더니 더운 입김을 내뿜으며 속삭인다. "저 사람이 지금 부인일 거야. 파란 옷. 어휴, 저런. 스무 살 정도밖에 안 돼 보이는데. 개브는 진짜 변태 새끼였어." 틴은 주변을 두리번거려 보지만 조리가 말하는 여자일 법한 사람을 찾지 못한다. 어떻게 찾은 거지? 이렇게나 멀리서?

이제 정적이 흐른다. 장례식 진행자로 터틀넥 스웨터에 트위드 재킷을 걸치고 교수처럼 차려입은 젊은 남자가 단상에 올라, 우리에게 가장 추앙받고 사랑받았으며 가장 중요한 시인이라고도 할 수 있는 분의 삶과 작품을 기념하기 위해 모인 모든 분을 환영한다고 말한다.

그건 당신 생각이지. 틴은 생각한다. 나한텐 하나도 안 중요해. 틴은 귓가에 들려오는 소리를 차단하고 정신을 집중해 마르티알리스의 시구 한두 개를 머릿속으로 떠올린다. 틴은 더 이상 그의 글을 번역해 출간하려고 애쓰지 않는다. 굳이 그런 고생을 할 필요가 없기 때문이다. 하지만 즉흥적인 번역은 어떻게든 흘려보내야 할 시간을 기분 좋게 흘려보낼 수 있는 사적인 두뇌 운동이 된다.

나 좀 봐 달라 애태우는 너와 달리
저들은, 저 창녀들은, 관객을 피해
닫힌 문 뒤에서 비밀스레 성교를 하지 않느냐.
커튼이 쳐진 밀폐된 방에서.
가장 더럽고 가장 값싼 창녀들조차

무덤 뒤에라도 가서 몰래 몸을 뒤섞지 않느냐.

저리 조신히 굴어야 마땅하거늘!

레스비아, 내가 못되게 구는 것 같으냐?

머리를 마음껏 흔들어 재껴도 좋다! 단, 내 눈에만 띄지 말아다오!

운율이며 리듬이며 너무 마더 구스 동요 같나? 그렇다면 좀 더 간단명료하게 표현해야 할지도.

왜 매춘부만도 하지 못하는 것이냐?

앞뒤로 퍽퍽 위아래로 팍팍 하고 또 하되,

레스비아! 동네방네 소문만 내지 말아다오!

아니, 이건 아니다. 마르티알리스를 우스꽝스럽게 그리는 수준을 넘어설뿐더러 너무 많은 세부를 희생시켰다. 원문에 쓰인 무덤의 중요성은 마땅히 유지되어야 한다. 무덤에서의 밀회에는 더 많은 의미가 담겨 있기 때문이다. 나중에 다시 한번 번역해 봐야 할 것이다. 어쩌면 체리와 자두를 비교하는 시부터 번역해 봐야 할지도 모른다…….

조리가 팔꿈치로 틴을 격하게 찌른다. 그러면서 "자면 어떡해!"라고 화난 목소리로 나지막이 힘주어 말한다. 틴이 화들짝 놀라며 정신을 차린다. 그리고 검은 테두리를 장식한 개빈의 사진이 고압적인 눈빛으로 노려보는 안내문에서 재빨리 식순을 훑는다. 지금은 무슨 차례지? 손주들이 노래 부르는 시간도 다 끝났나? 보아하니 확실히 그런 것 같다. 서글픈 찬송가가 아니라 소름 끼치는 노래 「나의 길」이 울려 퍼지고 있다. 이 노래를 제안한 사람이 누구건 호되게 혼나야 마땅할 것이다. 어쨌거나 틴은 그 노래가 울려 퍼질 동안 잠들어 있었지만.

이제 장성한 개빈의 아들이 글을 읽는다. 성경이 아니라 사망한 음유시인의 작품, 수영장에 떨어진 나뭇잎에 관한 후기 시다.

죽어 가는 나뭇잎을 마리아가 걷어 낸다.
영혼들인가? 저기에 내 영혼도 있나?
검은 머리의 마리아, 어둠의 마리아,
나를 데리러 온 죽음의 천사인가?

차디찬 웅덩이에서 소용돌이치는, 시들고 방황하는 영혼이여,
오래도록 그 바보의 공범이었던 내 육신이여,
어디로 떨어질 텐가? 어느 헐벗은 물가에 내려앉을 텐가?
죽은 잎사귀 하나에 불과할 텐가? 아니면……

아. 미완성 시라니. 죽을 때 쓰고 있던 시라니. 파토스의 총체로군. 틴은 생각한다. 놀랍지 않게도 꾹꾹 눈물을 참는 소리가 봄날 개구리들의 노랫소리처럼 주변 곳곳에서 들려온다. 죽어 가는 하드리아누스 황제가 방랑하는 자신의 영혼을 향해 남겼던 말을 제대로 숨기지도, 대놓고 차용하지도 못하고 애매하게 표절한 부분을 제외하고 본다면, 좀 더 다듬으면 그럴듯하게 마무리될 수 있을 시다. 하지만 표절이 아닐 수도 있다. 아량 넓은 비평가라면 암시라고 평가했을지도 모른다. 개빈 퍼트넘이 하드리아누스 황제의 말을 표절할 정도로 그를 잘 알았다니, 죽고 없는 그 음유시인을 향한 틴의 평가가 급격

히 좋아진다. 물론 시인으로서다. 사람으로서가 아니라.

"상냥하고 작은 영혼의 여행." 틴이 나지막이 라틴어로 읊조린다. "이제 당신이 떠날 곳을 향한 / 몸의 갈망 / 창백하고, 뻣뻣하고, 헐벗은 희망 / 하지만 늘 그랬듯 / 당신은 농담을 던지겠지." 더 나은 표현이 떠오르지 않는다. 많이들 틴처럼 시도해 보았을 것이다.

잠시 묵념의 시간이 이어진다. 모두 눈을 감고 더는 존재하지 않는 동료이자 벗과의 귀중하고 가치 있는 우정을, 그 우정의 개인적 의미를 곱씹어 보라고 한다. 조리가 다시 팔꿈치로 틴을 찌른다. 다죽고 회상하는 게 뭐가 재밌다고! 팔꿈치는 그런 말을 전하고 있다.

곧이어 장례식에서 준비한 구운 고기 급의 대접이 이어진다. 리버보트 시대의 포크 가수 중에 그리 성공하지 못했던 한 사람이, 주름이 자글자글하고 무리에서 낙오된 염소처럼 수염을 길러 지네의 배면을 연상시키는 사람이 자리에서 일어나 「미스터 탬버린 맨」이라는 그 시절 노래를 부르겠다고 한 것이다. 그러면서 노래를 시작하기 전에 이상한 선곡이라고 본인이 먼저 인정한다. 하지만 슬픔에 잠길 일이 아니야, 그렇지? 이건 축하할 일이잖아! 신도 지금 우리의 노래를 듣고 있을 거야, 기쁨에 차 발을 구르면서! 어이, 거기! 우리가 너를 향해 손 흔들고 있다고!

장례식장 곳곳에서 끅끅대는 소리가 들린다. 우리는 빼 주지. 틴이 한숨을 내쉰다. 틴 옆에 앉은 조리는 몸을 떨고 있다. 슬퍼서인가? 아니면 너무 신나서? 궁금하지만 조리를 쳐다볼 수는 없다. 신나서 웃는 거라면 둘 다 낄낄거리고 말 텐데, 조리는 웃음을 멈추지 못할 것이고 그러면 난처한 상황이 펼쳐질 것이다.

노래가 끝나자 피부가 커피색에 가깝고 심하다 싶을 만큼 예쁘장한 젊은 여자가 장화와 밝은 숄 차림으로 등장해 추도사를 한다. 여자는 시인의 작품을 연구한 사람이라고, 너비나인가 뭔가라고 자기소개를 한다. 그러면서 퍼트넘 씨를 생의 마지막 날에 단 한 번 뵈었을 뿐이지만 그분의 인정 많은 성품과 삶을 향한 전염성 있는 사랑이 자신의 마음을 깊이 움직였다고, 그리고 퍼트넘 씨의 부인인 레이놀즈 씨께 그런 자리를 만들어 주셔서 감사하다고, 퍼트넘 씨는 잃고 말았지만 레이놀즈 씨와 함께 이 끔찍한 시련을 겪으며 새로운 친구를 얻게 되었다고, 그 일이 벌어진 날 플로리다를 떠나지 않은 덕에 레이놀즈 씨와 함께 있을 수 있었던 것이 참 기쁘다고, 이 자리에 모인 모든 사람이 이토록 비극적이고 힘겨운 시기에 레이놀즈 씨에게 따뜻한 축복을 보내 줄 것임을 믿는다고, 이런 사실을 여러분과 공유하고 싶다고 하면서 목소리를 심하게 떤다. "죄송합니다. 더 말하고 싶은데, 그, 그분의 시에 대해서요, 하지만 제가⋯⋯." 그러더니 눈물을 흘리며 황급히 단상에서 내려간다.

애처롭고 귀여운 생명체로군.

틴이 시계를 쳐다본다.

드디어 마지막 노래가 시작된다. 개빈 퍼트넘이 이제는 유명해진 그의 첫 시집 『묵직한 달빛』을 쓸 때 영감을 주었다는 전통 포크 송 「그대 잘 있어요」이다. 어떻게 봐도 열여덟 살 이상은 아닐 것 같은 구릿빛 머리칼의 청년이 단상에 올라 노래를 부르고, 기타를 든 두 젊은이가 반주를 맡는다.

그대 잘 있어요, 나만의 진정한 사랑,

잠시만 작별을 고해요.

나는 떠나지만, 돌아올 거예요.

만 리를 가더라도, 돌아올게요.

먹힐 수밖에 없는 가사다. 돌아오겠다는 약속, 하지만 돌아오는
건 불가능하다는 사실을 확실히 알고 있는 상황. 노래하는 청년의
떨리는 테너 톤의 목소리가 서서히 잦아들면서 훌쩍임과 기침 소리
가 곳곳에서 빗발치듯 터져 나온다. "어머, 틴." 조리가 말한다.

틴은 조리에게 손수건을 챙기라고 했지만 당연하게도 조리는 그
러지 않았다. 틴은 자기 손수건을 찾아 조리에게 건넨다.

이제 웅성거리는 소리가, 옷깃이 스치는 소리가, 자리에서 일어나
는 소리가, 사람들이 모여드는 소리가 들린다. 살롱에서는 음료를 무
료로 마실 수 있고 웨스트 홀에서는 다과가 제공된다고 한다. 사람들
이 살롱과 웨스트 홀을 향해 일제히 신중한 발걸음을 내딛고 있다.

"화장실 어디에 있지?" 조리가 말한다. 이런 자리에 처음 와 본 사
람처럼 마스카라가 뺨에 줄줄 흘러 있고 화장이 다 뭉개져 있다. 틴
은 손수건을 다시 받아 들어 조리의 얼굴을 톡톡 두드려 가며 최대
한 검은 얼룩을 지워 본다. "밖에 나가서 기다릴래?" 조리가 애처로
운 목소리로 말한다.

"나도 화장실 갈 거야. 이따 바에서 만나."

"죽치고 있을 생각은 하지 말고. 이 닭장에서 빠져나가야 해." 조

리는 점점 불만이 많아지고 있다. 혈당이 떨어진 것이 분명하다. 외출 준비를 한다고 야단법석을 떨다가 점심 식사를 깜빡한 것이 화근이다. 틴은 곧 조리에게 술을 좀 먹여 빠르게 혈당을 올린 다음 빵테두리를 잘라 낸 샌드위치를 먹일 것이다. 그러고 나면 장례식의 꽃이라 할 수 있는 레몬 스퀘어 디저트를 두어 개 먹고 한시 빨리 장례식장을 떠날 것이다.

남자 화장실에서 틴은 프린스턴 대학교 고대 언어학과의 명예 교수이자 저명한 오르페우스 찬가 번역가인 세스 맥도널드를 마주친다. 얘기를 들어 보니 개빈 퍼트넘과 오랜 지인 사이라고 한다. 하지만 직업적으로 아는 사이는 결코 아니라고, "고대 세계의 명소"인 지중해에서 크루즈 여행을 하다가 만났는데 그 후 좋은 관계를 유지하면서 지난 수년간 연락을 주고받았다고 한다. 서로 위로의 말들을 주고받은 후, 틴은 평소처럼 얼버무리면서 자신이 장례식에 참석한 나름의 이유를 지어낸다.

"저희 둘 다 하드리아누스 황제에 관심이 있었습니다."

"오, 그렇군요." 세스가 말한다. "맞아요, 그게 암시된 부분이 있었죠. 아주 솜씨가 좋더군요."

예상치 못하게 화장실에서 볼일 보는 일이 지연되었다는 것은 조리가 틴보다 먼저 화장실 밖으로 나갔으리라는 의미였다. 조리에게서 한시도 눈을 떼면 안 되는데! 그새 조리는 얼굴에 반짝거리는 청동색 파우더를 칠한 다음 그 위에 금색의 커다란 반짝이 가루 같은 것을 덧바른 상태였다. 스팽글로 장식한 가죽 핸드백이 걸어 다니는 것 같았다. 분명 틴이 진분홍 샤넬 옷을 못 입게 한 것에 대한 앙갚

음으로 가방에 화장품을 몰래 숨겨 온 것일 터였다. 물론 화장실 거울로는 자기 모습을 제대로 볼 수 없었을 것이다. 돋보기 안경을 쓰지 않았을 테니까.

"대체 무슨 짓을……." 틴이 잔소리를 시작한다. 조리는 이렇게 말하듯 눈을 부릅뜬다. 하기만 해 봐! 맞는 말이다. 이미 너무 늦었다.

틴이 조리의 팔꿈치를 잡고 말한다. "빛의 원군이여 전진하라."

"뭐라고?"

"가서 술 한잔하자."

저렴하지만 마실 만한 화이트 와인을 손에 들고 틴과 조리는 다과가 놓인 테이블로 향한다. 테이블을 둘러싸고 서 있는 무리에 가까워질수록 조리는 조금씩 긴장한다. "세 번째 부인이랑 같이 있어, 봐봐! 저기!" 조리는 온몸을 떨고 있다.

"누구?" 틴은 다 알면서도 묻는다. '이름이 뭐였더라'라고만 지칭한 고르곤* 같은 C. W. 스타를, 신문에 실린 사진을 본 덕에 충분히 알아볼 수 있는 그 사람을 대면하는 순간이다. 키가 작고 머리가 허옇게 센 노인이 너저분한 누비 코트를 입고 있다. 반짝이는 파우더 같은 건 바르지 않았다. 사실 화장을 한 흔적이 아예 보이지 않는다.

"날 못 알아보네!" 조리가 속삭인다. 어느새 잔뜩 신이 나 있다. 누가 널 알아보겠니. 틴은 생각한다. 얼굴에 회반죽 칠을 하고 용 비늘을

---

* 눈을 마주치면 돌로 변한다는 그리스 신화 속 세 자매 스테노, 에우리알레, 메두사를 통칭하는 말로 '괴물'이라는 의미를 가진다.

덕지덕지 붙였는데. "눈 마주쳤어! 가 보자, 가서 무슨 얘기 하나 엿들어 보자!" 기웃대며 돌아다니던 어린 시절의 그림자가 드리운다. 조리가 틴을 잡아끌어 자기 앞에 세운다.

"안 돼, 조리." 틴이 아직 훈련받지 못한 테리어에게 말하듯 타이른다. 하지만 아무 소용없는 말이다. 조리는 틴이 미처 짧게 매어 두지 못한 눈에 보이지 않는 목줄을 팽팽하게 당기며 앞으로 고꾸라지듯 전진한다.

콘스턴스 W. 스타는 한 손에는 달걀 샐러드 샌드위치를, 다른 손에는 물 한 잔을 쥐고 있다. 포위된 채 주변을 경계하는 듯한 모습이다. 스타의 오른쪽 옆에는 채도 낮은 파란색 옷을 차려입고 진주 보석을 착용한 여자가, 분명 유족이 된 부인일 레이놀즈 퍼트넘이 있다. 확실히 무척 젊다. 게다가 심하게 고통스러워하는 모습도 아닌데, 생각해 보면 실제 사망 시점으로부터 시간이 다소 흐르기도 했다. 퍼트넘 부인 옆에는 추도사를 읽다가 마음이 무너져 내렸던 매력적이고 젊은 개빈의 애독자 너비나가 있다. 슬픔에서 완전히 회복한 듯한 모습으로 쉴 새 없이 말하고 있다.

하지만 개빈 퍼트넘과 그가 사족처럼 남긴 불멸하는 작품에 관한 말이 아니다. 틴이 미국 중서부의 단조로운 억양에 집중하며 잘 들어 보니 너비나는 알핀랜드 시리즈에 대해 열변을 토하고 있다. 콘스턴스 W. 스타는 샌드위치를 한입 베어 문다. 이런 일장 연설을 전에도 들어 봤을 것이다.

"프레시아노의 저주 말이에요." 너비나가 말한다. "4권이요. 그 책은 정말…… 그 벌들, 그리고 돌로 만든 벌집에 갇힌 파열의 주홍 마법사도! 아, 정말 그 책은……."

그 유명 작가 왼쪽의 빈 공간으로 조리가 슬그머니 끼어든다. 손으로는 틴의 팔을 단단히 붙잡고 있다. 그러고는 고개를 앞으로 내밀고 그들이 나누는 대화를 엿듣는 데 집중한다. 팬인 척하려는 건가? 틴은 의아해한다. 뭘 하려는 거지?

"3권." 콘스턴스 W. 스타가 말한다. "프레시아노는 3권에 처음 나와요. 4권이 아니라." 콘스턴스가 샌드위치를 한입 더 베어 물고 차분하게 씹는다.

"아, 그렇죠. 3권요." 그러면서 너비나는 긴장한 듯 소리 죽여 웃는다. "그리고 퍼트넘 작가님이 그러시더라고요. 선생님께서 알핀랜드 시리즈에 퍼트넘 작가님을 넣으셨다고요. 사모님께서 차를 타러 나가셨을 때 그러셨어요." 너비나가 레이놀즈를 보면서 다시 한번 말한다. "저한테 그렇게 말씀하셨어요."

그러자 레이놀즈의 표정이 굳는다. 자기 영역을 빼앗긴 기분이 든 것이다. "확실해요? 그이가 늘 그런 일은 없었다고……."

"사모님께 말씀드리지 못한 게 많다고 하셨어요. 사모님 감정이 상하지 않게 하려고요. 사모님은 알핀랜드에 없으니까 소외감을 느끼게 하고 싶지 않으셨대요."

"거짓말 마요! 그이는 항상 나한테 모든 걸 얘기했어요! 자기는 알핀랜드가 전부 헛소리라고 생각한다는 말도 했다고요!"

"사실, 개빈을 알핀랜드에 넣었어요." 지금껏 조리의 존재를 모르는 척했던 콘스턴스가 이제 몸을 틀어 조리를 똑바로 바라보면서 말한다. "안전하게 지켜 주려고요."

"그러면 안 되죠." 레이놀즈가 말한다. "당신은……."

"그리고 정말 안전하게 지켜 주었어요. 와인통에 있었거든요. 거기서 50년 동안 잠들어 있었죠."

"어머, 그럴 줄 알았어요!" 너비나가 말한다. "저는 줄곧 그분이 시리즈에 등장했을 거라고 생각했다고요! 몇 권에 나오죠?"

콘스턴스는 너비나의 질문에 대꾸하지 않는다. 여전히 조리를 쳐다보며 말하고 있다. "하지만 지금은 풀어 줬어요. 그러니 어디든 자기가 원하는 곳으로 갈 수 있죠. 더는 당신 때문에 위험하지도 않고요."

콘스턴스 스타라는 사람은 대체 뭐가 문제인 거지? 틴이 의아해한다. 개빈 퍼트넘이 조리 때문에 위험하다고? 하지만 조리를 버리고 조리에게 상처를 준 건 그놈인데. 저 컵에 든 게 물이 아니라 보드카인가?

"네?" 조리가 묻는다. "지금 저한테 말씀하시는 건가요?" 조리는 틴의 팔을 꽉 움켜쥔다. 하지만 이번엔 웃음을 참기 위한 것이 아니다. 조리의 얼굴에 두려움이 엄습해 있다.

"개빈은 그 빌어먹을 책에 없어! 개빈은 **죽었다고**." 레이놀즈가 그러더니 울기 시작한다. 너비나는 작게 한 발 내디뎌 레이놀즈에게 다가갔다가 다시 물러선다.

"개빈은 당신이 품은 악의 때문에 위험에 처해 있었어요, 마저리." 콘스턴스의 목소리는 차분하다. "분노와 결합한 당신의 악의 때문에요. 당신도 알다시피 그건 무척 강력한 마법이죠. 그의 영혼을 계속

이승에 붙잡아 두는 한 그는 위험할 수밖에 없었어요." 콘스턴스는 조리가 누구인지 확실히 알고 있다. 금색 반짝이 가루와 청동색 파우더를 범벅했다 한들, 보자마자 틀림없이 알아봤을 것이다.

"당연히 화가 났었죠, 그 사람이 저한테 어떤 짓을 했는데요!" 조리가 말한다. "그 사람은 저를 내버리고, 쫓아냈어요, 마치, 마치, 오래된⋯⋯."

"어머." 잠시 시간이 멈춘 듯 고요가 감돈다. "그건 몰랐어요." 콘스턴스가 다시 입을 연다. "반대인 줄 알았어요. 당신이 개빈에게 상처를 준 줄 알았어요." 한판 벌이는 건가? 틴은 생각한다. 물질과 반물질의 대결인가? 둘 다 폭발하게 될까?

"그 사람이 그렇게 말했어요? 참나, 그랬겠죠! 당연히 제 잘못이라고 말했겠죠!"

"어머나." 너비나가 조리에게 소토 보체로 속삭인다. "당신이 다크 레이디군요! 그 소네트에 나오는! 혹시 저랑 얘기 좀⋯⋯."

"여긴 장례식장이에요." 레이놀즈가 말한다. "학술 대회가 아니라고요! 개빈이 봤으면 정말 질색했을 거예요!" 세 여자는 레이놀즈의 말을 들은 기색도 보이지 않는다. 레이놀즈는 코를 팽 풀고 빨갛게 충혈된 눈으로 분노의 눈길을 쏘아붙이더니 바 쪽으로 가 버린다.

콘스턴스 W. 스타가 먹다 남은 샌드위치를 컵에 꽂아 넣는다. 조리는 콘스턴스가 마법의 묘약을 제조하고 있기라도 하듯 뚫어져라 쳐다본다. "그렇다면, 내 명예를 걸고서라도 당신을 풀어 주도록 하죠." 콘스턴스가 드디어 다시 입을 연다. "내가 대단히 오해하고 있었네요."

"뭘요?" 조리가 거의 소리를 지르듯이 묻는다. "저를 뭐 어디서 풀어 주시겠다는 거예요? 무슨 말씀 하시는 거예요?"

"돌로 만든 벌집에서요. 당신은 오랫동안 거기에 갇혀 검푸른 벌들에 쏘이고 있었거든요. 형벌로요. 그리고 당신이 개빈을 해치지 못하게 막는 의미로요."

"이분이 파열의 주홍 마법사였군요!" 너비나가 말한다. "너무 사악한 짓이에요! 선생님 조금 더 얘기를……." 콘스턴스는 계속해서 너비나를 무시한다.

"벌에 쏘이게 해서 미안해요." 콘스턴스가 조리에게 말한다. "무척 고통스러웠을 거예요."

틴이 조리의 팔을 붙잡고 끌어당기려 한다. 조리가 버럭 화를 내면서 이 노작가의 정강이를 걷어찰 수도, 그게 아니라면 최소한 소리를 지르기 시작할 수도 있을 법한 상황이다. 조리를 여기에서 빼내야 한다. 집에 가서 독한 술을 한 잔씩 하면서 조리를 진정시키고 나면 이 모든 상황을 빈정댈 수 있을 것이다.

하지만 조리는 틴의 팔을 놓더니 움직이지 않는다. "너무 고통스러웠어요." 잘 들리지 않을 만큼 작은 목소리다. "너무 고통스러웠어요. 모든 게 너무 고통스러웠어요. 제 삶 전체가요." 우는 건가? 그렇다. 청동색과 금색으로 반짝반짝하며 흐르는 진짜 눈물이다.

"나도 고통스러웠어요." 콘스턴스가 말한다.

"알아요." 조리가 말한다. 두 사람은 누구도 방해할 수 없는 정신적 교감 속에 갇힌 채 서로의 눈을 응시하고 있다.

"우리는 두 가지 장소에 살고 있어요. 알핀랜드에는 과거가 없어요. 시간 자체가 없죠. 하지만 여기에는 시간이 있어요. 지금 우리가 존재하는 시간이요. 우리에게는 아직 약간의 시간이 남아 있어요."

"맞아요. 때가 온 거죠. 저도 미안해요. 저도 당신을 놓아줄게요."

조리가 콘스턴스에게 다가간다. 포옹하려는 건가? 틴이 생각한다. 서로를 껴안을까, 아니면 바닥에 쓰러뜨릴까? 이게 일촉즉발의 순간인가? 어떻게 도와야 하지? 대체 지금 여자들끼리 어떤 이상한 짓을 벌이고 있는 거지?

틴은 바보가 된 기분을 느낀다. 지난 수십 년 동안 조리에 대해 아무것도 이해하지 못하고 있었던 건가? 조리에게 다른 면면이, 다른 힘이 있는 건가? 틴으로서는 절대 상상하지도 못한 차원이?

콘스턴스가 뒤로 물러선다. 그러고는 조리에게 "축복을 빌게요."라고 말한다. 흰 양피지 같았던 피부가 이제 황금 비늘이 발하는 빛으로 반짝인다.

젊은 너비나는 자신에게 찾아온 행운을 차마 믿지 못하고 있다. 입은 반쯤 벌린 채 손톱을 물어뜯으면서 숨죽이고 있다. 우리를 호박 결정으로 만들려는 생각이로군. 틴은 생각한다. 고대 곤충들처럼. 우리를 영원히 보존하려는 것이다. 호박 구슬 속에, 호박 단어 속에. 바로 우리의 눈앞에서.

루수스 나투라

어떻게 할 수 있을까? 어떻게 해야 할까? 이 둘은 똑같은 질문이
었다. 가능성은 제한되어 있었다. 밤이면 가족들은 덧창문을 전부
닫고 식탁에 둘러앉아 비쩍 말라 푸석푸석한 소시지와 감자 수프를
먹으면서 비통한 심정으로 끝도 없이 이 질문에 관한 대화를 나누었
다. 정신이 명료할 때면 나도 내 그릇에서 감자 덩어리를 열심히 골
라내 먹으며 가능한 한 대화에 참여하려 했다. 정신이 명료하지 않
을 때면 집에서 가장 어두운 구석진 곳에 떨어져 혼자 야옹야옹 울
며 아무도 들을 수 없는 지저귐을 들었다.

"정말 사랑스러운 아이였어." 엄마가 말했다. "그 애한텐 아무 문
제도 없었어." 나 같은 것을 낳았다는 사실이 엄마를 슬프게 했다.
그건 일종의 비난, 판결이었다. 엄마가 대체 뭘 잘못했을까?

"저주일지도 모른단다." 할머니가 말했다. 할머니는 소시지만큼이

나 비쩍 마르고 푸석푸석한 태도를 취했는데 연세를 고려하면 자연스러운 일이었다.

"몇 년 동안은 괜찮았잖아." 아빠가 말했다. "일곱 살 때 홍역에 걸리고 나서 그렇게 됐어. 그 이후에."

"누가 우릴 저주하겠어요?" 엄마가 말했다.

할머니가 얼굴을 찌푸렸다. 할머니의 머릿속에는 수많은 사람이 연달아 떠올랐다. 하지만 한 사람을 콕 짚을 수는 없었다. 우리 가족은 늘 다른 사람들에게 존중받았고 대체로 호감을 샀다. 지금도 그랬다. 지금도 그럴 것이다. 나를 어떻게 할 수만 있다면. 말하자면, 내 존재가 들통나기 전에 그럴 수만 있다면.

"의사는 이게 병이래." 아빠가 말했다. 아빠는 자신을 이성적인 사람으로 내보이고 싶어 했다. 아빠는 신문을 구독했고, 내가 글을 읽는 법을 배워야 한다고 주장한 사람도 아빠였다. 어떤 일이 벌어지든 아빠는 변함없이 격려를 아끼지 않았다. 하지만 더 이상 나는 아빠의 아늑한 품에 파고들 수 없다. 아빠는 나를 식탁 맞은편에 앉혔다. 이렇게 나를 억지로 떼어 두는 것에 마음이 아팠지만 아빠의 의도를 이해할 수는 있었다.

"그럼 왜 약을 처방해 주지 않은 거지?" 엄마가 말했다. 할머니는 콧방귀를 뀌었다. 할머니는 말불버섯과 수액 등 치료제에 대해 나름의 생각이 있었다. 한번은 더러운 옷을 담근 물에 내 머리를 집어넣어 놓고 기도를 했다. 내 입을 통해 날아 들어와 흉골 근처에 자리를 잡았다고 확신한 악마를 물리치기 위해서였다. 엄마는 다 너 잘 되라고 생각해서 진심으로 하신 행동이라고 말했다.

빵을 먹이세요라고 의사는 말했었다. 빵을 엄청 먹고 싶어 할 거예요. 빵이랑 감자요. 피도 원할 거예요. 닭의 피나 소의 피를 주면 될 거예요. 너무 많이 먹이진 마시고요. 의사가 우리에게 말해 준 내 병명에는 P와 R이 여러 개 섞여 있었는데 우리에겐 아무 의미 없었다. 의사는 내 노란 눈, 내 분홍 치아, 내 빨간 손톱, 내 가슴과 팔에 싹처럼 돋아난 길고 까만 체모를 보면서 나 같은 경우는 예전에 딱 한 번 본 적 있다고 말했다. 그는 나를 도시로 데려가서 다른 의사들에게도 보여 주고 싶어 했지만 가족들은 반대했다. "이 애는 루수스 나투라예요."라고 의사는 말했다.

"그게 무슨 뜻입니까?" 할머니가 말했다. "자연의 장난이요." 의사가 말했다. 그는 우리 가족의 요청으로 멀리서 찾아온 의사였다. 동네 주치의를 불렀다가는 소문이 날 수도 있어서였다. "라틴어입니다. 괴물 같은 걸 의미하죠." 내가 야옹야옹 소리를 낸다는 이유로 의사는 내가 들을 수도 없다고 생각했다. "누구의 잘못도 아닙니다."

"이 애는 인간이에요." 아빠가 말했다. 아빠는 어디가 됐건 당신이 온 저 머나먼 곳으로 돌아가서 다시는 돌아오지 말라며 의사에게 큰돈을 쥐여 보냈다.

"어째서 신이 우리에게 이런 시련을 주신 걸까?" 엄마가 말했다.

"저주든 질병이든, 그건 중요하지 않아요." 언니가 말했다. "뭐가 됐든 동생의 정체를 알게 되면 아무도 저와 결혼하지 않을 거예요." 나는 고개를 끄덕였다. 충분히 그럴 수 있었다. 언니는 아리따웠고 우리 집은 가난하기는커녕 상류층에 가까웠다. 나만 없으면 언니의 앞길은 창창했다.

낮 동안 나는 어두운 내 방에 틀어박혀 지냈다. 더는 웃어넘길 만한 몰골이 아니었다. 햇빛을 감당할 수 없었기에 그렇게 지내는 게 내게는 괜찮았다. 밤이 되면 잠 못 이룬 채 집 안을 어슬렁거리면서 가족들이 코 고는 소리와 악몽을 꾸며 비명 지르는 소리를 들었다. 내 동반자는 고양이였다. 나와 가까이 있고 싶어 하는 유일한 생명체였다. 내겐 피 냄새가, 오래되고 말라붙은 피 냄새가 났고, 어쩌면 고양이가 내 뒤를 졸졸 쫓아다니면서 내 위에 올라타 나를 핥은 이유가 그 때문인지도 몰랐다.

가족들은 이웃에게 내가 소모성 질병을 앓고 있다고, 열이 난다고, 섬망이 있다고 말했다. 이웃들은 달걀과 양배추를 보내왔고, 이따금 새로운 소식이 없나 궁금해 우리 집을 방문했지만 어떻게든 나를 한번 보고 싶어 하지는 않았다. 내 병이 어떤 병이든 전염될 수 있다고 여겼다.

나는 죽어야 했다. 그래야 언니의 앞길에 방해가 되지도 않고, 언니에게 파멸의 그림자를 드리우지도 않을 터였다. 할머니는 내 방문틀에 마늘 여러 쪽을 끼워 넣으며 말했다. "둘 다 비참하느니 한 사람이라도 행복한 게 낫지." 그 말에 나도 동의했다. 도움이 되고 싶었다.

가족들은 신부님에게 뇌물을 먹였다. 이에 더해 그의 동정에 호소했다. 인간이란 모름지기 현금 봉투를 주머니에 찔러 넣으면서 자기가 좋은 일을 하고 있다고 생각하기를 바라는 법이고 신부님도 예외는 아니었다. 신부님은 신께서 나를 특별한 아이로, 말하자면 일종의 신부로 점찍으신 거라고 말했다. 신으로부터 희생의 임무를 부여

받은 사람이라고 말했다. 내 고통이 내 영혼을 정화할 거라고 말했다. 나는 평생 때 묻지 않은 사람으로 살게 될 테고, 어떤 남자도 나를 더럽히고 싶어 하지 않을 테고, 그럼 나는 곧장 천국으로 갈 수 있을 테니 운이 좋은 거라고 말했다.

그리고 이웃들에게는 내가 성인다운 죽음을 맞이했다고 알렸다. 나는 흰 드레스를 입고, 그 위에 동정녀라는 이미지에도 어울리고 내 체모를 가리기에도 유용한 흰 면사포를 수 겹 두른 상태로 칠흑처럼 어두운 방에서 까마득히 깊은 관에 누워 전시되었다. 그 안에서 이틀을 누워서 지냈지만 물론 밤에는 관 밖으로 나와 걸어 다닐 수 있었다. 누군가가 집에 들어오면 숨을 죽였다. 이웃들은 발끝으로 살금살금 걸으면서 귓속말을 했고, 관에 가까이 다가오려 하지 않았다. 여전히 내 병을 두려워했다. 그리고 엄마에게는 내가 꼭 천사 같은 아이였다고 말했다.

엄마는 식탁 의자에 앉아 내가 진짜 죽기라도 한 듯이 눈물을 흘렸다. 언니조차 침울해 보이는 표정을 짓고 있었다. 아빠는 검은 양복을 입었고, 할머니는 빵을 구웠다. 그리고 다들 빵으로 배를 채웠다. 셋째 날, 가족들은 축축한 지푸라기로 관을 채운 다음 묘지로 끌고 가서 기도문과 수수한 묘비를 세우고 땅에 묻었다. 그리고 3개월 후 언니는 결혼을 했다. 가족들 중 처음으로 대형 사륜마차를 타고 교회로 갔다. 내 관은 언니가 밟고 올라갈 사다리의 가로장이었다.

죽고 나니 더 자유로웠다. 오로지 엄마만 내 방에, 가족들이 내 예전 방이라고 부른 공간에 들어올 수 있었다. 이웃에게는 나를 추모하는 사당으로 관리하고 있다고 말했다. 문에는 내가 아직 인간처럼 보였던 시절의 사진이 걸려 있었다. 지금 내 모습이 어떤지 나는 알 수 없었다. 거울을 피해 다녔다.

어스름 속에서 나는 푸시킨과 바이런 경과 존 키츠의 시를 읽었다. 나는 좌초당한 사랑, 과감한 저항, 그리고 죽음의 달콤함을 배웠다. 그것들에 대해 생각하는 것이 위로가 되었다. 엄마는 내게 감자와 빵, 피가 담긴 컵을 가져다주고 실내용 변기를 비워 왔다. 한때는 내 머리도 빗겨 주었지만 머리카락이 한 움큼씩 빠지고부터는 그만두었다. 습관처럼 나를 끌어안고 눈물도 흘렸지만 이제 그런 시기는 지나갔다. 엄마는 가능한 한 빨리 자리를 떴다. 가급적 숨기려고는 했지만 엄마는 당연하게도 나를 원망했다. 누군가를 안쓰럽게 여길 수 있는 시간은 한정되어 있으며, 그 시간이 지나고 나면 상대방의 고통은 그가 내게 의도적으로 가하는 악의적인 행위로 느껴지는 법이다.

밤이면 나는 집 안을 마음대로 돌아다닌 다음 마당도 마음대로 활보했고 그러고 나면 숲도 마음대로 누볐다. 더는 다른 사람의 삶이나 그들의 미래에 방해가 될 걱정을 하지 않아도 되었다. 내게는 미래가 없었다. 내게는 오로지 현재만, 달과 함께 변하는 — 변하는 듯했던 — 현재만 있었다. 발작, 고통의 시간, 그리고 이해할 수 없는 지껄임만 없었더라면 나는 행복하다고 했을지도 모른다.

할머니가 돌아가셨고, 그다음엔 아빠가 돌아가셨다. 고양이도 나이가 많이 들었다. 엄마는 점점 절망의 구렁텅이로 빠져들었다. "내 불쌍한 아가." 엄마는 내가 더는 아가가 아님에도 그렇게 말하곤 했다. "내가 죽으면 넌 누가 돌봐주니?"

엄마의 질문에 대한 대답은 하나였다. 나일 수밖에 없었다. 나는 내 힘의 한계를 시험해 보기 시작했다. 나는 다른 사람의 눈에 보일 때보다 보이지 않을 때, 그리고 그 어느 때보다도 일부만 보일 때 훨씬 더 많은 힘을 발휘할 수 있었다. 숲속에서 일부러 두 아이를 겁주기도 했다. 내 분홍 치아와 텁수룩한 얼굴, 빨간 손톱을 보여 주고 야옹 울었더니 그들은 비명을 지르며 달아났다. 곧 사람들은 우리 집에서 가까운 숲 끝 부근까지 오지 않기 시작했다. 어느 날 나는 밤에 창밖을 내다보다가 어떤 젊은 여자가 히스테리 발작을 일으키게 했다. 여자는 "그거, 그걸 봤어!"라면서 흐느꼈다. 나는 그거였다. 나는 이에 대해 생각해 보았다. 어떤 점에서 '그것'은 사람이 아닌 걸까?

어느 이방인이 우리 농장을 사겠다는 제안을 해 왔다. 엄마는 농장을 팔고 최근 가족 초상화도 남긴 내 언니와 언니의 귀족 남편, 건강하고 번영하는 그 가족과 함께 이사를 가고 싶어 했다. 한계에 부딪친 상황이었다. 그런데 어떻게 엄마가 나를 두고 떠날 수 있을까?

"팔아요."라고 나는 엄마에게 말했다. 내 목소리는 이제 으르렁거림에 가까웠다. "방 비울게요. 제가 머물 수 있는 데가 한 군데 있어요." 엄마는 고마워했다. 가여운 사람. 엄마가 내게 갖는 애착은 손거스러미나 사마귀에 느끼는 애착과 같았다. 나는 엄마 것이었다. 하지만 엄마는 나를 제거할 수 있어서 기뻐했다. 한평생 당신의 의무를 충분히 다한 것이다.

이삿짐을 싸고 가구를 파는 동안 나는 건초 더미 속에서 며칠을 보냈다. 그것만으로도 충분했다. 하지만 겨울을 날 수는 없는 노릇이었다. 새로 이사 올 사람들을 없애버리는 건 일도 아니었다. 그들보다 내가 더 이 집을, 입구를, 출구를 잘 알고 있었다. 어둠 속에서도 집 안을 마음껏 활보할 수 있었다. 처음에 나는 유령이 되었다가, 또 다른 유령이 되었다가, 달빛 아래 얼굴을 톡톡 건드리는 빨간 손톱을 가진 손이 되었다가, 나도 모르는 새에 녹슨 경첩 소리가 되었다. 사람들은 공포에 질려 도망쳤고, 우리 집을 귀신 들린 집이라고 했다. 그렇게 나는 이 집을 홀로 차지했다.

나는 달빛을 받으며 땅에서 몰래 파낸 감자와 닭장에서 훔쳐 온 달걀로 연명했다. 이따금 암탉을 훔치기도 했다. 그러면 피를 먼저 마셨다. 경비견들이 나를 향해 짖기는 했지만 공격을 하는 법은 없었다. 그 개들은 내가 무엇인지 알지 못했다. 집에 있을 때 나는 거울을 들여다보려 했다. 죽은 사람들은 자기 모습을 볼 수 없다고들 했는데 그건 사실이었다. 내 모습을 볼 수 없었다. 뭔가가 보이기는 했지만 그게 나 자신은 아니었다. 내가 아는, 진정 친절하고 어여쁜 소녀와 전혀 다른 모습이었다.

그러나 이제 모든 것이 끝나 가고 있다. 내 존재가 너무 드러나게 된 탓이다.

발단은 이러했다.

해 질 녘 목초지와 나무들이 만나는 변두리에서 블랙베리를 따고 있었을 때 각기 다른 방향에서 나타난 두 사람이 서로에게 다가갔다. 한 명은 젊은 남자였고 한 명은 젊은 여자였다. 남자가 여자보다 좋은 옷을 차려입고 있었고 신발도 신고 있었다.

두 사람은 뭔가를 숨기는 듯했다. 그 표정, 어깨 너머로 던지는 시선, 시선을 거두었다 다시 주었다 하는 망설임을 나는 잘 알고 있었다. 나 또한 평소와 달리 은밀하게 행동했다. 나는 두 사람을 지켜보기 위해 블랙베리 관목에 몸을 숨기고 쪼그려 앉았다. 그들은 서로를 꽉 껴안아 하나가 되었고 땅바닥으로 쓰러졌다. 어쩌면 발작을 일으킨 것일 수도 있었다. 두 사람 다 동시에. 어쩌면—오, 마침내!—나 같은 존재로 변하고 있는 것일 수도 있었다. 나는 그 둘을 더 자세히 보려고 기어서 가까이 다가갔다. 그들은 나 같지 않았다. 가령 머리카락을 제외하면 체모로 뒤덮여 있지도 않았다. 두 사람 다 옷을 거의 다 벗고 있었기 때문에 확실히 알 수 있었다. 그런데 생각해 보면 내가 지금과 같은 모습으로 변하기까지도 상당한 시간이 소요되었다. 두 사람은 본인이 변하고 있다는 사실을 알고 자기와 같은 벗을, 발작을 함께 할 벗을 찾은 것일 수도 있었다.

두 사람은 이따금 서로를 깨물기도 했지만 거칠게 몸을 뒤집고 뒤집는 행위에서 쾌락을 느끼는 듯했다. 어떻게 그럴 수 있는지를 나는 알고 있었다. 나도 함께할 수 있다면 크나큰 위로가 될 텐데! 나는 수년간 외로움에 단련된 상태였다. 그런데 이제 그 단단한 마음이 녹아내리고 있었다. 그럼에도 그들에게 다가가기엔 너무 겁이 났다.

그러던 어느 날 밤 젊은 남자가 잠이 들었고, 여자는 남자가 벗어 둔 셔츠를 그에게 덮어 주고 이마에 키스를 했다. 그러고는 조심히 사라졌다.

나는 블랙베리 덤불에서 빠져나와 살며시 남자에게 다가갔다. 거기에 그가, 뭉개진 잔디 위에 마치 큰 접시에 담긴 달걀처럼 잠들어 있었다. 유감스럽지만, 나는 그만 통제력을 잃고 빨간 손톱이 달린 내 손을 그에게 갖다 댔다. 그리고 그의 목을 깨물었다. 정욕이었을까, 허기였을까? 그 차이를 어떻게 구별할 수 있을까? 그는 깨어났고, 내 분홍 치아와 내 노란 눈을 보았고, 흩날리는 내 검은 드레스를 보았다. 내가 달아나는 모습을 보았다. 어디로 달아났는지를 보았다.

그는 마을 사람들에게 그 일을 알렸고 사람들은 추측을 하기 시작했다. 그들은 내 무덤을 파헤치고 관이 비어 있다는 사실을 발견한 후 최악의 상황을 상상하며 두려워했다. 이제 그들은 황혼 녘에 기다란 말뚝과 횃불을 들고 이 집을 향해 전진해 오고 있다. 내 언니도, 언니의 남편도 있고 내가 키스했던, 내가 키스라고 생각하며 목을 물었던 젊은 남자도 있다.

저들에게 어떻게 말할 수 있을까? 나를 뭐라고 설명할 수 있을까? 악마가 필요하면 항상 그 역할을 맡을 누군가를 발견하기 마련이며, 자진해서 악마임을 밝히든 떠밀려 악마라고 인정하든 결국엔 다 똑같다. 나는 "전 인간이에요."라고 말할 수도 있다. 그런데 그걸 증명할 증거가 있나? "전 루수스 나투라예요! 저를 도시로 데려가세요! 데려가서 연구하세요!" 거기엔 희망이 없다. 고양이에게 좋지 않은 소식이 될 것 같아 두렵다. 저들은 내게 어떤 짓을 하든 고양이에게도 똑같이 할 것이다.

너그러운 성품을 지닌 나는 그들이 마음속으로는 좋은 의도를 품고 있음을 알고 있다. 나는 장례식을 치렀을 때 입은 흰 드레스에 동정녀에 걸맞은 흰 면사포를 둘렀다. 사람이라면 이렇게 상황에 맞는 복장을 차려입을 수 있어야 한다. 지저귀는 소리가 몹시 시끄럽게 울려 퍼진다. 비상할 때가 된 것이다. 나는 불타는 지붕에서 혜성처럼 떨어질 것이고, 모닥불처럼 타오를 것이다. 사람들은 내 재에 대고 무수한 주문을 외워야 할 것이다. 이번에는 내가 진짜 죽어야 하기 때문이다. 시간이 지나면 나는 기형적인 성인이 될 것이고 내 손가락뼈는 어둠의 유물로 팔릴 것이다. 그즈음이면 나는 전설이 될 것이다.

천국에서라면 내가 천사처럼 보일지도 모른다. 어쩌면 천사들이 나처럼 생겼을지도 모른다. 정말 그렇다면 다들 얼마나 놀랄까! 기대해 볼 법한 일이다.

동결 건조된 신랑

그다음으로 벌어진 일은 차에 시동이 걸리지 않은 것이다. 극소용돌이가 야기한 이상 한파 때문이다. 스탠드업 코미디언들은 극소용돌이와 아내들의 질을 연관 지어 이미 온라인상에서 수많은 농담을 주고받고 있다.

샘은 그런 농담에 공감할 수 있다. 샘과의 관계를 완전히 끊어 내기 전 기네스는 침대 시트를 가는 습관이 있었다. 그건 아주 오랜만에 먼지 하나 없이 깨끗한 시트에서 입을 꾹 다문 채 샘과 마지못해 김빠진 섹스를 하겠다는 신호였다. 섹스가 끝나면 기네스는 곧바로 시트를 다시 갈았다. 샘이 세균이 득실거리고 오염을 일으키고 벼룩에 물린 사람, 세탁기를 쓸데없이 자주 돌리게 하는 사람이라는 메시지를 강조하기 위함이었다. 피상적인 신음도 없을 만큼 더 이상 오르가슴을 가장하지도 않았기 때문에 두 사람의 섹스는 오싹한 침묵 속에서, 속이 메스꺼울 만큼 달콤한 분홍색 섬유유연제 향 속에서 진행되었다. 그 향은 샘의 모공 속까지 파고들었다. 자신이 그런 상황에서도 할 수 있다는 사실에, 활력은 좀 떨어졌지만 어쨌든 할 수 있다는 사실에 샘은 스스로 놀라움을 금치 못한다. 그러나 샘이 자기 자신에게 놀랄 일은 결코 거기서 그치지 않는다. 다음번엔 어떤 일까지 하게 될지 과연 누가 알겠나? 일단 그는 아니다.

하루가 이렇게 시작된다. 그야말로 재난 그 자체인 아침 식사 자리에서 기네스가 샘에게 결혼 생활은 이걸로 끝이라고 말한다. 샘은 포크를 떨어뜨리고, 떨어뜨린 포크를 다시 집어 든 후 남은 스크램블드에그를 한쪽으로 치운다. 기네스는 늘 완벽한 상태의 스크램블드에그를 만들었으므로 오늘 아침따라 고무장화처럼 질겼던 스크램블드에그는 퇴거 명령의 일부였다고밖에 해석할 수가 없다. 기네스는 더 이상 샘을 기쁘게 해 주고 싶은 마음이 없는 정도가 아니라 오히려 그 반대다. 샘이 커피를 마실 때까지는 기다려 줄 수 있다. 카페인의 힘을 빌려 각성하지 않고는 집중을 못 하니 말이다.

"워, 잠깐만." 샘이 그러더니 말을 하려다 만다. 소용없다. 싸움을 개시할 일도, 관심을 더 가져 달라고 애원할 일도, 협상을 제안할 일도 아니다. 샘은 세 가지 전략 모두 전에 활용해 보았고 기네스의 표정에 숨겨진 속내를 파악하는 일에도 익숙하다. 지금 기네스는 이를 드러내지도, 입을 삐죽거리지도, 눈살을 찌푸리지도 않는다. 얼음처럼 차가운 눈빛에 침착한 목소리다. 이건 선언이다.

샘은 항의해 볼까 생각한다. 뭘 그렇게 심각하고, 냄새나고, 고약하고, 말기 암처럼 돌이킬 수 없는 짓을 했다고 이렇게 관계를 끊으려는 거야? 돈을 좀 잊어버리고 부정한 립스틱을 묻히고 온 것 말고는 특별히 잘못한 것도 없었는데. 아니면 기네스의 어조를 문제 삼을 수도 있다. 갑자기 왜 이렇게 까칠하게 구는 거야? 아니면 삐딱선을 타고 있다고 공격할 수도 있다. 당신의 유머 감각, 삶에 대한 사랑, 도덕적 균형 감각은 다 어디 간 거야? 아니면 설교를 할 수도 있다. 용서는 고결한 행위야! 아니면 그럴듯한 말로 살살 구슬릴 수도 있다. 어떻게 당신처럼 친절하고 인내심 많고 마음 따뜻한 여자가 나처럼 취약하고 상처받은 남자를 이렇게 무자비한 정신적 몽둥이로 후려칠 수 있는 거야? 아니면 환골탈태를 약속할 수도 있다. 내가 어떻게 하면 될까, 말만 해 줘! 한 번만 기회를 달라고 애원할 수도 있지만 기네스는 분명 이미 모든 기회를 다 날려 버렸다고 대답할 것이다. 당신을 사랑한다고 말할 수도 있지만 기네스는 최근 그 빤한 말들을 장황하게 늘어놨을 때처럼 사랑은 말이 아니라 행동이라고 말할 것이다.

샘의 맞은편에 앉은 기네스는 빤히 예상되는 전투에 임할 준비가 되어 있다. 머리카락을 이마 위로 한 가닥도 남김없이 넘긴 다음 지혈대를 착용하듯 목 뒤로 단단히 꼬아 묶었고, 귀에는 직선 모양의 금귀걸이를, 목에는 금속처럼 단단한 결단을 강조하는 쟁그랑거리는 목걸이를 하고 있다. 얼굴도 이 상황에 맞게 입술은 마른 핏빛으로, 눈썹은 먹구름처럼 짙은 검은색으로 메이크업을 하고, 양팔은 한때 매력적이었던 가슴 위로 마치 '이봐, 여긴 안 돼.'라고 말하듯 팔짱을 끼고 있다. 가장 난감한 사실은, 기네스를 감싼 껍데기 속에 샘을 향한 무관심이 자리해 있다는 것이다. 멜로드라마 같은 모든 종류의 야단법석을 둘 다 떨어 볼 만큼 떨어 본 지금, 샘은 결국 기네스를 지루하게 할 뿐이다. 기네스는 시간이 흘러 샘이 떠나기만을 기다리고 있다.

샘이 식탁에서 일어난다. 샘이 옷을 입고 면도를 할 때까지 영장 집행을 연기하는 관대함 정도는 베풀어 줄 수도 있었을 텐데, 5일 내내 입은 잠옷 차림의 한 남자가 불쌍하리만치 불리한 입장에 놓인다.

"어디 가?" 기네스가 말한다. "자세히 얘기해 봐야지." 샘은 상처받고 언짢은 마음을 전달할 수 있을 법한 말로 되받아치고 싶다. "밖에." "관심도 없으면서!" "이제 당신이 신경 쓸 일 아니지 않아?" 하지만 그랬다간 일을 더 그르치고 말 것이다.

"나중에 해도 되잖아." 샘이 말한다. "법적 절차 같은 것 따위. 일단 짐을 싸야지." 기네스가 허세를 부린 거라면 여기서 끝날 일이다. 하지만 아니다. 기네스는 샘을 멈춰 세우지 않는다. "바보같이 굴지 마, 샘! 지금 당장 떠나라는 게 아니야! 일단 앉아서 커피 마셔! 우린 그래도 아직 친구잖아!" 같은 말도 하지 않는다.

아직 친구인 것도 아닌 듯하다. 기네스는 흔들림 없는 눈빛으로 샘을 응시하며 "맘대로." 라고 말한다. 그래서 샘은 어쩔 수 없이 양이 울타리를 넘는 그림이 날염된 잠옷, 기네스가 샘이 아직 귀엽고 재밌는 사람이라고 생각했던 2년 전 생일 선물로 준 그 잠옷과 납작해진 양모 슬리퍼 차림을 한 채 굴욕적인 휘청이는 발걸음으로 부엌을 나간다.

이런 순간이 찾아올 것임을 샘은 알고 있었다. 단지 이렇게 빨리 올 줄을 몰랐을 뿐이다. 좀 더 경계를 늦추지 않고 기네스를 먼저 찾 어야 했는데. 기네스보다 먼저 고지를 점했어야 했는데. 아니, 그랬 다간 오히려 저점을 점하게 됐으려나? 어쨌거나 상황이 이렇게 흘 러간 만큼 샘은 마땅히 피해자 행세를 할 수 있다. 샘은 대충 청바지 를 입고 스웨트 셔츠를 걸친 다음, 여태 한 번도 가지 않은 해상 프 로젝트용으로 꽤 오래전 구비해 둔 더플백에 이런저런 물건을 아무 렇게나 집어넣는다. 다른 잡동사니는 나중에 다시 와서 가져가면 된 다. 이제 기네스의 차지가 될 침실, 한때는 강력한 성적 흥분으로 불 꽃이 튀었지만 나중엔 지리멸렬하게 서로 밀고 당기는 줄다리기 현 장이 돼 버린 침실은 이미 곧 떠날 호텔 방처럼 보인다. 빅토리아 시 대를 모방한 저 볼품없는 침대는 샘이 고른 것이었나? 그렇다. 적어 도 그런 범죄가 저질러지는 동안 옆에 가만히 서 있기만 했다. 그래 도 커튼은, 형편없는 장미 무늬가 새겨진 커튼은 샘의 선택이 아니 었다. 커튼에 관해서만큼은 어떻게 봐도 결백하다.

면도기, 양말, 와이셔츠 등등을 챙겨 넣은 샘은 곧바로 그동안 서 재로 쓴 방으로 들어가 노트북, 전화기, 공책, 뒤죽박죽 엉킨 충전 선 들을 컴퓨터 가방에 잽싸게 넣는다. 그리고 종이에 어떤 효력이 있 다고 믿지는 않지만 아무렇든 널브러진 서류 몇 장도 챙긴다. 지갑, 신용카드, 여권은 크기가 맞는 주머니 여러 개에 쑤셔 넣는다.

어떻게 기네스의 눈에 띄지 않고, 기네스가 자신의 비참한 퇴각을 지켜보는 일 없이 집 밖으로 빠져나갈 수 있을까? 침대 시트를 밧줄처럼 꼬아서 창문 밖으로 내린 다음 벽을 타고 기어 내려가야 하나? 샘은 차분하게 생각할 수 있는 상태가 아니다. 분노 때문에 정신이 약간 나가 있다. 자제력을 되찾기 위해 샘은 종종 혼자서 하는 심리 게임을 천천히 시작한다. 범죄 피해자라고 가정해 보자. 그럼 치약이 단서가 될까? 치약을 마지막으로 짠 시간은 24시간 전으로 추정된다. 그러니 피해자는 그때까지는 살아 있었다. 아이팟은 어떤가? 식칼이 그의 귀를 베기 직전에 그가 어떤 음악을 듣고 있었는지 확인해 보겠다. 재생 목록이 일종의 암호일지도 모르지 않나! 아니면 사자 머리와 샘의 이니셜이 새겨진 흉한 커프스단추는, 기네스가 2년 전 크리스마스 선물로 준 그 단추는 어떤가? 이건 샘의 것일 리가, 멋을 아는 그 남자의 취향일 리가 없다. 분명 살인자의 단추다!

하지만 그건 샘의 것이었다. 두 사람이 연애를 시작한 직후 기네스가 샘에게 품은 인상이 그거였다. 짐승들의 왕, 기네스를 약간 거칠게 껴안기도 하고 입으로 물고 빨기도 하는 정력적인 포식자. 기네스가 움직이지 못하게 제압하고 한쪽 발로 기네스의 목을 누르며 욕망에 몸부림치는 남자.

왜 샘은 영안실에 누워 있는 자기를 법의학 분석가가 섬세하지만 전문적인 손길로 조사하는 장면을 상상하면서 안도감을 느끼는 걸까? 처지지 않은 현실적인 가슴 위로 실험실 가운을 입고 있기는 하지만 늘 섹시한 금발 여자 분석가 말이다. 참 젊고 참 대물이네! 샘의 상상 속 여성 법의학자가 생각한다. 아까워라! 그러면 이 호기심 많고 당돌한 법의학자는 촛불처럼 꺼져 버린 샘의 비통한 삶을 재현하고, 그가 사악한 사람들과 엮여 결국 비극적인 끝을 맞이하게 만든 어긋

난 행보를 추적하려 한다. 행운을 빌게요, 아가씨. 샘이 새하얗게 질린 차가운 머릿속에서 법의학자를 향해 가만히 미소를 짓는다. 나는 수수께끼예요. 당신은 절대 내 속내를 알지도, 내 정체를 간파하지도 못할 거예요. 하지만 그 가죽 장갑으로 딱 한 번만 더 그걸 해 줘요! 오 좋아요!

그런 상상 속에서 샘은 똑바로 앉아 있을 때도 있다. 어쨌든 지금 죽은 건 아니기 때문이다. 그 자세로 비명을 지르고, 그다음엔 키스를 하는 것이다! 죽었음에도 똑바로 앉아 있는 경우도 있다. 눈알은 이마를 향해 위로 돌아가 있지만 탐욕스러운 손은 법의학자의 실험실 가운 단추를 향해 뻗고 있다. 그것이 또 하나의 시나리오다.

샘은 더플백 입구 쪽에 스웨트 셔츠를 한 장 더 쑤셔 넣는다. 됐다. 이 정도면 될 것이다. 샘은 더플백을 잠그고 힘껏 들어 올린 다음 다른 한 손에는 컴퓨터 가방을 든다. 그러고는 올라올 때와 똑같이 계단을 한 번에 두 칸씩 느릿느릿 내려간다. 계단에 깔린 낡은 카펫을 교체하는 것은 이제 샘이 걱정할 일이 아니다. 어쨌든, 샘에게 잘된 일 중 하나다.

복도 벽장에서 겨울 파카를 꺼낸 샘은 주머니에 장갑과 따뜻한 목도리, 양가죽으로 만든 모자가 있는지 확인한다. 아직 부엌에 기네스가 보인다. 유리 상판을 올린 고급 식탁, 샘이 가져온 것이었으나 그걸 누가 차지하느냐를 두고 말다툼을 벌일 생각이 전혀 없으므로 이제 기네스의 것이 될 식탁에 팔꿈치를 대고 있다. 사실 샘이 돈을 주고 그 식탁을 산 것은 아니었다. 가져왔을 뿐이었다.

기네스는 부러 샘을 무시하고 있다. 혼자 커피도 내렸다. 향기가 좋다. 그리고 보아하니 토스트도 한 조각만 만든 듯하다. 분명 음식을 먹지 못할 정도로 화가 난 상태는 아니다. 그게 샘을 화나게 한다. 어떻게 이런 순간에 뭘 먹을 수가 있지? 샘이 아무것도 아닌 존재인가?

"언제 볼까?" 현관을 나서는 샘에게 기네스가 말한다.

"문자할게. 잘 살아." 너무 싸늘했나? 그렇다. 원한을 드러내면 안 된다. 바보같이 굴지 마, 샘. 샘이 혼잣말을 한다. 너 지금 흥분하고 있어.

차에 시동이 걸리지 않은 것이 그때였다. 빌어먹을 아우디. 빚을 탕감해 주는 대신 중고 고급 자동차를 받는 짓은 하지 말았어야 했다. 그땐 아무리 좋은 거래 같았더라도 그러지 말았어야 했다.

말끔한 퇴장이 이렇게 수포가 되다니. 광대한 바다로 항해를 떠나는 선원처럼 아직 부릉부릉 시끄러운 엔진 소리를 내며 홀가분한 마음으로 모퉁이를 돌지도 못했는데. 시멘트 벽돌처럼 발목을 단단히 붙든 채 질질 매달리는 여인을 누가 좋아라 하겠나? 유유히 손 한번 흔들고 완전히 새로운 모험길에 올라야 하거늘.

샘은 다시 시동을 걸어 본다. 딸깍, 딸깍. 배터리가 완전히 방전돼 버렸다. 차디찬 공기 속에서 샘이 내쉬는 숨은 연기로 바뀌고, 손끝은 새하얗게 질려 가고, 귓불에는 점점 감각이 사라지고 있다. 배터리 충전을 요청하기 위해 평소에 이용하는 서비스 센터에 전화를 걸었더니 자동 안내 음성만 나온다. 곧 상담사를 연결해 드릴 테지만 악천후로 인해 평균 대기 시간이 두 시간이며, 수화기를 들고 기다려 달라고, 고객님께 진심으로 감사드린단다. 그러더니 경쾌한 음악이 흘러나온다. 샘은 가사가 없는 곡에 가사를 붙인다. 좆 빠지게 추운 날이야, 극소용돌이 덕분에 우린 한몫 챙기고 있지. 현명한 선택을 해. 블록 히터를 들이라고. 엿이나 먹고 꺼져.

결국 샘은 어깨를 축 늘어뜨리고 다시 집으로 향한다. 기네스의 할 일 목록 상단에 분명 열쇠 바꾸기가 있겠지만, 다행히 아직은 샘도 열쇠를 갖고 있다. 기네스는 목록 작성에 열을 올리는 여자다.

"여기서 뭐 해?" 기네스가 묻는다. 샘이 겸연쩍은 표정으로 사근사근한 미소를 짓는다. 자기 차에 시동을 걸어서 내 자동차 배터리 충전시켜 주는 친절을 좀 베풀어 줄 수 있을까? 말하자면 말이야. 샘은 조용히 혼잣말로 그렇게 덧붙인다. 기네스의 마음을 되돌릴 수 있을지 확인해 볼 겸 한번 들이대 볼까 하는 생각도 든다. 마음을 완전히 되돌리진 못하더라도, 적어도 격정적인 화해를 성사시킬 수 있을 정도만이라도. 하지만 지금은 그럴 때가 아니다.

"안 되면 거기서 트럭을 보내 줄 때까지 여기서 기다려야 해." 샘이 자기는 어떻게 해도 상관없다는 듯 보이길 바라며 히죽 웃어 보인다. "몇 시간 걸릴 수 있대. 어쩌면 하루 종일 걸릴 수도 있고. 그건 싫을 거 아니야."

그건 싫다. 샘의 무책임함을 증명하는 끝없는 목록에 시동이 걸리지 않는 차가 추가된다. 기네스는 골치 아프다는 듯 길게 한숨을 내쉬고 겨울 코트와 손모아장갑, 목도리, 부츠를 챙겨 입기 시작한다. 기네스가 눈에 보이지 않는 소매를 걷는 소리가 들리는 것만 같다. 이것만 얼른 끝내자. 샘을 궁지에서 구출해 내고, 지저분한 먼지를 털어내 주고, 매무새를 바로잡아 새로운 사람처럼 빛나게 만들어 주는 것은 한때 기네스가 귀하게 여긴 일종의 부업이었다. 누군가가 샘을 고칠 수 있다면 자기도 할 수 있다고 생각했다.

하지만 기네스는 실패했다.

기네스와 샘이 처음 눈이 맞은 것은 유산으로 못생긴 스태퍼드셔 스패니얼 골동품 도자기를 갓 물려받은 기네스가 그에 어울릴 물건을 찾기 위해 샘의 가게에 들어섰을 때였다. 그때 기네스에게 샘은 거의 거부할 수 없는 존재였다. 예민하고 긴장감을 주지만 50년대 뮤지컬 조연처럼 유쾌했다. 사랑스럽고 익살맞은 갱스터, 짓궂지만 속을 들여다보면 믿을 만한 사람 같았다. 기네스가 귀한 찻잔이라도 되는 것처럼 한 군데도 빠짐없이 촉감으로 면밀히 살피는 식의 관심을 준 사람은 샘 말고는 없었다. 어쩌면 투병 중인 부모에게 몰두하느라 남자에게 쏟을 시간이 없었거나 남자들이 자신에게 시간을 쏟게 할 여력이 없어서 샘 같은 남자들을 줄줄이 놓쳤을지도 모를 일이었다. 말하자면 그랬다. 기네스가 아름답지 않은 건 아니었다. 카메오 출연 정도는 할 만한 외모였달까. 그렇지만 자기 외모를 어떻게 가꿔야 할지는 모르는 듯했다. 남자친구가 몇 명 있었던 것도 사실이지만 기네스가 보기에는 한심한 겁쟁이들이었다.

하지만 스패니얼 도자기의 짝을 찾으러 간 그날, 기네스는 행동에 나설 준비가 되어 있었다. 낯선 남자에게, 즉 샘에게 그렇게까지 마음을 열지는 말았어야 했는데. 상대가 묻지도 않았음에도 부모님이 사망했다거나 학교 교사 일을 그만두고 삶을 즐길 수 있을 만큼의 유산을 받았다거나 하는 정보까지 알려 주진 말았어야 했는데. 그런데 어찌 그러지 않을 수 있었겠나?

때마침 나타난 샘은 스태퍼드셔에 박식했고, 정중하면서도 상대방을 면밀히 뜯어보는 음탕한 미소를 지었다. 샘은 기쁨을 누릴 줄 아는 드문 재능을 가진 사람이었고 기꺼이 그 기쁨을 나누려 했다.

샘은 상대적으로 솔직한 태도를 보였다. 아니, 노골적인 거짓말을 하지는 않았다. 골동품 가게를 통해 수익을 얻고 있다고 했는데, 그건 부분적으로 맞는 말이었다. 다만 수익의 다른 절반이 어디서 오는지는 말하지 않았다. 파트너가 있기는 하지만 — 맞는 말이었다 — 혼자 사업을 하고 있다고 — 맞는 말이었다 — 했다. 기네스가 본 샘은 흥분을 불러일으키는 행동가였고, 성적인 마법사였다. 샘이 본 기네스는 한동안 사람들 앞에서 떵떵거리며 인정받을 수 있는 외양을 갖춘 여자였다. 게다가 모텔에서 지내거나 가게 뒤편에서 야숙을 하는 생활을 끝낼 수 있으면 좋겠다고 생각하던 차에 기네스는 이미 집을 소유하고 있었고 자기가 들어가서 지낼 방도 있었기에 편리할 따름이었다. 샘은 일하다 보면 출장 갈 일이 많다고 기네스에게 말했다. 골동품을 확인하러 가야 한다고 했다.

기네스와의 결혼이 가져다주는 편리함을 즐기지 않았다고는 말할 수 없었다. 처음에는 즐겼다. 기네스에게 애지중지 돌봄받는 상황을, 그 위로를 즐겼다.

샘이 완전히 개자식인 것도 아니었다. 샘은 결혼을 해야 한다고 스스로를 설득했고, 잘될 거라고 믿기도 했다. 점점 나이가 젊어지는 것도 아니니 정착할 때일지도 몰랐다. 만약 기네스가 겉보기와는 달리 뜨거운 여자가 아니라면 어쩌나? 하지만 뜨거운 여자들은 자기 자신에게만 열중할지도 모른다. 요구가 많고 변덕스러울지도 모른다. 기네스는 대단히 매력적이면서 자기가 가진 것에 감사할 줄도 알았다. 언젠가 샘은 침대에 기네스를 나체 상태로 눕혀 놓고 100달러 지폐로 뒤덮었다. 기네스처럼 순진한 여자에게 자극이 될 만한 일이었다. 게다가 얼마나 성적으로 흥분되는 일인가! 하지만 주기적으로, 그리고 점점 심각한 수준으로 100달러 지폐가 부족해졌고, 운 나쁘게 돈을 날린 샘이 처음으로 돈을 요구해서 기네스가 그 사실을 알게 되자마자 역효과를 냈다. 기네스의 눈은 작아졌고, 유두는 건포도처럼 움츠러들었고, 몸은 자두처럼 비쩍 말라 버렸다. 샘이 그 어느 때보다도 약간의 동정과 위로를 필요로 했을 때 말이다. 이런! 샘은 자신의 커다란 푸른 눈으로도 상황을 해결하지 못하고 사실상 냉장고에 갇힌 듯 차디찬 시간을 보내야 했다.

샘은 평생 그 커다란 푸른 눈에 의지했다. 동그랗고 솔직해 보이는 눈. 사기꾼의 눈. 그의 눈을 보고 어떤 여자는 "아기 인형처럼 생겼어."라고 말하기도 했다. 그때 샘은 "그것도 아주 망가지기 쉬운 인형이지."라며 애교를 섞어 대꾸했다. 샘이 유명 디자이너의 상표가 붙은 실크 스카프를 파는 노점상처럼 변명을 늘어놓는다 해도, 과연 그의 두 눈을 보고도 그가 하는 말을 믿지 않을 여자가 있을까?

커다란 파란 눈이 점점 작아지고는 있었지만 샘의 확신은 여전했다. 아니, 눈이 작아진 게 아니라 얼굴이 커진 건가? 원인이 뭐가 됐건 샘의 얼굴에서 눈이 차지하는 비율은 그의 어깨와 뱃살의 비율처럼 변하고 있었다. 그래도 여전히 그 푸른 눈을 이용해 먹을 수는 있었다. 아직 대부분의 경우 효과가 있었다. 물론 남자에게는 먹히지 않는다. 남자들은 다른 남자가 늘어놓는 헛소리를 더 잘 분간한다. 여자들을 속이려면 그들의 입술을 빤히 쳐다보면 된다. 그게 속임수 중 하나다.

샘과 기네스 사이에는 아이가 없다. 그러니 이혼이 그리 오래 걸리지 않을 것이다. 형식적인 절차만 거치고 나면 샘은 또다시 일정한 직업 없이 빈둥대는 삶을 살게 될 것이다. 달팽이처럼 등에 집을 얹고 세상을 방랑할 것이다. 어쩌면 그게 샘이 가장 편안하게 느끼는 삶일 수도 있다. 샘은 휘파람으로 명랑한 노래를 부를 것이다. 정처 없이 돌아다닐 것이다. 다시 자기만의 냄새를 풍길 것이다.

기네스는 아무 문제 없이 자기 자동차에 시동을 건다. 그런 다음 엔진을 끄고 창문을 통해 샘을 소 같은 눈으로 빤히 쳐다본다. 꽝꽝 얼어붙은 손으로 점퍼 케이블을 연결하고 있는 샘을 우쭐한 태도로 지켜보면서 샘이 감전되기를 은밀히 바라고 있다. 하지만 그런 운은 따르지 않는다. 샘이 전기가 통하게 스위치를 켜 달라는 신호를 보내고, 잠시 후 시동이 걸린다. 둘이 피곤한 미소를 주고받는다. 샘은 빙판이 된 도로로 유유히 나서면서 기네스에게 손을 한번 흔들어 보인다. 하지만 기네스는 이미 돌아선 후다.

건물 뒤 주차장이 오늘따라 비어 있다. 샘의 가게는 근사한 가게들이 줄줄이 이어졌다가 다 스러져 가는 황폐한 가게들이 나타나는 퀸 스트리트 서쪽에 위치해 있다. 한쪽은 요즘 유행하는 커피숍과 부티크 나이트클럽이, 다른 한쪽은 전당포와 노랗게 변색한 옷을 곳곳이 갈라진 마네킹에 입혀 둔 값싼 옷가게들이 차지하고 있다. 메트라즐. 그의 가게 간판에 적힌 문구다. 가게의 정면 진열창에는 블론드 우드 재질의 오디오가 갖춰진 50년대 티크 목재 다이닝 룸 세트가 전시되어 있다. 요즘은 레코드판이 다시 유행이다. 부유한 부모를 둔 아이들이 그의 가게 수납장을 보면 유혹을 참을 수 없을 것이다.

메트라즐은 아직 문을 열지 않았다. 샘은 딸랑딸랑 부딪히는 여러 개의 열쇠 꾸러미에서 가게 열쇠를 찾는다. 파트너는 이미 가게 뒤편에서 평상시의 업무를, 가구를 위조하는 일을 하고 있다. 아니, 가구 위조가 아니라 가구 개량이다. 파트너의 이름은 네드다. 정확히는 그가 주장한 이름이다. 그의 유일한 특기, 아니 특기 중 하나는 소모시키기다. 네드는 말하자면 목재를 다루는 보톡스 의사로, 일반 보톡스 의사와 달리 목재를 젊어 보이게 만들기보단 늙어 보이게 만든다. 미세한 톱밥으로 오염된 공기에서 염료 냄새가 난다.

샘이 빈티지 철제 임스 의자에 더플백을 집어 던진다. "바깥 날씨가 엿 같네." 샘이 말한다. 네드가 망치와 끌에서 시선을 떼고 고개를 든다. 몇 군데에 일부러 금을 내고 있는 중이다.

"더 심해질 거야." 네드가 말한다. "지금 시카고 쪽에 눈 폭탄이 쏟아지고 있대. 공항도 폐쇄한다나."

"여기엔 언제쯤 온대?"

"나중에." 네드가 툭툭 끌질을 한다.

"기후 변화의 영향인가 보네." 사람들이 하는 말로는 그렇다. 그들은 우리가 신을 노하게 했다라고 말할 때처럼 기후 변화에 대해 말한다. 그리고 기후 변화에 대해서도 우린 아무것도 할 수 없다고 말한다. 그러니 뭐 하러 입에 올리냐고. 그냥 기후 변화가 벌어지는 동안 파티나 하자고. 파티를 할 수 있으면 파티나 하자고. 하지만 샘은 오늘 파티를 할 기분이 아니다. 기네스가 한 짓이 서서히 실감 나면서 마음을 짓누르고 있다. 샘의 몸 정중앙 어딘가에 차디찬 구멍이 있다. "빌어먹을 눈, 지겹다 지겨워."

툭툭툭. 침묵. "너 쫓겨났어?"

"내가 나왔어." 샘이 최대한 무신경하게 대답한다. "예전부터 생각했었어."

"시간문제지. 일어날 일이었어."

샘은 미심쩍게 여겨야 할 마땅한 꽤 중대한 진실의 왜곡을 아무 의문 없이 받아들이는 네드가 고맙다. "맞아. 슬픈 일이야. 기네스가 힘들어하고 있거든. 하지만 괜찮을 거야. 길거리에 나앉은 것도 아니니까. 굶어 죽을 일도 없고."

"그래, 그렇지." 네드가 말한다. 팔뚝에 문신이 너무 많아서 천을 덮고 있는 것 같다. 복역 생활을 하는 동안 입을 꾹 다물고 있어야 화를 면한다는 올바른 결론에 다다른 그는 말이 거의 없다. 네드는 이 일에 애정과 감사함을 느낀다. 괜한 질문을 해서 샘을 위험에 빠뜨릴 일이 없기 때문에 샘에게는 잘된 일이다. 그러면서도 네드는 데이터 수집가처럼 자기가 입수한 정보를 저장해 두었다가 필요할 때 그 정보를 정확히 출력할 줄 안다.

샘은 네드로부터 어제 한 손님이 들렀는데 처음 본 남자였고 비싼 가죽 재킷을 입고 있었다는 소식을 듣는다. 그 손님이 책상을 전부 다 살펴보았다고 한다. 눈보라가 몰아치는데 외출을 감행했다니 이상한 일이지만 모험을 좋아하는 사람도 있는 법이다. 물론 샘이나 네드는 그렇지 않았다. 그 남자 손님이 관심을 가진 책상은 디렉투아르 양식을 수려하게 모방한 복제품이었다. 그는 가격을 묻더니 생각해 보겠다고 했다. 그러면서 이틀의 기한을 두고 예약해 두고 싶다며 보증금으로 100달러를 지불했다. 신용카드가 아닌 현금으로. 계산대 뒤에 봉인된 봉투가 있다. 그 안에 손님의 이름이 적혀 있다.

네드는 다시 끌질을 시작한다. 샘은 어슬렁대는 발걸음으로 계산대로 가서 별생각 없이 봉투를 연다. 그러고는 그 안에 든 현금 20달러 지폐 다섯 장과 쪽지 한 장을 꺼낸다. 쪽지에는 주소와 번호뿐이다. 네드를 바보 취급하는 건 아니지만, 샘과 네드는 가급적이면 모든 것을 부인하라는 원칙에 따라 일하고 있다. 모든 것이 감시당하고 있다고 가정하기, 그것이 샘의 방침이다. 샘은 연필로 적힌 숫자 56을 보고 뇌에 입력한 다음 종이를 구겨뜨려 주머니에 찔러 넣는다. 화장실에 가서 변기로 내려보낼 것이다.

"경매장에 가 봐야 할 것 같아. 건져 올 것 좀 있나 보게."

"잘하고 와."

경매장에서는 창고 단위로 경매를 진행한다. 샘은 골동품 업계에 종사하는 많은 이들처럼 황폐해진 작은 상점들이 늘어선 이 도시와 인근 동네를 에워싼 대형 창고 매장을 일주일에 두세 군데 돈다. 해당 지역에서 진행될 경매 정보를 우편번호별로 정리해 자동으로 전

송해 주는 이메일 구독 서비스도 이용하고 있다. 그중에서도 자동차로 두 시간 넘게 걸리지 않는 인근 경매장만 찾는다. 그보다 더 먼 곳을 왔다 갔다 하면 수지 타산이 맞지 않거나 본전치기로 끝나는 터다. 하지만 운은 운 좋은 낙찰자에게만 찾아간다. 먼지와 바니시를 뒤집어써 그 정체가 가려져 있던 거장의 진품이 나타날지, 사망한 유명인이 비밀 정부에게 보낸 연애편지가 수두룩한 상자를 발견하게 될지, 가품인 줄 알았던 보석 무더기가 진품으로 밝혀질지 과연 누가 알겠나? 최근 인기를 끈 방송은 창고 문을 여는 순간 '빙고!' 하고 인생을 극적으로 변화시킬 발견을 한 사람들과 그 주변에서 오, 아, 감탄사를 내뱉는 사람들을 보여 주는 리얼리티 쇼들이었다.

샘에게는 그런 일이 한 번도 일어나지 않았다. 그럼에도 경매에서 낙찰을 받고 굳게 닫힌 창고 열쇠를 얻어 그 문을 여는 것은 여전히 흥분되는 일이었다. 창고 안에 어떤 쓰레기가 있든 한때는 보물이었거나 소유주가 어떤 이유에서든 보관하기로 한 물건이었으므로 보물을 기대하는 일과 같았다.

"4시쯤이면 돌아올 거야." 샘은 늘 네드에게 도착 예정 시간을 알린다. 네드와 대화할 때마다 하지 않고는 배길 수 없는, 일종의 사소한 음모 꾸미기의 일부분이다. 4시면 돌아온다고 했어요. 아뇨, 전혀 화나 보이지 않았어요. 불안했을 수는 있지만요. 가게에 찾아왔던 이상한 남자에 대해 물었더랬어요. 가죽 재킷을 입은. 책상에 관심이 있었죠.

"밴 보내야 하면 문자 줘."

"밴 보낼 만한 걸 건질 수 있기를 기대해 보자고." 낙찰한 창고 안 물건은 24시간 내에 비워야 한다. 원치 않아도 그 쓰레기 더미를 거기에 그냥 둘 수는 없다. 일단 낙찰하면, 가져가야 한다. 창고 직원들은 낙찰자들이 이제 막 돈 주고 산 쓰레기에 대해 웃돈을 받아 가며 쓰레기장으로 운반해 주는 수고를 반기지 않는다.

샘과 네드가 말없이 동의하는 전략은 샘이 적당히 괜찮은 가구를 낚아 오면 네드가 그것을 더 괜찮은 상태로 만드는 것이다. 그리고 지금 샘은 그런 가구를 낚으러 가고 있다. 그러지 않을 이유가 없지 않은가? 샘은 지난번에 낙찰한 망가진 기타, 다리가 세 개뿐인 접이식 탁자, 놀이공원 사격장에서 얻은 거대한 테디 베어 봉제 인형, 목재로 된 크로키놀 보드게임 따위의 잡다한 폐기물보다 가구 창고에서 더 큰 몫을 챙길 수 있기를 바라고 있다. 지난번 폐기물 더미에서 유일하게 가치가 있었던 물건은 보드게임이었다. 오래된 보드게임을 수집하는 사람들 덕분이었다.

"운전 조심히 해." 네드가 말한다. 밴을 보내라는 문자가 왔었어요. 2시 36분에요. 문자를 받고 바로 시계를 봤기 때문에 기억나요. 저기 위에 아르데코 양식으로 된 시계요. 보이시죠? 시간이 아주 정확해요. 그런 다음에는, 저도 몰라요. 그냥 사라져 버렸어요.

적이라 할 만한 사람이 있었습니까?

저는 그냥 여기서 일하는 사람일 뿐이에요.

이런 말을 들은 적은 있어요. 맞아요, 아내와 계속 다투고 있다고 했어요. 이름이 기네스였던 것 같아요. 어떤 사람인지는 잘 몰라요. 아침에 아내를 버리고 왔다고 했죠. 언젠간 일어날 일이었어요. 샘의 생활을 구속하고, 충분한 자유 시간을 주는 일도 없었거든요. 아, 질투가 많고 소유욕이 강하다고 그랬어요. 자기를 완벽한 사람으로 우러러본다고, 이보다 더 완벽할 수는 없다고 한다고 그랬어요.

아내가, 혹시 그 여자가…… 폭력적이기도 했을까요? 아니, 그런 말을 한 적은 없었어요. 와인병을 던진 적은 있다고 했지만요. 빈 병이요. 하지만 갑자기 그렇게 폭발할 때가 있잖아요. 여자들 말이에요. 정신 줄을 놓고 미쳐 버리는 거요.

샘은 자기 몸을 발견하는 광경을 상상하며 흥미진진해한다. 나체일까 아닐까? 내상을 입었을까 외상을 입었을까? 칼이었을까 총이었을까? 혼자였을까?

이번에는 차에 시동이 걸린다. 샘은 그것을 길조로 여긴다. 지그재그로 난 도로를 따라 아직 폐쇄되지 않았을지도 모를 가디너 고속도로 방향으로 간다. 아직 폐쇄되지 않았다. 어쩌면 거기에 신이 있을지도 모른다. 이어서 서쪽으로 방향을 튼다. 봉투에 적힌 주소는 미시소거의 한 대형 창고다. 그리 멀지 않다. 도로 상황은 사악하기 그지없다. 겨울은 대체 뭐길래 사람들이 손이 아닌 발로 운전하게 하는 걸까?

경매장에 일찍 도착한 샘은 차를 주차하고 사무실을 찾아가 참가 등록을 한다. 모든 것이 평소와 다를 바 없다. 이제 경매가 시작될 때까지 주변을 나돌아다니고 있어야 한다. 이렇게 아무것도 못 하고 흘려보내야 하는 죽은 시간을 샘은 질색한다. 핸드폰 문자를 확인하고, 이것저것을 눌러 보고, 이것저것을 읽어 본다. 그리고 기네스에게서 문자가 온다. 내일 만날까? 마무리하자. 샘은 답장을 보내지 않는다. 문자를 삭제하지도 않는다. 기네스가 답장을 기다리게 내버려둘 생각이다. 잠깐 밖에 가서 담배 한 대 피우고 싶지만 유혹을 억누른다. 네 번째로 금연한 지 공식적으로 다섯 달 되었다.

한두 사람씩 드문드문 경매장으로 들어오지만 전혀 혼잡하지는 않다. 참석률은 낮을수록 좋다. 경쟁이 낮아지고 낙찰가도 괜찮은 수준으로 유지된다. 관광객들이 찾아오기엔 날씨가 너무 춥다. 사람들이 취미 삼아 골동품을 구경하러 다니는 여름의 분위기도, 시끌벅적하게 촬영을 나온 화려한 텔레비전 리얼리티 쇼도 없다. 옷을 단단히 껴입고 손을 주머니에 찔러 넣거나 시계 또는 핸드폰을 쳐다보며 서 있는 참을성 없는 적당한 중산층 무리뿐이다.

이제 샘이 아는 다른 업자 둘이 들어온다. 샘이 고개를 끄덕이자 그들도 고개를 끄덕이며 화답한다. 샘은 두 사람 모두와 거래를 해본 적이 있다. 샘이 낙찰받았으나 그리 구미가 당기지는 않았던 물건이 그들의 구미에 맞았던 것이다. 샘은 빅토리아 시대 가구는 잘 취급하지 않는다. 아파트에 들여놓기엔 너무 크기 때문이다. 전시 가구도 마찬가지다. 너무 묵직하고 색이 어둡다. 샘은 선이 반듯한 가구를 좋아한다. 가볍고, 그리 무겁지 않은.

포장 커피와 도넛 홀이 담긴 봉투를 들고 경매 시간보다 5분 늦게 황급히 들어온 경매인이 빈 공간이 많은 경매장을 짜증 섞인 눈길로 한번 쳐다본 다음 마이크를 켠다. 축구 경기장이 아니니 마이크가 필요할 일도 없지만 자기가 중요한 사람이 된 것 같은 기분을 주는 듯하다. 오늘 준비된 경매 품목은 창고 일곱 개다. 창고 소유주들은 경매가 어떻게 진행될지 신경 쓰이지도 않는지 나타나지 않았다. 샘은 다섯 번 입찰해 네 번 낙찰받은 다음, 다섯 번째 낙찰받으려던 창고는 다른 입찰자에게 넘긴다. 그냥 그게 맞는 선택인 것 같아서다.

샘이 정말 낙찰받고 싶은 것은 두 번째 창고인 56번이다. 창고에 적힌 숫자 56은 비밀 화물 창고가 위치한 장소를 가리킨다. 하지만 샘은 항상 일단 여러 창고에 입찰을 던져 본다.

정식 경매가 마무리된 후 샘은 경매인에게 가서 정산을 하고 창고 열쇠 네 개를 건네받는다. "24시간 내에 비우셔야 합니다. 하나도 빠짐없이 깨끗이요. 그게 규정입니다." 경매인의 말에 샘이 고개를 끄덕인다. 규정은 이미 알고 있다. 하지만 군이 안다고 대꾸할 필요는 없다. 교도관이나 정치인 혹은 자칭 거물 행세를 하는 개자식이기 때문이다. 개자식이 아니었다면 샘에게 도넛 홀을 하나 건넸을 텐데. 분명 살을 좀 빼야 하는 상태이니 봉투에 담긴 도넛 홀을 혼자서 다 먹지는 않을 것이다. 그러나 그렇게 정이 오가는 상황은 벌어지지 않는다.

샘은 점점 거세지는 바람에 맞서 옷깃을 세우고 목도리를 턱까지 올려 둘러맨 다음 근처 가게에 가서 팀 홀튼 더블더블 커피와 겉에 초콜릿을 바른 도넛 홀 한 팩을 구입한다. 그러고는 느긋하게 자기가 낙찰한 창고를 살펴보러 돌아간다. 샘은 다른 낙찰자들이 다 떠날 때까지 기다리는 것을 선호한다. 사람들이 어깨 너머로 자기 물건을 훔쳐보는 것이 달갑지 않기 때문이다. 56번을 마지막에 확인할 것이다. 그즈음엔 다들 떠나고 없을 것이다.

첫 창고에는 종이 상자들이 높이 쌓여 있다. 샘은 상자 안에 담긴 물건을 조금 살펴본다. 제기랄. 대부분 책이다. 샘은 책이 뭐라도 되는 것처럼 팔 방법을 모르기 때문에 자기가 아는 책 전문가와 거래를 할 생각이다. 정말로 가치 있는 것이 하나라도 있으면 한몫 챙길 수 있을 것이다. 저자 서명본이 값어치가 나갈 때가 있다고, 하지만 그 작가를 아는 사람이 없으면 그렇지 않다고 그 전문가는 말한다. 죽은 작가들의 책도 값어치가 나갈 때가 있지만 그런 경우는 많지 않다고 한다. 죽은 작가이기만 해서는 안 되고, 유명하기까지 해야 하는 터다. 예술 서적은 보통 값어치가 있지만 책 상태를 봐야 한다. 그래도 많은 경우 희소성이 있다.

다음 창고에는 이탈리아의 경량 세발자전거와 비슷하게 생긴 오래된 스쿠터밖에 없다. 샘에게는 아무 쓸모 없지만 누군가에게는 필요할지도 모른다. 적어도 분해를 하면 부품은 써먹을 수 있다. 샘은 시간을 끌지 않는다. 불알이 얼어붙게 내버려 둘 이유가 없다. 창고가 모여 있는 곳은 난방이 되지 않는데 온도가 점점 떨어지고 있다.

다음 창고를 찾은 샘이 자물쇠에 열쇠를 밀어 넣는다. 세 번째에는 운이 따라 주려나? 보물 창고이면 어쩌지? 샘은 이빨 요정의 존재를 믿는 것과 다를 바 없다는 사실을 알면서도 여전히 창고 앞에 서면 그런 가능성에 흥분한다. 샘은 셔터를 올려 문을 열고 불을 켠다.

바로 앞쪽에 거대한 종 같은 치마와 거대한 퍼프 소매가 달린 순백의 웨딩드레스가 보인다. 마치 옷가게에서 이제 막 사 온 것처럼 투명한 비닐 지퍼백으로 싸여 있다. 누가 입어 본 것 같지도 않다. 가방 안쪽에는 마치 새것처럼 순백의 광택이 나는 구두 한 켤레가 처박혀 있다. 드레스 소매에는 팔꿈치까지 오는 길이의 순백의 단추형 장갑이 붙어 있다. 섬뜩한 광경이다. 사람 머리가 없는 것이 부각되어 보이는 터다. 그래도 이제 보니 드레스의 어깨 부분에 긴 숄처럼 순백의 면사포가 둘려 있고, 작은 진주와 조화로 장식한 화관도 있다.

대체 누가 창고에 웨딩드레스를 두는 거지? 샘은 의아해한다. 여자들은 이런 짓을 하지 않는다. 옷장이나 여행 가방 따위에 처박아두면 모를까 창고에 넣지는 않는다. 가만, 기네스는 웨딩드레스를 어디에 보관했던가? 모르겠다. 이 드레스처럼 정교하지는 않았다. 제대로 된 결혼식을 올리지도 않았다. 대형 교회에서 올리는 거창한 결혼식 따위는 없었다. 기네스는 결혼식이란 사실상 부모를 위한 행사라고 했는데 기네스의 부모는 이미 사망한 후였다. 샘의 부모님도 마찬가지였다. 아니, 그냥 그렇다고 말했다. 엄마가 샘이 더 젊은 시절에 겪은 유쾌한 우여곡절과 그리 유쾌하지 않은 우여곡절을 기네스에게 조잘조잘 늘어놓는 꼴을 볼 이유가 없었다. 그랬다간 기네스는 두 가지 현실 중 하나를, 샘이 말하는 현실과 샘의 엄마가 말하는 현실을 택해야 했을 텐데 그런 상황은 낭만적인 분위기에 해롭기만 했다.

그래서 두 사람은 시청에서 혼인 신고 절차만 밟았다. 그런 다음 샘은 기네스를 데리고 케이먼 제도로 꿈같은 신혼여행을 떠났다. 바닷물 속으로 뛰어들었다가 바닷물 밖으로 나왔다가 모래사장에서 뒹굴었다가 달을 지켜보았다. 아침 식탁에는 꽃이 올라왔다. 해 질 녘이면 또다시 바에서 손을 맞잡고 노을을 보았고, 기네스가 좋아하는 살얼음이 낀 다이커리 칵테일을 실컷 먹였다. 아침에는 상추 위에 올라탄 민달팽이처럼 발끝부터 시작해 기네스의 온몸에 키스를 하며 섹스를 했다.

어머, 샘! 이건 너무…… 난 이런 건 상상도……

그냥 긴장 풀어. 그러면 돼. 손은 여기에 두고.

무리한 것은 아니었다. 그때 샘은 그 모든 것을, 바다를, 다이커리 칵테일을 다 감당할 수 있을 만큼 돈이 남아돌았다. 돈의 파도는 그 성격상 밀물과 썰물처럼 들어왔다 나가는 것이었으나 샘은 돈이 있을 때는 써야 한다는 주의였다. 샘이 기네스의 몸을 100달러 지폐로 뒤덮은 게 그때 그 신혼여행에서였던가? 아니다, 그건 그 이후의 일이었다.

샘이 웨딩드레스를 한쪽으로 치운다. 뻣뻣하고, 바스락거리고, 탁탁거린다. 창고에는 웨딩 용품이 더 있다. 작은 침실용 협탁에 광택이 나는 분홍색 리본을 묶은 커다란 부케가 놓여 있다. 대체로 장미인데 뼈처럼 비쩍 말라비틀어진 상태다. 순백의 치맛자락 뒤쪽을 보니 똑같은 침실용 협탁이 보이고, 그 위에는 베이커리에서 볼 수 있는 돔 모양의 뚜껑을 덮어 둔 커다란 케이크가 있다. 순백의 아이싱과 설탕으로 구현한 분홍색과 하얀색 장미로 꾸민 케이크 상단에는 작은 신랑과 신부 장식이 있다. 칼로 자른 흔적은 보이지 않는다.

점점 이상한 기분을 느끼며 샘은 드레스를 지나 창고 안쪽으로 비집고 들어간다. 샘의 생각대로라면 샴페인도 있어야 한다. 결혼식에는 샴페인이 빠질 수 없으니까. 아니나 다를까, 샴페인이 있다. 개봉하지 않은 샴페인이 세 상자 있다. 얼지도 터지지도 않았다니 기적 같은 일이다. 샴페인 상자 옆에는 역시 개봉하지 않은 샴페인 잔이 몇 상자 있다. 플라스틱이 아니라 질 좋은 유리잔이다. 그리고 흰색 자기 그릇이 담긴 상자 몇 개, 휴지가 아닌 천으로 된 냅킨이 담긴 커다란 상자도 보인다. 누군가가 결혼식을 통째로 이 창고에 저장해 두었다. 그것도 호화 결혼식을.

종이 상자들 뒤에는 여행 가방이 몇 개 있다. 하나의 세트처럼 어울리는 완전히 새것인 선홍색 여행 가방이다.

그리고 그 뒤, 더 어두운 더 안쪽에는 신랑이 있다.

"아오 씨." 샘이 소리 내어 말한다. 한기 때문에 숨을 내쉴 때마다 새하얀 깃털이 입 밖으로 피어난다. 어쩌면 이 추위 때문에 냄새가 나지 않는 것일지도 모른다. 두 눈으로 정체를 파악하고 나니 실제로 미세하게 악취가 느껴진다. 이건 케이크 때문일 수도 있는데 조금은 달콤하고, 조금은 더러운 양말의 냄새 같은, 아주 오랫동안 방치된 개 사료 느낌이 나는 악취다.

샘은 목도리로 코를 감싼다. 약간 욕지기가 난다. 이건 미친 짓이다. 정체가 뭐건 신랑을 여기에 보관한 사람은 위험한 미치광이이자 역겨운 성도착자임이 틀림없다. 당장 이곳을 떠나야 한다. 경찰을 불러야 한다. 아니, 안 된다. 경찰들이 그의 마지막 창고 56번을, 아직 열지 않은 창고를 보는 것은 원치 않는다.

신랑은 예복을 완벽하게 갖춰 입고 있다. 검은색 양복에 흰색 셔츠를 입고, 목에는 크라바트를 매고, 단춧구멍에는 시든 카네이션을 꽂아 두었다. 실크해트도 있을까? 눈에 보이지는 않지만 분명 어딘가에, 장담컨대 여행용 가방 안에 있을 거라고 샘은 생각한다. 이런 짓을 할 사람이라면 모든 것을 완벽하게 갖춰 두었을 것이기 때문이다.

신부만 빼고. 신부가 없다.

신랑의 얼굴에는 생기가 없다. 미라처럼 말라 버린 것 같다. 투명한 플라스틱 비닐 몇 겹으로 감싸여 있는데, 어쩌면 웨딩드레스를 덮어 둔 것과 똑같은 의류 가방일지도 모른다. 맞다, 지퍼가 보인다. 이음매를 따라 포장용 테이프가 꼼꼼히 붙여져 있다. 투명한 몇 겹의 비닐 속 신랑의 얼굴이 마치 물속에 잠겨 있는 것처럼 물결친다. 감사하게도 두 눈은 감고 있다. 어떻게 한 걸까? 시체는 항상 눈을 뜨고 있지 않나? 크레이지 접착제를 발랐나? 스카치테이프를 붙였나? 신랑의 얼굴이 마치 아는 사람처럼 낯이 익다는 이상한 기분이 들지만 그럴 리가 없다고 샘은 생각한다.

샘은 조심히 창고 밖으로 나가 셔터를 내린 다음 문을 잠근다. 그러고는 열쇠를 손에 쥐고 창고 앞에 가만히 선다. 젠장할, 이제 어떡하나? 말라비틀어진 신랑. 여기에, 창고에 갇힌 상태로 둘 수는 없다. 샘이 이 결혼식 세트를 산 것이니 이제 샘의 것이고, 이걸 없앨 책임도 샘에게 있다. 이 상태로는 네드에게 밴을 보내 달라고 할 수가 없다. 네드에게는 아무 말 하지 않아도 신뢰를 받는 입장이니 네드가 직접 밴을 운전한다면 문제될 것이 없지만, 네드는 운송 서비스를 이용하지 절대 밴을 직접 몰지 않는다.

네드에게 다른 회사에서 밴을 대여한 다음 직접 운전해서 오라고 한다고 해 보자. 누군가가 이 창고를 함부로 건드리게 둘 수는 없으니 창고 밖에 서서 네드가 올 때까지 기다린다고 해 보자. 바로 여기서, 곧 어둠이 들이닥칠 이 추운 곳에 머문다고 해 보자. 그런 다음 이 결혼식을 통째로 밴에 실어 가게로 옮겨 간다고 해 보자. 그런다고 하면, 그다음엔 어떻게 하나? 쭈글쭈글 말라붙은 이 불쌍한 놈을 광활한 어딘가로 데려가서 묻어 줘야 하나? 온타리오호(湖)로 데려간 다음 얼어붙은 빙판이 된 호수를 건너 시체를 물속에 던져 버려야 하나? 빙판이 갈라지거나 가라앉지 않을 가능성이 있기나 한가? 가까스로 성공한다 해도 시체는 분명 떠오를 것이다. 미라가 된 신랑, 범죄 수사국을 미궁에 빠뜨리다. 결혼식의 기이한 주인공을 둘러싼 미심쩍은 상황들. 결혼식을 충격으로 몰고 간 사건. 신부가 좀비와 결혼했다.

시신을 발견하고도 신고하지 않는 건 중범죄 아닌가? 최악의 사실은 이 남자가 살해당했으리라는 점이다. 살해당하지 않고는 스스로 화려한 예식용 양복 차림으로 몇 겹의 플라스틱 비닐 속으로 들어가 지퍼를 잠그고 그 이음새에 테이프를 붙일 수 없는 노릇이다.

샘이 선택지를 고민하고 있을 때, 어느 키 큰 여자가 모퉁이를 돈다. 내피가 양털로 된 양가죽 코트를 입고, 금발에는 코트에 달린 모자를 쓰고 있다. 여자는 거의 달리기를 하는 듯한 자세로 다가오더니 샘의 코앞에 선다. 애써 숨기려고 하지만 불안한 기색이 역력하다.

그렇다면. 샘은 생각한다. 사라진 신부로군.

여자가 샘의 팔을 톡 건드린다. "저기요. 이 창고에 실린 물건 사신 분인가요? 경매에서요."

샘은 커다란 푸른 눈을 크게 뜨고 여자를 보며 미소 짓는다. 여자의 입술을 향해 시선을 한 번 던진 다음 재빨리 시선을 위로 올린다. 키가 샘과 비슷하다. 아직 비쩍 말라비틀어지지 않은 상태의 신랑도 혼자서 질질 끌어 창고에 넣을 수 있을 정도의 체력은 되어 보인다. "맞습니다. 제가 차지했네요."

"그런데 아직 안 열어 보셨어요?"

중요한 결정의 순간이다. 여자에게 열쇠를 건네주면서 당신이 무슨 짓을 저질렀는지 다 봤어요, 알아서 치우세요라고 말할 수도 있다. 아니면 열어 봤어요, 그리고 경찰에 신고하려던 참입니다라고 말할 수도 있고, 슬쩍 한번 보기만 했는데 결혼식장 같던데요, 그쪽 창고예요?라고 말할 수도 있다.

"아뇨. 아직요. 다른 창고도 몇 개 낙찰받았거든요. 이제 막 이 창고를 열어 보려던 참입니다."

"얼마에 낙찰받으셨는지 모르겠지만 두 배 드릴게요. 팔고 싶지 않았는데, 수표가 우편함에서 분실되는 사건이 있었어요. 당시 출장 중이어서 고지를 늦게 확인하게 됐고 곧바로 비행기를 예매하고 탔는데 얼음 폭풍 때문에 시카고에서 여섯 시간 동안 발이 묶여 있었죠. 눈이 정말 쏟아지더라니까요! 게다가 공항에서는 끔찍할 정도로 체증이 심했고요!" 여자가 초조하게 키득거린다. 분명 준비한 말일 것이다. 티커 테이프*에서 나오는 종이처럼 한 번에 그 긴 사정을 쏟아 내고 있으니까.

"폭풍 얘기는 들었습니다. 시카고에 들이닥쳤다고. 참 안타깝네요. 그것 때문에 늦으셨다니 유감입니다." 샘은 여자의 제안에 대답을 내놓지 않는다. 두 사람이 내쉬는 숨처럼 공기 중에 떠다니고 있을 뿐이다.

"이제 여기로 올 거라네요. 심한 눈보라를 몰고 오고 있대요. 항상 동쪽으로 이동하잖아요. 여기에 갇히고 싶지 않으면 얼른 출발하셔야 해요. 빨리 정리할 수 있게 현금으로 드릴게요."

---

* 과거에 주식 거래 종목명을 쉽게 찾도록 하는 알파벳 약자 티커(Ticker)를 출력하던 전보 기계이다.

"고마워요. 생각해 볼게요. 근데 안에 뭐가 있는 거예요? 그쪽한테 귀하고 굉장히 중요한 물건일 것 같은데." 샘은 여자의 대답이 궁금하다.

"그냥 가족과 관련된 물건이에요. 물려받은 것들이요. 뭐, 할머니께서 물려주신 크리스털 유리와 자기도 있고, 장신구도 좀 있죠. 정서적 차원의 가치가 있는 것들이에요. 비싼 물건들은 아니고요."

"가족과 관련된 물건이요? 가구는 없나요?"

"가구는 작은 것만 있어요. 상태가 좋지도 않고요. 오래된 가구죠. 누군가가 사고 싶어 할 만한 건 아니에요."

"하지만 제가 갖고 싶은 게 바로 그건데요. 오래된 가구요. 전 골동품 가게를 운영하거든요. 사람들은 보통 자기가 가진 것의 가치를 알지 못하죠. 제안을 받아들이기 전에 한번 보고 싶네요." 샘이 다시 여자의 입술을 힐끗 내려다본다.

"세 배 드릴게요." 여자는 이제 몸을 바들바들 떨고 있다. "창고에 들어가서 하나하나 살펴보기엔 지금 너무 추워요! 폭풍이 들이닥치기 전에 어서 여길 빠져나가는 게 어때요? 같이 술 한잔해도 되고요, 아니면 저녁이든 뭐든 같이 할까요? 같이 의논해 봐요." 여자가 샘을 향해 미소를 짓는다. 은밀히 환심을 사려는 미소다. 몇 가닥 삐져나온 머리카락이 여자의 입술 근처에서 흩날린다. 여자는 그 머리카락을 천천히 귀 뒤로 넘기고 시선을 아래로 떨구더니 샘의 벨트가 있는 방향을 가만히 쳐다본다. 여자가 판돈을 높이고 있다.

"그래요. 좋아요. 가구에 대해 더 말해 줘요. 하지만 제가 그쪽 제안을 받아들이면 24시간 내에 저 창고를 비워야 해요. 안 그러면 사람들이 와서 창고를 비우고 제가 낸 청소 보증금을 떼어 갈 거예요."

"아, 네 꼭 그때까지 치울게요." 여자가 샘의 팔에 손을 살짝 끼워 넣는다. "하지만 그러려면 열쇠가 필요한데요."

"서두르실 필요 없어요. 아직 가격을 정하지도 않았으니까요."

여자가 샘을 쳐다본다. 더 이상 미소 띤 얼굴이 아니다. 샘이 알고 있다는 사실을 여자도 안다.

여자를 갖고 노는 건 이쯤에서 그만해야 한다. 돈을 챙겨 달아나야 한다. 하지만 샘은 이 상황을 지나치게 즐기고 있다. 진짜 살인마가 샘의 마음을 얻으려 하고 있다니! 초조하고, 무모하고, 에로틱해지는 순간이다. 한동안 이렇게 살아 있는 기분을 느낀 적이 없었다. 샘이 마실 술에 여자가 독을 타려고 들까? 어두운 모퉁이로 데려가 주머니칼을 휙 꺼낸 다음 샘의 급소를 노릴까? 샘이 여자의 팔을 재빨리 잡아챌 수 있을까? 샘은 자기가 아는 사실을 다른 사람들에게 둘러싸여 있는 안전한 곳에서 털어놓고 싶다. 말하자면 여자가 샘의 손아귀에 붙잡힌 상황이라는 사실을 깨닫는 순간 어떤 표정을 지을지 확인하고 싶다. 여자가 들려줄 이야기를 듣고 싶다. 혹은 이야기들을. 분명 한 가지 이상의 이야기를 품고 있을 테니까. 그러고 나면 샘은 자기가 하고 싶은 대로 할 것이다.

"나가서 우회전하세요. 그다음에 나오는 신호등을 지나면 모텔이 하나 있어요. 실버 나이트(Silver Knight)." 샘은 경매를 진행하는 모든 창고 회사 인근의 모텔 바를 알고 있다. "거기 바에서 만나요. 칸막이 좌석에 앉아 계세요. 다른 창고 좀 확인하고 갈게요." 샘은 '바에 간 김에 방도 하나 잡아요, 우리 지금 뭐 하고 있는지 알고 있잖아요.'라고 덧붙일 뻔했지만 성급하게 구는 것 같아 그만두었다.

"실버 나이트. 밖에 은기사라도 있나요? 사람들 구조하러 가는?"
여자는 분위기를 가볍게 만들려고 애쓰고 있다. 또 한번 웃는다. 조금 숨 가쁘게. 샘은 여자의 농담을 맞받아치지 않는다. 대신 상대를 질책하듯 이맛살을 찌푸린다. 마치 이렇게 말하는 것처럼. 그런 식으로 날 홀릴 수 있을 거란 생각은 마요, 아가씨. 난 거래하러 온 거예요.

"쉽게 찾을 거예요." 여자가 창고를 몰래 빼돌리고 달아날 수도 있을까? 샘에게는 모든 것이 수포가 된 허망함만 안기고? 여자가 창고를 넘겨받을 때 본명을 쓰는 실수를 저지르지 않는 한 추적할 방법은 없을 것이다. 그러니 여자가 자기 시야에서 벗어나게 하는 것은 위험한 일이지만 감수할 필요가 있는 위험이다. 샘은 실버 나이트에 도착하면 여자가 바에 앉아 있으리라고 99퍼센트 확신한다.

샘은 네드에게 문자를 보낸다. 도로가 엉망이야. 빌어먹을 눈보라 때문에. 픽업은 아침에 하는 걸로. 좋은 밤. 핸드폰에서 유심을 뺀 다음 말라비틀어진 신랑의 가슴팍 주머니에 숨겨 두고 싶은 강한 충동이 일지만 샘은 꾹 참는다. 하지만 인터넷 연결은 끊는다. 완전한 어둠은 아니어도 조금 짙은 어둠 속으로 들어가기 위해.

전 몰라요. 네드는 이렇게 말할 것이다. 창고에서 문자를 보내었어요. 4시경에요. 그때는 괜찮았던 거죠. 아침에 가게로 갈 테니 같이 밴을 가지고 창고를 비우러 가자고 했어요. 그 후엔 아무 연락 없었고요.

택시도 입은 남자가 미라가 돼 있었다고요? 정말요? 와, 이런 씨! 전 결백해요.

한 번에 하나씩 해야 한다. 먼저 샘은 56번 창고를 연다. 바람직한 광경이다. 메트라즐에서 되팔 수 있을 만큼 품질이 괜찮은 가구 몇 점이 보인다. 퀘벡산 소나무로 만든 흔들의자. 흑단목처럼 보이는 가느다란 다리를 가진 50년대의 작은 마호가니 탁자 두 개. 게다가 아트 앤드 크래프트 책상도 하나 있다. 세 칸짜리 오른쪽 서랍에는 흰 비닐 지퍼백이 들어 있다.

완벽하다. 정말 완벽하다. 가급적 모든 것을 부인하라는 원칙을 적용해도 완벽하다. 저 비닐 지퍼백과 샘을 엮을 방법도 전혀 없다. 전 저게 왜 저기 들어 있는지 정말 모릅니다! 경매에서 산 창고예요, 제가 낙찰을 받은 것뿐이고 그러니 제가 아닌 다른 사람한테 갔을 수도 있다고요. 저도 선생님만큼 놀랐다니까요! 아뇨, 가게로 가져가기 전에는 서랍을 열어 보지도 않았습니다, 뭐 하러 그러겠습니까? 저는 골동품을 파는 사람이지, 서랍 안에 든 물건을 파는 사람이 아니라고요.

이제 최종 소비자가 책상을 아마 월요일에 사 갈 것이고, 그러면 다 된 것이다. 샘은 그저 물품 보관소, 배달원일 뿐이다.

네드도 서랍을 열어 보지 않을 것이다. 어떤 서랍을 열어 보면 안 되는지에 대해 정교하게 감각이 발달한 사람이다.

샘은 창고를 여기에 안전하게 보관할 수 있다. 다음 날 정오까지는 아무도 이 잠긴 창고를 열려고 들지 않을 것이다. 그리고 그즈음이면 무리 없이 밴을 몰고 다시 여기로 올 수 있을 것이다.

샘이 핸드폰을 확인한다. 새로운 메시지가 하나 와 있다. 기네스가 보낸 문자다. 내가 잘못했어, 돌아와 줘, 우리 대화를 나눠 보자. 갑자기 그리움이 북받친다. 익숙하고, 포근하고, 안전한 곳, 충분히 안전한 곳을 향한 그리움. 그런 곳이 자신을 기다리고 있다니 안심이 된다. 하지만 샘은 답장하지 않는다. 이제 막 발을 들이려는 예측 불가능한 자유낙하의 시간을 누려 봐야 한다. 그 시간 속에서는 무슨 일이든 일어날 수 있다.

실버 나이트의 바 안으로 들어가자 샘을 기다리는 여자가 보인다. 그것도 샘이 말한 대로 칸막이 좌석에 앉아 있다. 곧바로 자기 말을 묵묵히 따랐다는 사실에 샘은 흡족해한다. 여자는 이제 코트를 벗고 남편 잃은 여자, 먹잇감을 노리는 사람에 걸맞은 검은색 옷을 입고 있다. 은빛이 도는 금발에 잘 어울리는 복장이다. 눈은 적갈색이고 속눈썹은 길다.

샘이 맞은편 의자에 미끄러지듯 앉자 여자가 미소를 짓는다. 하지만 그리 환하지는 않은, 옅고 수심에 잠긴 듯한 미소. 여자 앞에는 입을 댄 것 같지도 않은 화이트 와인 한 잔이 있다. 샘도 똑같은 와인을 주문한다. 정적이 흐른다. 누가 먼저 입을 열까? 샘의 목덜미에 난 머리카락이 전부 바짝 섰다. 여자의 머리 뒤쪽 벽면에 달린 평면 스크린에서는 거대한 꽃가루 파도 같은 눈보라가 소리 없이 일렁이며 다가오고 있다.

"여기 갇힐지도 모르겠네요."

"그 기념으로 한잔하죠." 샘이 커다란 푸른 눈을 똑바로 뜨며 말한다. 여자와 눈을 정면으로 마주치면서 와인 잔을 들어 올린다. 그러니 여자도 잔을 들지 않을 수 없다.

맞습니다, 이 남자예요, 확실합니다. 그날 제가 바 일을 맡고 있었거든요. 눈보라가 몰아치던 밤에요. 검은 드레스를 입은 매력적인 금발 여자랑 같이 있었는데 사이가 무척 좋아 보였습니다, 무슨 말인지 아시죠? 두 사람이 떠나는 모습을 보진 못했습니다. 제가 장담하는데, 분명 눈더미가 다 녹으면 여자를 발견할 수 있을 겁니다.

"그럼, 창고 안을 보신 거군요."

"네, 봤습니다. 그 남자는 누굽니까? 무슨 일이 있었던 겁니까?" 샘은 여자가 눈물을 쏟지 않기를 바란다. 그런 반응이라면 실망스러울 것이다. 하지만 여자는 그러지 않는다. 턱을 미세하게 떨면서 입술을 깨무는 정도로 감정을 억제할 뿐이다.

"끔찍했어요. 실수였어요. 죽으면 안 됐는데."

"하지만 죽었네요." 샘이 친절한 목소리로 말한다. "살다 보면 이런 일도 있죠."

"아, 맞아요. 그렇죠. 이걸 어떻게 말해야 할지. 말하자니 너무……."

"저 믿어도 돼요." 샘이 말한다. 여자는 샘을 믿지 않지만 믿는 척할 것이다.

"그이는…… 클라이드는 목 졸리는 걸 좋아했어요. 제가 그걸 즐긴 건 아니었어요. 하지만 전 클라이드를 사랑했고, 사랑했기 때문에 그이가 원하는 걸 해 주고 싶었어요."

"물론 그랬겠죠." 미라가 된 신랑에게 이름을 붙이지 않았다면 더 좋았겠다고 샘은 생각한다. 클라이드라니, 명청한 이름이다. 그냥 익명으로 해 두는 편이 나았을 것이다. 여자가 거짓말을 하고 있다는 사실은 명백한데, 어디까지가 진실이고 어디까지가 거짓일까? 샘의 경우 거짓말을 하더라도 가능한 한 진실의 사정거리 안에 머물기를, 덜 조작하고 뭔가를 기억해 두어야 할 수고를 더는 것을 선호하므로 일부는 진실일 수 있다.

"그리고, 그러고선 그렇게 됐어요."

"그러고선 뭐가 그렇게 됐다는 거예요?"

"그러고선 죽었어요. 발작으로요. 저는 그이가 그냥 그걸, 그…… 그걸 느끼고 있다고만 생각했어요. 평소처럼요. 하지만 너무 과했던 거예요. 전 어떻게 해야 할지 도무지 알 수 없었어요. 결혼식 전날이 었거든요. 몇 개월 동안 준비한 결혼식이었는데! 저는 사람들에게 그이가 쪽지를 남기고 사라졌다고, 나를 떠나 버렸다고, 나를 버렸다고 말했어요. 정말 너무 혼란스러웠어요! 드레스며 케이크며 전부다 이미 배달 중인 상태였고, 그래서, 그게, 좀 이상하게 들릴 수 있지만, 그에게 옷을 입히고 단춧구멍에 카네이션도 꽂고 다 했어요. 정말 근사해 보였죠. 그런 다음 모든 것을 창고에 집어넣었어요. 그땐 멀쩡하게 생각할 수 있는 상태가 아니었어요. 결혼식을 정말 고대했고, 결혼식을 이루는 모든 것을 한군데 모아 놓으니 어떻게든 식을 치러 낸 기분이었죠."

"그 남자를 혼자서 창고에 넣은 거예요? 케이크랑 전부 다요?"

"네. 그렇게 힘들진 않았어요. 수레를 썼거든요. 그, 무거운 상자랑 가구 같은 거 옮길 때 쓰는 거요."

"도구를 쓸 줄 아시는군요. 똑똑한 여자네요."

"고마워요."

"거짓말 같은 이야기네요. 믿을 사람이 많진 않겠어요."

여자가 테이블을 내려다본다. "저도 알아요." 여자가 작은 목소리로 말한 뒤 고개를 든다. "하지만 그쪽은 믿잖아요, 그렇죠?"

"전 이야기를 잘 믿는 사람이 아니에요. 뭐, 그래도 일단은 믿는다고 치죠." 어쩌면 나중에 여자에게서 진실을 캐낼 수 있을지도 모른다. 어쩌면 못 그럴 수도 있지만.

"고마워요." 여자가 다시 말한다. "어디에 말 안 할 거죠?" 떨리는 미소, 꽉 깨문 입술. 여자는 자기 감정을 과장되게 표현하고 있다. 정말 무슨 짓을 한 걸까? 샴페인 병으로 머리를 내리쳤나? 약물을 과다 투여했나? 어떤 돈이 얼마나 엮여 있었던 거지? 분명 돈 문제일 것이다. 그 불쌍한 남자의 은행 계좌를 털다가 들켰던 건가?

"가죠." 샘이 말한다. "엘리베이터는 왼쪽에 있어요."

길거리를 비추는 가로등 빛이 희미하게 비칠 뿐 방은 어둡다. 차도의 통행량이 줄어들어 소음은 잠잠해졌다. 본격적으로 내리기 시작한 눈이 조용히 창문에 흩뿌려진다. 가미카제 특공대원 같은 작은 쥐들이 어떻게든 창문을 뚫고 들어오려고 유리창에 몸을 내던지는 것 같다.

여자를 품에 안는 것은, 아니, 움직이지 못할 정도로 꽉 끌어안는 것은 샘의 인생에서 가장 짜릿한 경험이다. 여자는 숨을 내쉴 때마다 고압 전선처럼 위험한 기운을 내뿜는다. 덮개가 없는 콘센트다. 샘의 무지, 샘이 이해하지 못하고 영원히 이해하지 못할 모든 것의 총체다. 여자의 한쪽 손을 놓는 순간 샘은 죽을지도 모른다. 등을 돌리는 순간 죽을지도 모른다. 지금 이 순간 샘은 필사적으로 도망치고 있는 걸까? 여자의 거친 숨결이 샘을 뒤쫓고 있나?

"우린 함께여야 해요."라고 여자가 말한다. "우린 늘 함께여야 해요." 그 남자에게도 그렇게 말했을까? 미라가 된 그 남자의 서글픈 유령에게도? 샘이 여자의 머리칼을 움켜쥐고 여자의 입술을 깨문다. 아직 샘은 유리한 위치에 있다, 여자를 사로잡기 일보 직전이다. 더 빨리!

지금 샘이 어디에 있는지는 아무도 모른다.

이가 새빨간
지니아가 나오는 꿈

"어제 꿈에 지니아가 나왔어." 캐리스가 말한다.

"누구?" 토니가 말한다.

"으, 똥 같아!" 로즈가 말한다. 검은 털과 흰털이 섞인 종을 알 수 없는 캐리스의 반려견 위다가 로즈의 새 코트 옷자락에 진흙 묻은 앞발을 대고 문지른 것이다. 게다가 오늘 입은 코트는 하필 주황색이다. 캐리스는 위다의 지각 능력이 특별하다고, 위다가 앞발로 남긴 자국에 어떤 메시지가 담겨 있을지도 모른다고 주장한다. 위다가 나한테 뭘 말하려는 건데? 로즈가 묻는다. 나 호박처럼 생겼다고?

가을이다. 매주 함께 산책을 하는 세 여자는 낙엽으로 덮인 계곡을 따라 발을 질질 끌며 걷고 있다. 운동 시간을 늘리고 세포 자가포식 속도를 높이자는 약속에 따른 활동인데, 로즈가 치과 대기실에 비치된 건강 잡지에서 몸속의 일부 세포가 다른 죽은 세포 혹은 죽어 가는 세포를 잡아먹는다는 세포 자가포식에 관한 내용을 읽은 것이 계기였다. 이 세포 간의 동족 살인이 장수를 돕는다고 했다.

"똥 같다'니 그게 무슨 말이야?" 캐리스가 묻는다. 길고 허연 주름진 얼굴과 길고 허연 고수머리 때문에 예전보다 더 양 같아 보인다. 앙고라염소 쪽에 더 가까운 것 같기도 하네. 일반화보다 구체화를 좋아하는 토니는 생각한다. 내면에 정신을 집중하며 사색하는 특유의 표정으로.

"네 꿈 얘기가 아니라." 로즈가 말한다. "위다 말이야. 위다, 앉아!"

"널 좋아해서 그래." 캐리스가 애정 어린 목소리로 말한다.

"위다, 앉아!" 로즈의 목소리에는 짜증이 섞여 있다. 위다는 훌쩍 뛰어 달아난다.

"아주 에너지가 넘친다니까!" 캐리스가 말한다. 보호자가 된 지 이제 막 3개월이 된 캐리스에게 이 털 뭉치가 하는 온갖 성가신 일은 이미 어떤 말로도 형용할 수 없을 만큼 사랑스럽기만 하다.

"짱인데!" 토니는 이따금 자기 학생들이 쓰는 말을 따라 한다. 이제 명예 교수이지만 여전히 대학원생을 대상으로 '전시(戰時)의 초기 기술' 수업을 진행하고 있다. 늘 호응이 좋은 전갈 폭탄에 관한 수업을 막 끝낸 참이고, 이제 훈족의 아틸라 왕이 갖가지 뼈를 보강재로 활용해 만든 짧은 합성궁에 대해 가르치고 있다. "지니아라니! 존나 안믿겨! 스리슬쩍 무덤에서 빠져나오기라도 한 거야?"

토니가 둥근 안경 너머로 캐리스를 빤히 쳐다본다. 20대엔 요정 같았던 토니. 지금도 그렇기는 하나 이제는 오래된 꽃처럼 납작하게 말라비틀어진 요정에 가깝다. 종잇장에 가깝달까.

"언제 죽었었지?" 로즈가 말한다. "까맣게 잊고 있었네. 어떻게 이럴 수가."

"1989년 직후에." 토니가 말한다. "아니면 1990년 즈음. 베를린 장벽이 무너지고 있을 때였지. 나도 그거 조각 하나 갖고 있는데."

"넌 그게 진짜라고 생각해?" 로즈가 말한다. "그때는 아무 데서나 막 시멘트를 떼어 냈어. 그건 말하자면 성십자가나 성자의 손가락뼈, 아니면…… 아니면 가짜 롤렉스 시계 같은 거야."

"기념품이지." 토니가 말한다. "꼭 진짜일 필요는 없어."

"꿈속에서는 시간이 다르게 흘러." 캐리스가 마치 아직 잠에서 깨지 않은 상태로 머릿속에 떠오르는 장면들을 읊조리듯 말한다. 하지만 로즈가 생각하기엔 캐리스가 잠에서 깬 상태와 안 깬 상태를 구별하는 것 자체가 어려울 때도 있다. "꿈속에서는 아무도 죽지 않아, 정말로. 그래서 그 남자도…… 누구였더라, 그랬잖아, 꿈속 시간은 항상 '현재'라고."

"그다지 위로가 되는 말은 아니네." 토니가 말한다. 토니는 뭐가 됐건 제자리에 있을 때 편안함을 느끼는 사람이다. 펜은 이 병에, 연필은 저 병에. 야채는 접시 오른쪽에, 고기는 접시 왼쪽에. 살아 있는 것은 이쪽에, 죽어 있는 것은 저쪽에. 이쪽에 있는 것과 저쪽에 있는 것이 서로 마구 뒤섞이고 이리 갔다 저리 갔다 하면 어지러울 수 있는 법이니까.

"어떤 옷 입고 있었어?" 로즈가 묻는다. 살아 있던 시절의 지니아는 시선을 뗄 수 없게 옷을 잘 입었다. 그리고 암갈색과 짙은 자두색처럼 관능적인 색을 선호했다. 지니아가 화려하고 매혹적이었다고 한다면, 로즈는 품위만 있었다.

"가죽이었겠지." 토니가 말한다. "은색 손잡이가 달린 채찍이랑."

"그냥 수의 같은 거였어." 캐리스가 말한다. "흰옷."

"지니아가 흰옷을 입었다니 상상이 안 되네." 로즈가 말한다.

"우린 수의 안 입혔잖아." 토니가 말한다. "화장할 때. 걔가 갖고 있던 드레스 중에 하나 입혔었잖아. 기억나? 칵테일 드레스 같은 거. 어두운색." 지니아(Zenia)의 이름을 거꾸로 쓰면 스페인 느낌이 나는 아이네즈(Ainez)가 된다. 확실히 지니아는 스페인을 연상시키는 분위기를 풍기는 사람이었다. 가수에 비유하면 콘트랄토 같았다.

"너희 둘이 그렇게 결정했었잖아. 나라면 그냥 자루에 집어넣었을 텐데." 로즈가 자루에 넣자고 제안했을 때 캐리스는 제대로 된 예복을 입혀야 한다고 주장했다. 그러지 않으면 심통이 난 지니아가 계속 알짱거릴 거라면서.

"맞네, 그럼 수의가 아니었을지도." 캐리스가 말한다. "긴 원피스 잠옷에 가깝긴 했어. 두둥실 뜰 것 같은."

"빛났어?" 토니가 흥미로워하며 묻는다. "심령체처럼?"

"신발은 어땠어?" 신발, 그것도 굽이 높은 비싼 신발은 한때 로즈의 삶에서 중요했지만 발가락이 비틀리고 무지외반증이 생기면서 그만 놓아주어야 했던 물건이다. 하지만 운동화도 하이힐 못지않게 멋스러울 수 있다. 언젠가 로즈가 신상 발가락 신발을 신고 다닐지도 모를 일이다. 개구리처럼 보이기는 해도 무척 편안하다고 하니까.

"당연히 거즈로 칭칭 감겨 있었겠지." 토니가 말한다. "콧구멍에도 거즈를 쑤셔 넣었었잖아."

"그게 무슨 말도 안 되는 소리야?" 로즈가 말한다.

"발이 중요한 게 아니라." 캐리스가 말한다. "중요한 건……."

"송곳니에서 피가 뚝뚝 떨어지고 있었을 것 같은데." 토니가 말한다. 지니아라면 그렇게 과장된 치장을 하고 나타났을 법하다. 빨간색 콘택트렌즈를 끼고, 색색 소리를 내고, 발톱을 드러내 보이고, 할 수 있는 건 다 했을 것이다.

이제 캐리스가 한밤에 뱀파이어 영화를 보는 취미를 그만둘 때다. 감수성이 지나치게 예민한 캐리스에게 안 좋은 영향을 미치고 있으니 말이다. 토니와 로즈는 뱀파이어 영화를 보는 날 밤 일부러 캐리스의 집으로 건너간다. 적어도 혼자 보게 내버려 두지는 않겠다는 생각이다. 캐리스가 토니와 로즈에게 민트 차와 팝콘을 내어주면 세 사람은 10대 소녀들처럼 소파에 앉아 입속으로 팝콘을 욱여넣고 이따금 위다에게도 한 줌씩 먹인다. 그러다 으스스한 음악이 흘러나오기 시작하면 그때부터 붉어진 혹은 노래진 눈을 화면에 고정한 채 입을 떡 벌리고 눈앞에 보이는 모든 것에 피자 소스 같은 피가 튀는 장면을 지켜본다. 화면에서 늑대 소리가 울려 퍼질 때마다 위다가 따라 울부짖는다.

그런데 왜 셋은 사춘기 소녀들이나 즐길 법한 이런 취미에 재미를 붙인 걸까? 섹스 횟수가 줄어든 현실을 오싹함으로 떨쳐내 보려는 시도 같은 걸까? 마치 중년기를 거치는 동안 항공사 마일리지처럼 차곡차곡 쌓아 온 성숙함과 경험과 지혜를 모조리 내다 버린 듯하다. 버터와 소금 범벅 과자를 무책임하게 집어 먹고 아드레날린에 푹 절여져 유치하게 시간을 때우는 편이 더 좋다며 아무렇지 않게 내던진 듯하다. 이렇게 기묘한 놀자판을 벌이고 나면 토니는 카디건에서 흰 털—위다의 털과 캐리스의 털—을 떼어 내는 데 며칠을 쏟는다. 그리고 남편 웨스트가 "재밌었어?"라고 물으면 늘 그렇듯 그냥 여자들끼리 지루한 수다나 떨었다고 대답한다. 웨스트가 소외감을 느끼는 상황을 원치 않는 터다.

엉망진창이 되어 가고 있어. 그 생각을 토니는 저도 모르게 하루에 못해도 한 번씩 내뱉는다. 미쳐 가는 날씨. 혐오로 가득한 악독한 정치. 3D 거울, 아니 공성 전차를 연상시키는 유리 외관을 가진 무수한 고층 건물들. 그리고 도시의 쓰레기 수거 방식. 대체 색깔만 다른 쓰레기통을 잔뜩 갖다 놓으면 각각이 어떤 용도인지 어떻게 알라는 말이지? 투명 플라스틱 음식 용기는 어디에 넣어야 하는 것이며, 용기 밑에 눈곱만 하게 적힌 번호는 어째서 믿고 따를 만한 지침을 제시하지도 않는 거지?

그리고 뱀파이어도. 예전에는 뱀파이어가 어떤 존재인지를, 악취가 나고 사악하고 죽지 않는 존재임을 확실히 알 수 있었지만 이제는 고결한 뱀파이어와 저급한 뱀파이어, 섹시한 뱀파이어와 화려한 뱀파이어 따위가 있는 데다가 뱀파이어에 관한 옛 규칙들도 더는 적용되지 않는다. 예전에는 마을, 아침 태양, 십자가를 기준으로 삼으면 됐고 뱀파이어를 일거에 영원히 없애버리는 것도 가능했지만 더는 그럴 수 없는 것이다.

"사실 송곳니 같은 건 없었어." 캐리스가 말한다. "생각해 보니 치아가 좀 뾰족했던 것 같긴 하다. 약간 분홍빛을 띠었고. 위다, 그만!"

위다가 사방을 날뛰며 짖고 있다. 계곡에서 목줄을 풀고 산책을 하면 이렇게 곧잘 흥분한다. 위다는 쓰러진 통나무 밑에 코를 박고 냄새를 맡는 것이며, 다시 목줄을 차야 하는 순간을 피해 수풀 뒤에 숨어서 자기 걸 숨기기를 좋아한다. 그걸 뭐라 해야 할까? 캐리스는 똥 같은 품위 없는 말을 쓰지 않으려 한다. 로즈가 응가는 어떻냐고 제안한 적이 있었지만 캐리스는 너무 유치하다며 일축했다. 소화 기관 생성물은? 토니가 그렇게 제안하자 캐리스는 이렇게 말했다. 안 돼, 너무 차갑고 지적인 느낌이야. 이건, 위다가 지구에 주는 선물이야.

그리하여 캐리스는 바로 지금처럼 일회용 비닐봉지(선물이 어디에 있는지 찾기 어려울 때가 많은지라 실제로 비닐봉지를 쓰는 경우는 거의 없었다.)를 손에 쥐고 이따금 병약한 목소리로 위다를 부르면서 위다가 지구에 주는 선물을 종종걸음으로 감춘다. "위다! 위다! 이리 와! 착하지!"

"어쨌든 지니아가 왔다는 거네." 토니가 말한다. "네 꿈에. 그래서 어떻게 됐어?"

"내가 헛소리 한다고 생각하는 거 다 티 나." 캐리스가 말한다. "뭐, 어쨌든, 지니아가 나를 위협하거나 하진 않았어. 사실 좀 다정해 보였달까. 나한테 어떤 메시지를 전하고 갔는데, 그게 뭐였냐면, 빌리가 돌아올 거라는 거였어."

"사후세계에선 소식이 되게 느린가 보네." 토니가 말한다. "빌리는 이미 돌아왔잖아."

"엄밀히 말하면 돌아온 건 아니지." 캐리스가 깐깐하게 따지고 든다. "그러니까, 우리는…… 빌리는 옆집 이웃일 뿐이니까."

"옆집이면 넘어지면 코 닿을 거리잖아." 로즈가 말한다. "대체 왜

너 등쳐 먹는 놈한테 세를 준 건지 난 이해가 안 돼."

오래전 캐리스와 토니와 로즈 모두 지금보다 훨씬 젊었을 때, 지니아는 그들의 연인을 한 번씩 빼앗아 갔다. 토니에게서는 웨스트를 빼앗았다. 하지만 토니는 오히려 잘된 일이었다고 생각했고—혹은 그렇게 믿기로 했고—지금 웨스트는 토니의 집에 무사히 뿌리를 내린 채 전자 음악 기기를 갖고 놀면서 시시각각 청력을 잃고 있다. 로즈에게서는 미치를 빼앗았는데 그리 어려운 일은 아니었다. 미치가 바짓가랑이 단속을 제대로 한 적이 없는 남자였던 터다. 하지만 지니아는 미치의 주머니까지 털어먹고도 캐리스가 미치의 정신적 고결함이라 부른 것까지 앗아 간 후 그를 차 버렸고, 미치는 결국 온타리오호에 투신해 익사했다. 구명조끼를 입고 있어서 배를 타다가 사고사를 당한 것처럼 보이기는 했지만 로즈는 진실을 알고 있었다.
지금 로즈는 실연을 극복했다. 적어도 그런 일을 겪은 여자가 극복할 수 있을 만큼은 극복했고, 지금은 금융 회사를 다니며 자기와 더 잘 어울리고 미치보다 유머 감각도 좋은 샘과, 미치보다 월등히 훌륭한 남편과 살고 있다. 하지만 지금도 상처는 여전하다. 그리고 그 상처는 아이들마저 아프게 하고 있다. 이는 로즈가 과거지사를 말끔히 잊고 새로운 시작을 하기 위해 정신과 의사를 찾아가고도 미치를 용서하지 못하는 이유 중 하나다. 더는 살아 있지도 않은 사람을 용서하지 않고 있어 봐야 뭐 하나 좋을 것도 없지만 말이다.
지니아가 캐리스에게서 빼앗은 남자는 빌리였다. 그것이 가장 잔인한 도둑질이었을 거라고 토니와 로즈는 생각한다. 캐리스는 지니아를 철석같이 믿었고 무방비 상태였던 데다가 지니아가 역경에 처했을 때, 매 맞는 여자가 되고 암에 걸리고 자기를 돌봐줄 사람이 필요했을 때, 아니, 지니아 본인의 말에 따르면 그랬을 때—실은 하나같이 뻔뻔스레 꾸며 낸 거짓말이었다—자기 삶에 지니아가 들어올 수 있게 허했던 사람이기 때문이다. 당시에 캐리스와 빌리는 섬에서 오두막과 흡사한 작은 집에 살고 있었다. 병역 기피자였던 빌리에게 사실상 안정적인 직장이 없던 탓에 두 사람은 빌리가 직접 만든 닭장에 닭을 기르며 살았다.

그 오두막집에 지니아가 머물 공간이 충분했던 것은 아니지만 그 시절 섬 주민들과 병역 기피자 공동체에 속한 사람들이 그랬듯 캐리스에게는 환대하는 마음과 뭐든 나누려는 마음이 있었고 어찌저찌 지니아를 위한 공간을 마련해 주었다. 한 그루의 사과나무에서 딴 사과로 캐리스는 사과파이를 비롯해 달걀을 넣은 각종 빵을 구웠다. 캐리스는 몹시 행복해했고, 임신도 했다. 그리고 그 후, 이제 다들 아는 사실이지만, 빌리와 지니아는 단둘이 도망가 버렸다. 닭장의 닭은 몽땅 죽어 있었다. 두 사람이 빵칼로 닭의 목을 죄다 베어 버리고 갔던 것이다. 너무 못됐다고밖에 할 수 없는 짓이었다.

지니아는 대체 왜 그런 짓을 한 걸까? 대체 왜 그런 짓거리들을? 고양이들은 왜 새를 잡아먹는 거지? 로즈는 그렇게 하등 도움도 안 되는 질문을 했다. 토니는 지니아가 일종의 권력을 휘두른 거라고 생각했고, 캐리스는 어떤 이유가 있었을 거라고, 우주의 작동 원리와 관련된 이유가 감춰져 있을 거라고 생각했지만 그게 무엇일지 확신하지는 못했다.

결과적으로 로즈와 토니는 자신들을 파멸로 이끌려는 지니아의 갖은 노력에도 제각기 남자와 함께하는 삶고 있었지만 캐리스는 아니었다. 여태껏 마음의 정리를 제대로 하지 못해서라는 것이 로즈가 생각한 이유였고, 아직 충분히 얼빠진 놈을 찾지 못해서라는 것이 토니가 생각한 이유였다. 그런데 한 달도 채 지나지 않은 최근에 사건이 벌어졌다. 오랫동안 소식이 끊겼던 얼간이 빌리가 별안간 나타난 것 아니겠는가? 설상가상으로 캐리스가 자기가 사는 듀플렉스 하우스의 한 세대를 빌리에게 세놓은 것 아니겠는가? 뿌리가 하얗게 세어 버린 머리칼까지 아주 뭉텅이로 뽑아 버리고 싶게 하네. 지금도 2주마다 모발 관리를 받는 로즈는 생각한다. 로즈는 아주 밝지는 않은 적당한 밤색으로 머리칼을 유지하고 있다. 모발이 지나치게 밝으면 얼굴의 생기를 앗아 갈 수 있는 터다.

듀플렉스 하우스를 빌리에게 세놓았다는 것은 결코 무시할 수 없는 문제다. 캐리스의 먼 친척들이 죽는 일은 없어야 할 텐데, 설령 죽더라도 캐리스처럼 정 많은 바보한테 돈을 남기는 일은 없어야 할 텐데. 토니는 생각한다.

그럴 만도 한 것이 캐리스는 더 이상 히피도, 왕년에 그랬듯 취미 삼아 닭을 기르고 하루 지난 빵과 고양이 음식 따위를 먹으며 단열이 형편없는 섬의 여름 오두막집에서 사는 사람이 아니기 때문이다. 그런 식으로 점점 가난해지는 삶을 살다가 결국 저체온증에 걸린 노인이 돼서는 어느덧 오타와 지역 공무원으로 성장해 자기를 시설에 넣으려는 딸을 몰아내야 하는 처지가 아니기 때문이다. 더 이상 길거리 생활에 도가 튼 사람도 아니고, 이제 금전적으로 여유로운 생활을 영위하고 있기 때문이다. 순간 이동이라도 한 듯 빌리가 다시 캐리스의 삶 속으로 들어와 버렸기 때문이다.

먼 친척으로부터 어마어마하지는 않아도 섬을 떠날 수 있을 정도의 재산을 물려받은 캐리스는 섬에서 대대적인 보수 작업이 진행되고 속물적인 사람들이 이주해 오면서 본인 말에 따르면 자기가 살기에는 너무 고상한 곳이 되어 버리자 더는 그곳에서 자기 존재가 받아들여지지 않는다고 느꼈다. 시설에서 생을 마감할 운명과 하루 지난 빵을 먹는 생활을 청산하기에 충분한 조건이었다. 집을 사기에 충분한 조건이었다.

한 세대로 이루어진 단독주택을 매입할 수도 있었지만 캐리스는 가끔씩 자꾸 뭔가를 깜빡해서 안 되겠다며 — 캐리스가 그렇게 말하자 토니는 로즈에게 따로 전화를 걸어 "무슨 헛소리래!"라고 말했다 — 듀플렉스 하우스를 매입해서 한쪽에서는 자기가 살고 다른 한쪽은 자기보다 공구를 잘 다루는 사람한테 세를 줘야겠다고, 임대료를 조금 낮게 받는 대신 세입자에게 유지 관리와 보수를 맡겨야겠다고 생각했다. 시세에 맞는 임대료에 비해 유지 관리에 드는 비용은 푼돈에 불과하다는 사실을 로즈와 토니는 생각하지 못했던 걸까?

했다. 하지만 캐리스는 두 사람의 조언을 가볍게 무시하고 크레이그리스트 사이트에 세를 놓는다는 글을 게시하면서 (토니가 생각하기에) 자기소개와 자신의 취향에 대한 정보를 조금 과하다 싶을 만큼,

(로즈가 생각하기에) 빌리처럼 파렴치한 나쁜 놈을 끌어들이기에 충분할 만큼 적었다. 그리고 곧바로, 갑자기, 빌리가 나타났다.

위다는 빌리를 좋아하지 않는다. 빌리만 보면 으르렁댄다. 이제 캐리스가 가장 오래된 두 친구를 비롯해 그 누구보다도 위다의 의견에 귀를 기울인다는 사실을 감안하면 어느 정도 안심이 되는 일이다.

캐리스에게 위다를 맡긴 사람은 토니와 로즈였다. 언제나 부동산 시세를 주시하는 로즈는 캐리스가 급속히 젠트리피케이션이 진행되고 있는 지역인 파크데일에 살기로 한 건 장기적으로 보면 좋은 결정이라고, 하지만 젠트리피케이션이 완료되려면 아직 시간이 한참 남은 데다 거기서는 길거리를 걷다 보면 마약상은 말할 것도 없고 누굴 마주치게 될지 모른다고 말했다. 또한 토니는 캐리스가 너무 순진하다고, 누군가가 자기를 덮치려고 해도 그걸 본능적으로 알아채지 못한다고 말했다. 더욱이 캐리스는 운전을 좋아하지 않았고, 도시에서도 계곡이나 하이 파크처럼 자연과 가까운 장소들을 거닐며 식물에 깃든 영혼들과 소통하기를 좋아했다. 로즈는 그런 캐리스를 보며 대체 쟤는 자기가 뭘 하고 있다고 생각하는 건지 도통 모르겠지만 그냥 옻나무 정령을 새 절친으로 삼는 일만은 없기를 바라자고 했다.

토니와 로즈 둘 다 캐리스의 소식을 「다리 밑에서 습격당한 여성 노인」, 「어느 무해한 괴짜가 구타당한 채 발견돼」 같은 신문 기사로 접하고 싶지 않았다. 그리고 개는 그런 일을 막을 수 있는 방어막이었다. 두 사람은 유기견 입양 서류를 작성하면서 위다가 보더콜리 종이 섞였을 수도 있는 테리어 종인 만큼 어쨌든 총명하기는 할 거라고 판단했다. 그리고 조금만 훈련을 하면……

위다를 입양하고 한 달이 지났을 때 토니가 말했다. 뭐, 그게 이 계획의 허점이었지. 캐리스는 바나나도 훈련시킬 줄 모르는 사람이니까. "하지만 위다는 충성심만은 정말 강해." 로즈가 말했다. "난 여차하면 위다한테 의지할 거야. 어쩜 으르렁 소리를 이렇게 잘 내는지."

"모기한테도 으르렁대잖아." 토니가 침울한 표정으로 말했다. 역사학자인 토니는 소위 예측 가능한 결과라는 것을 믿지 않는다.

위다라는 이름은 자기 자신을 극적으로 드러내는 글쓰기를 하는 19세기 소설가의 이름에서 따온 것이다.* 그 작가도 개를 헌신적으로 사랑했다고 하니 캐리스의 새 반려동물 이름으로 제격이지 않아? 위다에게 이름을 지어 준 토니는 말했다. 로즈와 토니는 캐리스가 이따금 개 위다를 실제 소설가 위다로 생각하는 것 같다고 의심한다. 캐리스가 재활용을, 병과 플라스틱만이 아니라 정신적 실체의 재활용까지 믿는 사람인 터다. 한번은 매켄지 킹 총리는 돌아가신 어머니가 자신의 반려견 아이리시 테리어로 환생했다고 확신했고 그때는 그 누구도 그걸 이상하게 여기지 않았다며 방어적으로 말하기도 했다. 토니는 그때는 다들 아무것도 몰라서 그걸 이상하게 여기지 않았던 거라고, 하지만 나중에는 무척 이상하게 생각했다고 말하려다 관두었다.

---

* Ouida. 잉글랜드의 소설가 마리아 루이즈 라메(Maria Louise Ramé)의 필명이다.

산책을 마치고 귀가하자마자 로즈는 토니에게 전화를 건다. "어떻게 할까?"

"지니아 일 말하는 거야?"

"빌리 말이야. 빌리는 사이코패스야. 그 닭들도 죽였잖아!"

"닭 죽이는 건 공익 사업 중 하나야. 누군가는 해야 할 일이지. 안 그러면 180센티미터가 넘는 닭장을 만들어야 할 거야."

"토니. 좀 진지해져 봐."

"우리가 뭘 어쩌겠어? 캐리스가 미성년자도 아니고, 우리가 개 엄마도 아니잖아. 이미 꿈꾸는 사람처럼 얼빠진 표정이나 짓고 있던데."

"사설탐정을 고용해야 할지도 모르겠어. 빌리한테 어떤 전과가 있는지 좀 봐야지. 캐리스를 정원에 묻어 버리기 전에."

"개네 집엔 정원 없어. 테라스뿐이야. 그러니 창고를 써야 할 거야. 철물점을 감시해야 해. 곡괭이 같은 걸 사진 않는지 잘 지켜봐야지."

"캐리스는 우리 친구야! 아무리 농담이어도 그런 농담은 하지 마!"

"나도 알아. 미안. 뭘 어떻게 해야 할지 모르겠어서 그냥 농담만 나오네."

"나도 뭘 어떻게 해야 할지 모르겠어."

"위다한테 기도하자. 위다가 우리를 지킬 최후의 방어선이야."

세 사람이 정기적으로 산책하는 날은 매주 토요일이지만 위기 상황인 만큼 로즈는 수요일마다 다 같이 점심을 먹자고 한다.

지니아가 살아 있던 시절에 세 사람은 톡시크에서 식사를 하곤 했다. 그때 퀸 스트리트 웨스트에는 머리를 녹색으로 염색한 사람도, 몸에 검은 가죽을 두른 사람도, 만화책방도 많아서 지금보다 더 유행을 선도하는 분위기를 뿜냈다. 지금은 중소기업의 의류 체인점이 들어오긴 했지만 아직 몇몇 타투 가게와 단추 가게가 남아 있고 콘돔 섀크도 꿋꿋이 자리를 지키고 있다. 다만 톡시크는 사라진 지 오래인 터라 로즈는 모임 장소로 퀸 마더 카페를 낙점한다. 조금 구식이고 낡았지만 편안한 공간이다. 꼭 이들 셋 같다.

아니, 예전에는 그랬다고 해야 할지도 모르겠다. 오늘은 캐리스의 상태가 불안하다. 채식주의자용 팻타이를 깨작이면서 자전거 거치대에 묶어 둔 위다가 안절부절 기다리는 창밖을 계속 내다본다.

"다음번 뱀파이어의 밤은 언제지?" 로즈가 말한다. 막 치과에 다녀온 로즈는 마취가 덜 풀린 탓에 제대로 먹질 못하고 있다. 로즈의 치아도 어느덧 하이힐과 똑같은 길을 걷고 있다. 그것도 힘없이 허물어지면서 통증에 시달리게 되었다는 똑같은 이유로. 더군다나 돈은 또 어찌나 많이 드는지! 삽으로 돈을 퍼서 쩍 벌어진 입에 쑤셔 넣는 것과 진배없을 정도다. 그래도 밝은 면을 보자면, 예전보다 치과 경험이 훨씬 쾌적해지기는 했다. 고통에 몸부림치며 땀을 흘리는 대신 선글라스와 이어폰을 착용한 다음 진정제와 진통제의 파도에 몸을 맡긴 채 깊은 숲에 들어와 있는 듯한 뉴에이지 음악을 듣고 있으면 된다.

"아." 캐리스가 말한다. "그게, 어제가 뱀파이어의 밤이었어." 미안함이 묻어나는 목소리다.

"우리한테 말 안 한 거야?" 토니가 말한다. "말했으면 갔을 텐데.

네가 계속 지니아가 나오는 악몽을 꾸는 거 분명 그거 때문이야."

"꿈은 그 전날 꿨어." 캐리스가 말한다. "그제는 지니아가 나타나서 내 침대 끄트머리에 앉더니 어떤 사람을 조심하라고 하더라고. ……내가 모르는 이름이었는데, 여자 이름 같았어. 발음이 마션이랑 비슷했던 것 같은데, Y로 시작하는 이름. 그리고 이번엔 털옷을 입고 있더라."

"어떤 털?" 토니가 말한다. 토니는 오소리를 떠올리고 있다.

"모르겠어. 검은색이랑 흰색이 섞여 있었어."

"이것, 참." 로즈가 말한다. "그런 꿈을 꾸고서 혼자 뱀파이어 영화를 봤다니! 너무 무모한 거 아니니!"

"아니야." 캐리스가 금세 연분홍색으로 달아오른 얼굴로 "혼자 본 거 아니야."라고 말한다.

"오, 이런." 로즈가 말한다. "빌리는 아니겠지!"

"섹스했어?" 토니가 묻는다. 주제넘은 질문이기는 하지만 적의 동태를 정확히 파악해야 한다.

"아니!" 캐리스가 당황한다. "그냥 친구로서 영화 본 거야! 얘기하면서! 그리고 나 이제 훨씬 괜찮아졌어. 왜냐하면, 살아 있지도 않은 사람을 사실상 어떻게 용서하겠어?"

"혹시 걔가 네 어깨에 팔 둘렀어?" 로즈가 캐리스의 엄마라도 된 것처럼, 아니 할머니라도 된 것처럼 묻는다.

캐리스는 말을 돌린다. "빌리가 도시형 숙박 시설을 시작하자고 하더라. 투자 개념으로. 요즘엔 그런 게 뜬대. 내 집 한쪽 세대를 숙박 시설로 돌리는 거야. 빌리는 집을 개조하고, 나는 빵을 만들고."

"그리고 걔가 돈도 관리하고? 그렇지?" 로즈가 말한다.

"지니아가 너한테 말해 줬다는 이름, 혹시 일리브야?" 토니가 묻는다. 지니아는 암호와 퍼즐을 갖고 놀고 깊이 숙고하는 일에 소질이 있었다.

"이번엔 날 믿고 걔가 한 말은 전부 잊어버려!" 로즈가 말한다. "빌리는 빈대 같은 놈이야. 너한테 찰싹 붙어서 너를 싹 다 벗겨 먹을 거라고."

"위다는 빌리를 어떻게 생각하는 것 같아?" 토니가 묻는다.

"사실대로 말하면, 약간 질투하는 것 같아. 내가…… 내가 위다를 격려해 줘야 했어." 캐리스는 지금 분명 얼굴이 달아오르고 있다.

"위다를 옷장에 가뒀던 거 아닐까 싶어." 토니가 나중에 로즈에게 따로 전화해 말한다.

"끔찍해." 로즈가 말한다.

세 사람은 연락 체계를 구축하기로 한다. 토니와 로즈가 각각 하루에 한 번씩 캐리스에게 전화를 걸면 캐리스가 상황을 보고하는 것이다. 하지만 캐리스가 전화를 받지 않기 시작한다.

그렇게 사흘이 흐르고, 토니는 캐리스에게 문자를 보낸다. 얘기 좀 해. 그러자 캐리스가 답장한다. 미안한데 우리 집으로 좀 와 주라.

토니는 로즈를 태우고, 아니, 로즈가 토니를 자기 프리우스에 태우고 캐리스의 듀플렉스 하우스에 도착한다. 캐리스는 식탁에 앉아 울고 있다. 적어도 아직 살아는 있다.

"자기, 무슨 일이야?" 로즈가 묻는다. 폭행의 흔적은 없다. 어쩌면 그 얼간이 빌리가 캐리스가 평생 모은 재산을 털어 갔는지도 모른다.

토니는 위다를 처다본다. 귀를 쫑긋 세우고 혓바닥은 내민 채 캐리스 옆에 앉아 있다. 그런데 가슴털에 뭔가가 묻어 있다. 피자 소스인가?

"빌리가 병원에 있어. 위다가 물어 버렸어." 캐리스가 그러더니 코를 훌쩍이기 시작한다. 훌륭해, 위다. 토니는 생각한다.

"민트 차 좀 끓여 올게." 로즈가 말한다. "그런데 위다가 왜……?"

"그게, 우리가, 어…… 침실로 가려고 하니까 위다가 짖기 시작하더라고. 그래서 위층 벽장에 가둬 둬야 했어. 그런데 그러고 나서, 그러니까, 그거 하기 직전에…… 알아야겠다는 생각이 든 거야. 그래서 빌리에게 물었어. '빌리, 네가 내 닭 죽였던 거야?'라고. 왜냐하면 예전에 지니아가 그랬거든. 빌리가 죽인 거라고. 하지만 지니아가 워낙 거짓말을 달고 살았던 애라 누구 말을 믿어야 할지 알 수 없었는데, 어쨌든 나는 도저히…… 그런 짓을 한 사람이랑은 할 수 없었거든. 그랬더니 빌리가 그러더라고. '지니아가 그랬어요. 지니아가 목을 벴고 나는 막으려고 했어요.' 그런데 그때 위다가 귀청이 따갑도록 짖기 시작했어. 뭔가에 공격을 받아서 아주 고통스러운 것처럼. 그래서 뭐가 잘못됐는지 확인해 보려고 위층으로 올라갔는데, 벽장문을 열자마자 위다가 뛰쳐나오더니 침대로 뛰어들어서 빌리를 문 거야. 빌리가 고래고래 비명을 질러서 보니까 침대 시트에 피가 묻어 있었는데, 위다가 거기를……."

"그건 찬물로 닦으면 돼." 로즈가 말한다.

"다리를 문 거야?" 토니가 묻는다.

"그게, 다리가 아니라." 캐리스가 말한다. "옷을 입고 있지 않았거든. 뭐라도 입고 있었으면 위다가 그러진 않았을 텐데…… 지금 수술 중이래. 빌리한테 너무 미안해. 빌리가 응급실로 실려 갔을 때 병원 분들한테 말했어. 빌리를 문 건 나라고. 빌리가 좋아하는 성행위 같은 건데 좀 과격해져서 그렇게 됐다고. 그랬더니 정말 친절하게도 이런 일이 일어나곤 한다고 말씀하시더라. 거짓말하기는 싫었는데, 그치만 그러지 않으면 너희도 알다시피 위다가 잘못될지도 모르잖아. 아, 정말 얼마나 괴로웠는지! 하지만 적어도 이제는 답을 얻었어."

"무슨 답?" 로즈가 묻는다. "뭐에 대한 답?"

캐리스는 이제 모든 것이 아주 선명하게 보인다고 말한다. 지니아가 빌리에 대해, 닭을 죽인 살해범에 대해 경고하려고 그동안 줄곧 자기 꿈에 나타나고 또 나타났던 거라고. 하지만 자기는 바보같이 그 생각을 하지 못했고 빌리의 좋은 면을 믿고 싶었다고. 그리고 처음엔 빌리가 자기 삶에 다시 찾아온 것이 참 좋았고, 마치 원이든 뭐든 온전한 형태가 완성되는 것 같았다고. 지니아가 다음 단계로 넘어가서 위다의 몸으로 환생한 것이고, 두 번째 꿈에서 털옷을 입고 나타난 이유도 그래서고, 자기가 하지도 않은 일을 가지고 빌리가 덤터기를 씌우는 소리를 들었을 때 당연히 화가 났던 거라고.

사실, 어쩌면 지니아는 내내 호의로 그랬던 걸지도 몰라. 캐리스는 말한다. 어쩌면 지니아는 빌리 같은 썩은 사과로부터 캐리스를 보호하고자 빌리를 뺏어 간 것일지도 모른다. 토니에게는 음악 감상에 관한 것이건 뭐에 관한 것이건 아무튼 인생의 교훈을 가르쳐 주려고 웨스트를 뺏어 간 것일지도 모른다. 로즈를 위해서는 그가 훨씬 나은 남편 샘을 만날 수 있도록 방해물을 치워 주는 의미로 미치를 뺏어 간 것일지도 모른다. 어쩌면 지니아는 캐리스, 토니, 로즈의 비밀스러운 분신 같은 존재였을지도 모른다. 다들 혼자서는 해낼 힘이 없어 하지 못했던 일을 대신 처리해 주는 분신. 그렇게 생각하면……

토니와 로즈는 그렇게 생각하기로 했다. 적어도 캐리스와 있을 때에는 그러기로 했다. 캐리스가 전보다 행복해해서였다. 사람 코트에 앞발을 닦고 통나무 뒤에 똥을 싸는 검은색과 흰색이 섞인 중형견이 사실 지니아라고 생각하는 것은 적잖이 곤란한 일이지만 그래도 노상 그런 연기를 해야 하는 것은 아니다. 지니아는 왔다 가는 존재이고, 늘 그랬듯 예측할 수 없으며, 지니아가 위다의 몸속에 있을 때와 없을 때를 구별할 수 있는 사람은 캐리스뿐이기 때문이다.

빌리는 자기가 입은 상해에 대한 책임을 물어 캐리스를 고소하겠다고 요란스레 협박해 왔지만, 로즈는 법으로 겨뤄서는 절대 나를 이길 수 없을 거라고 으름장을 놓았다. 사설탐정을 고용해 대대적인 뒷조사를 한 덕분에 기혼 여자 등쳐 먹기, 다단계 금융 사기, 신원 도용 등 빌리가 밟아 온 행적을 소상히 파악하고 있었던 것이다. 위다를 무기 삼아 협박하는 것도 빌리로서는 쉽사리 행동으로 옮길 수 없을 터였다. 그런 행동은 닭을 죽이지 않았다며 캐리스에게 했던 주장과 배치될뿐더러, 대체 어느 판사가 그의 말을 믿어 주겠나?

그리하여 빌리는 어디론가 사라졌고, 다시는 얼굴을 비추지 않았다. 그리고 이제 캐리스의 듀플렉스 하우스 한쪽 세대에는 쾌활한 성격의 은퇴한 배관공이 살고 있다. 홀아비 처지라 로즈와 토니는 그에게 기대를 품고 있다. 침실을 다시 손보고 있으니 이제 시작이라 할 수 있을 것이다. 위다는 그를 받아들였고, 그가 렌치를 들고 싱크대 밑으로 들어가면 자기도 어떻게 해서든 몸을 비집고 들어가 혀가 닿는 모든 곳을 핥으면서 뻔뻔스레 치근덕대고 있다.

죽은 손의 사랑

『죽은 손의 사랑』은 농담으로 시작되었다. 아니, 무모로 시작되었다고 해야 할지도 모르겠다. 좀 더 신중을 기했어야 했는데, 마리화나를 적잖이 피워 대고 싸구려 위스키를 퍼마신 탓에 판단력이 흐려진 것이 화근이었다. 하겠다고 하지 말았어야 했다. 그 빌어먹을 계약 조건과 엮이지 말았어야 했다. 그건, 그 계약은 그의 발목에 채워진 족쇄였다.

게다가 무슨 일이 있어도 무를 수 없는 계약이다. 계약 종료일을 명시하지 않은 탓이다. 우유갑이나 요거트 통이나 마요네즈 병에 적힌 상미 기한 같은 유효 기간을 적어 두었어야 했는데. 대체 뭘 안다고 덜컥 계약을 해 버린 거지? 고작 스물둘밖에 안 됐으면서. 돈이 필요했다.

그래 봐야 푼돈이었다. 고로 말도 안 되는 계약이었다. 착취였다.

그 셋은 어쩌다 그를 그런 식으로 이용해 먹을 수 있었던 걸까? 물론 그들은 계약의 부당함을 인정하지 않았다. 그의 서명까지 떡하니 박힌 그 빌어먹을 계약서를 운운할 뿐이었다. 그러니 어쨌든 그는 현실을 받아들이고 돈을 내어줘야 했다. 처음에는 돈을 주지 않으려 했다. 하지만 그러고 있으니 이레나가 변호사를 고용했고 이제는 다들 벼룩을 달고 사는 개처럼 변호사를 두고 있다. 이레나는 한때 그와 가까운 사이였으니 조금 봐줄 법도 했으나 그건 가당찮은 일이었다. 이레나는 매해 태양 빛 아래서 더 단단해지고 더 건조해지고 더 뜨거워지는 아스팔트 같은 심장의 소유자였다. 돈이 이레나를 망가뜨렸다.

그의 돈이 이레나를 망가뜨렸다. 이레나를 포함한 세 사람이 변호사를 선임할 만큼 형편이 넉넉했던 건 그 덕분이니 이레나를 망가뜨린 것은 그의 돈이었다. 그가 선임한 변호사도 그들이 선임한 업계 최고의 수완 좋은 변호사들 못지않았지만, 그렇다고 해서 누가 승소의 기쁨을 가져다줄 것인가를 두고 서로 이빨을 드러내며 달려들고 피 튀기는 싸움을 벌이고 싶은 마음은 없었다. 골절상을 입은 하이에나의 아침 밥상에 오르는 먹이는 언제나 의뢰인이었다. 변호사들은 의뢰인을 처음에는 한입씩 베어 먹다가 나중에는 가죽이나 힘줄이나 발톱만 남을 때까지 흰담비나 쥐나 피라냐 떼처럼 조금씩 뜯어 먹는 족속이었다.

그래서 그는 수십 년간 돈을 내어줄 수밖에 없었다. 세 사람이 마땅히 지적했듯 이 일을 법정으로 끌고 가 봐야 승소할 가능성도 없었다. 그가 서명했다. 그 간악한 계약서에. 새빨간 뜨거운 피로 그가 서명했다.

계약 당시 네 사람은 모두 학생이었다. 딱히 극빈한 처지도 아니었고 소위 고등 교육을 받을 생각도 없었으므로 동상으로 파손된 도로를 정비하거나 최저 임금을 받고 햄버거를 굽거나 토사물 냄새가 나는 저급 바에서 성매매를 했다. 적어도 이레나는 그랬다. 다들 빈민 계층은 아니었지만 그렇다고 여윳돈이 많은 것도 아니었다. 여름내 일해서 번 돈과 마지못해 친척들에게 빌린 돈으로, 이레나의 경우에는 쥐꼬리만 한 장학금으로 연명했다.

처음에 네 사람은 생맥주가 한 잔에 10센트인 맥줏집에서 우스개와 불평과 허풍을 주고받다 서로를 알게 되었다. 물론 이레나는 예외였다. 그런 대화에 끼는 사람이 아니었다. 이레나는 만취한 남자애들이 10센트와 25센트 동전을 어디에 두었는지 잊거나 칠칠맞지 못하게 돈을 아예 가져오지 않을 때마다 대신 계산을 해 주고 나중에 그 돈을 돌려받지도 못하는 맥줏집 엄마에 가까웠다. 공통점이라면 넷 다 주거 비용을 줄여야 한다는 문제에 봉착했다는 것이었고 결국 대학 인근의 주택을 임대해 함께 살기로 했다.

1960년대 초반의 일이었다. 그때는 학생이어도 대학 인근의 주택에 세 들어 살 수 있었다. 폭은 좁고, 지붕은 뾰족하고, 여름엔 숨 막힐 듯 덥고, 겨울엔 얼어붙을 듯 춥고, 낡고 허름하고, 지린내가 나고, 벽지는 뜯겨 있고, 바닥은 뒤틀려 있고, 라디에이터에서는 딱딱 소리가 나고, 쥐들이 점령하고 바퀴벌레가 들끓는 붉은 벽돌의 3층짜리 빅토리아 양식 주택이 유일한 선택지였어도 가능하기는 했다. 그때로 말할 것 같으면 원래 있던 주택들이 허물어지고 장기를 팔아야 살 수 있을 정도로 값비싼 유산으로서의 가치를 지닌 건물이 들어서기 전이었다. 나중에는 속물들을 겨냥한 과대평가된 부동산에 명판을 붙이고 다니는 것 말고 달리 할 일도 없는 얼뜨기들이 비슬비슬 그런 건물들을 오가며 역사적 건물임을 알리는 명판을 설치했다.

그의 건물, 즉 그 경솔한 계약을 체결한 건물에도 명판이 붙어 있는데—놀랍게도!—한때 그가 여기에 거주했다는 설명이 적혀 있다. 그에게는 굳이 명판을 보고 상기할 필요도 없는 정보다. 굳이 읽을 필요도 없는 이름과 거주 기간도 '잭 데이스, 1963~1964'라고 적혀 있다. 1년만 생존한 것도 아닌데 굳이 그렇게 써 놓은 이유는 뭐람. 게다가 그 아래에는 '이 건물에서 세계적인 호러 클래식 『죽은 손의 사랑』이 쓰였다.'라는 글귀까지 적혀 있다.

내가 멍청이도 아니고! 다 안다고! 유약을 발라 반질거리는 파랗고 하얀 타원형 명판에 대고 소리치고 싶다. 다 잊어버려야 하는데, 최대한 여기에서 벌어진 모든 일을 잊어야 하는데 발목에 걸린 족쇄 때문에 그럴 수가 없다. 영화제며 문학 페스티벌이며 코믹 페스티벌이며 몬스터 페스티벌이며 하는 것들에 참석하러 이 도시를 찾을 때마다 스리슬쩍 보고 가지 않을 수가 없다. 한편으로는 계약서에 서명한 과거의 바보짓을 상기시키지만 다른 한편으로는 '세계적인 호러 클래식'이라는 세 단어를 통해 씁쓸한 만족감을 주는 명판이니 어쩔 수 없다. 잭은 이 명판에 지나치리만치 집착한다. 누가 뭐래도 자신이 이룬 중대한 삶의 성취에 바치는 헌사인 터다. 그런 것이다.

어쩌면 훗날 그의 묘비에도 '『죽은 손의 사랑』, 세계적인 호러 클래식' 같은 문구가 적힐지도 모른다. 그러면 고스족을 연상케 하는 눈 화장을 하고, 프랑켄슈타인의 피조물처럼 목에 봉합 흉터를 타투로 새기고, 손목에 '여기를 베시오.'라는 안내 문구와 함께 점선을 그려 넣은 매력적인 10대 여자애들이 묘비를 찾아와 시든 장미와 새하얀 닭 뼈를 바치고 갈지도 모른다. 이미 그런 물건을 보내오고 있기 때문이다. 아직 죽지도 않았는데.

때로 그런 여자애들은 그가 참석하는 행사장, '장르'가 지닌 고유한 가치에 대해 장황하게 한소리 늘어놓거나 그의 대표작에서 영향을 받아 탄생한 다양한 영화를 돌이켜 보는 토론회를 어슬렁거린다. 나체 상태로 목에는 검은 밧줄을 감고 혓바닥은 내밀고 찍은 사진을 붙인 편지 봉투나 뾰족한 뱀파이어 틀니를 끼고 끝내주는 구강성교를 해 주겠다는 제안을 담은 쪽지와 자기 음모 다발을 넣은 비닐봉지를 들고서 갈가리 찢어진 수의 같은 차림으로, 얼굴은 병든 사람처럼 녹색으로 칠하고 나타나는 것이다. 그가 그런 제안에 응한 적은 한 번도 없었다. 하지만 그렇다고 다른 아부에도 전부 다 퇴짜를 놓지는 않았다. 잭이 어찌 그럴 수 있었겠나?

이는 항상 위험이, 그의 자아가 다칠 위험이 따르는 일이다. 침대에서, 혹은 그런 여자애들은 적당히 불편한 상황에서 차오르는 흥분을 즐기니 바닥에 누워서나 벽에 기대서나 몸을 밧줄로 의자에 친친 동여맨 상태로 했는데 기대를 충족시키지 못하면 어쩌나? 그 여자애들이 가죽 속옷의 매무새를 바로잡고 거미줄처럼 꼬인 스타킹을 신은 다음 화장실 거울을 보며 접착력이 약해진 긁은 상처들을 다시 붙이면서 "당신은 다를 줄 알았어요."라고 말하면 어쩌나? 그런 일은 실제로 일어나기도 했고, 나이를 먹으며 몸이 쇠약해지고 권태까지 느끼고 있으니 더 자주 일어날 수밖에 없었다.

"내 상처 망가졌잖아요." 그들은 그에게 그런 말도 했다. 심지어 빈정거리는 기색도 없이 정색하고 말했다. 입을 비쭉 내밀고. 나무라면서. 멸시하면서. 그러니 그런 여자애들과는 거리를 유지하는 편이, 멀찌가니 떨어져서 그가 가진 퇴폐적이고 사악한 힘을 숭배하게 내버려 두는 편이 낫다. 어차피 그런 여자애들의 연령대가 점점 낮아지고 있는지라 어떤 말이든 내뱉어야 할 순간이 찾아와도 대화가 어렵다. 그들의 입에서 어떤 말이 튀어나올지 갈피를 잡을 수 없는 경우도 다반사다. 뭔가를 말해도 알아들을 수조차 없다. 생전 처음 듣는 새로운 단어를 쓰는 탓이다. 잭은 자신이 100년간 지하에 매장되어 있다 나온 것이 아닌가 싶은 생각이 들 때도 있다.

잭이 이렇게 기묘한 성공을 누리리라고 누가 예상이나 했을까? 그 자신을 포함한 모두가 그를 한심한 놈이라고만 여겼던 시절에 말이다. 『죽은 손의 사랑』은 분명 저속하고 추잡한 싸구려 잡지를 뮤즈로 삼아 순전히 영감에만 의존해 쓴 작품일 것이다. 여느 작가들처럼 글쓰기를 멈췄다가 다시 시작했다가 시간만 허비했다가 하는 일도, 종이를 인정사정없이 구겨 쓰레기통에 던져 버리는 일도, 평소에 뭐가 됐건 끝을 맺지 못하게 하는 갑작스러운 무기력이나 절망에 휩싸이는 일도 없이 단숨에 써냈기 때문이다. 그는 책상 앞에 앉아 전당포에서 건진 오래된 레밍턴 타자기를 거침없이 두드리면서 하루에 여덟 쪽이나 아홉 쪽, 혹은 열 쪽씩 썼다. 뻑뻑한 자판과 엉킨 잉크 리본과 얼룩진 카본지라니, 생각해 보면 얼마나 이상한 광경인지. 그가 책을 완성하는 데 걸린 시간은 고작 3주 정도였다. 길게 봐도 한 달이었다.

물론 그는 그 책이 세계적인 호러 클래식이 되리라고 생각지 못했다. 속옷 차림으로 계단을 두 칸씩 뛰어 내려가 부엌에서 "내가 방금 세계적인 호러 클래식을 썼어!"라고 소리치지도 않았다. 설령 그랬더라도 포마이카 테이블에 앉아 인스턴트커피와 무색에 가까운 캐서롤을 먹고 있던 나머지는 비웃음만 쳤을 것이다. 이레나가 세 사람을 위해 만들어 주곤 했던 캐서롤은 값싸지만 영양가는 있는 쌀과 면과 양파와 캔에 든 버섯 수프와 참치를 왕창 넣어 만든 요리였다. 이레나는 **영양가** 많은 식재료라면 사족을 못 썼다. 돈 쓸 만한 가치가 있는 것, 이레나에게는 그게 중요했다.

네 사람은 돼지처럼 생긴 쿠키 병에 매주 저녁 식비를 모았는데 이레나는 셋보다 적은 돈을 냈다. 사실상 요리 담당이었던 터다. 이레나는 요리, 식료품 구매, 전기세와 가스비 같은 공과금 지불 등을 처리하는 것을 좋아했다. 여자들이 그런 역할 수행을 즐기던 시절이 있었고 남자들도 그런 상황을 흡족하게 받아들였다. 잭은 보살핌을 받고 더 먹으라는 소리를 듣는 것을 좋아했고 자기가 그런 사람임을 부인하지도 않았다. 넷이 맺은 계약에 따르면 잭을 포함한 세 남자는 설거지를 하기로 되어 있었으나 정기적으로 임무를 다했다고 말할 수는 없었다. 적어도 잭은 그랬다.

이레나는 요리를 하기에 앞서 앞치마를 둘렀다. 앞치마에는 파이가 아플리케 기법으로 수놓여 있었다. 사실 잭은 그 앞치마를 두른 이레나의 모습이 아름답다고 생각했다. 그건 앞치마 끈으로 허리를 묶으면 이레나의 허리를 두 눈으로 직접 확인할 수 있어서이기도 했다. 평소에는 이레나의 허리가 체온 유지를 위해 몇 겹씩 껴입은 두꺼운 니트에 가려 잘 보이지 않았던 것이다. 더욱이 이레나는 속세에 사는 수녀처럼 짙은 회색이나 검은 옷만 입었다.

허리가 있다는 것은 곧 육안으로 확인할 수 있는 엉덩이와 가슴도 있다는 뜻이었고, 잭은 그 견고하고 우둘투둘한 옷과 심지어는 앞치마조차 걸치지 않은 이레나의 모습이 어떨지 상상해 보지 않을 수 없었다. 금발을 축 늘어뜨리거나 머리 뒤로 말아 올린 모습까지도. 영양가 많고 입맛이 돌게 하는, 탐스럽고 고분고분한, 분홍색 벨벳 덮개로 감싼 뜨거운 물병을 닮은 인간처럼 뭐든 순순히 받아들이는 사람이 그려졌다. 이레나는 얼마든지 잭을 속일 수 있는 사람이었고, 실제로 속였다. 잭은 이레나가 온화한 마음을, 솜털로 가득 채운 베개 같은 마음을 갖고 있을 것이라고 생각했다. 이레나를 이상화했다. 멍청한 짓이었다.

어쨌든 잭이 면과 참치 냄새가 나는 부엌으로 가서 방금 세계적인 호러 클래식을 썼다고 말했다면 세 사람은 그저 비웃음만 쳤을 것이다. 그때나 지금이나 다들 잭을 진지하게 대하지 않기 때문이다.

잭은 공동 주택의 꼭대기 층 다락방에서 생활했다. 최악의 위치였다. 여름이면 끓어오르고 겨울이면 얼어붙었다. 갖가지 연기와 냄새도 다락방으로 올라왔다. 요리할 때 나오는 연기, 아래층의 더러운 양말들이 풍기는 냄새, 화장실의 악취 모두 다락방으로 솔솔 피어올랐다. 다락방의 열기와 한기와 냄새에 대해 복수를 한다고 해 봐야 발을 쿵쿵 구르는 것 말고는 달리 도리가 없었다. 하지만 그래 봐야 바로 아래층에서 생활하는 이레나만 괴롭히게 될 뿐이었고, 이레나의 속옷 밑을 탐했던 잭은 괜히 심기를 거스르고 싶지 않았다.

머지않아 기회가 생겨 슬쩍 엿본 이레나의 속옷은 검은색이었다. 그때 잭은 검은 속옷이 섹시하다고, 지저분한 싸구려 범죄 잡지에 나올 법한 천박한 섹시함이 있다고 생각했다. 고등학생 시절 애인들이 입었던 흰색과 분홍색 말고는 실제 여자들이 입는 팬티 색깔에 문외한이기도 했다. 그것도 주차된 차 안의 갑갑한 어둠 속에서 가까스로 훔쳐본 것이라 정말 흰색과 분홍색이었는지도 확실하지 않긴 했다. 잭이 뒤늦게 깨달은 점은 이레나가 검은색 속옷을 입은 이유가 상대를 도발하기 위해서가 아니라 검은색이 실용적이어서였다는 사실이다. 말하자면 이레나의 검은색은 구두쇠의 검은색, 레이스나 달랑대는 십자가 장식이나 속이 보일 듯 말 듯한 디자인 따위가 전무한 검은색, 속살을 드러내기 위한 것이 아닌 단지 분비물을 가리고 세탁비를 절약하기 위한 검은색이었다.

훗날 잭은 이레나와의 섹스는 와플 기계와 하는 섹스 같았다고 회상하며 혼자 웃었지만 그건 시간이 흐르면서 과거에 대한 관점이 왜곡되고 이레나를 금속처럼 차디찬 사람으로 재평가한 결과였다.

2층에서 생활한 사람이 이레나만은 아니었다. 재프리도 2층에 살았고 잭은 그 점에 질투심을 느꼈다. 잭이 아늑한 다락방에서 세상 모르고 잠들어 있는 동안 불온한 욕정에 사로잡혀 군침을 질질 흘리는 재프리가 구린내 나는 털양말을 신은 발을 질질 끌며 복도를 걷다가 이레나의 방으로, 아무 눈에도 띄지 않은 채 아무 소리도 내지 않고 스르륵 들어가는 게 얼마나 쉬운 일이었겠나. 그런데 재프리의 방은 집 뒤편에 타르 종이로 대충 마감해서 만든 단열도 제대로 안 되고 찌든 때 범벅인 부엌 위에 자리해 있었다. 즉 천장이 잭이 사는 방의 바닥과 붙어 있지 않아 발을 굴러도 소용이 없었다.

로드도 재프리와 비슷한 이유로 잭의 발 구르기를 피해 갔고, 마찬가지로 잭으로부터 이레나에게 흑심을 품고 있다는 의심을 받았다. 로드는 원래 1층의 다이닝 룸이었던 공간에서 거주했다. 거실로 이어지는 쌍여닫이문을 젖빛 유리 패널로 완전히 막아서 만든 방이었는데, 원래 거실이었던 공간도 일종의 아편굴로 변해 갔다. 하지만 실제 아편이 있던 것은 아니었고 퀴퀴한 냄새가 나는 밤색 쿠션, 개가 토를 한 것 같은 갈색 바닥에 감자칩과 견과류 부스러기가 촘촘히 박힌 카펫, 그리고 망가진 안락의자가 하나 있었다. 그 의자에서는 달리 머물 곳이 없어 찾아온 철학과 학생들이 단순히 아주 저렴하다는 이유로 마시다가 얄궂게도 주정뱅이가 되게 만든 단맛이 심하게 강한 올드 세일러 포트 냄새가 진동했다.

그 거실은 그들이 빈둥대며 시간을 보내고 파티를 연 공간이었다. 다만 공간이 그 정도로 넉넉하지는 않아서 파티를 열면 사람들이 좁은 복도와 계단 위와 부엌 뒤편으로까지 밀려났고, 다들 알아서 대마초 흡연자 무리와 음주자 무리로 나뉘었다. 아직 히피가 등장하기 전이었으므로 대마초를 피운 사람들이 히피였던 것은 아니지만 앞으로 나타날 문화적 현상을, 꾀죄죄한 외양에 자의식이 강하고 재즈 음악가들과 어울리며 약간 일탈적인 노선을 취한 비트족 엇비슷한 집단을 예견했다. 그럴 때 잭은—이제는 명판도 가진 존경받는 세계적인 호러 클래식 작가 잭은—자기 방이 꼭대기 층에 있다는 사실이 기뻤다. 소란한 사람들과 술, 담배, 대마초의 역한 냄새에서, 그리고 때로는 자제할 줄 모르는 사람들이 남긴 토 냄새에서 벗어날 수 있어서였다.

자기만의 방이 그것도 꼭대기 층에 있었던 덕에 잭은 사랑스럽고, 피로에 찌들고, 염세적이고, 세련되고, 검은 터틀넥 스웨터를 입고, 아이라인을 진하게 그린 여자들을 신문이 너저분히 깔린 침실로 꾀어낸 다음 글쓰기 기술, 창작의 고통과 고뇌, 진실성이라는 자질의 필요성, 글을 팔아 버리고 싶은 유혹, 그런 유혹을 거부하는 고귀함 따위에 대한 예술적인 대화를 약속하며 인도풍 침대보가 깔린 침대에서 일시적인 피난처를 제공할 수 있었다. 자기를 오만하고 우쭐거리고 자의식이 충만한 남자로 보는 여자들에게는 일부러 자조적인 태도도 내비쳤다. 사실 잭은 그 여자들이 생각한 그런 사람이었다. 그 나이에 아침마다 침대에서 기어 나와 앞으로 열두 시간 동안 깨어 있을 수 있으리라는 믿음을 유지하려면 그런 사람이어야 했다.

하지만 여자의 마음을 제대로 사로잡은 적은 한 번도 없었고, 만에 하나 성공하기라도 할 경우 잘하면 자기에게 관심을 줄 것 같은 미미한 신호를 보내던 이레나와의 기회를 망쳐 버릴 수도 있었다.

이레나는 술을 마시거나 대마초를 피우지 않았고 그런 사람들 뒤처리를 하고 다녔으며, 누가 누구에게 무슨 짓을 했는지를 머릿속에 기록했고, 아침이면 모든 일을 기억했다. 결코 말이 많지는 않았고 신중했지만 어떤 말을 하지 않으려 하는지를 지켜보다 보면 어떤 말을 하고 싶은지가 드러났다.

『죽은 손의 사랑』은 출간 후 호평을 받았다. 아니, 그 시절에는 그런 부류의 책이 호평이라고 부를 만한 것을 받는 일이 없었으니 호평이라고 할 수는 없었다. 아직은 아니었다. 그보다 시간이 한참 지난 후에야, 펄프 픽션과 장르 문학이 문학적 정통성에 한 발 내딛고 그다음엔 그것을 발판 삼아 도약을 시작한 후에야—당시 기준으로는 책이 영화로 제작된 후에야—잭이 여자를 꾀어내는 일도 훨씬 수월해졌다. 잭이 적어도 상업 작가로라도 명성을 날렸을 때, 형압 금박으로 표지를 후가공한 페이퍼백으로 상당한 판매고를 올렸을 때 말이다. 예술에 대한 대화로는 도통 여자를 꾀어낼 수 없었지만 대신 꽤 많은 여자가 섬뜩한 이야기를 좋아했다. 진심인지는 알 수 없었지만 어쨌든 좋아한다고들 했다. 고스 열풍이 불기도 전인 그 시절에도 좋다고 했다. 어쩌면 잭의 소설이 자신들의 내면적인 삶을 담고 있다고 생각했는지도 모른다. 그게 아니라면 그저 잭이 자신들의 영화 데뷔를 도와줄 수 있기를 바랐을 수도 있지만.

오, 잭, 잭. 잭은 거울에 비친 부석부석한 자기 눈을 쳐다보면서, 휑한 뒷머리를 손으로 만지작거리면서, 오래는 무리지만 잠깐이나마 숨을 참아 배를 홀쭉하게 만들면서 혼잣말을 한다. 넌 진짜 폐인이야. 넌 진짜 멍청이야. 넌 너무 외톨이야. 오, 잭, 영리하고 민첩하게 좀 굴어 봐, 왕년에는 촛대 하나만 있어도 빠릿빠릿하게 헛소리 잘했잖아. 참 혈기 왕성했었는데. 참 믿음직했었는데. 참 젊었었는데.

   그 계약은 시작부터 조짐이 좋지 않았다. 3월 말, 잔디를 뒤덮은 회색 눈더미에는 구멍이 송송하고 으스스하고 습한 공기가 온몸을 휘감고 가만히 있어도 신경질이 나는 어느 날이었다. 때는 점심시간이었고, 잭의 세 룸메이트가 진주를 소용돌이 형태로 장식하고 다리는 크롬으로 도금한 붉은 포마이카 식탁에 앉아서 음식 버리기를 싫어하는 이레나가 자주 내어놓는 잔반을 먹고 있었다. 잭은 늦잠을 잤다. 그도 그럴 것이 전날 밤 난해한 외국 작가들에 대한 설교를 즐기는 재프리 덕분에 평상시와 달리 지독하게 지루한 파티가 열려 니체와 카뮈가 토론 주제로 올랐는데, 그들에 대해 아는 것이라고는 소금 통에 넣을 수 있을 만큼 하찮았던 잭 데이스에게는 더할 나위 없이 끔찍한 시간이었다. 한 남자가 곤충으로 변하는 배꼽 빠지게 웃긴 이야기를 쓴 카프카에 관해서라면 꽤나 재미있는 말을 보탤 수 있었을 텐데. 잭은 거의 매일 아침 자기가 그 곤충이 된 것 같다고 느꼈기 때문이다. 아무튼 다들 경쟁적으로 자기가 아는 문학을 지루하게 늘어놓는 소리에 미쳐 버릴 것 같았던 잭은 어느 사디스트가 실험실용 알코올 병을 가져와 섞은 포도 주스와 보드카를 진탕 마시고 취해 버렸고 결국 무릎이 튀어나올 만큼 격렬하게 토했다. 그에 더해 정체는 알 수 없지만 가랑이를 간질간질하게 만드는 가루를 섞었을 가능성이 농후한 뭔가를 피우기까지 했다.

그래서 먹다 남은 참치 누들 캐서롤을 앞에 두고 이레나가 무자비하게, 조금의 망설임도 없이 꺼낸 주제에 대해 잭은 한 마디도 없고 싶은 기분이 아니었다.

"세 달째 방세 안 낸 거 알지." 잭이 인스턴트커피를 한 모금 마시기도 전에 이레나가 쏘아붙였다.

"아, 정말." 잭이 말했다. "이것 좀 봐. 나 손 떨고 있잖아. 어제 엄청 취했었단 말이야!" 대체 왜 이레나는 상대를 좀 이해하고 품어 줄 줄 모르는 건가? 차라리 날카로운 통찰력을 뽐내는 말이 나았을 것이다. "너 꼴이 말이 아니야." 같은 말.

"말 돌리지 마. 너도 알다시피 우리 셋이서 어쩔 수 없이 네 방세까지 내야 했어. 안 그러면 퇴거당할 테니까. 하지만 계속 이럴 순 없어. 그러니 어떻게든 방세를 구해 오든가, 아니면 이 집에서 나가 줘야겠어. 네 방을 비우고 정말 방세를 낼 수 있는 사람을 구해야 해."

잭은 식탁 의자에 털썩 주저앉았다. "알겠어, 알겠다고. 아이, 미안해. 내가 해결할게. 하지만 시간이 좀 더 필요해."

"무슨 시간?" 재프리가 믿을 수 없다는 듯 능글맞게 웃으며 말했다. "절대적 시간, 아니면 상대적 시간? 정신적 시간, 아니면 측정 가능한 시간? 유클리드적 시간, 아니면 칸트적 시간?" 철학 개론 수업에서처럼 사소한 것 하나하나 꼬치꼬치 물고 늘어지는 말장난에 응하기에는 너무 이른 시간이었다. 재프리는 늘 그런 식으로 재수 없게 굴었다.

"아스피린 있는 사람?" 잭이 물었다. 그때는 그렇게 저자세를 취하는 것 말고는 달리 할 수 있는 것이 없었다. 정말로 심한 두통을 느끼기도 했다. 이레나가 진통제를 가져다주려고 자리에서 일어났다. 간호사 역할을 하고 싶은 충동을 억누르지 못했다.

"시간이 얼마나 필요한데?" 로드가 산수를 할 때마다 쓰는 작은 녹갈색 공책을 꺼냈다. 로드는 이 공동 사업에서 경리 역할을 맡고 있었다.

"시간이 필요하다고 한 지 몇 주가 흘렀어. 아니, 몇 달이지." 이레나는 진통제 두 알과 물 한 잔을 식탁에 내려놓으면서 "셀처 탄산수도 있어."라고 덧붙였다.

"내 소설 말이야." 변명을 늘어놓는 것이 이번이 처음은 아니었지만 잭은 "시간이 필요해. 정말로…… 거의 끝났어."라고 말했다. 사실이 아니었다. 사실은 3장에서 막혀 있었다. 인물 구상은 대략 마친 상태였다. 지붕이 뾰족한 빅토리아 양식으로 지어진 대학 인근 3층짜리 연립 주택에 사는 네 사람—전부 매력적이고 호르몬의 지배를 받는 학생들—이 자신들의 정신 상태에 대해 영문 모를 말들을 늘어놓고 사통을 일삼는 일상을 그렸는데, 문제는 거기서 이야기를 더 진전시킬 수 없다는 것이었다. 인물들이 그런 짓 말고 과연 무얼 더 할 수 있을지 감이 잡히지 않았다. "일자리를 구할 거야." 잭이 기어들어 가는 목소리로 말했다.

"어떤 일자리?" 흑요석 같은 심장의 소유자 이레나가 말했다. "진저에일도 있으니까 먹고 싶으면 먹어."

"백과사전 팔아도 되겠네." 로드가 그렇게 말하며 웃자 나머지 둘도 웃음을 터뜨렸다. 백과사전 판매는 무책임하고 무능하고 절박한 사람이 동원하는 최후의 수단으로 알려져 있었던 터다. 그리고 잭데이스가 실제로 누군가에게 무언가를 판다는 생각 자체가 그들에게는 우스울 따름이었다. 그들이 보기에 잭은 떠돌이 개들도 고양이 똥 냄새를 맡은 것처럼 그에게서 실패의 냄새를 맡고 도망가는 실패와 불운의 대명사였다. 최근 들어서는 잭이 그릇을 너무 많이 떨어뜨린다는 이유로 그릇의 물기를 닦는 것도 허락하지 않았다. 그건 잭이 의도한 바이기도 했다. 가사일 분담에서는 무능한 사람으로 보이는 것이 도움이 되기 때문이다. 하지만 이제는 그 무능함이 잭에게 불리하게 작용하고 있었다.

"네 소설 인세를 나누는 건 어때?" 로드가 말했다. 로드는 경제학 전공이었다. 여분의 재산으로 주식을 했고 실적이 그리 나쁘지 않아서 그 빌어먹을 월세도 낼 수 있었다. 그 덕에 로드는 돈에 관해서라면 꼴도 보기 싫을 정도로 잘난 체를 해 댔다. 그 시절에만 그런 것이 아니라 평생 그랬다.

"그래, 난 좋아." 잭이 말했다. 그때는 다들 진지하지 않았다. 세 사람은 잭에게 한번 더 기회를 주고, 소설에 재능이 있다는 그의 주장을 인정하는 체하고, 비록 이론적인 차원으로라도 건전한 재무 관리라는 것을 경험하게 할 생각으로 잭을 어르고 달랜 것뿐이었다. 나중에 듣기로 그들은 잭의 사기를 진작시키고, 자기들이 잭을 믿는다는 것을 잭이 믿도록 만들고, 잭의 능력을 한번 시험해 볼 요량으로 공모를 한 것이라고 했다. 그러면 잭이 실제로 죽어라 일해서 뭐라도 해낼지 모르는 일이지 않나. 하지만 정말 그런 일이 벌어지리라고 예상한 것은 아니었다. 그런 일이 벌어진 것이, 그것도 무척 극적으로 펼쳐진 것이 세 사람의 잘못은 아니었다.

계약서를 작성한 사람은 로드였다. 월세 3개월 치에 1개월 치, 즉 잭이 내지 못했던 3개월 치에 앞으로 내야 할 1개월 치를 세 사람이 내주는 대신, 아직 완성되지 않은 잭의 소설에서 발생할 인세 수입을 잭의 몫을 포함해 4분의 1씩 나누어 갖는다는 내용이었다. 잭에게 돌아가는 몫이 하나도 없으면 동기 부여에 부정적인 영향을 미칠 터였다. 얘가 얻는 게 하나도 없으면 소설을 끝마칠 힘이 나지 않을 수도 있어. 경제적 인간을 신봉하는 로드는 그렇게 말했다. 하지만 잭이 정말로 소설을 완성하리라고 생각지는 않았기 때문에 그 말을 하면서 혼자 낄낄댔다.

심한 숙취에 시달리고 있지 않았더라도 잭은 계약서에 서명했을까? 그랬을 것이다. 쫓겨나고 싶지 않았으니까. 길에서 노숙 생활을 하고 싶지도, 그보다 더 최악의 경우 돈 밀스에 위치한 부모님 댁의 취미 방에 빌붙어 살면서 노상 자기 걱정에 마음 졸이고 시도 때도 없이 챙기려 드는 어머니와 혀를 끌끌 차며 설교를 늘어놓는 아버지에게 포위된 생활을 하고 싶지도 않았다. 그런 이유로 잭은 모든 조건에 동의했고, 서명했고, 안도의 한숨을 쉬었고, 배 속에 뭐라도 집어넣는 편이 좋으니 이레나의 성화에 못 이기는 척 참치 누들 캐서롤을 포크로 두어 번 퍼먹은 다음 위층으로 올라가 낮잠을 잤다.

하지만 그러고 나니 빌어먹을 소설을 어떻게든 써내야만 했다.

빅토리아 양식 주택에 사는 학생 네 명 가지고는 희망이 없었다.

빨판을 가진 문어 떼처럼 중고의 중고로 산 부엌 의자에 항문을 딱 붙이고 앉아 있는 그 인물들은 발에 불이 붙어도 그 무력한 궁둥이를 떼어 낼 생각조차 하지 않을 것이 분명했다. 다른 이야기를, 완전히 다른 이야기를, 그것도 하루빨리 써내야 했다. 이제 어떤 소설이든 소설 쓰기는 자존심의 문제였다. 재프리와 로드가 계속 비아냥거리게 놔둘 수는 없었다. 더는 이레나의 아름다운 푸른 눈에 서린 동정과 멸시를 견딜 수 없었다.

제발, 제발. 잭은 연기와 악취가 빽빽이 들어찬 얼음장처럼 차가운 허공에 대고 기도했다. 제발 좀 도와주세요! 뭐든, 아무거나요! 뭐든 팔릴 만한 거면 됩니다!

그렇게 악마의 거래가 성사되었다.

그리고 불현듯 잭의 눈앞에 『죽은 손의 사랑』의 환영이 푸른빛을 발하는 야생 버섯처럼 어른거리더니 이내 완전한 형태를 드러냈다. 잭이 해야 할 일이라고는 받아 적는 것뿐이었다고 해도 무방했다. 아니, 잭이 나중에 토크쇼에서 말한 바에 따르면 그랬다. 『죽은 손의 사랑』은 대체 어디서 싹튼 걸까? 글쎄, 절망 속일까. 이불 속일까. 유년기의 악몽 속일까. 그나마 가능성 있는 것은 잭이 열두 살 때 길모퉁이 약국에서 훔쳐 와 읽곤 했던 소름 끼치는 흑백 만화책이다. 몸에서 떨어져 나와 제멋대로 움직이는 말라비틀어진 신체 부위들이 그런 만화책의 단골 소재였다.

소설의 줄거리는 단순했다. 아름답지만 쌀쌀맞은 여자, 이레나와 닮았지만 이레나보다 허리는 더 가늘고 가슴은 더 풍만한 바이올렛이 잭과 모발색은 같지만 잭보다 못해도 15센티미터는 큰 준수한 외모의 예민한 약혼자 윌리엄을 차 버리는 이야기였다. 바이올렛이 윌리엄을 찬 이유는 무자비하기 그지없었다. 외모는 제프리의 쌍둥이라 할 만큼 그와 닮았으나 재력은 비교도 안 되게 어마어마했던 다른 구혼자 앨프를 택한 것이다.

바이올렛은 이보다 더 수치스러울 수도 없을 만한 방식으로 윌리엄을 차 버렸다. 정직하고 고결한 남자 윌리엄이 데이트를 하기 위해 바이올렛의 대단치도 허름하지도 않은 집을 찾아갔을 때, 윌리엄보다 먼저 도착한 앨프가 현관에 설치된 그네에서 바이올렛과 뜨겁고 음란한 포옹과 키스를 나누고 있었다. 설상가상으로 멍청한 윌리엄으로서는 감히 시도해 볼 생각조차 못 했던 행동을, 바이올렛의 치마에 손을 집어넣는 짓을 하고 있었다.

분노와 충격에 휩싸인 윌리엄은 길길이 날뛰며 두 사람에게 따졌으나 별 소용이 없었다. 바이올렛은 윌리엄이 초원에 핀 국화와 인도를 걷다 꺾은 야생 장미를 한 손에 움켜쥐어 만든 꽃다발과 백과사전 업체에서 일하고 받은 두 달 치 월급으로 산 평범한 금반지를 깔보듯 내던지고는 대담한 빨간색 하이힐 차림으로 뻔뻔하게 발걸음을 돌렸고, 앨프가 자기 이름과 어울린다는 이유로 즉흥적으로 구입한 은색의 알파 로메오 오픈카를 타고 떠났다. 앨프는 그런 허세를 부릴 만한 여유를 가진 남자였다. 홀로 남겨진 불쌍한 윌리엄의 귓가에는 바이올렛과 앨프의 비웃음이 메아리쳤고, 화룡점정으로 윌리엄이 준비한 약혼반지마저 땅바닥을 구르다가 짤랑짤랑 소리를 내며 하수구 사이로 빠져 버렸다.

그 일로 윌리엄은 치명적인 상처를 입었다. 꿈이 산산이 조각났고, 완벽한 여성에 대한 이미지도 파괴되었다. 저렴하지만 깨끗한 하숙집에서 침통한 마음으로 느릿느릿 멍하니 서성이던 윌리엄은 유언을 쓰기 시작했다. 내가 죽으면 오른손을 잘라서 자기와 바이올렛이 서로의 목을 움켜잡고 애무하며 다정한 포옹을 나누며 수많은 소박한 밤을 보낸 공원 벤치 옆에 따로 묻어 달라는 내용이었다. 그런 다음 윌리엄은 돌아가신 아버지가 제2차 세계대전 당시 적군과 용맹하게 맞설 때 썼다가 그에게 물려준 — 윌리엄을 고아로 만든 — 군용 리볼버를 자기 관자놀이에 대고 방아쇠를 당겼다. 이 세부 묘사가 상징적인 고결함을 더해 준다고 잭은 생각했다.

윌리엄의 하숙집 주인은 남편을 잃고 혼자 사는 친절한 부인으로, 말투에 유럽 억양이 배어 있고 집시들의 직감 같은 것을 갖고 있었다. 부인은 손을 절단해 따로 묻어 달라는 윌리엄의 소망을 어떻게든 이뤄 주려 했다. 그래서 한밤중 영안실에 잠입해 세상을 떠난 남편의 목공 작업실에서 챙겨온 실톱으로 오른손을 직접 절단했다. 원본 영화와 리메이크 영화에 구현된 그 장면에서는 심상치 않은 그림자가 드리우면서 절단된 손에서 오싹한 빛이 났다. 그 빛에 부인은 순간 화들짝 놀랐지만 하던 일을 계속했고, 공원 벤치 옆으로 가서 스컹크가 파헤치지 못할 만큼 깊게 손을 묻었다. 그리고 그 위에 자신이 갖고 있던 십자가를 세웠다. 오랜 역사를 가진 나라 출신이라 미신을 믿었다.

무정하고 못된 여자였던 바이올렛은 장례식에 얼굴을 비치지도 않았고, 절단된 손의 존재에 대해서도 몰랐다. 사실 그 손의 존재는 윌리엄이 사망한 직후 자신이 저지른 일로 인해 영혼에 씌었을지도 모를 악령을 내쫓기 위해 머나먼 크로아티아로 떠나 버린 하숙집 주인 말고는 아무도 몰랐다.

시간이 흐른 뒤 바이올렛은 앨프와 약혼했다. 둘은 호화 결혼식 준비에 한창이었다. 바이올렛은 윌리엄에게 약간의 죄책감과 미안함을 느꼈지만 아주 잠깐씩이나마 그의 생각을 하는 일조차 거의 없었다. 고가의 새 옷을 입어 보고 앨프가 무신경하게 건네준 다양한 다이아몬드와 사파이어 제품들을 자랑하고 다니느라 무척 분주했다. 앨프는 여자의 마음은 보석을 통해 얻는 것이라는 좌우명을 가진 사람이었는데, 바이올렛에 관해서라면 전적으로 옳은 생각이었다.

잭은 여기서부터 이야기를 어떻게 진행해 나갈지 고민했다. 결혼식 직전까지 손의 존재를 숨겨야 할까? 매끄럽고 윤이 나는 기다란 웨딩드레스 옷자락 밑에 손을 숨겨 두고 바이올렛을 따라 같이 입장하게 만든 다음 바이올렛이 '선서합니다.'라고 말하기 직전에 툭 튀어나와 결혼식장을 쑥대밭으로 만들어야 할까? 아니, 목격자가 너무 많다. 다들 탈출한 원숭이처럼 교회 안을 헤집고 다니며 손을 쫓을 테고, 그러면 공포스럽기보다는 우스꽝스러워 보이기만 할 것이다. 바이올렛만 발견하게 하는 편이 낫다. 그리고 가능하다면 바이올렛이 아무것도 입지 않은 상태일 때.

결혼식을 앞둔 몇 주 전, 공원에서 놀던 한 아이가 하숙집 주인이 세워 둔 십자가가 햇빛을 받아 반짝이는 것을 보고 그걸 뽑아 집으로 가져갔고, 그 순간 십자가의 방어 효과가 사라져 버리는 일이 발생했다.(리메이크가 아닌 원본 영화에서는 이 장면이 나올 때 불길한 분위기가 감도는 옛날 노래가 배경음악으로 깔렸다. 리메이크 영화에서는 아이가 개로 대체되었는데, 개가 이 종교적 장신구를 물고 오자 알고 있으면 도움이 되는 각종 지식에 일자무식이었던 반려인은 그것을 관목 속으로 던져 버렸다.)

그 후 보름달이 뜬 밤, 윌리엄의 손이 농게 혹은 돌연변이 수선화 새싹처럼 공원 벤치 옆 흙을 뚫고 모습을 드러냈다. 피부는 갈색으로 변색한 채 쪼그라들어 있고 손톱은 긴 몰골이 참으로 처참했다. 손은 공원을 빠져나와 지하 수로로 내려가더니 매정히 버려진 약혼 금반지를 약지에 걸고 다시 땅 위로 올라왔다.

더듬더듬 잰걸음으로 바이올렛의 집을 찾아간 손은 담쟁이덩굴을 타고 침실까지 기어 올라간 다음 창문을 통해 실내로 들어갔다. 그러고는 바이올렛의 화장대에 놓인 우아한 꽃무늬 치마 밑에 숨어 옷을 벗는 바이올렛을 힐끔거렸다. 그런데 손이 볼 수가 있나? 없다. 눈이 없기 때문이다. 하지만 손은 윌리엄의 영혼을 통해, 더 정확히는 그의 영혼을 이루는 일부 선하지 않은 마음을 통해 살아 움직인다는 점에서 일종의 시력 없는 시각을 갖고 있었다.

(13년 전인가 15년 전 현대어문학회에서 진행된 『죽은 손의 사랑』을 중심으로 한 특별 세션에서 프로이트를 추종하는 한 비평가는 윌리엄의 손이 억압된 것의 회귀를 의미한다고 말했다. 그러자 융을 따르는 비평가는 신화와 마법에 무수히 등장하는 절단된 손을 예로 들면서 그 해석을 문제 삼았다. 그는 윌

리엄의 손이 처형된 죄인의 시체에서 잘라 소금에 절였다가 그 안에 초를 집어

넣고 불을 밝혀 오랫동안 교신 마법에 사용한 영광의 손과 공명한다고 말했다.

영광의 손은 프랑스에서는 맹 드 글로르로 알려져 만드라고라 혹은 맨드레이

크라는 이름으로도 불리고 있었다. 프로이트 전문가가 이 민속학적 정보는 시

대에 뒤처진 데다가 요점에서도 벗어나 있다고 지적하자 장내가 웅성거렸고,

명예 손님으로 초대된 잭은 자리에서 일어나 담배를 피우러 나갔다. 잭이 아직

담배를 피우던 시절, 심장 전문의가 당장 끊지 않으면 죽을 거라고 경고하기

전의 일이었다.)

손이 화장대 밑에서 힐끔거리는 동안 바이올렛은 입고 있던 옷을

다 벗고 샤워를 하러 이동했다. 침실에 딸린 욕실 문을 살짝 열어 둔

덕분에 손과 독자 모두 애간장을 태우지 않을 수 없었다. 분홍빛 일

색인 광경과 곡선미의 관능에 대한 묘사가 이어졌다. 잭은 이 대목

을 쓸 때 유독 과한 정성을 쏟았다. 그때는 몰랐고 나중에야 알게 된

사실이지만, 스물두 살에는 그런 세부에 과한 노력을 기울이기 마련

이었다.(소설의 첫 영화화를 맡았던 감독은 앨프리드 히치콕의 「사이코」에

경의를 표하겠다는 의도를 갖고 샤워 신을 촬영했다. 재닛 리와 티피 헤드런을

섞어 놓은 듯한 금발의 반신반인 수 엘런 블레이크가 최초의 바이올렛 역을 맡

았기에 더할 나위 없이 적절한 콘셉트였다. 현실에서 잭은 수 엘런의 뒤꽁무니

를 집요하게 따라다녔으나 결국 실망만 했다. 잭이 점수를 얻기 위해 바친 선

물과 신처럼 떠받든 행동은 즐겨놓고서 섹스 자체는 좋아하지도 않고 화장이

뭉개지는 것은 질색하는 나르시시스트였던 것이다.)

학생 시절 이레나는 화장을 하지 않았다. 화장에 돈이 들어서였겠

지만, 결과적으로는 꾸밈없고 솔직하며 껍데기를 벗긴 굴처럼 신선한

별미로 보이는 효과를 낳았다. 게다가 베개에 베이지색이나 빨간색 얼룩을 묻히지도 않았다.(돌이켜보니 감사한 일이라고 잭은 생각했다.)

몸의 이곳저곳에 비누칠을 하는 바이올렛을 지켜보는 동안 손은 자제력의 한계를 느꼈다. 하지만 그 순간에 손바닥을 발라당 까 보이진 않기로 했다. 뭐, 말하자면 정체를 드러내지 않기로 했다는 뜻이다. 대신 온갖 형용사가 바이올렛을 묘사하는 동안 끈기 있게 기다렸다. 손도, 독자도, 그리고 바이올렛도 몸을 톡톡 두드려 물기를 닦아 낸 다음 요철 하나 없이 보드라운 살결에 향기로운 로션을 감질나게 바르는 모습을 감상했다. 바이올렛은 금색 반짝이로 장식된 몸에 착 감기는 가운을 스르르 걸치고, 도톰한 입술에 심홍색 립스틱을 칠하고, 손바닥에 착 감기게끔 굴곡져 있는 목에 형형한 목걸이를 착용하고, 매끄럽고 유혹적인 어깨에 귀한 흰 모피를 두른 다음, 입이 떡 벌어지게 엉덩이를 휙 돌리면서 경쾌한 발걸음으로 침실을 나섰다. 물론 손은 떡 벌어질 입이랄 것을 갖고 있지 않았지만 성적 욕구 불만으로 인해 나름의 방식으로 고통받았고, 이는 원작과 리메이크 영화 둘 다에서 정말이지 역겹고 발작적인 손부림으로 표현되었다.

바이올렛이 침실 밖으로 나가자마자 손은 책상을 살살이 뒤졌다. 그러다 바이올렛 이름의 머리글자가 양각으로 새겨진 독특한 분홍색 공책을 발견한 손은 바이올렛의 은색 만년필을 쥐고 몸이, 아니 손이 기억하는 죽은 윌리엄의 필체로 짧은 편지를 썼다.

당신을 영원히 사랑할 거야, 내 사랑 바이올렛. 죽어도 변치 않아. 영원한 당신의 남자, 윌리엄.

손은 화장대에 놓인 꽃다발에서 뽑은 빨간 장미 한 송이와 함께 바이올렛의 베개에 그 편지를 올려 두었다. 알파 로메오를 몰고 다니는 앨프가 매일 빨간 장미 열두 송이를 보내왔기 때문에 꽃은 싱싱했다.

그런 다음 손은 종종대며 바이올렛의 옷장으로 가서 신발 상자에 숨었다. 그리고 그 안에서 앞으로 펼쳐질 일들을 기다렸다. 상자에 담긴 신발은 바이올렛이 매정하게 윌리엄을 차 버렸을 때 신은 대담한 빨간색 하이힐과 똑같았다. 하이힐이 상징하는 의미가 손에도 각인되어 있었다. 손은 내심 고소해하며 성적 만족감을 느끼듯 길고 비쩍 마른 손가락으로 그 빨간색 하이힐을 긁었다.(이 장면은 리메이크가 아닌 원작 영화를 다룬 학계 논문에서 —— 대체로 프랑스에서 그랬지만 스페인에서도 —— 적잖은 분석 대상이 되었는데, 유럽 영화인들은 이를 청교도적 미국인의 신(新)초현실주의를 보여 주는 최신 사례일 뿐이라고 업신여기며 무시했다. 잭은 그까짓 평에 신경 하나 쓰지 않았다. 그가 바란 것은 단지 죽은 손이 섹시한 신발 한 켤레와 함께 절정에 이르는 것뿐이었다. 하지만 결과를 놓고 보면 그 평이 맞다고 인정할 마음도 있었다.)

손은 신발 상자에서 몇 시간을 기다렸다. 기다림이 싫지는 않았다. 기다리는 것 말고 마땅히 하고 싶은 일도 없었다. (리메이크가 아닌 원작) 영화에서 손은 가끔가다 손가락을 까딱까딱하면서 초조함을 표현했는데 이는 감독의 요청에 따라 뒤늦게 넣은 설정이었다. 자기 자신을 호러 영화계의 모차르트로 여겼으며 훗날 예인선에서 뛰어내리기도 했던 괴짜 감독 스타니슬라우스 루즈는 상자 속에서 가만히 있기만 하는 손가락은 아무런 긴장감도 조성하지 못한다고 생각했다.

원작과 리메이크 영화 모두 신발 상자에 담긴 손의 모습과 나이트 클럽에서 볼과 볼을, 허벅지와 허벅지를 맞댄 바이올렛과 앨프가 춤을 추고 앨프가 보석으로 뒤덮인 바이올렛의 목을 탐욕스럽게 주물럭대며 "당신은 곧 내 것이 될 거야."라고 속삭이는 장면을 교차하며 보여 주었다. 잭은 책에 그 나이트클럽 장면을 쓰지는 않았지만 집필 당시 떠오르기만 했다면 분명 썼을 것이다. 그리고 원작과 리메이크 영화 각본을 쓸 때는 실제로 그런 장면이 떠올랐기 때문에 결과를 놓고 보면 처음부터 그렇게 썼다고 봐도 무방했다.

바이올렛과 앨프의 춤, 더듬대는 앨프의 손가락, 상자에서 기다리는 손을 보여 줄 만큼 보여 준 후, 카메라는 집으로 돌아가 샴페인을 몇 잔 벌컥벌컥 들이켜는 바이올렛을 따라다니며 꿀렁대는 목을 클로즈업했다. 바이올렛은 손이 심혈을 기울여 작성한 사랑 편지와 베개 위 장미에는 눈길 한번 주지 않은 채 침대에 몸을 던졌다. 침대에 베개가 두 개였는데 평소에 베지 않는 베개에 편지와 장미가 놓여 있던 터라 바이올렛이 편지를 읽는 일도, 장미 가시에 찔리는 일도 발생하지 않았다.

또다시 외면당한 손은 어떤 감정을 느끼고 있었을까? 슬픔? 분노? 혹은 약간의 슬픔과 약간의 분노? 손만 봐서는 분간하기 힘들다.

옷장에서 미끄러지듯 슬그머니 빠져나와 바닥에 아무렇게 널브러진 이불을 타고 침대로 올라간 손은 정신없이 선잠이 든 바이올렛을 감싼 레이스 잠옷 속으로 들어갔다. 목 졸라 죽일 속셈인 걸까? 오싹한 다섯 손가락이 바이올렛의 목 위에서 머뭇대자 영화 관객들은 비명을 질렀지만, 아직, 아직이었다. 손은 여전히 바이올렛을 사랑했다. 손은 손가락으로 부드럽게, 간절하게, 오랫동안 음미하듯 바이올렛의 머리칼을 어루만졌고, 그러다 자제력을 잃고 그만 바이올렛의 볼을 쓰다듬었다.

그 손길에 바이올렛은 어둑어둑하지만 달빛이 비쳐 드는 방에서 깨어났고 베개 위에 놓인 다리가 다섯 개 달린 거대한 거미 같은 것을 발견했다. 더 큰 비명이 울려 퍼졌다. 하지만 이번엔 바이올렛의 비명이었다. 비명에 화들짝 놀란 손은 침대 밑으로 기어 들어가 온 손을 옹송그려 모습을 감추었고, 공포에 사로잡혀 허둥대다 가까스로 침실 전등을 켠 바이올렛의 눈에는 아무것도 보이지 않았다.

바이올렛은 눈물 바람으로 앨프에게 전화를 걸었고 그런 상황에 놓인 여자애들이 으레 그러하듯 조리 없이 계속 종알댔다. 앨프는 악몽을 꾼 것일 거라며 남자답게 바이올렛을 진정시켰다. 안정을 되찾은 바이올렛은 전화를 끊고 다시 전등을 끄려 했다. 그런데 그때 그 장미가, 그리고 한때 사랑했던 윌리엄의 필체로 쓰인 것이 분명한 편지가 바이올렛의 시선에 들어온 것 아니겠는가.

휘둥그레진 두 눈. 공포에 질린 헐떡임. 말도 안 돼! 앨프에게 다시 전화를 걸 겨를도 없이 황급히 방에서 줄행랑쳐야 했던 바이올렛은 욕실로 들어가 문을 걸어 잠갔고, 모자란 수건을 이불 삼아 욕조에 몸을 웅크리고 잠 못 이루는 밤을 보냈다.(책에서는 이때 바이올렛이 윌리엄에 관한 고통스러운 기억을 떠올렸지만 원작과 리메이크 영화 모두 그 대목은 연출하지 않기로 했기 때문에 영화 속에서 이 장면은 바이올렛이 괴로움에 시달리며 손톱을 물어뜯고 숨이 넘어갈 정도로 흐느껴 우는 모습으로 채

워졌다.)

아침이 밝자 바이올렛은 생기로운 볕이 쏟아져 들어오는 방으로 조심조심 들어갔다. 분홍색 편지가 보이지 않았다. 손이 이미 처리한 후였기 때문이다. 꽃은 평소처럼 꽃병에 꽂혀 있었다.

심호흡. 안도의 한숨. 한낱 악몽이었을 뿐이다. 하지만 여전히 겁에 질린 상태였던 바이올렛은 몸에 딱 달라붙어 엉덩이가 부각되는 치마를 입고 앨프와 점심을 먹으러 나갈 준비를 하는 내내 몇 차례 초조하게 뒤를 돌아보았다.

손은 다시 분주히 움직였다. 바이올렛의 일기를 뒤적이며 바이올렛의 필체를 연습했다. 그런 다음 분홍색 공책을 몇 장 더 찢고 거기에 앨프가 아닌 남자에게 부치는 열렬하고 음란한 사랑 편지를 썼다. 결혼식 전에 우리가 평소에 만나는 그곳에서 보자고, 교외의 카펫 도매점 바로 옆 성매매자들이 자주 가는 허름한 모텔에서 보자고 밀회를 제안하는 내용이었다. '자기, 위험한 건 알지만 이렇게 자기를 못 보고 살 수는 없어.' 편지는 앨프와 그와의 불만족스러운 성교에 대한 험담으로 채워졌고, 특히 그의 성기 크기를 들먹였다. 그러면서 부유한 앨프와 결혼한 후 그를 처리하고 났을 때 두 사람에게 찾아올 환희의 순간을 고대했다. 마지막에는 앨프의 마티니에 안티모니를 조금 넣으면 될 거라면서 이 가상의 연인의 전기뱀장어가 바이올렛의 부들부들 떨리는 촉촉한 해초의 굴 속으로 사르륵 진입하는 순간을 뜨겁게 갈망했다.

(요즘에는 이러한 완곡어법을 사용할 수 없다. 지칭하는 대상을 정확히 지칭해야 하기 때문이다. 하지만 그 시절에는 실제로 출판물에 써넣을 수 있는

단어들이 제한적이었고, 잭은 이 금기가 사라진 것을 애석하게 여긴다. 그런 금기 덕분에 창의적인 은유들이 솟아날 수 있었던 터다. 요즘 젊은 작가들은 노상 F나 C*만 쓰는데, 잭은 개인적으로 그런 표현이 따분하다고 생각한다. 꼰대가 되고 있다는 증거일까? 아니, 객관적으로 봐도 따분하다.)

가짜 연인의 이름은 롤런드였다. 롤런드는 윌리엄보다 먼저 바이올렛에게 구애했다가 퇴짜 맞은 남자였다. 바이올렛은 외모가 준수한 윌리엄을 택했다. 당연한 일이었다. 롤런드는 하품만 나오게 만드는 경제학자였을뿐더러 심술궂고, 매정하고, 기만적이기까지 한 새끼였다. 녹갈색 공책을 쓰는 로드 같은 놈이었다. 또라이, 멍청이, 좆같은 놈…….

잭은 여기까지 쓰고 마지막 단어들이 너무 음악처럼 들린다는 생각에 지워 버렸다. 그런 다음 카페인의 힘을 빌려 공상에 잠겼다. 어째서 남자 거기가 욕으로 쓰여야 하는 거지? 자기 거시기를 싫어하는 남자는 없는데. 좋아하면 모를까. 하지만 다른 남자도 거시기를 갖고 있다는 사실은 모욕일지도 모른다. 분명 그럴 것이다. 잭은 이 생각을 잘 정리해 두었다가 다음 파티 때 지식 겨루기 시간이 너무 지루해지면 비장의 카드처럼 꺼내야겠다고 생각했다.

그러면서 할 일을 미루었다. 자기 전에 채워 두어야 할 분량도 많았건만. 머릿속에 떠오른 생각도 많았건만.

---

* F는 성교와 성교 대상을 의미하는 비어 fuck을, C는 여성 성기와 성적 대상으로서의 여성을 가리키는 비어 cunt를 가리킨다.

"수프 좀 가져왔어." 망루 같은 잭의 방으로 조용히 올라온 이레나가 말했다. 그러고는 잭이 글쓰기용 책상으로 사용하고 있던 카드놀이용 탁자에 납작한 그릇과 오목한 그릇을 살며시 올려 두었다. 버섯 수프였다. 크래커도 있었다.

"고마워." 잭이 말했다. 마치 양육당하는 느낌이었다. 잭은 앞치마를 두른 이레나를 잡아채 충동적이고 다급한 생명의 약동으로 혼을 쏙 빼놓은 다음 바닥에 눕혀져 옴짝달싹 못 한 채 황홀감에 몸을 내맡기게 해 버릴까 생각했다. 하지만 지금은 그럴 때가 아니었다. 롤런드가 살해당해야 했고, 앨프가 망가져야 했고, 바이올렛이 혼비백산해야 했다. 중요한 일부터 처리해야 했다.

그로부터 며칠간 잭은 원고를 처음부터 다시 살펴보면서 소설 초반부에 롤런드를 끼워 넣었다. 줄거리상 불가피한 일이었다. 이레나는 잭이 가위와 스카치테이프를 부탁하면 재빨리 그것들을 가져다주었다. 뭐가 됐건 소설이 진전되는 데 도움이 되는 것처럼 보이면 이레나는 발 벗고 나서려 했다.

손은 바이올렛이 롤런드에게 보내는 거짓 편지를 천 쪼가리 같은 바이올렛의 속옷 사이에 숨겼다. 그러고는 분홍색 공책에서 찢은 새로운 빈 종이에 익명으로 메시지를 적었다. 앨프, 이 멍청한 놈. 바이올렛이 너 두고 바람피우고 있잖아, 서랍 두 번째 칸에 있는 란제리를 뒤져 봐. 그런 다음 손은 담쟁이덩굴이 뒤덮은 벽을 타고 허둥지둥 내려가서는 앨프의 호화로운 고급 주택이 있는 동네로 넘어가 약지와 소지에 익명의 편지를 끼운 채 승강기 통로를 기어올라 꼭대기 층까지 갔다. 그리고 그 고소장 같은 편지를 문 밑에 슬며시 밀어 넣고 총총 바이올렛의 집으로 돌아와 필로덴드론 화분에 숨었다.

뒤이어 점심을 먹고 돌아온 바이올렛은——이 대목에서는 솜씨를 발휘해야 한다고 잭은 생각했다——무거운 분위기를 상쇄시키기 위해 등장시킨 알랑대는 성격의 땅딸막한 양재사의 도움을 받아 웨딩드레스를 입어 보았다. 그런데 바로 그때, 붉으락푸르락 달아오른 앨프가 들이닥쳐 거친 비난의 말을 쏟아 내더니 바이올렛의 서랍에서 속옷을 꺼내 내던지기 시작했다. 미친 걸까? 그럴 리가! 보라, 여기에 정열적인 사랑의 편지가, 바이올렛의 공책을 찢어 적은 편지가, 바이올렛의 필체로 적혀 있지 않은가!

바이올렛은 지켜보는 사람의 마음이 약해질 정도로——이쯤 되면 영화 관객들은 바이올렛에게 동정심을 품게 된다——눈물을 쏟으면서 결단코 자기는 그런 편지를 쓴 적이 없다고, 롤런드를 본 적도 없다고, 그러니까 아주 오랫동안 못 봤다고 반박했다. 그러면서 지난밤 베개에서 발견한 소름 끼치는 사랑 편지에 대해 말했다.

이로써 바이올렛과 앨프가 그 질투심 많은 사기꾼 롤런드가 벌인 비열한 장난에 놀아난 피해자임은 의심할 바 없이 확실해졌다. 롤런드가 바이올렛을 자기 것으로 만들기 위해 둘을 이간질하려 했던 것이다. 앨프는 진상을 낱낱이 까발리겠다고 소리를 높였다. 가능한 한 빨리 롤런드를 만나 자백을 받아 내겠다고 말했다.

바이올렛은 성급하게 나서지 말라며 애원했지만 그런 바이올렛의 태도에 앨프의 마음에는 오히려 의심만 싹트고 말았다. 분노해야 마땅할 상황인데 어째서 롤런드를 방어하려는 거지? 앨프는 지금 진실을 말하고 있는 것이 아니라면 그 아름다운 목을 비틀어 버리겠다고 으름장을 놓았다. 베개 위에 있었다던 편지는 대체 어디에 있고? 혹시 거짓말을 한 거야? 앨프는 눈물범벅인 바이올렛의 멱살을 붙잡고 포악하게 키스를 퍼부은 다음 바이올렛을 거칠게 침대로 내던졌다. 이 시점부터 독자와 바이올렛은 앨프가 정신적으로 불안정한 상태가 아닐지 두려움을 느끼기 시작했다. 진홍색 날개가 달린 강간 천사가 공중에 맴돌기까지 했으나, 앨프는 욕을 퍼붓고 가장 최근에 바이올렛에게 선물한 장미꽃을 바닥에 내팽개치는 정도로 분풀이를 마쳤다. 바닥에 떨어진 꽃병은 융 학파와 프로이트 학파 모두가 나중에 실컷 물고 뜯을 만한 모양으로 산산이 조각나 있었다.

앨프가 밖으로 뛰쳐나가자마자 바이올렛은 조금 전만 해도 없었던 새로운 편지를 화장대에서 발견했다. **당신은 다른 누구도 아닌 내 여자야. 죽음도 우리를 갈라 놓을 수는 없어. 목을 조심해. 영원한 당신의 남자, 윌리엄.**

바이올렛이 해안으로 떠밀려 온 농어처럼 입을 벌렸다 닫았다. 비명조차 지를 수 없었다. 이 편지들을 쓴 사람이 누구건 바로 지금 이 집에 있다는 뜻이었으니까! 게다가 양재사도 떠난 후라 바이올렛은 완전히 혼자였다. 어떻게 이리도 소름 끼치는 일이!

더 소름 끼치는 상황이 펼쳐질수록 잭은 더 빨리 글을 써 내려갔다. 인스턴트커피를 입에 달고 살면서 소포장된 땅콩을 게걸스럽게 먹어 치웠고 매일 밤 쪽잠만 잤다. 잭의 광기 어린 활기에 매료된 이레나는 창작을 향한 그의 노력에 힘을 보태기 위해 접시에 누들 캐서롤 요리를 담아 갖다 주었다. 여기서 그치지 않고 잭 대신 빨래를 해 주고 방을 청소해 주고 이불보를 갈아 주기까지 했다.

이레나가 잭의 이불보를 교체한 지 얼마 되지 않았을 무렵 잭은 마침내 이레나를 자기 침대에 엎어뜨렸다. 아니, 이레나가 잭을 엎어뜨렸다고 해야 하려나? 잭은 확신할 수 없었다. 뭐가 어쨌든 두 사람은 결국 잭의 침대에 함께 누웠고, 잭은 어쩌다 그렇게 되었는지에 대해 그리 신경 쓰지 않았다.

아주 오랫동안 이 순간이 찾아오기를 고대하며 공상을 펼치고 전략도 세워 두었던 잭은 막상 기회가 오자 서둘러 그것을 현실로 만드는 데 몰두하느라 과정과 결과에는 무신경했다. 애정이 담긴 말들을 속삭이지도 않았고, 끝난 후에는 거의 곧바로 정신을 잃고 잠들어 버렸다. 본인이 생각해도 능숙하고 매끄러웠다고 말할 수 없었다. 하지만 나름 이유는 있었다. 젊었고, 과로 상태였고, 머릿속이 너무 복잡했다. 그런 일에 쓸 에너지가 남아 있지 않기도 했다. 『죽은 손의 사랑』의 결말이 손에 잡힐 듯했기 때문이다.

정신이 나갔다고 할 만큼 격분에 사로잡힌 앨프는 롤런드를 곤죽이 될 때까지 흠씬 두들겨 팰 작정이었다. 그러고 나면 피칠갑한 몸으로 알파 로메오에 터덜터덜 올라탈 터였다. 맞춤 제작한 가죽 시트 뒤에 잠복해 있다가 앨프를 질식시키려는 손이 타 있는 차에. 앨프가 목이 졸려 통제력을 잃고 고가도로를 들이받으면 자연스럽게 그를 불에 태워 죽일 수 있었다. 손은 심한 화상을 입기는 하겠지만 불탄 자동차 잔해에서 기어 나와 절룩대는 손걸음으로 바이올렛의 집으로 향할 테고.

그즈음 가련한 여자 바이올렛은 롤런드가 살해당하고 앨프가 치명적인 사고를 당했다는 소식을 경찰로부터 전해 듣고 정신적 붕괴를 경험할 것이다. 그러고는 의사가 처방해 준 진정제를 먹고 의지와 무관하게 서서히 잠으로 빨려 들어갈 때 곳곳에 물집이 잡히고 상처가 나고 파사삭 부서질 정도로 검게 탄 손이, 아무도 멈춰 세울 수 없는 손이, 그 손이 고통에 신음하면서도 끈질기게 손가락을 질질 끌며 베개를 가로질러 다가오는 광경을 보게 될 것이고……

"뭐에 대해 쓰는 거야?" 이레나가 잭의 베개를, 혹은 자기 베개를 베고서 말했다. 이제 잭의 침대에는 이레나가 가져온 것까지 합해 베개가 두 개였다. 이레나는 점점 습관처럼 잭의 아늑한 다락방에 들렀다. 때로는 코코아도 가져왔다. 게다가 이레나의 엉덩이가 작은 것도 아니었고 잭의 오래된 더블베드가 몹시 비좁기까지 했음에도 하룻밤을 보내고 가는 일이 점점 잦아졌다. 말하자면 이레나는 자진해서 위대한 작가의 시녀 역할을 맡는 일에 만족하고 있었던 셈이다. 잭과 달리 자기는 타자를 빠르고 효율적으로 친다며 원고를 대신 입력해 주겠다는 제안까지 했다. 잭은 그런 이레나를 밀어냈다. 잭이 하는 작업의 본질에 대해 이레나가 그 정도로 호기심을 보인 것은 그때가 처음이었다. 다만 이레나는 잭이 문학을 쓰고 있으리라고 생각했다. 말라비틀어진 손에 관한 하찮고 천박한 호러를 줄줄이 써내고 있으리라고는 꿈에도 생각지·못했다.

"존재론적 관점에서 바라본 현대의 물질만능주의. 「스테픈울프」에서 영감을 받았지."(「스테픈울프」라니! 내가 어떻게 그런 소리를 했지? 잭은 그때를 떠올리며 생각한다. 하지만 그 정도 허풍은 봐줄 수 있다. 그때 「스테픈울프」는 머잖아 누리게 될 대중적 인기를 아직은 거머쥐지 못한 상태였으니까.) 엄밀히 말하면 거짓인 것도 아니었다. 다만 진실의 범위를 넓히고 또 넓혀야 진실의 일종이라고 할 수 있었달까.

이레나는 기뻐했다. 잭에게 가볍게 키스를 하고는 알뜰함을 상징하는 검은 속옷과 두꺼운 스웨터, 트위드 치마를 다시 챙겨 입은 다음 공동 점심 식사 때 먹을 남은 미트볼을 데우러 부산히 아래층으로 내려갔다.

마침내 마지막 장(章)을 쓴 잭은 꿈 한번 꾸지 않고 열두 시간을 내처 잤다. 그러고는 원고를 팔아넘기는 데 열중했다. 하루빨리 과거와 현재의 월세를 마련하려는 노력을 내비치지 않으면 굴욕적으로 쫓겨날 가능성이 아직 남아 있었다. 하지만 누구도 잭이 성실하게 노력하지 않았다고는 말할 수 없었다. 잭이 하루하루 빈 페이지를 채워 나가는 모습을 지켜본 이레나가 증인이었다. 어쨌든 전력을 다해 소설을 써냈고 하다못해 룸메이트들이 노력 점수라도 줄 정도는 했던 것이다.

뉴욕에는 주로 호러와 공포를 다루는 출판사가 몇 있었다. 그래서 잭은 갈색 봉투를 몇 장 사서 그중 세 군데에 원고를 보냈다. 그리고 실은 아무 기대도 하지 않던 잭이 예상한 것보다 빨리 짧고 무뚝뚝한 회신이 왔다. 원고가 받아들여진 것이다. 선인세도 지급되었다. 그리 많은 액수는 아니었지만 빚진 월세를 갚고 앞으로 남은 계약 기간의 월세를 감당하기에 충분했다.

심지어 축하 파티까지 열 수 있는 금액이었다. 잭은 이레나의 도움을 받아 파티를 열었고, 다들 잭을 축하하면서 그 걸작이 언제 어느 출판사를 통해 출간될 예정인지 알고 싶어 했다. 잭은 질문에 대한 대답을 회피하면서 마리화나를 피우고, 올드 세일러 포트와 보드카 펀치를 진탕 마시고, 이레나가 잭의 능력에 존경심을 표하는 의미로 구운 치즈볼을 게워 냈다. 잭은 자기 책이 출간되기를 고대하지 않았다. 책이 출간되면 그동안 숨겨 온 너무 많은 진실이 드러날 수밖에 없었고, 분명 룸메이트들은 잭이 아무 생각 없이 소설에 집어넣은 각자의 모습이 유령의 집에 설치된 거울의 상처럼 왜곡되어 있음을 알아차리고 말 터였다. 사실 잭은 자기 소설이 빛을 보리라고 생각한 적이 한순간도 없었다.

파티의 여파에서 몸을 회복하고 나름의 의무도 다하고 학위 취득도 거의 이뤄 냈을 때 잭은 남은 인생을 마음껏 살아갈 자유를 얻었다. 그의 자유가 향한 곳은 광고 업계였다. 잭은 형용사와 부사를 쓰는 데 재능이 있다고, 요령만 익히면 여러모로 도움이 되리라는 말을 들었다. 잭, 이레나, 로드, 재프리는 결국 재계약을 하지 않고 각자 다른 집을 구해 떠났지만 잭은 로스쿨에 가기로 결정한 이레나와 계속 만남을 이어 갔다. 잭에게 이레나와의 섹스는 끝나지 않는 계시 같았다. 처음에는 환희가 차오르는 정도가 아니라 미칠 듯 황홀했고, 이레나가 남자가 위에 있어야 한다는 전통적인 관념을 고수했음에도 섹스를 반복할 때마다 똑같이 황홀했다. 이레나는 말이 많은 여자가 아니었고 잭은 자기가 더 많이 말할 수 있으니 그 점을 고맙게 생각했지만, 자기가 잘하고 있는지 비교해 볼 만한 경험이 없었기 때문에 이레나가 이렇다 저렇다 한마디 정도는, 혹은 두 마디 정도는 해 줘도 개의치 않았을 것이다. 신음이 더 나야 하는 거 아닌가? 잭은 그렇게 생각하면서도 이레나의 불가해한 푸른 눈빛을 응시하는 것으로 만족해야 했다. 숭배의 눈빛인가? 확실히 잭은 그렇기를 바랐다.

능숙한 몸놀림을 보건대 이레나는 잭과의 경험을 비교해 볼 만한 다른 경험도 해 봤음이 분명했지만 눈치껏 그런 얘기는 꺼내지 않았고, 잭은 그 점도 고맙게 생각했다. 대학교 2학년 시절에 좋아했던 짙은 갈색 머리를 땋고 다닌 린다라는 여자가 있었기에 이레나는 잭의 첫사랑은 아니었지만 첫 섹스 상대였다. 기뻐할 일인지는 모르겠으나 이레나는 잭에게 이정표가 되었다. 그래서 이레나는 오로지 이레나만을 섬기는 정신적 석굴에 존재한다. 신성한 오르가즘의 성인 이레나. 그냥 성인도 아닌 성인군자인 이레나. 허벅지는 새하얗게 빛나고 눈은 내리깔고 있으나 음흉한 기색을 내비치고 반쯤 벌린 입가에는 불가사의한 미소를 머금은 이레나는 여전히 실용적인 검은 팬티를 벗고 있는 모습으로 잭의 머릿속에 고이 자리해 있다. 훗날 1년에 두 번씩 잭의 주머니를 털어가는 냉혹하고 탐욕스러운 마귀할멈과는 꽤나 다른 모습이다. 잭이 도통 통합시키지 못하는 두 얼굴을 가진 이레나랄까.

그로부터 몇 달간 이레나는 잭에게 필요할 것이라며 믹싱볼 세트와 부엌용 쓰레기통을 사 주었다. 속마음을 번역하자면 이레나 본인이 잭의 집에서 저녁을 차리는 데 필요하다는 뜻이었다. 거기다 잭의 화장실도 몇 차례 청소해 주었다. 이레나는 잭에게 물리적으로 가까이 다가갔을 뿐만 아니라 이것저것 명령까지 하기 시작했다. 이레나는 잭이 하는 광고 일을 못마땅해했고 두 번째 작품 활동에 착수해야 한다고 생각했다. 그런데 이레나가 그토록 읽기를 갈망하고 있는 첫 번째 작품은 곧 나온다고 하지 않았던가? 그사이 『죽은 손의 사랑』 출간은 감감무소식이었고, 잭은 출판사 편집자가 원고를 택시에 두고 내리기를 바랐다.

하지만 그런 운은 따르지 않았다. 『죽은 손의 사랑』은 제목에 등장하는 절단된 손처럼 손톱질로 지상으로 기어 올라와 전국의 약국 선반에 모습을 드러냈다. 그즈음 빈백 의자와 좋은 음향기기를 포함한 가구 몇 채, 양복 세 벌, 그리고 그에 어울리는 넥타이도 갖추게 된 잭은 필명 대신 본명으로 책을 출간한 것을 후회했다. 새 상사들이 잭을 그따위 글이나 쓰는 정신 나간 성도착자로 보면 어떡하나? 잭은 그저 잠자코 있으면서 아무도 자기 책을 발견하지 못하기를 바랄 뿐이었다.

그리고 또다시 그런 운은 따르지 않았다. 자신은 아무 소식도 듣지 못했는데 잭의 걸작이 출간되었다는 사실을 뒤늦게 알게 된 이레나는 잭과 싸늘한 언쟁을 벌였다. 실제로 책을 읽고 그 걸작이라는 것의 정체, 즉 재능 낭비이자, 대박만 노린 작품이자, 자기다운 글도 아닌데 부끄러운 줄도 모르고 써낸 소설과 이레나 자신을 포함한 과거 세 룸메이트를 얄팍하게 위장해 만들어 낸 작중 인물들을 확인했을 때는 더 독한 말을 쏟아 냈다.

"그러니까 넌 속으로 우리에 대해 이렇게 생각했다는 거잖아!" 이레나가 말했다.

"하지만 바이올렛은 아름답잖아!" 잭은 그렇게 응수했다. "그래도 주인공은 바이올렛을 사랑한다고!" 아무 소용 없었다. 얼마나 헌신적이건 말라비틀어진 손의 사랑은 이레나에게 그 어떤 식으로도 가닿지 못했다.

마지막 결정타는 잭이 외출한 틈을 타 이레나가 그의 이메일을 몰래 훔쳐보았다가— 애초에 이레나에게 아파트 열쇠를 주지 말았어야 했는데— 잭이 그동안 인세로 받은 수표를 그에 대한 지분을 가진 주주인 과거 룸메이트들과 나누는 대신 자기 계좌에 넣어 두고 있었다는 사실을 깨달았을 때 날아왔다. 계약을 무시하고 있었다니! 넌 쓰레기 같은 작가고, 쓰레기 같은 애인이고, 인간으로서의 도리도 안 지키는 천생 사기꾼이야. 이레나는 그렇게 말했다. 그리고 곧장 재프리와 로드에게 연락하려 했다. 그들이 보일 반응이 빤히 그려졌다.

"하지만, 난 그 계약 잊고 있었어. 진짜 계약도 아니잖아. 그냥 농담으로 한 소리지, 그건 그냥……."

"진짜 계약이야." 이레나가 냉담하게 말했다. 그때 이레나는 진짜 계약이 무엇인지 알 만큼 알고 있었다. "고의성이 입증되니까."

"알겠어. 나눠 주려고 했어. 아직 그럴 겨를이 없어서 못 한 것뿐이야."

"말도 안 되는 소리인 거 너도 알잖아."

"언제부터 내 마음을 꿰뚫어 볼 수 있었다고 그래? 넌 나에 대해 모든 걸 안다고 생각하지. 단지 내가 너랑 떡친다고 해서······."

"나라면 그걸 그런 식으로 표현하지 않을 텐데." 이레나가 말했다. 다른 건 몰라도 쓰는 표현만큼은 정숙했다.

"그럼 뭐라고 했으면 좋겠는데? 내가 그거 할 땐 너도 제법 좋아하잖아. 알겠어, 단지 내가 내 당근을 너의 그 너도나도 드나든 거기에 찔러 넣는다고 해서······."

쿵, 쿵, 쿵. 마루를 가로질러 문밖으로 나가는 소리가 들린다. 그리고 쾅. 잭은 이 일을 기뻐했을까 슬퍼했을까?

그 후 성난 세 주주의 공동 변호사로부터 서한이 날아왔다. 이래저래 하라는 요구. 이래저래 하겠다는 협박. 그리고 뒤따른 잭의 항복. 세 주주는 잭이 찍소리도 못하게 만들었다. 이레나의 말마따나 정말로 고의성이 입증된 덕분이었다.

이레나가 떠나자 잭은 분노했다. 스스로 인정할 수 있는 수준보다 더 분노했다. 몇 차례 관계 회복을 시도하기도 했다. 내가 뭘 어쨌다고 그래? 잭은 이레나에게 물었다. 왜 나를 내치는 거야?

소용없었다. 이레나는 잭이라는 사람을 이모저모 뜯어보며 나름의 판단을 내렸고 자기 기준을 충족하지 못하는 사람임을 깨달았다고, 그걸 가지고 잭과 대화를 나누고 싶은 생각은 전혀 없다고, 다른 사람이 있는 것도 전혀 아니라고, 다시 기회를 줄 생각도 전혀 없다고 말했다. 잭이 할 수 있는 것이 있기는 했지만—아니, 일찍이 해야 했던 것이라고 이레나는 말했다──그게 뭔지 잭이 전혀 모른다는 사실은 이레나가 떠나는 이유를 여실히 보여 줄 따름이었다.

뭘 원하는 거야? 잭은 힘없는 목소리로 애원했다. 왜 말해 주지 않는 거야? 이레나는 결코 말해 주려 하지 않았다. 당황스러웠다.

잭은 애써 슬픔을 묻어 두었지만 그런 식으로 묻어 둔 것들이 대개 그렇듯 가장 예상치 못한 순간에 수면 위로 떠오르곤 했다.

그래도 밝은 면을 보자면『죽은 손의 사랑』은 진지한 문인들이 휘어잡은 분야에서는 외면당했을지언정 자기 분야에서는 나름 성공을 거두었다. "네, 쓰레기이긴 하지만 훌륭한 쓰레기입니다."라는 편집자의 말이 맞았다. 심지어는 영화화 제안이 들어와 계약까지 앞두고 있었다. 그런데 각본을 쓰는 데 잭 말고 제격인 사람이 과연 있을까? 그에 더해『죽은 손의 사랑』의 후속작과 아무튼 언젠가는 써야 할 또 다른 훌륭한 쓰레기도 잭 말고 과연 누가 쓸 수 있겠나? 잭은 광고 회사를 그만두고 펜과 함께하는 삶에, 아니, 더 정확히는 머잖아 서체를 바꿀 수 있는 탱탱볼 같은 것이 달린 IBM 셀렉트릭으로 교체되는 레밍턴 타자기와 함께하는 삶에 전념하기로 했다. 이젠 정말 그럴듯해 보이는 삶 아닌가!

글쟁이로서 잭의 삶은 부침을 겪었다. 사실 그 후로 첫 번째 작품만 한 성공을 거둔 적이 한 번도 없었고, 지금까지 그 작품 하나로 이름을 알리고 수입의 대부분을 벌어들였다. 그리고 그 수입은 청년 시절에 맺은 계약 덕분에 실제 액수보다 세 배가 적었다. 속이 쓰리지 않을 수 없었다. 게다가 시간이 흐르면서 장문의 글을 대량 생산해 내는 것이 점점 더 어려워지자 더더욱 속이 쓰렸다. 『죽은 손의 사랑』은 잭에게 일생일대의 성공이었다. 이제 두 번 다시는 맛볼 수 없는 성공. 엎친 데 덮친 격으로 나이도 먹을 만큼 먹고 나니 잭보다 더 젊고 더 과격하고 더 공격적인 글을 써내는 작가들이 잭을 은근히 깔보고 무시했다. 맞다, 『죽은 손의 사랑』은 말하자면 혁명적인 작품이기는 했지만 오늘날의 기준에 비추어 보면 시시하기 이를 데 없었다. 가령 바이올렛의 창자가 뜯겨 나가는 장면도 없지 않았나. 사실상 고문에 가까운 장면이 전무했다. 그 누구의 간도 프라이팬에 튀겨지지 않았고 그 누구도 집단 강간을 당하지 않았다. 그러니 무슨 재미가 있었겠나?

머리는 삐죽삐죽 세우고 코에는 코걸이를 매단 그런 작가들은 책보다는 리메이크가 아닌 원작 영화를 인정할 가능성이 높았다. 영화 중에서는 원작보다 리메이크가 더 큰 성공을 거두었다. 아니, 그렇게 보자면 그렇게 볼 수 있었다. 기술적 가치가 더 높았고 아무도 몰랐겠지만 특수 효과도 더 나았다. 하지만 신선한 맛은 없었다. 날것의 원초적인 에너지가 없었다. 여기저기 과하게 손을 댔고, 자의식도 과했고, 뭔가가 결여돼 있었다…….

오늘 밤 특별 게스트를 소개드립니다. 호러의 노장, 잭 데이스 작가입니다. 데이스 작가님, 영화에 대해서는 어떻게 생각하시나요? 두 번째 영화요, 그 망한 영화, 실패작이요. 아, 각본을 선생님이 쓰셨다고요? 와, 그걸 누가 알았겠습니까? 여기에 있는 사람들 다 그때는 태어나지도 않았는걸요, 그렇죠, 신사분들? 하하, 맞아요, 마샤, 당신은 신사 아닌 거 압니다, 하지만 명예 신사 아니십니까. 오늘 청중으로 모인 신사분들 절반보다 배짱은 더 두둑하시잖습니까! 제 말이 맞죠? 아무 생각 없이 낄낄대는 웃음소리가 이어진다.

잭도 저렇게 경솔하고 미숙했던 적이 있었을까? 물론. 있었다.

지난주에 잭은 텔레비전 미니시리즈 제작 관련 계약을 제안받았다. 비디오 게임 제작도 끼워팔기 하듯 추가한 계약이었는데 변호사에게 물어보니 유감스럽게도 두 계약 모두 4자 계약에 종속된다고 했다. 또한 잭 데이스와 그의 작업, 그가 써낸 모든 작품, 특히 『죽은 손의 사랑』을 주제로 한 단독 심포지엄도 대단히 쿨하다는 얼간이들이 모인 텍사스주 오스틴에서 열릴 예정이었는데, 새로이 시작될 잭의 홍보 활동과 소셜미디어를 통해 진행될 대대적인 광고가 더 많은 판매 부수와 더 많은 부수입과 더 많은 이것저것을 그에게 안겨줄 것이었지만—빌어먹을!—그것 역시 넷으로 나눠야 했다. 최후의 몸부림, 최후의 도박이건만 그것마저 즐길 수 없을 터였다. 그 즐거움의 4분의 1만 만끽할 수 있을 터였다. 네 사람이 나눠 먹는 이 계약은 불공평해도 너무 불공평한 데다 오래되어도 너무 오래되었다. 누가 됐건 한 사람이라도 양보해야 한다. 떠나야 한다. 아니면 여러 사람이.

대체 어떻게 해야 자연스럽게 그런 상황을 만들 수 있을까?

잭은 줄곧 세 사람의 삶을 추적 관찰했다. 자기 선택이 아니었다.

변호사의 조언을 따른 것이었다.

로드는 이레나와 잠깐 결혼 생활을 했다가 곧 헤어졌다. 국제 중개업소에서 일하다 은퇴했고, 지금은 플로리다주 새러소타에 거주하면서 발레와 연극 공동체의 금융 자문가로 자원봉사 중이다.

로드에 이어 마찬가지로 이레나와 잠깐 결혼 생활을 했던 재프리는 시카고에 살면서 철학적 토론에서 뽐내던 재능을 지방 자치 분야에서 발휘하고 있다. 14년 전에는 뇌물수수 혐의로 유죄 선고를 받을 뻔했지만 간신히 위기를 모면했고, 그 후로는 이름난 실세이자 언론을 갖고 노는 정치 홍보 전문가 겸 특정 후보자의 고문으로 활동을 지속하고 있다.

이레나는 아직 토론토에 남아 신장 등 영리와 무관한 가치를 위한 모금 활동에 헌신하는 회사를 이끌고 있다. 비료 업계에서 승승장구했던 남편과 사별했고, 시도 때도 없이 최고급 저녁 파티를 열면서 산다. 그리고 매년 자기 회사에서 하는 진부한 사회 활동을 인쇄한 형식적인 내용의 크리스마스카드를 잭에게 보낸다.

겉보기에 잭은 세 사람과 사이가 나쁜 편이 아니다. 수년 전 그들과의 관계를 돌이켜보면서 자신이 처한 상황을 있는 그대로 받아들이자고 생각하기도 했다. 그럼에도 수년간 세 사람 중 그 누구도 만나지 않았다. 아니, 수십 년간 그랬다. 왜 만나고 싶겠나? 잭에게는 과거에 어쩌다 내뱉게 된 트림을 또다시 경험하고 싶은 욕망이 없었다.

지금까지는 그랬다.

잭은 가장 멀리 사는 로드 먼저 만나 보기로 결심한다. 이메일을 보내는 대신 음성 메시지를 남긴다. 제작을 고려 중인 영화와 관련된 일로 적절한 촬영 장소를 모색하느라 새러소타를 지날 일이 있는데 같이 점심이나 하면서 옛날얘기도 좀 하는 것이 어떻겠느냐고 묻는다. 잭은 매정하게 거절당할 마음의 준비를 하지만 놀랍게도 로드는 어쩐 일인지 잭의 제안을 수락한다.

두 사람이 만나는 장소는 식당도, 심지어 로드의 집도 아니다. 둘은 현재 로드가 거주 중인 불교식 완화 치료 센터의 밥맛 떨어지는 식당에서 만난다. 승복을 입은 백인들이 여기저기를 돌아다니면서 인자한 미소를 짓고 종을 울린다. 멀리서 염불을 외는 소리가 들린다.

체격이 다부졌던 로드는 어느새 왜소해져 있다. 누런빛이 도는 창백한 얼굴이다. 아무렇게나 널브러진 빈 장갑 같다. "췌장암이래." 로드가 잭에게 말한다. "사형 선고인 셈이지." 잭은 전혀 몰랐다고 말한다. 사실이다. 또한 잭은 네가 괜찮은 영적 돌봄을 받기를 바란다고 말한다. 대체 이런 상투적인 말을 어떻게 떠올리는 건지 모르겠다만. 로드는 자신은 불교 신자가 아니라고, 하지만 여기 사람들은 죽음에 잘 대처하고 자기는 가족이 없으니 다른 곳보다는 여기에 있는 것이 낫다고 말한다.

잭은 유감이라고 말한다. 로드는 상황이 더 안 좋았을 수도 있다고, 그러니 불평도 못 한다고 말한다. 그러면서 어느 정도는 네 덕분에 지금까지 잘 살았다고, 『죽은 손의 사랑』 인세 덕분에 일을 시작할 때 필요했던 돈을 충당할 수 있었다고 사려 깊은 말을 덧붙인다.

두 사람은 의자에 앉아 사찰에서 제공하는 채식 요리가 담긴 접시를 쳐다본다. 달리 더 할 말이 없다.

잭은 어쨌든 로드를 살해할 필요는 없어서 다행이라고 안심한다. 정말 그렇게까지 할 작정이었을까? 정말 그럴 수 있었을까? 아마 아닐 것이다. 잭은 로드를 그렇게까지 싫어한 적이 없었다. 아니, 거짓말이다. 잭은 로드를 싫어했다. 하지만 죽이고 싶을 만큼은 아니었다. 그때도, 지금도.

"네가 진짜 롤런드였던 건 아니야." 잭이 말한다. 고통에 시달리는 가엾은 녀석에게 적어도 이 정도의 거짓말은 해 줘야 한다.

"알아." 로드가 그렇게 말하고는 미소를, 맥없는 미소를 짓는다. 그때 주황색 승복을 입은 중년의 여자가 녹차를 가져다준다. "우리 그때 참 재밌었는데, 그렇지?" 로드가 말한다. "그 낡은 집에서 말이야. 지금보다 순수했던 시절이었지."

"맞아. 정말 재밌었어." 이만치 떨어져서 보면 정말이지 재밌었던 것처럼 보이기도 한다. 재미는 뭐가 어떻게 끝날지 모를 때나 느낄 수 있는 법이다.

"너한테 할 말이 있어." 로드가 마침내 말한다. "네 책에 대해서, 그 계약에 대해서."

"그건 걱정하지 마."

"아니, 들어 봐. 이면 계약이 있었어."

"이면 계약이라니? 무슨 말이야?"

"우리 셋이서 말이야. 우리 셋 중 누군가가 죽으면 그 몫을 남은 둘이 나눠 갖겠다는 계약. 이레나의 생각이었어."

그랬겠지. 잭은 생각한다. 이레나는 기회를 놓치는 법이 없는 사람이니까. "그렇구나."

"공정하지 않다는 건 알아. 너한테 가야 하는 몫이니까. 하지만 이레나는 네가 바이올렛을 그린 방식 때문에 화가 났었어. 그 책에서 말이야. 자기를 은근히 골탕 먹였다고 생각했지. 너한테 그렇게나, 그러니까, 정말 다정했었으니까."

"골탕 먹인 거 아니었어." 이번에도 반은 진실인 거짓이다. "그럼 너희 셋 다 죽으면 어떻게 되는 거야?"

"그럼 우리 몫은 너한테 돌아가지. 이레나는 모든 수익을 자기가 하는 신장 자선 사업에 투자하고 싶어 했지만 내가 선을 그었어."

"고맙네." 이로써 잭은 최후의 생존자로 우뚝 선다. 적어도 이제는 상황이 어떻게 돌아가고 있는지 파악했기 때문이다. "아, 계약 얘기도 해 줘서 고마워." 잭이 로드의 파리한 손과 악수를 나눈다.

"그래 봐야 돈일 뿐이야, 잭. 내 말 믿어. 결국 돈은 아무 의미 없어. 놓아줘."

재프리는 잭으로부터 연락을 받고 기뻐한다. 아니, 그러하다고 잭은 생각한다. 참 좋은 시절이었어, 청춘이란! 참 유쾌한 시절이었지! 재프리는 그 청춘의 일부를 잭의 돈을 가로채며 보냈다는 사실은 잊은 듯하다. 이제는 한 사람이 아닌 수많은 사람의 돈을 사취하며 일생을 보내고 있으니 오래전에 사소한 사기 수법을 동원했던 일 정도는 분명 안중에도 없을 것이다. 하지만 그렇다고 해서 재프리가 잭이 벌어들인 돈으로 자기 둥지를 충분히 안락하고 거하게 꾸미지 못한 것도 아니었다.

두 사람은 골프장에 있다. 게임 한번 하고 맥주 몇 잔 마시는 게 최고이지 않느냐는 것이 재프리의 제안이었다. 잭은 골프를 싫어하지만 지는 일에는 능하다. 그동안 단련도 많이 했다. 영화 제작자들에게는 알아서 져 줘야 일이 순탄히 진행될 수 있었다.

영리한 재프리. 골프장은 완벽한 은폐가 가능한 공간 아닌가. 사적인 대화를 나눌 수 있지만 결코 다른 사람의 시선에서 완전히 벗어나지는 않는다. 그러니 잭이 목격자도 없는 곳에서 이 늙어 빠진 수다쟁이 사기꾼의 머리통을 갈기는 것은 불가능하다. 그리고 재프리는 정말이지 늙었다. 이제 정말 노인이다. 남은 머리칼은 죄다 허옇게 셌고, 척추는 굽었으며, 올챙이처럼 튀어나온 배는 축 늘어져 있다. 그렇다고 잭이 영계인 것은 아니지만 그래도 재프리보다는 상태가 괜찮다.

재프리는 슬럼가에 위치했던 그 벽돌집, 태평한 시절을 보냈던 그 집에 대해 횡설수설하며 앞뒤가 맞지 않는 말을 늘어놓는다. 역사적 장소라고 적힌 명판이 달린 거 알아? 잭 데이스, 그리고 무엇보다 『죽은 손의 사랑』을 기리는 명판이던데! 요즘 사람들이 그 클리셰 범벅인 어설픈 소설을 일종의 예술적 성취로 오해하고 있다니 참 놀랍다니까! 프랑스인들이 그런 거라면 이해해. 그 사람들은 제리 루이스가 천재라고 생각하니까. 하지만 그런 것도 아니잖아? 재프리는 늘 『죽은 손의 사랑』이 배가 아플 정도로 웃긴 책이라고 생각했고 잭이 처음부터 그걸 의도했으리라고만 생각했다. 그런데 그런 책이 노다지로 밝혀진 거잖아, 정말 끝내주는 일 아니야? 우리 모두에게 말이야. 재프리가 낄낄대며 윙크한다.

"이레나는 재밌어하지 않았어." 잭이 말한다. "그 책 말이야. 나한테 단단히 화가 났었지. 내가 자기를 놀려먹었고 생각했어. 내가 『전쟁과 평화』 같은 작품을 써내기를 바랐는데 내 소설은 처음부터 끝까지……."

"걔는 그게 어떤 소설인지 알고 있었어." 대화 도중 자기가 득점했다고 생각하는 철학과 학생 특유의 히죽이는 미소를 지으며 재프리가 말한다. "네가 그 소설 쓰고 있을 때 말이야."

"뭐라고? 그게 무슨 소리야? 난 그런 소릴 들은 적이……."

"이레나는 전 세계에서 가장 염탐에 능한 여자거든. 나는 그걸 알지. 결혼했었으니까. 걔한테는 육감이라는 게 있어. 내가 바람을 일곱 번인가 여덟 번밖에 안 피웠는데, 정말 많게 잡아도 열 번이 최대였는데 그때마다 바로 잡아내더라. 걔랑 골프 치는 것도 아주 고역이야. 1센티미터도 그냥 봐주질 않는다니까."

"그랬을 리가 없어. 내가 항상 비밀로 했거든."

"기회만 되면 네 원고를 몰래 훔쳐봤을 거라는 생각 안 들어? 네가 화장실에 가면 그때마다 몇 쪽씩 들춰 봤을 거야. 걔는 그 소설에 완전히 사로잡혀 있었어. 네가 바이올렛을 죽일지 말지 아주 궁금해했다고. 그리고 바이올렛이 독자의 마음을 사로잡으리라는 사실도 간파하고 있었지."

"하지만 나한테 노발대발했다고. 이해가 안 돼." 잭은 약간 멍한 기분이다. 태양 때문일지도 모른다. 야외에서 햇볕을 쬐는 일이 도통 없으니까. "그 책 때문에 나를 찼어. 나의 진정한 재능을 저버렸느니 어쩌니 하면서."

"책 때문이 아니야. 걔는 널 사랑했어. 몰랐어? 네가 자기한테 프
러포즈하기를 원했고 결혼하고 싶어 했어. 이레나 걔, 아주 고리타
분한 애거든. 하지만 넌 그럴 낌새도 보이지 않았지. 걔는 완전 거절
당한 기분을 느꼈던 거야."

재프리의 말에 잭이 놀라며 말한다. "하지만 그때 걔 로스쿨 다니
고 있었어!" 재프리가 웃는다.

"그건 아무 상관 없어." 재프리가 말한다.

"정말 그걸 원했던 거라면." 잭이 언짢아하며 말한다. "왜 그러자
고 말하지 않은 거지?"

"그랬다가 네가 거절하면? 너도 걔 알잖아. 무슨 일이 있어도 자기
가 상처받을 상황은 만들지 않는다는 거."

"하지만 내가 수락했을 수도 있잖아." 잭이 이레나의 마음을 상상
하고 기회를 잡기만 했더라면 그의 삶은 무척 달라졌을 것이다. 더
나아졌을까, 나빠졌을까? 그건 전혀 알 수 없다. 하여간 다르긴 했을
것이다. 예컨대 지금처럼 이토록 외롭지 않았을지도 모른다.

잭은 지금껏 아무와도 결혼하지 않았다. 팬과도, 영화를 통해 만
난 배우와도 그러지 않았다. 그는 그들이 전부 자기보다는 자기의
책이나 돈을 사랑한다고 의심했다. 하지만 이레나는, 지금에 와 생
각해 보면 『죽은 손의 사랑』이 출간되기 전에, 잭이 성공하기 전에
자기 앞에 나타난 사람이었다. 다른 건 몰라도 이레나에게 어떤 꿍
꿍이가 있었다고 비난할 수는 없었다.

"아직도 널 짝사랑하고 있을 거야."

"아주 오랫동안 나를 못살게 굴기나 했지. 인세 말이야. 그 책이 그렇게 싫었으면 거기서 나오는 수익도 거절했어야지."

"그게 이레나가 너와 계속 연락할 방법이었던 거지. 그런 생각 한 번이라도 해 봤어?" 재프리가 말해 주기를, 그와 이레나의 합의 이혼 조건은 독특했다. 재프리가 가진 『죽은 손의 사랑』에 대한 지분을 자기한테 넘겨야 한다고, 인세를 받으면 곧바로 그 돈을 자기한테 지급해야 한다고 이레나가 주장했던 것이다. "걔는 자기가 너한테 영감을 줬다고 생각해. 그래서 인세에 대한 권리가 있다고 보는 거야."

"정말 영감을 줬을지도 몰라." 잭은 재프리를 없앨 갖가지 방법을 머릿속으로 굴려 보고 있었다. 남자 화장실에서 아이스픽으로 찌르거나 맥주에 방사성 먼지를 넣을까? 어떤 방법을 쓰든 재프리는 수십 년간 실세로 활약하며 막강한 적들을 만들었을 테고 분명 한시도 대한 경계를 늦추지 않을 테니 만반의 준비를 하긴 해야 할 것이다. 그러나 『죽은 손의 사랑』에 관한 한 재프리는 이제 무관한 사람이므로 잭이 그런 계획을 실행에 옮길 일은 없을 듯하다. 재프리는 잭의 책을 통해 더는 아무 이익도 얻지 못하기 때문이다.

잭은 이레나에게 짧은 편지를 보낸다. 이메일이 아닌, 우표를 붙이고 도장을 찍은 편지를. 로맨틱한 분위기를 조성하고 싶은 마음에서다. 되도록 이레나를 안심시켜야 외딴곳으로 유인해 절벽에서 밀어 버릴 수 있을 것이다. 아니 뭐, 그냥 말이 그렇다는 거다. 저녁 같이 먹는 거 어때? 잭이 제안한다. 우리 책의 미래에 대해 너와 나눌 소식이 있다면서. 식당은 네가 고르고, 비용은 신경 쓰지 말라고 한다. 세월이 한참 흘렀는데 진심으로 네가 보고 싶다고, 너는 늘 내게 무척, 몹시도 특별했고 지금도 그렇다고.

한동안 아무 응답이 없다. 그러다 답신이 온다. 물론이지, 좋은 생각이야. 우리가 함께, 그리고 또 서로 평행선을 그리면서 언뜻 다르지만 비슷한 방식으로 밟아 온 그 길고도 복잡한 여정을 되새겨 보는 건 즐거운 일일 거야. 너도 분명 알고 있겠지만 우리 사이에는 서로를 연결해 주는 보이지 않는 떨림 같은 게 있으니까. 애정을 담아, 나의 아주 오랜 친구에게, 이레나. 추신: 별자리 운세가 우리의 재회를 예견했어.

어떻게 해석해야 할까? 사랑? 증오? 무관심? 위장? 아니면 그냥 완전 미친 건가?

잭과 이레나는 참치 누들 캐서롤과는 거리가 먼 카누라는 고급 식당에서 만난다. 이레나가 제안한 장소. 두 사람은 휘황찬란한 도시가 내다보이는 전망 좋은 자리에 앉는다. 잭은 그 풍경을 보며 현기증을 느낀다.

잭은 창문을 등지고 이레나에게 집중한다. 얼굴에 주름이 약간 보이고 예전보다 꽤나 말랐다. 하지만 전반적으로 잘 관리한 모습이다. 광대뼈가 부각되어 기품 있고 부유해 보인다. 놀라울 정도로 푸른 눈은 여전히 불가해하다. 룸메이트였던 시절보다 옷을 훨씬 잘 차려입고 있는데 그건 잭도 마찬가지다.

카베르네 소비뇽 화이트와인이 식탁에 놓인다. 둘은 잔을 들어 올린다. "이렇게 다시 만나네." 이레나가 살짝 떨리는 옅은 미소를 지으며 말한다. 긴장한 걸까? 옛날엔 결코 긴장하는 법이 없었는데. 아니, 그저 잭이 알아차리지 못했던 것일지도 모른다.

"이렇게 만나서 참 기뻐." 잭이 말한다. 놀랍게도 진심이 담긴 말이다.

"여기는 특히 푸아그라가 맛있어. 네가 좋아할 거야. 여기 오자고 한 이유가 그거 때문이야. 네가 어떤 음식 좋아하는지 난 항상 알았으니까." 이레나가 혀로 입술을 핥는다.

"넌 나에게 영감을 준 사람이었어." 잭이 자기도 모르게 그런 말을 내뱉는다. 잭, 이 부끄러운 줄도 모르는 촌스러운 자식. 잭은 자신을 질책한다. 가만, 그저 이레나를 기쁘게 해 주고 싶어 나온 말인 듯한데 어쩌다 그런 마음을 품게 된 걸까? 이러고 있을 때가 아니라 본론으로 들어가 이레나를 발코니 밖으로 떨어뜨리거나 계단 위에서 힘껏 밀쳐야 한다.

"알아." 이레나가 생각에 잠긴 듯 미소를 띤다. "내가 바이올렛이었잖아. 그렇지? 나보다 더 아름다웠을 뿐. 그리고 내가 그렇게 이기적인 사람은 아니었을 뿐."

"나한테는 네가 더 아름다웠어."

눈물인가? 이레나가 지금 감정을 드러내고 있는 건가? 잭은 두려움을 느끼기 시작한다. 그리고 자신은 늘 이레나가 감정을 통제하기를 바랐다는 사실을 뒤늦게 깨닫는다. 훌쩍훌쩍 눈물 흘리는 이레나를 살해할 수는 없을 것이다. 매정한 이레나만 살해당할 수 있는 것이다.

"나, 이 신발 샀어, 빨간 신발." 이레나가 말한다. "소설에 나오는 것과 똑같은 신발."

"아…… 강렬하네."

"계속 보관해 뒀어. 신발 상자에."

"아." 분위기가 점점 이상해지고 있다. 고스족처럼 꾸민 어린 소녀 팬들처럼 정신이 나가 있다. 잭을 맹목적으로 숭배하고 있다. 어쩌면 살해 생각은 접어야 할지도 모른다. 한시라도 빨리 도망쳐야 한다. 소화 불량을 호소하면서.

"나한테 새로운 길을 열어 줬어. 그 소설 말이야. 나한테 자신감을 줬지."

"죽은 손한테 스토킹 당하면서?" 집중력이 떨어지고 있다. 잭은 진심으로 이레나를 어두운 골목으로 유인해 벽돌로 후려칠 생각이었을까? 분명 몽상에 불과했을 것이다.

"너는 그 오랜 세월 동안 나를 미워했겠지. 돈 때문에 말이야."

"아니, 딱히 그렇진 않아." 잭이 거짓말을 한다. 사실 미워한 게 맞았다. 하지만 지금은 미워하지 않는다.

"돈 때문에 그런 게 아니었어. 너한테 상처 주고 싶지 않았어. 단지 계속 연결되어 있고 싶었던 거야. 네가 화려한 새로운 삶을 사는 동안 나를 완전히 잊지는 않았으면 했어."

"그렇게 화려하지 않았어. 널 잊지도 않았을 거야. 넌 절대 잊을 수 없는 사람이야." 헛소리일까, 아니면 진심일까? 헛소리를 늘어놓는 세상에 너무도 오래 몸담은 탓에 이제는 구별하기도 어렵다.

"네가 바이올렛을 죽이지 않은 게 좋았어. 그러니까, 그 손이. 정말 감동적이었어. 결말 말이야. 아름다웠어. 눈물이 나더라."

잭은 손이 바이올렛을 목 졸라 죽이게 만들 생각이었다. 그게 옳은 일 같았다. 그게 적절한 결말 같았다. 손이 바이올렛의 코를 막고, 입을 막고, 그러다 서서히 목을 포위하고, 마침내 죽어서 말라비틀어진 손가락을 꽉 쥐면, 바이올렛이 황홀경에 빠진 성인처럼 두 눈을 번쩍 치켜뜨는 것이다.

하지만 마지막 순간에 바이올렛은 용감하게도 손에 대한 공포와 극도의 혐오를 이겨 내고 그에게 먼저 다가갔다. 자기 손을 쭉 뻗어 사랑의 손길로 손을 어루만졌다. 그 손이 정말로, 적어도 일부는 윌리엄이라는 사실을 알았기 때문이다. 그러자 손은 은빛 안개가 되어 사라졌다. 이건 순수한 여자의 사랑이 어둠을 다스리는 기묘한 힘을 가진 영화 「노스페라투」에서 잭이 훔쳐 온 결말이었다. 어쩌면 1964년은 그런 결말이 통할 수 있는 최후의 해였을지도 모른다. 지금 그런 글을 썼다가는 비웃음만 사고 말 것이다.

"나는 늘 그 결말이 네가 보내는 메시지라고 생각했어. 나에게 보내는 메시지."

"메시지?" 이레나가 미친 걸까? 제정신이 맞나? 융 학파와 프로이트 학파 사람들은 이레나의 말에 동의할 것이다. 하지만 그게 메시지였더라도 잭은 죽었다 깨어나도 그 의미를 알 턱이 없다.

"넌 두려웠던 거야." 이레나가 질문에 대답하듯 말한다. "내가 널 진짜로 어루만질까 봐 두려웠던 거야. 내가 손을 뻗어 네 마음을 건드리면, 네가 줄곧 내면에 감춰 둔 훌륭하고 고결한 너의 진정한 모습에 내가 아주 가까이 다가가기라도 하면, 너 자신이 사라질까 봐 두려웠던 거야. 그래서 넌 그럴 수가 없었던 거야, 그러지 못했던 거야…… 헤어질 수밖에 없었던 거야. 하지만 지금 넌 그러지 않을 수 있어."

"보면 알겠지." 잭이 소년의 수줍은 미소를 상상하며 이레나에게 웃어 보인다. 그에게 정말 내면에 감춰 둔 훌륭하고 고결한 모습이 있을까? 그렇다면 이레나는 그 내면의 존재를 믿은 유일한 사람이다.

"보면 알게 될 거야." 이레나가 다시 미소를 머금으며 자기 손을 잭의 손 위에 올린다. 이레나의 손가락뼈가 느껴진다. 잭은 포개어진 두 손을 다른 쪽 손으로 감싼다. 그리고 꽉 움켜쥔다.

"내일 너한테 장미 꽃다발을 보낼 거야. 빨간 장미." 잭이 그러고는 가만히 이레나의 눈을 응시한다. "프러포즈라고 생각해 줘."

했다. 저질렀다. 그런데 무슨 짓을 저지른 걸까? 잭, 빨리 머리를 굴리라고. 잭은 속으로 혼잣말을 한다. 덫을 피해야 해. 이레나는 미친 건 물론이고 너한테 너무 벅찬 사람일지도 몰라. 실수하지 마. 하지만 지금 잭의 삶에서 실수에 대해 걱정할 시간이 남아 있어 봐야 얼마나 있겠나?

스톤
매트리스

처음에 버나는 아무도 죽일 생각이 없었다. 순전히 휴가를 보낼 생각뿐이었다. 한숨 돌리고, 내면의 생각과 감정에 집중하고, 해묵은 때를 벗겨 낼 생각. 그러기엔 북극이 제격이었다. 광활하고 시원스레 펼쳐진 북극의 빙하와 바위와 바다와 하늘에는 도시와 고속도로와 나무 그리고 남쪽의 풍경을 번잡하게 만드는 여타 방해 요소들과 무관하게 마음을 진정시키는 본질적인 무언가가 있었다.

버나의 마음을 번잡하게 하는 것 중에는 사람들이 있었고, 그 사람들이란 남자를 의미했다. 남자라면 한동안 만날 만큼 만났으므로 버나는 남자들의 추파나 그로 인해 벌어질 일들에 눈길조차 주지 말자고 속으로 다짐했다. 돈이 필요한 것도 아니었다. 더는 아니었다. 자신은 사치스럽지도, 탐욕스럽지도 않다고 버나는 생각했다. 지금까지 버나가 원했던 것은 그 누구도, 그 무엇도 자신에게 해를 입힐

만큼 가까이 다가오지 못하게 막아 줄 다정하고 온화한 몇 겹의 단열재 같은 돈뿐이었다. 물론 버나는 이 소박한 목표를 마침내 이룬 상태였다.

그러나 오랜 습관을 벗어던지기란 여간 어려운 일이 아니다. 속으로 다짐을 한 지 얼마 지나지도 않아 버나는 첫날 밤 공항 호텔 로비에서 바퀴 달린 가방을 끌며 갈팡질팡하는 양털 옷차림의 동료 여행자들을 눈으로 훑고 있다. 여자들은 힐끗 보고 말면서 무리에 속한 남자들은 하나하나 뜯어본다. 여자가 딸린 남자들은 도의상 제외한다. 사서 고생할 필요가 뭐 있겠나? 첫 번째 남편을 통해 알게 된 사실이지만 기혼자를 내 사람으로 만드는 일은 고역일 수 있다. 버림받은 아내들이 도깨비바늘처럼 달라붙어 떨어지지 않으려 하는 터다.

버나의 관심을 사로잡는 이들은 혼자 있는 사람, 구석에 잠자코 있는 사람이다. 그중에서도 버나는 나이가 너무 많아 자기 기준에 안 맞는 이들과는 일부러 눈맞춤을 피한다. 늙은 개에게도 삶은 지속된다는 믿음을 귀하게 간직하는 사람, 그런 사람이 버나의 표적이다. 그렇다고 뭘 하겠다는 건 아니지만 아직 마음만 먹으면 누구든 낚을 수 있음을 스스로에게 보여 주는 의미로 약간의 몸풀기를 하는 건 나쁠 게 없지. 버나는 속으로 생각한다.

저녁 시간에 펼쳐진 만남과 대화의 장에 버나는 크림색 스웨터 차림으로 왼쪽 가슴에서 조금 많이 낮은 위치에 '자북극을 향해'가 적힌 명찰을 달고 간다. 수상 운동을 하고 코어 근육을 단련한 덕에 적어도 옷을 다 갖춰 입고 군살을 빈틈없이 감싸는 와이어 브래지어로 가슴을 받쳐 주면 여전히 나이에 비해, 아니 어떤 사람과 비교해도 훌륭한 몸매다. 하지만 비키니 차림으로 갑판 의자에 앉는 모험은 하고 싶지 않았다. 무진 애를 써도 자글자글 오그라든 피부는 어쩔 수 없으니까. 그래서 버나는 이를테면 카리브해가 아닌 북극을 택했다. 얼굴은 나이에 맞게 자연스러운데, 확실히 이 나이에는 돈을 투자한 만큼 결과가 나온다. 약간의 브론저와 엷은 아이셰도, 마스카라, 반짝이 파우더를 바르고 광채를 조금 더하면 10년은 젊어 보일 수 있다.

"뺏긴 것이 많지만 남은 것도 많지."라고 버나는 거울 속 자기 모습을 보며 중얼거린다. 테니슨을 유독 광적으로 편애했던 버나의 세 번째 남편은 툭하면 그의 문장을 인용했다. "정원으로 와요, 모드." 잠자리에 들기 전 남편은 습관처럼 그렇게 말했다. 그때마다 버나는 뚜껑이 열릴 듯 화가 치솟았다.

버나는 절제된 꽃내음과 그리움을 자극하는 향이 나는 향수를 톡톡 두드려 바른 다음 피부로 뭉개서 약간의 은은한 잔향만 남긴다. 향이 과하면 안 된다. 노인들의 후각은 예전만 못하지만 그래도 알레르기가 유발될 가능성을 생각하는 것이 좋다. 갑자기 재채기를 해대는 남자는 매력적이지 않다.

동행이 없는 여자가 눈에 너무 불을 켜고 다니는 것은 도움이 안 된다. 무심하지만 유쾌해 보이는 미소를 지으며 모임 장소에 조금 늦게 들어간 버나는 모두에게 조금씩 나눠 주는 도수 낮은 화이트 와인 한 잔을 받아 든 다음 옹기종기 모여 안주를 집어 먹고 와인을 홀짝이는 사람들 사이를 유유히 거닌다. 남자들은 의사, 변호사, 엔지니어, 증권 중개인 등 전문직으로 일하다 은퇴했을 것이고, 북극

탐험, 북극곰, 고고학, 새, 이누이트족의 수공예품, 혹은 바이킹족과 식물, 지질학에도 관심이 있을 것이다. '자북극을 향해'는 진지한 애호가들과 그 애호가들을 모아 놓고 강의를 해 줄 열성적인 전문가들을 끌어들인다. 버나는 북극 투어를 제공하는 다른 업체도 두 군데 알아보았지만 그리 끌리는 곳이 없었다. 한 업체는 하이킹으로 가득 채운 프로그램을 내세우면서 버나의 타깃 밖인 50대 미만 손님을 끌어들이려 했고 다른 업체는 다 같이 노래를 부르고 눈꼴 사나운 옷을 입어야 하는 프로그램으로 구성되어 있었던 터라 버나로서는 익숙한 편안함을 제공하는 '자북극을 향해' 투어를 택할 수밖에 없었다. 5년 전 세 번째 남편이 사망한 후에 이 업체 상품을 이용해 봤기 때문에 어떤 일이 벌어질지 거의 다 알고 있기도 했다.

사람들은 대체로 운동복을 입고 있다. 남자들은 베이지 색상을 많이 입었고, 격자무늬 셔츠와 주머니가 여러 개 달린 조끼 차림이다. 버나는 그들의 명찰을 하나하나 확인한다. 프레드, 댄, 릭, 놈, 밥. 또 다른 밥, 그리고 또 다른 밥. 이번 여행엔 밥이 많다. 몇몇은 혼자 여행하는 듯하다. 밥, 한때 버나에게 무척 중요한 의미를 가졌던 이름이다. 하지만 확실히 이제 버나는 자기 어깨를 짓누르던 그 이름의 무게에서 벗어났다. 버나는 여러 밥 중에서 비교적 말랐으나 건실해 보이는 밥을 택한다. 그러고는 물 흐르듯 자연스럽게 다가가 눈꺼풀을 들어 올렸다 내린다. 밥이 버나의 가슴을 유심히 내려다본다.

"버나. 근사한 이름이네요."

"촌스럽죠. '봄'을 뜻하는 라틴어에서 따온 거예요. 모든 것이 다시 소생하는 계절이요." 남근의 부활에 대한 약속으로 가득 찬 버나의 설명은 두 번째 남편을 사로잡는 데 효과적으로 작용했었다. 세 번째 남편에게는 엄마가 18세기 스코틀랜드 시인 제임스 톰슨과 봄의 산들바람 같은 그의 시에 영향을 받아 지어 주신 이름이라고 했는데, 터무니없기는 해도 재미있는 거짓말이었다. 사실 버나의 이름은 땅딸막한 체격에 얼굴은 동그랗고 투실했던 죽은 이모의 이름이었다. 그리고 버나의 엄마는 엄격한 장로교 신자로 늘 입을 단단한 고정쇠처럼 꾹 닫고 지냈고, 시를 경멸했으며, 화강암 벽처럼 그 어떤 것에도 흔들리지 않았다.

변태적인 페티시 중독자 같았던 네 번째 남편에게 작업을 걸 때 버나는 한술 더 떴다. 자기 이름이 고문과 인간의 희생으로 마무리되는 몹시 성적인 발레 음악 「봄의 제전」에서 따온 것이라고 말한 것이다. 그 말에 그는 웃었지만 동시에 안절부절못하며 꼼지락거렸다. 버나가 던진 낚싯바늘을 물었다는 분명한 신호였다.

그리고 지금 버나는 이렇게 말한다. "그쪽은…… 밥이네요." 오랫동안 연마한 수법, 숨을 아주 약간 들이마셔서 상대가 무릎을 꿇게 만드는 확실한 수법이었다.

"네." 밥이 말한다. 그러면서 "밥 고엄이에요."라고 수줍게 덧붙인다. 분명 그런 소심한 태도가 매력적으로 보이리라고 확신하는 기색이다. 버나는 활짝 웃어 보인다. 충격 받은 마음을 감추기 위해서다. 분노 그리고 사정없이 날뛰는 환희에 찬 감정이 뒤섞여 얼굴이 달아오르고 있다. 버나는 밥의 얼굴을 똑바로 쳐다본다. 맞다, 숱이 적어진 머리칼과 주름과 미백 시술을 받은 것은 분명하고 어쩌면 임플란트 시술까지 받았을지도 모를 치아의 이면에는 밥이, 50여 년 전에 알았던 그 밥이 있다. 마성의 남자, 교내 축구 스타, 타의 추종을 불허하는 남편감, 광산 업계 거물들이 사는 동네에서 캐딜락을 모는 부자. 불량배처럼 위협적으로 다가와 조커처럼 입꼬리를 한쪽만 올리며 웃는 좆같은 새끼.

그때 다들 얼마나 놀랐던지. 그 지긋지긋한 동네에서는 누가 술을 마셨고 누가 안 마셨는지, 어떤 여자애가 문제적인 행동을 저질렀는지, 누구 뒷주머니에 잔돈이 얼마나 들어 있는지까지 모두가 사사건건 알았기에 인기남 밥이 눈의 여왕 궁전을 테마로 한겨울 무도회에 존재감도 없는 버나를 데려가기로 했을 때 단지 학교 사람뿐만 아니라 말 그대로 모두가 얼마나 놀랐던지. 밥보다 세 살 어리고 예쁘장했던 버나, 공부를 잘해 월반을 했던 버나, 순진했던 버나, 꾹 참고 견뎌 보았지만 결국 무리에 끼지 못했던 버나, 그 동네에서 벗어날 기회를 잡기 위해 장학금을 노리며 부단히 애썼던 버나. 사랑한다고 믿었던 사람에게 속아 넘어간 버나.

아니, 진짜 사랑했을지도 모른다. 사랑에 관해서라면 사랑한다는 믿음이 사랑과 똑같지 않은가? 그런 믿음은 사람을 무력하게 만들고 시야를 가린다. 그리고 그날 이후 버나는 두 번 다시 호랑이가 놓은 덫에 걸려들지 않으리라고 다짐했다.

그날 밤 그들은 어떤 음악에 맞춰 춤을 췄나? 「록 어라운드 더 클락」, 「하트 메이드 오브 스톤」, 「더 그레이트 프리텐더」 같은 음악이었다. 밥은 카네이션을 꽂은 양복 단춧구멍에 버나의 얼굴이 짓이겨질 만큼 버나를 꽉 끌어안은 채 체육관 가장자리를 돌며 춤을 이끌었고, 무도회 경험이 처음이라 서툴고 어리숙했던 버나는 격렬하고 현란한 밥의 몸놀림을 당해 내지 못했다. 온순한 버나에게 삶이란 교회와 공부와 가사, 그리고 주말마다 약국에서 점원 일을 하면서 매 순간 엄한 표정을 한 엄마의 감시를 받는 것이었다. 데이트는 꿈도 못 꾸었다. 엄마가 허락해 줄 리가 없었다. 버나가 허락을 받으려 했던 적도 없었다. 하지만 버나의 엄마는 감시 체계가 잘 작동하는 고등학교 무도회에 밥 고엄과 참석하는 것만은 허락했다. 밥이라면 번듯한 집안의 빛나는 별 같은 남자애 아니던가? 심지어 버나의 엄마는 아무 말 않기는 했어도 마치 본인이 뭔가를 이루기라도 한 듯 버나 앞에서 짐짓 우쭐한 기색까지 내비쳤다. 어느 날 아빠가 사라진 후 늘 의식적으로 고개를 뻣뻣이 들고 다니다가 결국 목이 뻣뻣하게 굳어 버린 엄마를 버나는 이제는 이해할 수 있었다.

여하간 버나는 영웅을 숭배하는 몽상가의 눈빛으로 생전 처음 하이힐을 신고 비틀대며 집을 나섰다. 밥은 이미 딴마음을 품고 조수석 수납함에 위험한 위스키 병을 감춰 둔 번쩍이는 빨간색 오픈카로 버나를 점잖게 안내했고, 버나는 흡사 긴장증이 나타난 사람처럼 수줍어하며 허리를 꼿꼿이 펴고 앉았다. 버나가 두른 좀약 냄새가 밴 엄마의 오래된 토끼털 숄과 겉으로 보이는 것만큼 실제로 저렴한 담청색 튈 드레스에서는 프렐 샴푸와 저겐스 로션 향이 났다.

한마디로 싸구려였다. 일회용 같은 싸구려. 한번 입고 버릴 싸구려. 그게 밥이 버나를 보자마자 한 생각이었다.

지금 밥은 조금 히죽거리며 웃고 있다. 스스로에게 만족하는 표정이다. 어쩌면 버나의 얼굴이 들끓는 욕망 때문에 달아올랐다고 생각하는지도 모른다. 그런데 이럴 수가! 버나를 못 알아보다니! 대체 살면서 얼마나 많은 버나를 만났기에 알아보지도 못한단 말인가?

정신 차려. 버나가 속으로 혼잣말을 한다. 확실히 아무렇지 않은 상태 같지는 않다. 분노 때문에 몸이 떨리고 있다. 아니, 어쩌면 굴욕감 때문일지도 모른다. 감정을 숨기기 위해 와인을 한 모금 꿀꺽 삼킨 버나는 곧바로 사례가 들려 캑캑댄다. 밥은 재빨리 버나의 등을 몇 번 속도감 있게, 하지만 애무하듯 부드럽게 두들긴다.

"미안해요." 버나가 헐떡이며 말한다. 선명하면서도 희미한 카네이션 향기가 버나를 감싼다. 밥에게서 벗어나야 한다. 갑자기 심한 욕지기가 올라온다. 버나는 화장실로 내달린다. 다행히 아무도 없다. 화이트 와인, 크림치즈와 올리브를 곁들인 카나페를 변기에 게운 버나는 혹시 여행을 취소하기에 너무 늦은 것은 아닐지 걱정한다. 그런데 왜 또다시 버나가 밥에게서 도망쳐야 하나?

그때는 선택지가 없었다. 그 주가 끝날 무렵 이미 온 마을에 소문이 퍼져 있었다. 밥이 퍼뜨린 소문, 버나의 기억과는 판이하게 다른 코미디로 둔갑한 소문이었다. 술에 절어서는 그걸 하고 싶어 안달난 헤픈 버나라니. 참 웃기지도 않는 소리 아닌가. 학교에서 집으로 돌아가는 내내 버나는 자기를 곁눈질하면서 야유하는 소리를 내고 이름을 불러 대는 남자애들 무리에 시달렸다. **어디 한번 도망쳐 봐! 내가 태워 줄까? 사탕도 좋지만 술이 효과가 빠르긴 하지!** 이 정도가 그나마 심하지 않은 말이었다. 버나는 여자애들에게서도 외면당했는데, 그 불명예스러운 일, 그 모든 황당무계하고 우스꽝스럽고 난잡한 일들이 자기들에게 옮겨 올지도 모른다는 두려움 때문이었다.

그리고 엄마라는 존재가 있었다. 교회 사람들에게까지 소문이 퍼져 나가는 데는 오랜 시간이 걸리지 않았다. 버나의 엄마가 조개처럼 꽉 다문 입으로 내뱉은 몇 마디의 말은 간단명료했다. 네가 벌인 일이니 네가 수습해야 한다는 것이었다. 절대, 버나의 엄마는 절대 자기연민에 빠져 허우적거리고 있을 수 없었다. 그저 현실을 직시해야 했다. 가만히 있는다고 해서 사람들이 잊을 일도 아니었다. 발 한 번 잘못 내디디면 추락하는 것이 인생인 터였다. 그래서 최악의 일이 벌어졌다는 사실이 명백해졌을 때 버나의 엄마는 버나에게 버스 승차권을 끊어 주고 교회에서 운영하는 토론토 외곽의 비혼모 시설로 보냈다.

그곳에서 버나는 감자를 깎고 바닥을 북북 문질러 청소하고 자기와 같은 비행 소녀들과 수세미로 화장실 변기를 닦으며 살았다. 그들은 회색 임부복을 입고 회색 울 스타킹과 투박한 갈색 신발을 신었다. 듣기로는 너그러운 후원자들의 후원금으로 산 일습이라고 했다. 그들은 청소를 하고 허드렛일을 하는 것에 더해 몇 차례 기도를 올리고 독선적인 태도로 윽박지르는 설교도 들어야 했다. 너희들에게 일어난 일은 타락한 행동이 불러온 마땅한 결과라는, 하지만 근면과 자제를 통해 잘못을 만회하기에 결코 늦지 않았다는 설교였다. 그들은 술, 담배, 껌 씹기를 삼가라는 경고를 받았고 괜찮은 남자가 너희와 결혼을 하고 싶어 한다면 그것을 신이 내린 기적으로 여기라는 말을 들었다.

버나의 분만은 길고도 고됐다. 아이는 태어나자마자 시설에서 분리시키는 바람에 정을 붙일 새도 없었다. 출산 과정에서 감염병과 합병증에 시달리고 흉터도 입었으나 쌀쌀맞은 어떤 간호사가 다른 간호사에게 하는 말을 엿들어 보니 그게 모두에게 잘된 일이라고 했다. 버나 같은 여자애들은 어차피 엄마로서 부적격자라는 이유에서였다. 다시 걸을 수 있게 되었을 때 버나는 5달러와 버스 승차권을 건네받으면서 집으로 돌아가 엄마의 돌봄을 받으라는 말을 들었다. 아직 미성년자였기 때문이다.

하지만 버나는 그 현실을—그 현실 혹은 그 동네 전반을—마주할 수 없었으므로 집이 아닌 토론토 시내로 향했다. 무슨 생각이었을까? 사실 어떤 생각이 있는 것은 아니었다. 감정뿐이었다. 서글픔, 비통함, 그리고 마침내 타오르는 번뜩이는 분노. 사람들이 생각한 것처럼 버나가 무가치한 쓰레기였다면 쓰레기처럼 살았을 것이다. 그리고 종업원 일과 호텔 청소 일을 병행하는 동안 버나는 그렇게 살았다.

버나가 자기에게 관심을 보인 나이 많은 유부남을 우연히 만나게 된 것은 전적으로 엄청난 행운이었다. 버나는 3년간 정오에 그와 섹스를 하는 대가로 배움의 기회를 얻었다. 공정한 교환이라고 버나는 생각했다. 그에게 아무런 악의도 없었다. 그를 통해 가장 사소하게는 하이힐을 신고 걷는 법을 비롯해 많은 것을 배웠고 자기 삶을 꾸려 나갈 수 있었다. 그리고—놀랍게도!—여전히 말린 꽃처럼 버리지 못한 채 마음 한구석에 간직했던 밤의 일그러진 형상을 조금씩 떼어 버릴 수 있었다.

버나는 얼굴을 톡톡 두드리며 화장을 고치고 방수 기능이 있다지만 볼까지 번져 버린 마스카라 흔적을 지운다. 용기를 내라고 스스로에게 말한다. 도망치지 않을 것이다, 이번만큼은. 힘겨워도 견뎌낼 것이다. 지금은 밥 다섯 명이 덤벼도 상대할 수 있다. 게다가 이번에는 유리한 위치를 점하고 있다. 밥은 버나가 누구인지 감도 못 잡고 있기 때문이다. 정말 그렇게 달라 보이나? 그렇다, 달라 보인다. 예전보다 나아 보인다. 당연히 이제 금발에는 은빛이 돌고 여기저기 변한 곳도 많지만 진짜 변화는 태도에 있다. 자신 있는 태도 말이다. 밥이 버나의 겉모습만 보고 칙칙한 갈색 머리에 훌쩍훌쩍 우는 수줍은 열네 살의 버나를 떠올리기란 여간 어려운 일이 아닐 것이다.

마지막으로 파우더를 얇게 덧바른 후 버나는 다시 사람들이 있는 곳으로 가서 구운 소고기와 연어가 준비된 뷔페에 줄을 선다. 많이 먹을 생각은 없다. 그러고 보면 한 번도 사람들이 보는 앞에서 배불리 먹은 적이 없다. 돼지처럼 음식을 먹어 치우는 여자는 신비로운 매혹을 발하는 생명체일 수 없는 터다. 버나는 떼로 모여든 사람들을 한 번씩 훑는 대신 밥의 위치를 파악한다. 밥이 손을 흔들어 보일지도 모르는 일이고, 버나에게는 아직 생각할 시간이 필요하다. 이윽고 식당 가장 끝 쪽에 놓인 식탁에 자리를 잡는다. 그런데 이럴 수가, 자리를 잡기가 무섭게 밥이 합석해도 되는지 묻지도 않고 버나 옆에 자연스럽게 자리를 잡는 것 아니겠는가. 이미 자기가 영역 표시했다고 뻐기는 거구나. 버나는 생각한다. 이미 자기 땅이라고 말뚝을 박은 것이다. 전리품의 머리를 쳐낸 다음 발로 몸통을 짓밟고 사진을 찍은 것이다. 예전에 그랬던 것처럼. 본인은 모르겠지만. 버나는 미소를 짓는다.

밥은 염려하고 있다. 괜찮아요? 아, 네. 버나가 대답한다. 그냥 사레가 들렸던 거예요. 밥은 군말 없이 곧장 사전 작업에 들어간다. 무슨 일 하세요? 은퇴했어요. 버나가 대답한다. 물리치료사로 심장 재활과 뇌졸중 환자를 담당하며 보람 있는 삶을 살았죠. "보람찼겠네요." 밥이 말한다. 아, 네. 버나가 말한다. 사람들을 돕는 일은 커다란 만족감을 주거든요.

보람 그 이상의 만족감이 있었다. 목숨을 위협하는 사건을 겪고 회복 중인 부유한 남자들이 야무진 손놀림과·기운을 북돋는 태도와 말을 아껴야 할 때를 아는 본능적인 감각을 지닌 젊고 매력적인 여자들의 가치를 알아주었으니까. 어쩌면 버나의 세 번째 남편이 키츠를 흉내 내며 말했듯, 귓가에 들리는 멜로디는 감미로우나 귓가에 들리지 않는 멜로디는 그보다 더 감미로울지도 모를 일이다. 관계속에서 생겨나는 몹시 육체적인 친밀함에는 무언가가 있었다. 그리고 그 친밀함은 다른 친밀함을 낳았다. 하지만 버나는 늘 섹스까지는 가지 않았다. 대신 섹스는 종교적인 행위라고 말했다. 만약 프러포즈를 받을 기미마저 보이지 않았다면 자기를 더 필요로 하는 환자들에게 의무를 다해야 한다며 관계에서 발을 뺐을 것이다. 그런 경우가 두 번 있기도 했다.

프러포즈를 받으면 버나는 의학적인 문제를 염두에 두고 수락 여부를 결정했다. 그리고 일단 결혼을 하면 그 선택이 그만한 가치가 있는 일이 될 수 있도록 최선을 다했다. 버나와 결혼했던 남편들은 행복은 물론 감사함을 품고서 세상을 떠났다. 예상보다 다소 이르기는 했다. 하지만 전부 자연사였다. 치명적인 심장 발작이 재발했거나 처음으로 찾아온 뇌졸중에 목숨을 잃었다. 버나가 한 일이라고는 금지된 모든 욕망을 충족시켜도 좋다는 무언의 동의뿐이었다. 동맥 경화를 유발하는 음식을 먹고, 술을 원하는 만큼 마시고, 술이 깨기 도 전에 다시 골프를 치러 가게 해 주었을 따름이다. 전 남편들이 처 방받아 먹는 약이 엄밀히 따지면 지나치게 많은 것 같다는 말을 하 려다 말기는 했었다. 약을 그만큼 복용해도 괜찮은 건지 의구심이 들었다고 훗날에야 말하기는 했는데, 어떻게 버나가 의사의 진단에 반해 자기 의견을 내세울 수 있었겠나?

게다가 자기가 저녁에 이미 약을 먹었다는 사실을 잊고 평소 약 이 있던 자리에 고이 놓인 약을 발견하고는 그걸 또 먹는다면 죽음 은 그저 예견된 일 아니었겠나? 항혈전제는 과다 복용하면 무척 위 험할 수 있었다. 뇌출혈이 발생할 수도 있는 약이었다.

그리고 섹스 문제도 있었다. 최후의 종결자, 최후의 일격. 버나는 섹스 자체에는 아무 흥미를 못 느꼈지만 어떻게 해야 상대가 좋아할 지는 알고 있었다. "인생은 한 번뿐이야." 버나는 습관처럼 이 말을 내뱉으며 촛불을 밝힌 저녁 식사 자리에서 샴페인 잔을 들어 올린 다음, 혁신적인 돌파구이긴 하나 혈압에 꽤나 무리가 갈 수도 있는 비아그라를 준비했다. 재빨리 구급대원을 부르는 것이 중요했다. 아 니, 그렇다 해도 너무 재빨라서는 안 됐다. 그래야 "일어나 보니 이 상태였어요."라는 말로 적당히 넘어갈 수 있었다. "욕실에서 이상한 소리가 들려서 가 보니……."도 괜찮았다.

버나에게는 일말의 후회도 없다. 그들에게 호의를 베풀었을 뿐이 다. 시간을 질질 끌며 쇠약해지는 것보다는 단숨에 세상을 떠나는 것이 확실히 더 나은 일이다.

두 남편이 사망한 후에는 어느덧 성인이 된 자녀들과 유언을 두고 껄끄러운 상황을 겪었다. 하지만 버나는 너희들이 어떤 심정일지 이해한다고 너그럽게 말하며 자신이 그동안 쏟아부은 노력을 고려하면 사실상 공정하다고 할 수 없는 금액의 재산을 넘겨주었다. 버나는 여전히 장로교 신자로서의 정의감을 품고 있었다. 자신이 마땅히 가져야 할 것 이상을 원하지 않았다. 하지만 그것보다 덜 갖기를 원하지도 않았다. 균형 잡힌 거래를 좋아했다.

밥이 자기 팔을 버나가 앉은 의자 뒤편에 슥 걸치면서 몸을 가까이 기댄다. 남편분이랑 같이 오셨어요? 밥이 자기 입을 버나의 귀에 지나치게 가까이 대고 숨을 들이쉬며 묻는다. 아뇨, 얼마 전에 남편을 잃어서 ─ 이때 버나는 무언의 슬픔이 전해지기를 바라며 식탁을 내려다본다 ─ 일종의 치유 여행을 온 거예요. 밥은 무척 유감이라고, 그런데 자기 아내도 6개월 전에 세상을 떠났는데 어떻게 이런 우연이 다 있냐고 말한다. 첫사랑이었다고, 대학 시절에 만난 애인인데 함께 보낼 오후를 오래전부터 고대해 왔기에 엄청난 충격이었다고 말한다. 버나 씨는 첫사랑을 믿으세요? 네, 믿어요. 버나가 말한다.

밥이 자기 이야기를 더 털어놓는다. 자기가 법학 학위를 받을 때까지 기다렸다가 결혼을 했고 그 후에는 세 아이를 낳았는데 이제는 손주가 다섯이라고, 모두 너무 자랑스럽다고 말한다. 나한테 손주들 사진을 보여 주기라도 하면 주먹을 날려 버려야지. 버나는 생각한다.

"빈 공간이 생긴 것 같지 않나요?" 밥이 말한다. "백지 같은 공간이요." 버나는 그렇다고 대답한다. 밥이 버나에게 자기와 와인 한잔하지 않겠느냐고 묻는다.

진짜 쓰레기구나. 버나는 생각한다. 그러니까 결혼까지 해서 아이
도 낳고 정상적인 삶을, 마치 아무 일도 없었다는 듯 살았다는 거구
나. 그동안 나는……. 버나는 욕지기를 느낀다.

"좋아요. 하지만 유람선에 타서 마시죠. 그럼 더 느긋하게 마실 수
있을 테니까요." 버나가 또 한 번 눈꺼풀을 들어 올렸다 내린다. "이
제 피부를 위해 한숨 자러 가야겠네요." 버나는 미소를 띠며 자리에
서 일어난다.

"아니, 버나 씨 정도면 그럴 필요도 없죠." 밥이 정중한 태도로 말
한다. 이 개자식이 정말로 버나를 위해 의자를 빼 주고 있다. 과거에
는 이런 세련된 매너 따위 한 번도 보여 주지 않은 놈이었다. 버나의
세 번째 남편이 자연인에 관한 홉스의 말을 인용하면서 말했던 비열
하고, 잔인하고, 단명할 놈이었다. 요즘 같으면 여자애들은 자신들이
배운 대로 경찰을 부를 것이다. 요즘 같으면 밥은 어떤 거짓말을 늘
어놓든 감옥에 갈 것이다. 버나가 미성년자였으니까. 하지만 당시에
는 그런 행위를 지칭할 적절한 표현이 없었다. 강간은 어떤 미치광
이가 수풀에 숨어 있다가 덮쳤을 때 벌어지는 일이지, 무도회 공식
파트너가 벌목이 두 번 이루어져 황량한 숲이 펼쳐진 어느 초라한
광산 도시 인근의 곁길로 데려가서는 얌전히 주는 대로 받아 마시라
고 겁박하다가 버나를 한 겹 한 겹 찢어발겼을 때 벌어지는 일이 아
니었다. 설상가상으로 밥의 친구 켄이 밥을 도와주겠다며 자기 차를
몰고 나타나기까지 했다. 둘은 웃고 있었다. 둘은 버나의 팬티거들
을 기념품으로 간직했다.

그 후 밥은 동네로 돌아가는 길에 버나를 차에서 내쫓았다. 버나가 울어서였다. "안 닥칠 거면 걸어가." 밥이 말했다. 버나는 드레스와 어울리도록 담청색으로 염색한 얼음장처럼 차가운 하이힐을 맨발로 신고서 얼어붙은 도로를 절뚝절뚝 걷는 자기 모습을, 두 눈은 핑핑 도는데 헐벗은 상태로 바들바들 떨면서 참 어처구니없을 만큼 굴욕적이게도 딸꾹질을 하는 자기 모습을 지금도 떠올릴 수 있었다. 당시 버나의 머릿속을 가장 어지럽혔던 것은 나일론 스타킹이었다. 대체 어디 간 거지? 약국에서 일하며 번 돈으로 산 건데. 분명 그때 버나는 큰 충격에 휩싸인 상태였을 것이다.

버나의 기억은 정확한 걸까? 밥이 버나의 팬티거들을 자기 머리에 뒤집어쓰고 눈 속에서 춤을 추면서 어릿광대가 종을 울리듯 가터벨트를 펄럭인 것이 진짜였나?

버나는 팬티거들에 대해 생각한다. 어찌나 고리타분한지. 팬티거들 자체도, 팬티거들과 함께 오래전에 사라진 모든 과거의 유산들도. 이제 여자애들은 피임약을 먹거나 뒷눈질 한번 않고 낙태 수술을 받을 것이다. 그런 일에 마음을 다치는 것도 참으로 구시대적일 따름이다.

버나를 다시 태우러 온 사람은 밥이 아니라 켄이었다. 켄은 무뚝뚝하게 차에 타라고 한 다음 버나를 집까지 데려다주었다. 켄은 적어도 부끄러워할 줄은 알았다. "아무 말도 하지 마." 켄은 그렇게 중얼대듯 말했고 버나는 아무 말도 하지 않았다. 하지만 버나의 침묵은 버나 자신에게 아무런 도움이 되지 않았다.

어째서 그날 밤에 벌어진 일로 버나만 고통받아야 했던 걸까? 버나는 물론 바보였다. 하지만 밥은 사악했다. 그리고 밥은 어떤 대가를 치르거나 양심의 가책을 느끼는 일 없이 무탈히 상황을 모면한 데 반해, 버나의 인생은 통째로 뒤틀리고 말았다. 그날을 기점으로 이전의 버나는 죽은 것과 다름없었고 새로운 버나가 그 자리를 완전히 대체했다. 발이 묶이고, 일그러지고, 짓이겨진 버나가. 버나에게 강자만이 승리할 수 있다고, 약자는 무자비하게 착취당해야 마땅하다고 가르쳐 준 사람은 바로 밥이었다. 버나를 — 이렇게 말하지 못할 이유 뭐 있겠나? — 살인자로 만든 사람은 밥이었다.

다음 날 아침 보퍼트해를 항해할 유람선을 타기 위해 전세기를 타고 북쪽으로 향하는 동안 버나는 자기 앞에 놓인 선택지에 대해 생각한다. 일단 마지막 순간까지 밥을 갖고 놀다가 밥의 팬티가 발목 언저리에 내려왔을 때 싸늘하게 돌아서는 방법이 있다. 하지만 그건 만족감이 그리 크지 않을 것이다. 아니면 여행 내내 밥을 피해 다니면서 지난 50여 년 동안 해결되지 않은 문제를 그냥 지금 상태 그대로 내버려 둘 수도 있다. 그것도 아니면 밥을 죽여 버릴 수도 있다. 버나는 세 번째 선택지가 이론적으로 가능할지 차분하게 생각해 본다. 정말 밥을 죽이기로 마음먹는다면 어떻게 크루즈 여행을 하는 동안 아무에게도 들키지 않고 살인에 성공할 수 있을까? 약물과 섹스를 이용한 고전적인 수법은 효과를 발휘하기까지 너무 오랜 시간이 걸릴뿐더러 효과가 아예 없을 수도 있다. 밥이 아무 질병도 앓고 있지 않은 것처럼 보이기 때문이다. 바다로 밀어 버리는 방법은 현실성이 없다. 밥은 덩치가 너무 크고 난간은 너무 높은 데다가, 과거의 크루즈 여행 경험을 통해 알고 있듯 갑판에는 늘 숨 막힐 듯 아름다운 경치를 즐기며 사진을 찍는 사람들이 있을 것이다. 시신이 객실에서 발견되면 텔레비전에 나오듯 경찰이 출동해 DNA와 직물에 남은 모발과 온갖 것들을 채취하기 시작할 것이다. 그건 안 된다. 살인을 한다면 항해 중에 잠깐씩 들르는 육지에서 해야 한다. 그런데 어떻게 하나? 어디에서 하나? 버나는 여행 일정과 경로가 표시된 지도를 살펴본다. 이누이트족 정착지는 적합하지 않을 것이다. 개들이 짖을 테고 아이들이 따라다닐 것이다. 다른 육지에는 은폐가 가능한 지형이 없다. 게다가 총을 소지한 직원들이 북극곰으로부터 보호해주겠다며 따라다닐 것이다. 직원들이 가진 총으로 사고사를 위장할 수도 있을까? 그러려면 타이밍을 아주 정확히 맞출 수 있어야 한다.

어떤 방법을 쓰든 항해 초반에, 밥이 새로운 친구를 사귀기 전에 해야 한다. 밥을 아는 사람이 생기면 그가 사라졌다는 사실을 알아차릴 테니까. 또한 밥이 갑자기 버나를 알아볼 가능성도 늘 상존한다. 그리고 그런 일이 벌어지면 게임은 이미 끝난 것이나 다름없다. 어쨌든 밥과 너무 붙어 다니지 않는 것이 최선이다. 밥의 관심을 계속 유지시킬 만큼은 자주 보되, 이를테면 로맨스가 싹트고 있다는 식의 소문이 퍼질 정도로 자주 봐서는 안 된다. 유람선에서는 소문이 독감처럼 빨리 도는 법이다.

경험이 있는 버나에게는 익숙한 레졸루트II라는 이름의 유람선에

승선하자마자 승객들이 줄을 서서 리셉션에 여권을 맡긴다. 그런 다음 유람선 앞쪽 라운지에 모여 다른 모든 직원의 기를 꺾을 만큼 유능한 직원 세 명이 설명하는 방침을 듣는다. 바이킹족처럼 심각하게 눈살을 찌푸린 첫 번째 직원이 말한다. 상륙할 때는 명찰 게시판에 걸린 각자의 명찰을 녹색에서 빨간색으로 돌려놓고 유람선으로 돌아오면 다시 빨간색에서 녹색으로 돌려놔야 합니다. 보트를 타고 상륙할 때는 반드시 구명조끼를 착용해야 합니다. 구명조끼는 물에 닿는 즉시 부풀어 오르는 얇은 최신 구명조끼입니다. 상륙하면 반드시 나눠 드리는 하얀 캔버스 백에 구명조끼를 넣어 반납하고 승선할 때 다시 착용하셔야 합니다. 명찰이 녹색으로 변경돼 있지 않거나 캔버스 백에 구명조끼가 남아 있으면 아직 누군가가 육지에 남아 있다는 사실을 저희 직원이 알아차리려는 조치입니다. 낙오되고 싶으신 분은 없을 테니까요, 그렇죠? 자, 그럼 이제 객실 관리와 관련된 몇 가지 사항을 안내해 드리겠습니다. 객실에 가면 세탁 가방이 있을 겁니다. 바 이용 금액은 개별 청구되고, 팁은 마지막에 한꺼번에 정산될 겁니다. 저희 유람선은 청소 직원들이 업무를 효율적으로 처리할 수 있도록 문을 개방해 둔다는 원칙을 따르지만 물론 원하시면 객실 문을 잠가 둘 수 있습니다. 분실물 보관소는 리셉션에 있습니다. 자, 이해 안 되는 내용 없으시죠? 좋습니다.

두 번째 직원은 버나의 눈에는 열두 살 정도로 보이는 고고학자다. 여러분은 인디펜던스1, 도싯, 툴리를 포함해 다양한 장소를 방문하게 되실 거예요. 하지만 절대, 절대로 아무것도 함부로 가져오시면 안 됩니다. 아무 유물도, 특히 아무 뼈도 가져오시면 안 됩니다.

인간 뼈가 있을 수도 있는데 발견할 경우 망가지지 않도록 각별히 주의를 기울여 주세요. 다른 동물의 뼈도 까마귀와 나그네쥐와 여우에게는 부족한 칼슘을 보충할 수 있는 중요한 자원입니다. 전체 먹이사슬 관점에서도 중요하고요. 북극은 모든 것을 재활용하기 때문입니다. 다들 이해되셨죠? 좋습니다.

다음으로 대머리를 멋스럽게 소화한 개인 트레이너 같은 세 번째 직원이 총기에 대해 한마디 얹는다. 북극곰은 인간을 두려워하지 않기 때문에 총기 소지가 필수입니다. 하지만 직원들은 항상 하늘로 먼저 총을 발사해 곰을 쫓아낼 것입니다. 곰을 직접 쏘는 것은 최후의 수단이지만, 곰은 위험할 수 있고 저희는 승객의 안전을 최우선으로 생각합니다. 총기 소지에 대해 걱정하실 필요는 없습니다. 보트를 타고 육지를 오가는 동안에는 총기에 총알을 장전하지 않을 것이며, 승객이 총에 맞는 일은 불가능합니다. 이해되셨나요? 좋습니다.

확실히 총기 사고로 위장하는 방법은 안 되겠다고 버나는 생각한다. 그 어떤 승객도 총기에 가까이 다가갈 수 없는 환경이다.

점심 식사 후에는 바다코끼리에 대한 강의가 진행된다. 엄니로 바다표범의 가죽을 뚫고 강력한 입을 이용해 지방을 빨아먹는다는 사악한 바다코끼리에 관한 소문이 돈다고 한다. 버나의 양옆에 앉아 뜨개질을 하며 강의를 듣는 여자 중 한 명이 "지방흡입술이네."라고 말하자 다른 한 명이 웃는다.

강의가 끝나자마자 버나는 갑판으로 나간다. 맑은 하늘에 층층이 쌓인 렌즈운이 우주선처럼 떠 있다. 공기는 포근하다. 바다는 연한 녹청색이다. 좌현에는 전형적인 모양의 빙산이 떠 있다. 가운데가 몹시도 파래서 염료를 뿌린 듯하다. 그 위로는 해수면에 얼음 성이 높이 솟아 있는 것 같은 신기루가, 가장자리 부근이 희미하게 어른거리는 것만 제외하면 완전히 진짜 같은 파타 모르가나*가 펼쳐진다. 그 파타 모르가나에 홀려 죽음을 맞이한 선원들도 있었다. 실제로 산이 없는데도 지도에 산을 그려 넣은 결과였다.

"아름답지 않아요?" 느닷없이 버나 옆에 나타난 밥이 말한다. "오늘 밤 와인 한 잔 어때요?"

"눈부시네요." 버나가 웃으며 말한다. "오늘 밤은 안 될 것 같아요, 여자들끼리 만나기로 해서요." 사실이다. 뜨개질하던 여자들과 만나기로 약속한 참이다.

"그럼 내일은요?" 밥이 활짝 웃으면서 자기가 일인용 객실에 머문다는 사실을 흘린다. "222번방이에요. 진통제 이름 같죠." 밥이 익살스럽게 말한다. 유람선 중앙의 편안한 객실이다. "흔들림이 전혀 없어요."라고 밥은 덧붙인다. 버나는 자신도 일인용 객실에 머문다고, 그래야 확실히 쉴 수 있기 때문에 돈이 들어도 그만한 가치가 있다고 말하면서 '쉰다'는 말을 마치 광택이 도는 부드러운 침대보에서 관능적으로 몸부림치는 광경이 연상될 만큼 길게 늘어뜨려 발음한다.

저녁 식사 후 유람선을 배회하며 명찰 게시판을 힐끗거리던 버나는 자신의 명찰과 꽤 가까운 곳에서 밥의 명찰을 발견한다. 그러고는 기념품 가게에서 값싼 장갑 한 켤레를 산다. 범죄 소설을 많이도

---

* Fata Morgana. 대기의 굴절 때문에 지평선 위에 펼쳐지는 착시 현상으로, 아서왕 전설에 등장하는 인명 모르간 르 페이의 이탈리아어 번역이며 메시나 해협의 신기루에서 유래했다.

읽은 탓이다.

　다음 날은 승객들, 특히 여성 승객들의 관심을 사로잡은 원기 왕성한 젊은 과학자가 지질학에 관한 이야기를 들려주면서 시작된다. 천만다행으로, 부빙 때문에 여행 일정을 변경한 덕분에 여러분은 뜻밖의 장소를 방문하게 되실 겁니다. 거기서는 아주 극소수에게만 허용되는 지질학 세계의 경이를 관찰하실 수 있는데요. 바로 지질학 역사 초기, 그러니까 어류, 공룡, 포유류가 등장하기도 전에 화석화된 무려 19억 년 된 스트로마톨라이트를, 지구에서 최초로 보존된 형태의 생명체를 보는 특권을 누리게 되실 겁니다. 스트로마톨라이트가 뭘까요? 그가 눈을 번득이며 수사적인 질문을 던진다. 스트로마톨라이트라는 단어는 매트리스를 뜻하는 그리스어 스트로마(strôma)에 돌을 뜻하는 리토스(líthos)의 어원을 결합한 것입니다. 말하자면 스톤 매트리스(Stone Mattress), 즉 청록색 조류가 층층이 쌓여 둔덕이나 돔 모양을 형성한 화석화된 쿠션인 거죠. 이 청록색 조류는 지금 우리가 숨 쉬고 있는 산소를 형성한 것과 똑같은 조류입니다. 놀랍지 않습니까?

　점심시간에 버나와 같은 식탁에 앉은 주름이 자글자글한 키 작은 요정 같은 남자가 자기는 바위보다 더 신기한 것을 보게 되길 기대했다며 불평한다. 그도 여러 밥 중 한 사람이다. 버나는 머릿속에 밥의 명단을 정리해 두고 있다. 밥을 여러 명 알아 두면 유용할 수도 있다는 생각에서다. "전 기대돼요. 스톤 매트리스요." 버나는 매트리스를 발음하면서 아주 미묘하게 유혹하는 기색을 내비치고, 두 번째 밥은 그에 응하는 듯 눈을 반짝인다. 정말이지 둘 다 추파를 던지지 못할 만큼 늙은 건 아닌 것이다.

커피를 마신 후 갑판으로 나간 버나는 조금씩 가까워지고 있는 육지를 쌍안경으로 관찰한다. 이곳의 계절은 가을이다. 덩굴처럼 굽이치는 모양으로 이어진 작은 나무들의 잎이 붉은색, 주황색, 노란색, 보라색으로 울긋불긋하고, 그 사이로 물결과 습곡처럼 바위가 솟아나 있다. 능선이 하나 보이고, 더 높은 능선이 보이고, 그보다 더 높은 능선이 보인다. 지질학자가 최고의 스트로마톨라이트를 볼 수 있다고 한 곳은 두 번째 능선이다.

세 번째 능선에서 미끄러진 사람이 두 번째 능선에서 보일까? 그럴 것 같지 않다고 버나는 생각한다.

이제 다들 방수 바지와 고무장화를 챙겨 입고 몸집만 큰 유치원생들처럼 구명조끼 지퍼를 올린 후 버클을 꽉 조인다. 이제 명찰을 녹색에서 빨간색으로 돌려놓을 때다. 이제 조심조심 출입구 통로로 내려가 검은 고무보트에 잽싸게 몸을 실을 때다. 용케도 버나가 탄 고무보트에 몸을 실은 밥이 카메라를 꺼내 들더니 버나를 찍기 시작한다.

버나의 심장 박동이 점점 빨라진다. 이러다 나를 알아보기라도 하면 죽일 수 없는데. 버나는 생각한다. 내가 누구인지 말한다면, 그래서 나를 알아보고 사과한다면, 그래도 죽일 수 없을 것이다. 과거의 밥과 달리 버나는 그에게 두 번의 탈출 기회를 주고 있는 셈이다. 이는 기습 공격을 할 수 있는 유리한 위치를 저버리겠다는 의미이고 밥이 버나보다 체격이 훨씬 크니 그만큼 위험을 감수해야 하는 일이기도 하지만 버나는 무엇보다 공정을 기하고 싶다.

육지에 다다른 그들은 구명조끼와 고무장화를 벗고 등산화 끈을 맨다. 버나가 어슬렁거리며 밥에게 다가가 보니 밥은 귀찮은 일을 줄이기 위해 애초에 고무장화를 신고 오지 않은 모습이다. 밥은 빨간색 야구 모자를 쓰다가 버나가 쳐다보니 캡을 뒤로 돌려 쓴다.

이제 다들 뿔뿔이 흩어지고 있다. 일부는 해안에 남고 일부는 첫 번째 능선을 향해 올라간다. 망치를 들고 서 있는 지질학자 주변으로 이미 한 무더기의 사람들이 재잘대며 모여 있다. 지질학자가 본격적으로 강의를 시작하려는 모양새다. 당부의 말씀 드립니다. 스트로마톨라이트는 절대 가져오시면 안 됩니다. 하지만 저희 유람선은 표본 추출 허가를 받았으니 특별히 상태가 좋은 조각을, 특히 단면이 보이는 조각을 발견하시면 저에게 가져와 주십시오. 그러면 승선한 후에 모두가 볼 수 있도록 암석 전시대에 올려 두겠습니다. 두 번째 능선까지 가 보고 싶지 않은 분들은 여기에 있는 이 견본들을 보셔도 됩니다.

다들 고개를 숙인다. 카메라를 꺼내 든다. 완벽하군. 버나는 생각한다. 어수선할수록 좋다. 버나는 주변을 살피지 않고도 밥이 가까이에 있음을 감지한다. 이제 일부는 두 번째 능선까지 다다랐다. 다른 이들보다 산을 수월히 오르는 사람들이다. 사방에 최고의 스트로마톨라이트들이 있다. 공기 방울이나 물방울처럼 깨지지 않은 모양을 유지한 것도 있고, 작은 것도 있고, 크기가 축구공 반만 한 것도 있다. 어떤 것들은 부화 중인 달걀처럼 윗부분이 날아가 있다. 또 어떤 것들은 완전히 부식되어 시나몬 빵이나 나무의 나이테처럼 중앙에

동심원이 있는 직사각 형체만 남은 채로 지면에 울퉁불퉁 솟아 있다.

그리고 여기, V자 모양으로 자른 네덜란드 치즈처럼 네 조각으로 부서진 스트로마톨라이트도 있다. 버나는 그중 한 조각을 집어 들어 그 층층을 살펴본다. 해마다 검은색, 회색, 검은색, 회색, 검은색, 회색이 번갈아 쌓인 모양새인데 그 중심이 되는 가장 아랫부분은 아무 특색이 없다. 무게는 묵직하고 가장자리는 날카롭다. 버나는 그걸 배낭에 넣는다.

때맞춰 밥이 온다. 좀비가 언덕을 오르듯 천천히 무거운 몸을 이끌고 버나에게 다가온다. 밥은 외투를 벗어 배낭끈 밑에 쑤셔 넣는다. 숨을 헐떡이고 있다. 순간 버나는 양심의 가책을 느낀다. 언덕을 올라오느라 힘을 뺏긴 밥이 상대적으로 취약한 상태이기 때문이다. 과거는 과거로 남겨 두어야 하는 거 아닐까? 남자애들은 원래 그러니까. 원래 그 나이대 남자애들은 전부 호르몬의 노예 아닌가? 어째서 인간이 현재도 아닌 과거에, 그것도 몇 세기는 지난 것처럼 느껴지는 한참 전에 저지른 일로 단죄받아야 하나?

까마귀 한 마리가 머리 위에서 빙글빙글 돈다. 눈치챈 걸까? 기다리고 있나? 버나는 땅을 내려다보는 까마귀의 눈을 통해 한 늙은 여자를 — 인정하자, 이제 버나도 늙은 여자다 —, 시간이 한참 흘러 이제 옅어질 만큼 옅어진 분노를 이유로 자기보다 더 늙은 남자를 살해하려는 여자를 본다. 하찮은 짓이다. 악독한 짓이다. 정상적인 반응이다. 삶이란 게 원래 이런 법이다.

"날이 좋군요." 밥이 말한다. "이렇게 한 번씩 다리 운동을 하는 것
도 좋네요."

"맞아요." 버나가 말한다. 그러고는 두 번째 능선의 뒤쪽으로 이동
한다. "저기에 더 괜찮은 게 있을지도 몰라요. 아, 너무 멀리 가지는
말라고 했던가요? 시야에서 벗어나지 말라고?"

밥은 규칙은 무식한 사람들이나 지키는 것이라는 듯 웃어 보인다.
"이거 하려고 돈 내고 온 거잖아요." 그러면서 세 번째 능선이 아닌
두 번째 능선 뒤쪽으로 앞장서 간다. 시야에서 벗어나는 것, 그게 밥
이 원하는 바다.

총기를 소지한 직원이 두 번째 능선에서 왼쪽으로 방향을 튼 사람
들에게 그리로 가지 말라며 소리친다. 직원은 등을 돌리고 있다. 버
나는 몇 걸음 더 내디딘 후 어깨 너머로 등 뒤를 훑어본다. 아무도
보이지 않는다. 즉 아무도 버나를 볼 수 없다는 뜻이다. 버나와 밥은
곳곳에 웅덩이가 팬 질척이는 길을 저벅저벅 걷는다. 버나는 주머니
에 챙겨 둔 얇은 장갑을 꺼내어 낀다. 이제 세 번째 능선의 뒤쪽에,
경사 지대에 다다랐다.

"이리 와요." 밥이 바위를 가볍게 두드린다. 배낭은 옆에 벗어 두
었다. "마실 것 좀 가져왔어요." 밥 주변에 있는 것이라고는 너덜너
덜한 거즈 같은 검은 이끼뿐이다.

"굉장하네요." 버나가 말한다. 그러고는 바위에 앉아 배낭 지퍼를
연다. "이거 봐요. 완벽한 표본을 찾았어요." 버나는 양손으로 스트로
마톨라이트를 들고 방향을 틀어 자기와 밥 사이에 둔다. 그리고 숨
을 돌린다. "저기, 우리 서로 아는 사이 같은데. 나 버나 프리처드야,

고등학교 동창."

밥은 조금도 움찔하지 않는다. "어쩐지 뭔가 낯이 익다 했어." 사실 능글맞게 웃고 있다.

저 웃음을 버나는 기억하고 있다. 열 살배기처럼 키득거리며 눈 속에서 의기양양하게 까불까불 뛰어다니는 밥의 모습을 지금도 생생하게 떠올릴 수 있다. 버나 자신은 만신창이가 되어 쓰러져 있던 그때를.

버나는 힘껏 주먹을 휘두르는 것보다 나은 방법을 알고 있다. 스트로마톨라이트를 힘차게 들어 올린 다음 밥의 아래턱에 짧고 강하게 한 방 날리는 것이다. 뻐걱 하고 부서지는 소리만 난다. 밥의 머리가 뒤로 홱 꺾인다. 이제 밥은 바위 위에 대자로 뻗어 있다. 버나는 밥의 이마 위에 스트로마톨라이트를 갖다 대고 떨어뜨린다. 한 번. 그리고 또 한 번. 됐다. 이제 된 것 같다.

번쩍 뜬 두 눈은 미동도 없고 이마는 짓이겨져 있고 얼굴 양옆으로는 피를 줄줄 흘리는 몰골이 우습기 그지없다. "꼴이 말이 아니네." 웃음이 나오는 꼴이라 버나는 웃는다. 버나의 예상대로 앞니는 임플란트였다.

버나는 잠시 숨을 고른다. 그런 다음 옷은 물론이고 장갑에도 피가 묻지 않도록 주의를 기울여 스트로마톨라이트를 다시 집어 든 다음 물웅덩이에 살그머니 빠뜨린다. 바닥에 떨어진 밥의 야구모자와 재킷은 배낭에 넣는다. 밥의 배낭을 털어 보니 별것 없다. 카메라와 털장갑 한 켤레, 목도리, 작은 스카치 여섯 병뿐이다. 어찌나 희망에 차 있었던 건지 안쓰러울 정도다. 버나는 밥의 배낭을 돌돌 말아 자기 배낭에 쑤셔 넣는다. 카메라도 챙긴다. 나중에 바다로 던져 버릴 생각이다. 버나는 물웅덩이에 빠뜨렸던 스트로마톨라이트를 목도리로 닦아 혈흔이 남아 있지 않은 것을 확인한 후 배낭에 챙겨 넣는다. 그리고 밥은 까마귀들과 나그네쥐들과 여타 먹이사슬에 속한 동물들을 위해 남겨 둔다.

버나는 재킷의 매무새를 가다듬고 세 번째 능선 하부를 돌아 나온다. 버나를 목격한 사람이 있더라도 소변을 봤나 보다고 생각할 것이다. 잠깐씩 어딘가에 들를 때마다 이렇게 몰래 볼일을 보는 사람이 있기 마련이니까. 하지만 지금 버나를 본 사람은 아무도 없다.

버나는 자기를 숭배하는 무리를 이끌고 아직도 두 번째 능선에 있는 젊은 지질학자를 발견하고는 스트로마톨라이트를 꺼내 보인다.

"이거 유람선 탈 때 가져가도 될까요?" 버나가 상냥하게 묻는다. "암석 전시대에 두면 좋을 것 같은데."

"굉장한 표본이네요!" 지질학자가 말한다.

사람들이 고무보트를 타러 뭍으로 돌아가고 있다. 버나는 구명조끼가 담긴 캔버스 백에 손을 뻗기 전에 신발 끈을 만지작거리다가 모두가 다른 곳을 주시하는 순간 구명조끼를 하나 더 배낭에 쑤셔 넣는다. 보트에서 내렸을 때보다 배낭이 훨씬 불룩해졌지만 그 사실을 누가 알아차린다면 그건 그것대로 이상한 일일 것이다.

출입문 통로로 올라간 후 버나는 공연히 배낭을 만지작거리다가 모두가 명찰 게시판을 지났을 때 밥의 명찰을 빨간색에서 녹색으로 돌려놓는다. 물론 자기 명찰도.

객실로 가는 길에는 복도가 텅 빌 때까지 기다렸다가 문이 잠겨 있지 않은 밥의 객실로 몰래 들어간다. 객실 열쇠가 서랍장 위에 놓여 있다. 버나는 열쇠를 거기에 그대로 둔 채 구명조끼와 밥의 방수야구 모자를 걸어 두고, 물을 틀어 세면대에 물을 좀 묻히고, 수건을 흐트러뜨려 놓는다. 그런 다음 여전히 텅 비어 있는 복도를 따라 자기 객실로 가서 장갑을 벗고 세탁한 후 건조대에 올려 말린다. 공교롭게도 손톱 하나가 부러졌지만 이 정도는 혼자 해결할 수 있다. 거울을 보니 햇볕에 탄 흔적이 보이지만 심각하지는 않다. 저녁 시간이 되었을 때 버나는 분홍색 드레스를 입고 식당으로 가서 두 번째 밥에게 작업을 걸어 본다. 두 번째 밥은 버나가 넣는 서브를 용감하게 받아치기는 하지만 파트너로 진지하게 고려해 보기엔 확실히 너무 병약하다. 오히려 잘된 일이다. 아드레날린 수치가 뚝 떨어지고 있으니까. 북극광이 나타나면 안내 방송이 나올 것이라 한다. 하지만 버나는 그걸 보겠다고 자다 일어날 생각은 없다.

지금까지 버나는 결백하다. 지금부터는 밥의 명찰을 녹색에서 빨간색으로, 빨간색에서 녹색으로 성실하게 돌려놓으면서 밥의 신기루를 잘 유지하기만 하면 된다. 밥의 신기루는 객실에서 물건을 이리저리 옮겨 둘 것이고, 격자무늬의 베이지색 옷장에서 매번 다른 옷을 챙겨 입을 것이고, 침대에서 잠을 자고 샤워를 하고 바닥에 수건을 널브러뜨려 놓을 것이다. 직원들과의 만찬에 성만 쓰인 초대장도 받을 텐데, 그 초대장은 다른 밥들 중 한 사람의 객실 문 밑으로 은밀히 옮겨질 것이고 아무도 그 사실을 알아채지 못할 것이다. 밥의 신기루는 양치질을 할 것이다. 알람 시계를 조정할 것이다. 세탁물도 맡길 테지만 전표를 작성하지는 않을 것이다. 대단히 위험할 수 있는 짓인 데다가 세탁 전표 작성을 잊는 노인들이 많으므로 청소 직원은 신경도 쓰지 않을 것이다.

스트로마톨라이트는 지질학 표본 전시대에 놓일 것이고, 사람들이 그걸 들어 올려 관찰하고 토론하는 동안 무수한 지문으로 범벅될 것이다. 여행이 끝날 무렵에는 버려질 것이다. 레졸루션II 여행 프로그램은 총 14일 일정으로 그동안 총 열여덟 차례 짧게 육지를 방문할 것이다. 빙원과 깎아지른 낭떠러지, 금색과 구리색과 흑단색과 은회색의 산들을 지나칠 것이다. 유빙 사이를 미끄러지듯 통과할 것이고, 굴곡 없이 길게 죽 뻗은 해안에 정박해 수백만 년 동안 빙하에 깎여 나간 피오르드를 탐험할 것이다. 그토록 혹독하고 고된 여정 중에 마주한 장관을 두고 과연 그 누가 밥을 기억하겠나?

여행 막바지에는 진실의 순간이 찾아올 것이다. 밥이 제반 비용을 지불하지도, 여권을 찾으러 오지도, 자기 짐을 싸지도 않을 테니 어쩔 수 없다. 그러면 다급하고 근심 어린 말들이 오갈 것이고, 승객들이 놀라지 않도록 비밀리에 직원 회의가 열릴 것이다. 결국에는 이런 소식이 들려올 것이다. 비통하게도 어젯밤 밥이 카메라로 북극광을 좀 더 잘 찍기 위해 난간에 기댔다가 유람선 밖으로 추락하고 말았다고. 그 외의 설명은 불가능하다.

그러는 동안 승객들은 이미 뿔뿔이 흩어졌을 테고 버나도 마찬가지일 것이다. 그러니까, 버나가 성공한다면 말이다. 과연 성공할까? 그러려면 좀 더 기민하게 행동해야 하지만, 마땅히 지금 상황을 흥미진진한 도전으로 받아들여야 하지만 지금으로서는 그저 피곤하고 어쩐지 공허할 뿐이다.

그래도 평화롭고, 그래도 안전하다. 세 번째 남편이 비아그라 체험 시간이 끝난 후 아주 밉살스레 내뱉곤 했던 말처럼 모든 열정을 소진한 마음에 찾아든 평온이다. 빅토리아 시대인들은 늘 섹스를 죽음과 연관 지었다. 시인도 있었는데 누구였더라? 키츠? 테니슨? 기억력이 예전 같지 않다. 하지만 시간이 지나면 하나하나 떠오를 것이다.

먼지 더미
불태우기

요정들이 침대 옆 탁자를 기어오르고 있다. 오늘은 다들 초록색 옷차림이다. 여자들은 파니에 겉치마에 챙 넓은 벨벳 모자를 쓰고 구슬 장식이 희미하게 빛나는 사각형 코르셋을 입고 있고, 남자들은 광택이 도는 니커보커스 바지에 버클 달린 신발 차림인데 어깨에는 리본 다발이 펄럭이고 삼각모에는 특대형 새 깃털이 달려 있다. 이 요정들은 역사적 사실을 털끝만큼도 존중하는 법이 없다. 무료한 연극 의상 디자이너가 술에 취해 무대 뒤로 가서 의상 보관 상자를 털어온 것 같은 느낌이다. 이쪽에선 튜더 왕조 초기 시절의 목걸이를 하고, 저쪽에선 곤돌라 사공의 재킷을 차려입고, 또 저쪽에선 할리퀸 의상을 입고 있는 식이다. 이렇게 자유분방하게 노니는 요정들 앞에서 월마는 감탄을 금치 못한다.

요정들이 두 손을 번갈아 잡으며 영차영차 위로 올라간다. 월마의 시선이 닿는 높이까지 오르자 나란히 팔짱을 끼고 춤을 춘다. 야간 조명, 딸 앨리슨이 보내 준—마음은 고맙지만 그리 유용하지는 않은—보석상용 돋보기, 활자 크기를 확대해 주는 전자책 리더기 등 주변의 방해물들을 고려하면 충분히 우아한 몸짓이다. 요즘 윌마가 씨름하고 있는 책은『바람과 함께 사라지다』다. 15분 동안 한 쪽이라도 더듬더듬 읽을 수 있으면 다행인데 윌마는 운 좋게도 핵심적인 내용은 한 번만 읽어도 잊지 않는다. 어쩌면 요정들이 입은 초록 의상의 출처가 이 책인지도 모르겠다. 고집스러운 성격의 스칼렛이 자기를 괜찮은 집안 출신으로 포장하기 위해 드레스로 재단한 유명한 벨벳 커튼 말이다.

요정들이 빙그르르 빠른 속도로 돌자 여자들이 입은 치마가 부풀어 오른다. 오늘은 다들 기분이 좋다. 서로를 향해 고갯짓을 하고, 미소를 짓고, 말을 하는 것처럼 입을 벌렸다 오므린다.

윌마는 이 유령들의 존재가 실제가 아님을 충분히 인지하고 있다. 실제가 아니라 윌마 정도의 나이대에 속한 사람에게, 특히 시력에 문제가 있는 사람에게 흔하게 나타나는 샤를 보네 증후군의 증상일 뿐이다. 윌마는 운이 좋은 편에 속한다. 윌마가 보는 환영은 대체로 온순한 터다. 주치의 프라사드는 그런 환영을 '처키'라고 부른다. 윌마의 처키들은 험악한 표정으로 노려보거나, 과하게 분노를 표출하거나, 정신적으로 무너지는 일이 좀처럼 없다. 설령 화가 나거나 언짢아져 결기를 부리더라도 확실히 윌마와는 아무 관련이 없다. 처키들은 결코 윌마를 알아보지 못하기 때문이다. 이 또한 주치의의 말에 따르면 예삿일이다.

윌마는 이 작디작은 처키들을 대체로 좋아하고, 자기에게 말을 걸어 주기를 바란다. 이 바람을 들은 토비아스는 소원을 빌 때는 신중해야 한다고 말했다. 첫째, 일단 입을 열기 시작하면 아예 입을 다물지 않을지도 몰라요, 그리고 둘째, 처키들이 무슨 말을 할지 알고 그래요? 그러더니 토비아스는 과거에, 굳이 언급할 필요도 없는 아주 먼 과거에 있었던 일을 들려주기 시작한다. 인도 여신의 가슴에 그리스 대리석 조각상의 허벅지를 가진 매혹적인 여자가 있었는데—토비아스는 구시대적이고 과장된 비교를 일삼는 남자다—입을 열 때마다 뻔하디뻔한 말만 해 대서 화를 간신히 억누르다 못해 언제는 폭발할 뻔했었다는 것이다. 그 여자를 침대로 유인하는 것도 장시간에 걸친 짜증스러운 일이었다고, 돈 한 푼 아끼지 않고 하트 모양의 금색 상자에 담긴 최상급 초콜릿과 샴페인까지 준비했건만 기꺼이 하고 싶어 하기는커녕 더 답답하게 굴었다고 했다.

토비아스는 똑똑한 여자보다 멍청한 여자를 꼬드기는 것이 더 어려웠다고 했다. 멍청한 여자는 상대방의 암시적인 표현을 이해하지 못하거나 심지어 원인과 결과를 연관 지어 생각하지도 못한다는 것이 그 이유였다. 토비아스의 생각에는 그날 밤처럼 값비싼 저녁을 먹었으면 모름지기 그 비할 데 없이 아름다운 다리를 순순히 벌려 줘야 마땅하거늘 그 당연한 수순을 밟지 못했던 것이다. 그 말을 들은 윌마는 길고 풍성한 속눈썹을 치켜올리고 백치 같아 보이는 커다란 눈을 똘망똘망 뜨기만 하면 공짜로 밥을 먹을 수 있다는데 그런 기회를 마다하지 않을 미녀들이라면 일부러 멍한 시선을 보내고 눈치 없이 굴었을 수도 있다고 토비아스에게 일러 주려다가 그건 사려 깊은 행동이 아닌 것 같다고 판단해 관둔다. 여성용 화장실을 '파우더 룸'으로 불렀던 시절에 여자들끼리 주고받은 비밀을 윌마는 기억하고 있다. 무언가를 공모하며 소리 죽여 킥킥대던 웃음소리도, 입술에 립스틱을 바르고 눈썹을 그리는 사이사이 남자들을 쉽게 속여먹는 유용한 방법을 공유한 시간도 기억하고 있다. 그런데 굳이 이런 내부 정보를 다 알려 줘서 점잖은 토비아스를 언짢게 할 필요가 뭐 있겠나? 토비아스가 그런 내부 정보를 알뜰살뜰 써먹기에는 이미 너무 늦기도 했고, 장밋빛으로 남은 기억을 괜히 더럽히기만 할 것이다.

"그 시절에 당신을 알았어야 했는데." 초콜릿과 샴페인 이야기를 늘어놓던 토비아스가 윌마에게 말한다. "우리 사이에서 아주 불꽃이 튀기지 않았겠어요!" 윌마는 아무 대답 없이 토비아스의 말뜻을 곰곰 생각한다. 내가 똑똑하다는 소린가? 그러니 빨리 침대로 가자는 소린가? 아니면 그 시절엔 그럴 수 있었을 거라는 말인가? 남들보다 쉽게 감정이 건드려지는 여자는 방금 그 말을 모욕으로 받아들일 수도 있다는 사실을 알고는 있나?

아니, 토비아스는 모른다. 그냥 객기를 부린 것이다. 어쩔 수 없다. 본인 말로는 헝가리인 혼혈이라 그렇다니 그저 가엾을 따름이다. 여하간 그래서 윌마는 토비아스가 신성한 가슴이 어쩌고 대리석 같은 허벅지가 저쩌고 하며 계속 지껄이게 내버려 두고, 누구를 유혹했던 이야기를 하고 또 해도 쓸데없는 소리 좀 그만하라는 매몰찬 말은 하지 않는다. 딱 한 번 그런 적은 있지만. 여기서는 서로에게 다정해야 해. 윌마는 생각한다. 우리에게 남은 건 우리뿐이니까.

중요한 점은 토비아스는 아직 볼 수 있다는 사실이다. 토비아스가 창밖을 내다보며 암브로시아 매너의 으리으리한 출입문 밖 부지에서 벌어지는 일을 말해 줄 수 있는 사람인 이상, 윌마는 식상하기 짝이 없는 미인들의 자극적인 신체적 매력에 대한 그의 일장 연설에 화를 낼 처지가 못 된다. 주변에서 어떤 일이 벌어지는지 계속 알고 싶다. 어떤 일이든 벌어지고 있기는 하다면.

윌마는 눈을 가늘게 뜨고 숫자가 크게 적힌 시계를 곁눈질했다가 더 자세히 보기 위해 시계를 옆으로 가져온다. 생각했던 것보다 시간이 늦었다. 노상 있는 일이다. 윌마는 침실용 협탁을 더듬거리다 틀니를 찾아 입속에 끼워 넣는다.

어느새 왈츠를 추고 있는 요정들은 그 모습을 보고도 속도를 늦추지 않는다. 윌마의 의치에 더는 관심 하나 없다. 아니, 생각해 보면 윌마 자신 그리고 지금은 어디에 있는지 알 수 없는 치과의사 스티트를 제외하면 요정은 물론이고 아무도 관심 없을 것이다. 14년 혹은 15년은 된 일인데, 쪼개지기 직전인 어금니 몇 개를 말끔히 뽑아내고 나중에 필요할지도 모르니 틀니를 끼울 수 있게 임플란트를 심자고 윌마를 설득한 사람이 바로 스티트였다. 그는 윌마가 수돗물에 불소가 함유되기 이전 시대 사람이라 곧 치아가 젖은 회반죽처럼 무너져 내릴 테니 틀니가 필요하리라고 했다.

"나중에 저한테 고마워하실 거예요."라고 스티트는 말했다.

"내가 그만큼 오래 살면 그렇겠죠." 윌마는 웃으며 대답했다. 윌마는 그때도 죽음을 장난스러운 대화 소재로 삼아 자신이 얼마나 쾌활하고 기운차고 명랑한 사람인지를 보여 주고 싶어 했다.

"영원히 사실 거예요." 스티트는 그렇게 대꾸했는데, 안심이 되기보다는 경고의 말처럼 들렸다. 어쩌면 그는 그저 월마를 미래에도 환자로 만나기를 기대하고 있었는지도 모른다.

여하간 시간이 흐른 지금 월마는 매일 아침 말없이 스티트에게 감사한다. 이가 하나도 없었다면 비참했을 것이다.

월마는 평온하고 새하얀 미소를 장착한 표정으로 침대에서 미끄러지듯 빠져나와 테리 직물로 만들어진 슬리퍼를 발끝 감각으로 찾아 신고 발을 질질 끌며 욕실로 향한다. 아직 욕실은 혼자서도 감당 가능하다. 모든 것이 어디에 있는지 알고 있고, 앞을 전혀 보지 못하는 상태도 아니다. 주변시가 아직 살아 있는 덕이지만 병원에서 들은 대로 허공처럼 텅 빈 시야의 범위가 중앙에서부터 점점 확대되고 있기는 하다. 선글라스도 없이 수시로 골프도 치고 요트 타기도 즐기긴 했다만—수면에 반사된 자외선 양은 일반 자외선의 두 배다—그 시절에 누가 그런 걸 조심했겠나? 햇볕을 쬐는 것이 좋은 줄로만 알았던 시절이다. 햇볕에 그을린 건강한 피부. 그때는 베이비오일을 몸에 듬뿍 바르고 온몸을 팬케이크처럼 구웠다. 프리카세 요리처럼 잘 익어 까무잡잡하고 매끈한 다리는 흰 반바지와 무척 잘 어울렸다.

황반 변성이라고 했다. 무결과 달리 황반은 무척 불결하게 들리는 말이었다. 진단을 받은 직후 월마는 "난 변성됐어요."라며 빈정대곤 했다. 수시로 그렇게 과감한 농담을 던지던 때였다.

단추가 달려 있지만 않으면 아직 혼자 옷을 입는 것도 가능하다. 2년 혹은 그보다 더 오래전, 월마는 옷장에 있는 옷에서 단추를 전부 떼어 냈다. 이제는 모든 곳에 찍찍이가 붙어 있다. 지퍼도 있다. 지퍼에 달린 그 쬐깐한 뭔가를 다른 쬐깐한 뭔가에 밀어 넣는 것은 이제 아예 불가능하지만 고정식 지퍼라면 괜찮다.

머리를 손으로 쓰다듬어 보니 한 줌 정도 되는 모발이 사방으로 뻗쳐 있다. 그래도 암브로시아 매너에는 미용사가 상주하는 미용실이 갖춰져 있어 월마는 늘 거기서 일하는 사샤에게 머리를 맡긴다. 신께 감사할 일이다. 아침에 외출 준비를 할 때마다 가장 성가신 부분은 얼굴이다. 거울을 봐도 보이는 게 거의 없기 때문이다. 인터넷에서 계정을 만든 후 프로필 사진을 삽입하지 않았을 때 나타나는 얼굴 모양의 공란과 다를 바 없다. 그러니 눈썹을 그리거나 마스카라를 칠하는 것은 엄두도 못 내고 립스틱을 바르는 일도 거의 없다. 그래도 낙관적인 생각이 드는 날이면 눈이 안 보여도 립스틱쯤은 바를 수 있다며 자신만만하게 군다. 오늘 한번 해볼까? 광대처럼 보일지도 모르는데. 하지만 설령 그런다 해도 누가 신경 쓰기나 할까?

월마가 신경 쓸 것이다. 토비아스도 그럴지도 모른다. 그리고 직원들도. 물론 다른 의미로 신경 쓰는 것일 테지만. 미친 사람처럼 보였다가는 직원들은 월마를 정말 미친 사람으로 취급할 가능성이 높다. 그러니 립스틱은 참는 편이 낫다.

월마는 어떤 물건도 함부로 위치를 옮기지 말라는 엄격한 지시를 따르는 청소부 덕에 늘 제자리에 놓여 있는 향수를 찾아 귀 뒤에 가볍게 두드려 바른다. 장미유로 만든 향수인데 장미가 아닌 무언가,

감귤류의 향이 깔려 있다. 윌마는 숨을 깊게 들이쉰다. 참 감사하게도 다른 동년배 노인들과 달리 아직 후각이 살아 있다. 냄새를 맡지 못하게 되면 그때부터 식욕이 사라지고 점점 무에 가까워지는 법이다.

뒤돌아서는 윌마의 눈에 자기 모습이, 아니 다른 사람의 모습이 스친다. 머리는 하얗게 세어 있고 피부는 구겨진 박엽지 같은 모습이 노인 시절 윌마의 엄마 모습과 당혹스러울 만큼 닮아 있는데, 눈을 사시처럼 뜨고 있으니 엄마보다 짓궂어 보인다. 마치 역변한 요정처럼 엄마보다 더 사악해 보이기까지 하는 듯하다. 이렇게 눈을 옆으로 뜨면 똑바로 정면을 응시할 때와 달리 진솔함이 전해지지 않는다. 윌마가 두 번 다시 볼 수 없을 진솔함이다.

토비아스가 평소처럼 정시에 찾아온다. 둘은 늘 아침 식사를 함께 한다.

토비아스는 자칭 점잖은 신사답게 노크를 먼저 한다. 그의 말에 따르면 여자 방에 들어가기 전 잠깐 기다리는 이 시간이 방 안에 있을 다른 남자가 침대 밑으로 몸을 숨길 수 있는 시간인 터다. 또한 토비아스는 여자라면 항상 외모를 아름답게 가꾸어야 한다고 말하는데 그가 겪은 애인 중 몇몇이 실제로 그랬다. 그리고 하나같이 바람을 피웠다. 하지만 토비아스는 다른 남자들이 욕망하지 않는 여자를 존중하기는 힘들었을 것이라는 이유로 더 이상 그들을 안 좋게 생각하지 않는다. 그는 자신이 진실을 알게 되었다는 사실을 절대 상대에게 알리지 않았고, 매번 상대를 다시 유혹해 자기를 숭배하게 만든 다음 돌연 아무 말 없이 문을 쾅 닫고 자리를 떴다. 상대를 비난해 봐야 자기 체면만 구길 뿐인데 뭐 하러 그러겠나? 굳게 닫힌 문으로 말하는 편이 훨씬 품위 있었다. 그것이 토비아스가 애인들을 대한 방식이었다.

그러나 결혼한 아내가 그러는 경우에는 즉흥적인 감정에 휩쓸릴 가능성이 높다. 의심에 찬 배우자는 질투심과 자존심에 입은 상처로 격분한 나머지 노크 없이 곧장 방으로 쳐들어가고 싶은 유혹을 느끼기 쉬우며, 그러고 나면 바로 그 현장에서 칼로든 맨손으로든, 혹은 나중에 어떤 방식의 결투를 통해서든 유혈 사태가 벌어지고 만다.

"누굴 죽인 적도 있어요?" 토비아스의 이야기를 듣던 윌마가 한번은 그렇게 물었다.

"이 질문에는 대답하지 않겠습니다." 토비아스는 엄숙한 표정으로 대답했다. "하지만 와인병 하나로, 꽉찬 와인병으로 관자놀이를 가격하면 두개골을 박살 낼 수 있고 난 명사수였다고만 말해 두죠."

윌마는 입을 다물었다. 윌마는 토비아스를 볼 수 없고 토비아스는 윌마를 볼 수 있는 상황에서 괜히 능글맞은 웃음을 지었다가 토비아스에게 상처를 줄지도 모를 일이었다. 윌마는 토비아스가 들려주는 이야기가 로코코 양식처럼 지나치게 사족이 많고, 마치 지금은 사라지고 없는 금 초콜릿 상자 같다고 생각한다. 지어낸 이야기는 아닐지, 처음부터 끝까지 완전히 날조한 것은 아니더라도 무척 수사적인 옛 오페레타와 한때 유행했던 유럽 소설, 그리고 멋쟁이였던 삼촌들에 관한 기억을 조합한 것은 아닐지 의심스럽게 여기기도 한다. 토비아스는 분명 순진하고 무덤덤한 북아메리카 출신인 윌마가 자기를 퇴폐적이고 매혹적인 난봉꾼으로 본다고 생각할 것이다. 분명 월마가 자기 이야기를 완전히 믿는다고 생각할 것이다. 그러나 그건 그만의 생각일지도 모른다.

"들어오세요." 월마가 말한다. 덩어리 같은 형체가 문간에 나타난다. 월마는 주변시로 형체를 확인한 후 공기의 냄새를 맡는다. 분명 토비아스다. 토비아스의 로션 향기다. 월마의 생각이 맞다면 브루트 로션이다. 시력이 감퇴하면서 후각이 더 예민해지고 있는 걸까? 그건 아닐 것이다. 그렇다고 생각하는 편이 마음은 더 편할지라도. "얼굴 보니 좋네요, 토비아스."

"부인, 눈부시게 아름답군요." 토비아스는 월마에게 다가가 메마른 얇은 입술로 월마의 볼에 입을 맞춘다. 뻣뻣한 털 몇 가닥이 느껴진다. 면도를 하지 않고 그냥 브루트 로션을 바른 것이다. 월마처럼 토비아스도 자기 체취를 걱정하고 있는 것이 틀림없다. 암브로시아 매너 거주자들이 일제히 식당에 모일 때마다 몹시도 선명하게 퍼지는 노화한 신체의 퀴퀴한 쉰내. 그 느릿한 부패의 냄새와 불수의적으로 배출되는 분비물의 베이스노트를 숨기기 위해 여자들은 은은한 꽃향을, 남자들은 상쾌한 향신료 향을 덧바른다. 만발하는 장미나 무뚝뚝한 해적의 이미지를 여전히 각자의 마음속에 소중히 간직하고 있는 것이다.

"잠은 잘 잤어요? 그랬으면 좋겠네요." 월마가 말한다.

"굉장한 꿈을 꿨어요! 자주색. 적갈색. 음악이 곁들어진 아주 섹시한 꿈이었죠."

토비아스의 꿈은 음악이 곁들어진 아주 섹시한 꿈일 때가 많다.

"끝은 좋았고요? 그랬으면 좋겠네요." 오늘따라 윌마는 **좋겠네요**라는 말을 남발하고 있다.

"아뇨, 별로요. 살인을 저질렀거든요. 그러는 바람에 꿈에서 깼고요. 오늘은 뭐 먹을까요? 오트밀? 아니면 분쇄한 걸로?" 토비아스는 윌마가 꾸준히 먹는 아침 식사용 시리얼의 실제 명칭을 절대 직접 말하지 않는다. 진부하다는 이유에서다. 이제 토비아스는 여기에는 맛있는 크루아상이 없다고, 아니 맛이 있건 없건 크루아상 자체가 없다고 말할 것이다.

"당신이 골라요. 난 섞어 먹을래요." 전문가들 의견이 툭하면 바뀌기는 하지만 겉껍질을 분쇄한 귀리기울은 위장에, 그냥 귀리는 콜레스테롤에 좋다고들 한다. 토비아스가 물건을 뒤지는 소리가 들린다. 그는 윌마의 간이 부엌을 속속들이 파악하고 있고 시리얼 상자가 어디에 있는지도 안다. 이곳 암브로시아 매너는 식당에서 점심과 저녁을 제공하지만 아침은 각자의 방에서 해결해야 한다. 하지만 이는 윌마와 토비아스처럼 조기 생활 보조 건물에 머무는 사람에게 해당하는 사항이고, 고령 생활 보조 건물에서는 운영 방식이 다르다. 무엇이 정확히 어떻게 다를지 윌마는 알고 싶지도 않다.

접시가 쨍쨍 부딪히고 식기가 달그락거리는 소리가 난다. 토비아스가 창가 옆 작은 식탁에 아침을 차리고 있다. 눈부신 사각형 햇살을 배경으로 토비아스의 어두운 형체가 드러난다.

"우유는 내가 가져갈게요." 윌마가 말한다. 적어도 이 정도는, 작은 냉장고 문을 열어 플라스틱으로 코팅된 직사각형 우유갑을 집어들고 내용물을 흘리는 일 없이 식탁까지 가져가는 일 정도는 할 수 있다.

"이미 갖다 놨어요." 토비아스가 말한다. 이제 작고 둥근 톱이 달린 그라인더로 웅웅 소리를 내며 원두를 간다. 오늘따라 토비아스는 자기가 젊었던 시절에 혹은 자기 어머니가 젊었던 시절에, 아니 어쩌면 다른 누군가가 젊었던 시절에 썼던 황동 손잡이가 달린 빨간색 수동 그라인더가 이것보다 훨씬 낫다는 말을 하지 않는다. 월마는 그 황동 손잡이가 달린 빨간색 수동 그라인더에 친근감을 느낀다. 한때 그걸 소유했다는 느낌마저 받는다. 단 한 번도 써 본 적이 없음에도 그걸 상실했다는 느낌이 든다. 그 수동 그라인더는 이제 월마의 소유물 목록에도 올라 있다. 월마가 실제로 잃어버린 다른 물건들과 함께.

"달걀이 필요하네요." 토비아스가 말한다. 때로 둘은 달걀 요리를 먹는데 마지막으로 달걀을 먹었을 때는 경미한 재난 상황이 발생했었다. 토비아스가 달걀을 충분히 삶지 않은 탓에 그만 그 내용물이 월마의 얼굴과 상체로 폭발하듯 튀면서 난장판이 펼쳐졌던 것이다. 달걀을 깨려면 정확히 위쪽 가운데를 가격해야 하는데 월마는 더 이상 숟가락을 정확한 위치에 갖다 놓을 수 없기에 다음번에는 오믈렛을 먹어 보자고 할 생각이다. 토비아스의 요리 실력으로는 불가능할지도 모르지만 월마가 하나하나 지시하면 가능할 수도 있지 않을까? 아니, 너무 위험하다. 토비아스가 화상을 입는 것은 원치 않는다. 전자레인지로 해결할 수 있는 음식이 나을 것이다. 구운 프렌치 토스트라든가, 가족과 함께 살던 시절에 만들곤 했던 치즈 스트라타 같은 음식. 그런데 레시피는 어떻게 찾고 또 그걸 어떻게 따라한담?

귀로 듣는 레시피가 있으려나?

식탁에 앉은 월마와 토비아스는 부슬부슬하면서 덩어리져 있어 여러 번 씹어야 하는 시리얼을 우적우적 먹는다. 머릿속에서 울리는 시리얼 씹는 소리가 마치 차가운 눈을 밟는 소리나 땅콩 모양으로 생긴 포장용 스티로폼이 맞부딪는 소리 같다고 월마는 생각한다. 인스턴트 죽처럼 좀 더 부드러운 시리얼로 바꿔야 할지도 모르겠다. 하지만 토비아스는 월마가 그런 생각을 말하기만 해도 질색할 것이다. 뭐든 인스턴트라면 업신여기는 사람인 터다. 바나나. 바나나를 시도해 봐도 괜찮겠다. 나무에서 자라니까. 아니 화분에선가? 관목에선가? 어쨌든 바나나를 거부하지는 못할 것이다.

"왜 원형으로 만드는 걸까요?" 토비아스가 말한다. 전에도 했던 말이다. "이 오트 말이에요."

"O모양으로 만든 거죠. 오트(Oat)의 오를 따서. 말장난처럼요." 햇빛을 등진 토비아스가 작은 덩어리 같은 머리를 좌우로 젓는다.

"크루아상이 있었으면 좋았을 텐데. 크루아상도 초승달 모양을 따서 만든 거잖아요. 무어인들이 빈을 점령할 뻔했을 때. 난 모르겠어요, 대체 왜……." 토비아스가 말을 하다 멈춘다. "출입문 쪽에서 뭔가가 벌어지고 있어요."

월마에게는 딸 앨리슨이 탐조용으로 보내 준 쌍안경이 있다. 하지만 쌍안경을 써도 월마가 볼 수 있는 새는 대체로 찌르레기뿐이었고 이제는 아예 쓸모도 없다. 월마의 다른 딸아이는 대체로 실내화를 보내 주는데 그래서 방에 슬리퍼가 넘쳐난다. 아들은 엽서를 보내온다. 자기가 쓴 글을 월마가 더는 읽을 수 없다는 사실을 이해하지 못하는 듯하다.

월마는 쌍안경을 늘 창틀에 둔다. 그러면 토비아스가 그걸 쓰고서 월마도 3년 전 이곳에 처음 왔을 때 봐서 기억하고 있는 출입문 밖 부지와 곡선으로 뻗은 진입로, 관목들이 짧게 잘린 잔디, 천사의 얼굴을 한 나체의 남자아이가 석조 대야에 오줌을 싸는 유명한 벨기에 동상 모형이 설치된 분수대, 높게 둘러쳐 있는 벽돌담, 거드름을 피우는 자세로 우울한 표정을 짓고 있는 석조 사자 두 마리와 아치로 장식된 웅장한 출입문을 살펴본다. 이 매너는 원래 시골 대저택이었다. 시골이 존재했던 시절의, 사람들이 대저택을 짓고 살았던 시절의 일이다. 그래서 사자가 있는 것이다. 분명 그럴 것이다.

때로는 사람들이 오가는 모습 말고는 볼 만한 것이 없다. 매일 방문자가 찾아오는데 외부인 전용 주차장에서 베고니아나 제라늄 화분을 들고 활기찬 발걸음으로 걸어 나오는─토비아스가 '민간인'이라고 부르는─그들은 돈 많고 나이 많은 집안 어르신을 찾아뵙는 의무를 하루빨리 마무리할 수 있기를 바라는 마음으로 억지로 기분을 끌어올리며 마지못해 따라온 듯한 어린 손주를 잡아끈다. 의료진과 조리 및 청소 담당 직원은 차를 타고 출입문을 통과한 후 직원 전용 주차장으로 들어갔다가 옆문을 통해 건물로 들어간다. 외관을 화려하게 칠한 배송 차량이 식료품과 세탁된 리넨을, 때로는 양심의 가책을 느낀 가족들이 주문한 꽃꽂이 화분을 가져오기도 한다. 쓰레기 수거 트럭처럼 상대적으로 말쑥해 보이지 않는 차량들은 굴욕적이게도 저들만의 뒷문을 이용해 드나든다.

　가끔가다 극적인 상황이 펼쳐지기도 한다. 고령 생활 보조 건물에 거주하는 어떤 남자가 온갖 예방 조치에도 불구하고 잠옷 혹은 옷을 입다 만 차림으로 건물에서 탈출해 하염없이 헤매다가 여기저기에 소변을 본다. 천사 같은 얼굴을 가진 분수대 모형의 세계에서라면 환영받을 행동이지만 노쇠한 인간 사회에서는 받아들여지지 않는다. 이윽고 무단 이탈자를 포위해 다시 안으로 들여보내려는 차분하지만 효율적인 추격전이 벌어진다. 남자가 아닌 여자일 때도 있다. 때로는 여자가 탈출한다. 하지만 탈출에 있어서는 남자들이 더 주저 없이 나서는 듯하다.

　구급차가 도착하고 구급대원 일동이 장비를 이끌며 분주히 들어올 때도 있는데, 토비아스는 그 광경을 보며 "전쟁 같다"고 했지만 윌마가 아는 한 참전 경험은 없으므로 분명 영화에서 본 장면을 떠올렸을 것이다. 그리고 얼마 후 그 대원들이 바퀴 달린 침대에 어떤 형체를 태우고 한결 느긋한 발걸음으로 출입문을 빠져나간다. 여기서 봐서는 알 수가 없어요. 토비아스는 쌍안경을 들여다보며 말한다. 살았는지 죽었는지 알 수가 없다는 뜻이다. "내려가서 봐도 모를 수도 있고요."라며 토비아스는 꼭 그렇게 을씨년스러운 농담을 덧붙인다.

"무슨 일인데요?" 윌마가 묻는다. "구급차예요?" 사이렌 소리가 들리지는 않았다. 아직 청력은 꽤 양호한 윌마는 그렇다고 확신한다.

장애 때문에 가장 맥이 빠지는 경우가 바로 이럴 때다. 직접 보고 싶다. 토비아스가 상황을 잘 파악해 알려 주리라는 믿음이 없고 무언가를 숨기고 있을 거라는 의구심이 든다. 토비아스의 말에 따르면 보호한답시고 말이다. 하지만 윌마는 그런 식으로 보호받고 싶지 않다.

답답한 윌마의 마음을 읽었는지 요정 무리가 창틀에 서서 대형을 이룬다. 이번엔 남자 요정들뿐이라 분열 행진 광경 같다. 이 요정들의 사회는 보수적이다. 그래서 여자들을 행진에 끼워 주지 않는다. 아직도 초록 옷차림인데 조금 더 짙은 초록이라 축제 느낌은 나지 않는다. 앞에 선 요정들은 실용적인 금속 헬멧을 쓰고 있다. 그 뒤에 선 요정들은 밑단을 금으로 장식한 망토에 초록 모피 모자를 써서 좀 더 의식을 치르고 있는 것처럼 보인다. 시간이 지나면 소형 말들도 행진에 참여하려나? 보통은 그렇다.

토비아스는 즉각 대꾸를 하지 않더니 이윽고 말한다. "구급차는 아니에요. 사람들이 피켓 같은 걸 들고 있어요. 정돈돼 보이고요."

"시위하나 보네요." 윌마가 말한다. 그런데 암브로시아 매너 직원 중에 시위를 할 만한 사람들이 있던가? 박봉으로 일하는 청소부들이 가장 그럴 법한 집단이지만 또 가장 그럴 법하지 않기도 하다. 최악의 경우 미등록 노동자로 잡혀갈 수도 있고, 그들은 누구보다 간절히 돈이 필요한 처지다.

"아뇨." 토비아스가 천천히 말한다. "시위 같지는 않아요. 우리 직원 세 명이 저들과 얘기하고 있거든요. 짭새도 있고요. 두 명."

토비아스가 짭새 같은 은어를 쓸 때마다 윌마는 깜짝깜짝 놀란다. 그가 평상시에 쓰는 훨씬 정제되고 신중한 언어와 어울리지 않기 때문이다. 하지만 토비가 '짭새'라는 표현을 쓰는 이유는 단지 그게 낡은 표현이어서일 수도 있다. 언제는 '오키도키'라는 말을, 또 언제는 '떼끼!'라는 말을 쓰기도 했다. 어쩌면 중고로 얻은 먼지 쌓인 살인 미스터리 책 따위에서 배운 말일지도 모른다. 진실이 무엇이든 윌마는 토비아스를 놀릴 수 있는 입장이 아니다. 이제 인터넷 세상에서 시간을 낭비하는 일도 할 수 없다 보니 사람들의 대화 방식이 어떻게 변해 가는지 알 도리가 없다. 진짜 사람, 젊은 사람들 말이다. 윌마가 쌍방 소통을 즐겼던 것은 전혀 아니고 그저 눈팅만 했을 뿐이지만, 나름 막 요령을 터득하기 시작한 시점부터 시력이 감퇴하기 시작했다.

남편이 살아 있었을 때, 즉 남편이 죽은 후에도 윌마가 1년 내내 그와 대화하며 악몽 같은 애도 기간을 보냈을 때가 아니라 진짜로 살아 있었을 때의 일이다. 한번은 남편에게 자신이 눈팅족이었다는 말을 묘비에 적어 달라고 했다. 따지고 보면 인생 대부분의 시간을 그저 지켜보기만 하면서 보낸 것이 사실이지 않은가? 그 시절에는 이런저런 일들로 정신이 없어 몰랐지만 지금에 와 생각해 보면 그랬다. 윌마는 결혼할 때를 기다리며 공부하기에 충분히 무난한 과목이었던 역사를 전공했는데 그때 배운 게 지금은 하등 도움이 안 됐다. 대부분 잊어버린 탓이다. 섹스를 하다 죽은 정치 지도자 세 명, 그게 기억나는 전부다. 칭기즈 칸, 클레망소, 그리고 또, 또 누구였더라. 가만있다 보면 나중에 생각날 것이다.

"사람들이 뭐 하고 있는데요?" 창틀에 도열한 요정들이 우측으로 행진하다 말고 갑자기 빙 돌더니 날래게 좌측으로 이동한다. 조금

전과 달리 끝이 번쩍거리는 창도 들고 있고 몇몇은 북도 갖고 있다. 윌마는 요정들에게 주의를 빼앗기지 않으려 하지만 뭐가 됐건 이렇게 복잡하고 구체적인 부분까지 지켜볼 수 있다는 것은 대단한 즐거움이다. 하지만 토비아스는 윌마가 자기에게 온전히 집중하고 있지 않음을 간파할 때마다 언짢아한다. 이내 윌마는 눈에 보이지 않는 견고한 현재로 자신을 억지로 끌고 온다. "여기로 들어오고 있어요?"

"그냥 서 있어요." 토비아스가 그러더니 "어슬렁대고 있어요."라고 못마땅해하며 덧붙인다. "젊은 사람들이에요." 토비아스는 젊은이들이 죄다 게으른 무임승차자이며 하루빨리 취업해야 한다고 생각하는 사람이다. 일자리 자체가 충분하지 않다는 사실은 고려하지 않는다. 일자리가 없으면 만들어야 한다고 그는 말한다.

"몇 명이나 돼요?" 열두 명 남짓이라면 심각한 일은 아니다.

"50명 정도. 팻말을 들고 있어요. 경찰 말고 그 사람들이요. 이제 평생 세탁소 차를 막으려 하고 있어요. 봐 봐요, 차 앞에 서 있잖아요."

윌마가 앞을 볼 수 없다는 사실을 잊은 모양이다. "팻말에 뭐라고 쓰여 있는데요?" 평생 세탁소 차를 막아 세우는 것은 온정적인 행동과 거리가 멀다. 오늘은 추가 리넨 서비스나 방수 시트가 필요하지 않은 사람들의 침구를 교체하는 날이기 때문이다. 듣기로는 고령 생활 보조 건물에서는 교체 주기가 하루에 두 번으로 더 잦다고 한다. 암브로시아 매너에 머무는 비용이 저렴하지도 않고, 거주자의 몸에 궤양성 발진이라도 생기면 그들을 사랑해 여기에 맡긴 친인척들이 가만히 넘어가지 않을 테니 그럴 만도 하다. 친인척들은 자신이 쓴 돈이 그만한 가치가 있기를 바란다. 아니, 그렇다고 주장할 것이다.

사실 그들이 가장 바라는 것은 오래된 화석들이 아무도 비난하지 않고 신속히 생을 마감하는 것이다. 그러면 상황을 정리하고 순자산에서 남은 것—유산, 유물, 유작—들을 챙긴 다음 자기는 그걸 받을 만한 자격이 있는 사람이라고 말할 수 있기 때문이다.

"어떤 팻말에는 아기 사진이 붙어 있어요. 방긋 웃는 통통한 아기들. 어떤 팻말에는 **가야 할 때**라고 쓰여 있고요."

"가야 할 때요? 아기들? 그게 무슨 뜻이에요? 여기 산과 병원도 아니잖아요." 정반대지. 윌마는 냉소적으로 생각한다. 여긴 삶의 입구가 아니라 출구인걸. 그런데 토비아스가 아무 대꾸를 않는다.

"경찰이 세탁소 차를 들여보내고 있어요."

다행이네. 윌마는 생각한다. 다들 침구를 교체할 수 있겠네. 고약한 냄새를 풍기지 않을 수 있겠어.

토비아스가 오전 잠을 자러 떠난다. 정오가 되면 다시 윌마를 찾아와 식당으로 데려가서 점심을 먹을 것이다. 윌마는 뭔가를 몇 차례 잘못 건드려 화들짝 놀랐다가 치즈보드를 바닥에 떨어뜨린 후 늘 간이 부엌 조리대에 두는 라디오를 찾아 전원을 켠다. 저시력자를 위한 특수 라디오라 전원과 주파수 조절용 다이얼이 전부 버튼으로 되어 있으며, 전체적으로 손에 착 감기는 소재에 밝은 담녹색의 방수 플라스틱으로 제작되어 있다. 이 라디오도 자기는 좋은 딸이 아니라고 걱정하는 앨리슨이 웨스트 코스트에서 보낸 선물이다. 무어라 명명하기 어려운 문제를 가진 10대 쌍둥이와 대형 국제 회계법인에서 짊어지고 있는 역할만 없었다면 분명 더 자주 윌마를 보러 왔을 것이다. 오늘 오후에는 앨리슨에게 전화를 걸어 자신이 아직 살아 있다고 안심시켜 주어야 한다. 그즈음 전화를 하면 쌍둥이들도 앨리슨의 성화에 못 이겨 윌마에게 안부를 물을 것이다. 이런 전화 통화가 얼마나 지루하다고 느낄까? 당연한 일이다. 윌마도 지루하다고 느끼고 있으니까.

시위일 수도 있고 아닐 수도 있는 그 무언가는 지역 뉴스에 나올 것이다. 서두르지만 않으면 꽤 수월하게 할 수 있는 아침 설거지를 하면서 들으면 된다. 그릇이 깨지면 인터폰으로 서비스 부서에 전화한 후 상시 대기 중인 개인 청소부 카티아가 와서 슬라브 억양으로 한탄을 늘어놓고 혀를 끌끌 차며 잔해를 다 쓸어 담을 때까지 기다리면 된다. 유리 잔해는 무척 날카로울 수 있는 데다 윌마가 간혹 반창고를 보관해 둔 욕실 수납장의 위치를 잊기도 하기 때문에 유리에 벨 위험을 감수하는 것은 현명하지 않다.

바닥에 피가 고여 있으면 관리팀에 오해를 불러일으킬 수도 있다. 그들은 사실상 윌마가 혼자서도 생활할 수 있다고 생각하지 않으며, 윌마를 고령 생활 보조 건물에 집어넣은 다음 윌마가 소유한 가구와 상태 좋은 자기와 은기를 팔아넘겨 이윤을 챙길 수 있을 때만을 기다리고 있다. 그것이 윌마가 서명한 계약의 조건이다. 그것이 이 매너에 들어올 때 치르는 비용, 안락함의 비용, 안전함의 비용이다. 짐짝이 되지 않기 위한 비용이다. 윌마는 지금도 근사한 골동품 두 점을 갖고 있다. 이곳에 오기 전 집에 남아 있었던 마지막 유물들, 필사용 책상과 화장대다. 나머지는 그것들이 마땅히 필요하지도 않고 취향에 맞지도 않는 세 자녀에게 주었는데, 분명 다들 창고에 처박아 두었겠지만 그래도 감탄을 표하며 고마워하기는 했다.

경쾌한 라디오 음악, 남자 진행자와 여자 진행자가 주고받는 쾌활한 대화, 또 다른 음악, 그리고 날씨 예보가 이어진다. 북쪽에는 폭염이, 서쪽에는 폭우가 찾아왔고, 토네이도가 잇따르고 있습니다. 뉴올리언스로 향하는 태풍도 있고 6월답게 이스턴 시보드를 강타하는 태풍도 있습니다. 하지만 인도는 상황이 다른데요, 우기가 찾아오지 않아 기근을 걱정하며 골머리를 앓고 있다고 합니다. 호주는 여전히 가뭄에 시달리고 있지만 케언스 지역에는 대홍수가 찾아오는 바람에 악어들이 도로로 우르르 밀려들고 있습니다. 애리조나주와 폴란드, 그리고 그리스에서는 산불이 발생했습니다. 하지만 현재 이 지역에는 아무 문제도 없습니다. 반드시 자외선 차단 크림을 바르고 추후에 불어닥칠 수 있는 국지성 폭풍을 조심해야 하지만 바다에 가서 볕을 쬐기에 좋은 때죠. 그럼 모두 좋은 하루 보내십시오!

주요 뉴스가 나온다. 첫 번째는 우즈베키스탄 정권이 전복되었다는 소식이다. 두 번째는 환각에 시달린 것이 분명해 보이는 범인이 덴버의 한 쇼핑몰에서 총기 난사를 벌였다가 저격수에게 살해되었다는 소식이다. 그리고 윌마가 더 귀 기울여 들은 세 번째 뉴스는 아기 얼굴 가면을 쓴 폭도가 처음에는 시카고 외곽의 양로원, 두 번째로는 조지아주 서배나 인근의 양로원, 세 번째로는 오하이오주 애크런의 양로원에 불을 질렀다는 소식이다. 그중 하나는 공립 양로원이지만 나머지 두 곳은 자체 경비를 갖춘 사립 양로원이다. 사립 양로원 거주자 중 일부는 형체를 알아볼 수 없을 정도로 불에 타 버렸는데 빈곤 계층도 아니라고 한다.

우연한 사건이 아닙니다. 진행자가 말한다. 집단 방화입니다. 아르턴이라는 이름을 쓰는 집단이 웹사이트를 통해 범행을 시인했고 당국은 웹사이트 계정 소유자를 추적하고 있습니다. 사망한 노인들의 가족은 물론 — 뉴스캐스터의 말이다 — 충격에 빠져 있습니다. 뒤이어 눈물을 흘리며 횡설수설하는 유가족의 인터뷰가 이어진다. 윌마는 라디오를 꺼 버린다. 암브로시아 매너 밖에 모인 사람들에 관한 언급은 없었지만 뉴스로 보도되기에는 규모가 너무 작고 폭력적이지 않았을지도 모른다.

아턴. 아턴이라고 한 것 같았다. 철자를 말해 주지는 않았다. 하기 싫다고 하면서도 늘 해 주는 토비아스더러 뉴스를 보고 정황을 자세히 알려 달라고 해야겠다. 윌마는 다양한 주름 장식이 달린 옷과 기괴할 정도로 높이 솟은 꽃장식 가발을 착용한 채 전자레인지 주변에서 분홍색과 주황색을 테마로 축제를 벌이는 요정들을 외면하고 오전 잠을 자려고 눕는다. 원래는 오전 잠을 싫어했고 사실 지금도 그렇기는 하다. 무언가를 놓치고 싶지 않아서다. 하지만 이제 오전 잠을 자지 않고는 하루를 버틸 수 없다.

토비아스가 윌마를 데리고 복도를 지나 식당으로 향한다. 토비아스는 1시 전에 점심을 먹는 것은 품위 있지 않다고 생각해 2차 식사 시간에 점심을 먹는다. 평소보다 발걸음이 빨라 윌마가 속도를 늦춰 달라고 말한다. 토비아스는 "그러죠, 부인."이라고 말하면서 윌마의 팔꿈치를 잡아당겨 발걸음을 재촉한다. 한번은 토비아스가 다른 노인들과 달리 월마에게는 아직 있는 허리라는 걸 팔로 감쌌다가 균형을 잃으면서 둘 다 나동그라질 뻔한 적도 있었다. 토비아스는 장신이 아니고 고관절 치환술을 받은 이력도 있다. 그러니 균형을 잘 잡아야 한다.

월마는 토비아스가 어떻게 생겼는지 모른다. 적어도 지금은 그렇다. 어쩌면 월마의 존재 덕분에 지금 토비아스는 전보다 더 외모를 가꾸고, 더 어려 보이고, 덜 허약해 보이고, 더 민첩해 보일지도 모른다. 정수리에 숱도 더 많아지고.

"해 줄 말이 많아요." 토비아스가 월마의 귀에 입술을 과하게 가까이 대고 말한다. 월마는 귀가 안 들리는 것도 아닌데 고함치듯 말하지 말라고 하고 싶다. "내가 알아봤는데 파업하고 있는 게 아니래요. 그 사람들 말이에요. 그리고 철수하기는커녕 수가 늘어나고 있다네요." 예기치 않은 사건에 활기가 돈은 토비아스가 콧노래를 부르듯 흥얼대며 말한다.

식당에 들어선 토비아스가 의자 하나를 빼서 월마가 앞에 서도록 한 다음 월마의 엉덩이가 천천히 아래로 내려올 때 의자를 안으로 밀어 넣어 준다. 이렇게 여자한테 의자를 밀어 넣어 주는 것도 이젠 말발굽에 편자를 박거나 화살에 깃을 다는 것처럼 거의 사라져 버린 예술 같네. 월마는 그렇게 생각한다. 토비아스가 월마의 맞은편에 앉자 엷은 노란색 벽지에 모호한 형체가 드리운다. 월마는 검은 눈을 부릅뜬 토비아스의 얼굴을 희미하게라도 감각하고 싶어 고개를 좌우로 돌려본다. 그 눈빛의 강렬함을 아직 기억하고 있다.

"오늘 메뉴는 뭐라고 쓰여 있어요?" 윌마가 묻는다. 식사 때마다 불법 도용한 문양을 양각으로 새긴 종이 한 쪽짜리 메뉴가 제공된다. 옛 공연장에서 지급한 프로그램 안내문처럼 매끄럽고 부드러운 종이다. 광고로 뒤범벅된 요즘의 얇실한 종이 같지 않다.

"버섯 수프요." 평소에 토비아스는 오늘의 메뉴를 가만히 정독하며 과거의 수준 높았던 진수성찬을 회상하고 이제는 제대로 된 요리를 할 줄 아는 사람이 없다고, 특히 송아지 고기를 다룰 줄 모른다고 조용히 헐뜯는데 오늘은 그런 말을 전혀 하지 않는다. "어떻게 된 일인지 알아보고 있었어요. 활동 센터에서요. 뒷조사를 좀 했죠."

말인즉슨 컴퓨터로 인터넷에 접속해 단서를 찾아봤다는 것이다. 암브로시아 매너에서는 개인 컴퓨터 사용이 불가능하다. 속도를 보장할 수 없다는 것이 공식적인 이유다. 하지만 여자들이 온라인 사기의 피해자가 되어 부적절한 연애를 시작하고 재산을 날릴지도 모른다는 우려가, 그리고 남자들이 인터넷 포르노에 빠져 과도한 흥분으로 심장마비를 겪는 바람에 결국 성난 친인척들이 이건 직원들이 좀 더 세심하게 살폈어야 하는 문제라며 암브로시아 매너를 고소할지도 모른다는 우려가 진짜 이유라고 윌마는 의심한다.

여하튼 그래서 개인 컴퓨터가 반입 불가인 관계로 활동 센터에 비치된 컴퓨터를 사용할 수 있는데, 이 컴퓨터에는 사춘기 전 청소년을 대상으로 한 접근 제한 프로그램이 설치되어 있다. 관리팀은 거주자들이 중독성 있는 기기를 멀리하고 그 대신 젖은 점토 덩어리를 만지작거리거나 판지로 된 기하학 도형들을 붙여 특정한 패턴을 만들거나 브리지 게임을 하는 등 치매 발병을 늦춰 준다는 활동을 하도록 유도하고 있다. 하지만 토비아스의 말마따나 브리지 게임을 하는 사람들을 보면 꼭 그런 것도 아니지 않나? 토비아스가 그렇게 말하면 한때 브리지 게임을 많이 했던 윌마는 아무 대꾸도 하지 않는다.

작업 치료사 쇼샤나는 저녁 시간에 회진을 돌면서 모두가 예술을 통해 자기표현을 해야 한다는 잔소리를 늘어놓는다. 윌마는 지두화 그리기, 파스타로 목걸이 만들기, 혹은 지구에 머물며 하루라도 더 일출을 봐야 할 동기를 심어 주기 위해 쇼샤나가 만들어 낸 여타 활동에 참여해야 할 것 같은 압박을 느낄 때마다 시력 핑계를 댄다. 한 번은 쇼샤나가 설득의 강도를 높여 앞을 보지 못하는 도공 몇몇이 아름다운 수제 도자기를 만들어 국제적인 인정받았다는 이야기를 들려주면서 윌마도 한번 도전해서 삶의 지평을 넓혀 보지 않겠냐고 제안했지만 윌마는 단칼에 거절했다. "머리가 굳어서 안 돼요." 윌마는 단단한 의치로 미소를 지어 보이며 말했다. "이제 새로운 건 못 배워요."

일부 교활한 호색가들은 인터넷 포르노를 못 보는 대신 핸드폰을 이용해 기괴한 쇼를 마음껏 즐긴다. 윌마와 수다를 떨 때가 아니면 눈에 보이는 아무하고나 수다를 떠는 토비아스의 말에 따르면 그렇다. 토비아스는 자기는 천박하고 우아하지 못한 핸드폰 포르노 따위 찾아보지 않는다고, 화면 속 여자들이 너무 쪼끄맣기 때문에 볼 맛이 안 난다고 주장한다. 여자의 몸을 어느 수준 이상으로 축소해 버리면 젖샘을 가진 개미처럼 보이기 마련이라는 소리다. 토비아스가 거짓말을 하는 것은 아닐 수도 있지만 윌마는 금욕을 설파하는 토비아스의 말을 전적으로 믿지는 않는다. 어쩌면 토비아스는 한낱 핸드폰 따위가 보여 줄 수 있는 것보다 자기가 지어낸 파란만장한 영웅담이 더 에로틱하다고 생각할지도 모른다. 게다가 그 영웅담에는 토비아스 본인이 등장한다는 이점까지 있지 않은가.

"뭘 알아냈는데요?" 윌마가 묻는다. 두 사람 주변에는 숟가락을 그릇에 쨍쨍 부딪는 소리와 점점 가늘어지는 속삭임, 어떤 곤충이 지지지 우는 소리뿐이다.

"자기들 차례래요. 그래서 팻말에 우리 차례라고 써 넣은 거래요."

"아." 아턴(Artern). 아우어 턴(Our Turn). 잘못 들었던 것이다. "무슨 차례를 말하는 건데요?"

"삶. 삶에서의 차례요. 어떤 사람이 텔레비전 뉴스에서 말하는 걸 들었어요. 당연한 일이지만 여기저기서 인터뷰를 하고 있더라고요. 들어보니까 우리, 우리 노인들 차례는 지나갔대요. 우리가 다 망쳤대요. 탐욕이며 뭐며로 지구를 파괴했대요."

"맞는 말이네요. 우리가 망쳤죠. 의도했던 건 아니지만."

"사회주의자들일 뿐이에요." 토비아스는 사회주의자에 대해 삐딱한 시선을 갖고 있다. 자신이 좋아하지 않는 사람은 죄다 속을 들춰 보면 사회주의자라는 식이다. "그저 늘 다른 사람들이 고생해서 얻어 낸 걸 가로채려는 게으른 사회주의자들인 거예요."

윌마는 토비아스가 이혼한 아내들을 전부 먹여 살리는 데 더해 암브로시아 매너에 꽤 커다란 특별실을 얻을 수 있을 만큼의 돈을 어떻게 벌었는지 한 번도 제대로 들은 적이 없었다. 갖가지 미심쩍은 비즈니스 거래가 진행되는 나라에서 미심쩍은 비즈니스 거래를 통해 돈을 번 것이 아닐까 의심하고는 있지만 토비아스가 자신의 과거

금융 생활에 대해 털어놓는 일은 좀처럼 없다. 국제 무역 회사를 몇 개 소유했고 건전한 투자를 했다고만 할 뿐, 자기가 부자라고 하지도 않는다. 그런데 부자들은 절대 자기가 부자라고 하지 않는다. 넉넉한 생활을 한다고 하면 모를까.

윌마도 남편이 살아 있었을 때는 형편이 넉넉했다. 어쩌면 지금도 그렇다고 할 수도 있다. 다만 이제는 자산에 별다른 신경을 쓰지 않고 자산관리회사에 일임하고 있다. 자산관리회사가 제대로 일하고 있는지는 웨스트 코스트에 떨어져 사는 앨리슨이 주시하고 있다. 암브로시아 매너가 윌마를 길거리로 쫓아내지 않은 것을 보면 입소 비용은 제때 지불되고 있을 것이다.

"우리한테 뭘 원한대요?" 윌마가 되도록 신경질적이지 않은 말투로 묻는다. "팻말 들고 있던 사람들 말이에요. 참 이게 무슨 일이래요. 우리가 뭘 할 수 있는 것도 아니잖아요."

"우리가 양보했으면 좋겠다네요. 좀 비켜 줬으면 좋겠대요. 팻말에도 쓰여 있어요. 비켜라."

"죽으라는 말 같네요. 오늘은 롤 좀 있어요?" 가끔 오븐에서 갓 구워 나온 맛 좋은 파커 하우스 롤이 제공될 때가 있다. 암브로시아 매너의 영양사들은 거주자들이 제집에 있는 듯한 기분을 느낄 수 있도록 70년 혹은 80년 전에 먹었을 법한 식단을 재현하는 의식적인 노력을 기울인다. 마카로니와 치즈, 수플레, 커스터드, 라이스 푸딩, 휘핑크림을 한 덩이 올린 젤로 같은 그런 음식은 식감이 부드럽다는 장점까지 있어 흔들거리는 치아에 무리를 주지도 않는다.

"아뇨. 없네요. 이제 치킨 파이를 내놓고 있어요."

"위험해 보여요?"

"여긴 그런 것 같지 않아요. 하지만 다른 나라에서는 방화를 저지르고 있대요. 그 무리가요. 국제 조직이래요. 수백만 명이 들고 일어나고 있다고 하고요."

"아, 그런 사람들은 만날 다른 나라에서 불 지르고 다니잖아요." 윌마가 대수롭지 않게 말한다. 제가 그만큼 오래 살면이라고 예전 치과 의사에게 했던 말이 윌마의 귓가에 맴돈다. 그리고 지금도 그때처럼 무신경한 말투로 그런 일이 나한테 일어날 리 없어라고 생각한다.

바보들. 윌마가 혼잣말을 한다. 희망적 사고다. 하지만 윌마는 그저 출입문 바깥에서 벌어지는 바보 같은 짓거리에서 위협감을 느낄 수 없을 뿐이다.

오후가 되자 토비아스가 차를 마시자며 윌마의 방을 찾아온다. 그의 방은 윌마의 방 맞은편에 있다. 자갈 깔린 산책로, 볕을 피할 수 있는 세련된 전망대, 느긋하게 크로켓을 칠 수 있는 잔디가 깔린 부지 뒤쪽이 내다보이는 방이다. 토비아스는 자기 눈에 보이는 이 전망을 윌마에게 하나하나 설명해 주며 만족스러워한다. 하지만 출입문 앞쪽은 보이지 않는다. 쌍안경도 없다. 즉 사실 출입문 앞쪽을 내다보기 위해 윌마의 방을 찾아온 것이다.

"사람이 더 많아졌군요. 100명쯤 되는 것 같네요. 가면 쓴 사람들도 있고."

"가면이요?" 윌마가 흥미를 보이며 묻는다. "핼러윈 때 쓰는 가면 같은 거요?" 윌마는 고블린, 드라큘라, 요정 나라의 공주, 마녀, 엘비스 프레슬리의 모습을 떠올린다. "가면은 불법인 줄 알았어요. 공공장소에서 말이에요."

"핼러윈 가면 같지는 않아요. 아기 얼굴 가면이에요."

"분홍색이에요?" 두려움이 밀려들면서 몸에 약하게 전율이 인다. 아기 가면을 쓴 폭도. 마음이 번잡해진다. 폭력적일 수도 있는 실물 크기의 아기 얼굴이 떼거리로 모여 있다니. 통제 불능의 상황인가.

20명에서 30명 정도 되는 요정들이 설탕 보관 통일 가능성이 농후한 무언가를 둥글게 둘러싼 채 손을 맞잡고 있다. 토비아스는 차에 설탕을 곁들이는 것을 좋아한다. 여자 요정들은 장미 꽃잎을 겹쳐 만든 것 같은 치마 차림이고, 남자 요정들은 형형색색의 공작 깃털 같은 푸른색으로 희미하게 빛난다. 어찌나 세련되었는지, 어찌나 섬세한지! 이렇게 육체적인데, 이렇게 정교하고 아름다운데 실제가 아니라는 사실을 믿기가 어렵다.

"일부는 그래요. 일부는 노란색. 일부는 갈색이에요."

"인종 다양성을 보여 주려는 생각인가 보네요." 윌마가 그러고는 춤추고 있는 요정들을 향해 식탁 위에서 손을 살그머니 움직인다. 한 명이라도 잡을 수 있다면, 딱정벌레를 잡듯 엄지와 검지로 집을 수 있다면, 발로 차고 입으로 깨무는 식으로라도 윌마의 존재를 인정해 줄지 모른다. "아기 옷도 입고 있어요?" 기저귀를 차고 있다거나, 구호를 붙인 우주복을 입고 있다거나, 해적과 좀비처럼 아기와는 어울리지 않는 포악한 그림이 그려진 턱받이를 하고 있을지도 모른다. 그런 것들이 유행한 시절도 있었다.

"아뇨, 가면만 썼어요." 토비아스가 말한다. 손가락을 휘저어 봐도 아무 반응 없이 춤만 추는 요정들 탓에 윌마가 기대했던 만족감은 찾아오지 않고 그들의 비실재성만 확실히 입증되고 만다. 대신 요정들은 윌마를 피해 춤추는 방향을 바꾼다. 이걸 보면 어쨌건 윌마의 존재를 인식하고 있는 것일지도 모른다. 앙큼한 개구쟁이들이 윌마를 놀려먹고 있는 것일지도 모른다.

바보 같은 생각 마. 윌마가 혼잣말을 한다. 증상일 뿐이다. 샤를 보나드 증후군의 증상. 충분히 입증된 증후군이고 다른 사람들도 갖고 있다. 아니, 보나드가 아니라 보네다. 보나드는 화가 이름이다. 분명 그럴 것이다. 아니, 보니버트였나?

"이제 다른 밴을 막고 있어요. 닭고기 배송 차네요." 닭고기는 지역 내 유기농 방목 농장에서 들여오고 있다. 달걀도 마찬가지다. 바니와 데이브의 럭키 꼬꼬 농장. 목요일마다 배송을 온다. 닭고기도 달걀도 없으면 장기적으로 심각한 문제가 발생할 수도 있는데. 윌마는 생각한다. 매너 곳곳에서 불평불만이 쏟아져 나올 것이다. 언성이 높아질 것이다. 이러려고 돈 낸 거 아니다라면서.

"경찰도 있어요?"

"안 보여요."

"프런트 데스크 가서 물어봐야겠어요. 항의해야죠! 해산시키거나 해야 할 거 아니에요. 그 사람들."

"내가 이미 물어봤어요. 우리처럼 영문을 모르겠대요."

그날 저녁 식사 자리는 평소보다 분위기가 쾌활하다. 재잘대는 소리도, 달가닥거리는 소리도, 불시에 터져 나오는 새된 웃음소리도 더 풍성하다. 식당에는 일손이 부족해 보인다. 평소 같으면 짜증을 내는 사람들이 많았을 텐데 상황이 상황이니만큼 차분하게 가라앉은 축제 분위기다. 접시가 떨어지고, 유리컵이 산산조각 깨지고, 환호성이 인다. 바닥에 쏟아진 얼음은 잘 보이지도 않고 미끄러우니 조심하라는 안내가 나온다. "골반이 골절되는 상황은 겪고 싶지 않잖아요, 그렇죠?"라고 말하는 쇼샤나의 목소리가 마이크를 통해 울려 퍼진다.

토비아스가 와인을 한 병 주문한다. "돈이나 펑펑 쓰면서 즐겨 봅시다." 그가 말한다. "당신을 위하여!" 와인 잔이 맞부딪힌다. 두 사람은 오늘 2인용 식탁이 아닌 4인용 식탁에 다른 사람들과 같이 앉아 있다. 토비아스의 제안이었고, 윌마는 놀라면서도 그에 응했다. 사람 수가 많다고 안전한 것은 아닐지라도 적어도 안전하다는 착각은 가질 수 있다. 서로 붙어 있으면 알 수 없는 위협 앞에 방어막을 칠 수 있다.

그들과 합석한 두 사람은 조앤과 노린이다. 남자가 없다니 유감이라고 윌마는 생각하지만 이 나이쯤 되면 여자가 남자보다 네 배 많다. 토비아스는 여자가 남자보다 분노는 덜 느끼고 모욕은 더 잘 참아서 더 오래 사는 것이라고 말한다. 나이를 먹는 게 기나긴 세월 동안 굴욕을 감내하는 게 아니면 무엇이겠나? 어떻게 사람이 그런 상황을 견디면서도 멀쩡할 수 있겠나? 밋밋한 음식이 너무 지겨워지거나 관절염이 도질 때마다 토비아스는 적당한 무기만 손에 넣을 수 있으면 자기 머리통을 날려 버릴 거라고, 아니면 명예로운 죽음을 맞이하는 로마인처럼 면도날로 손목을 그어 버리겠다고 위협적인 소리를 한다. 월마가 그러지 말라고 막아 세우면 도리어 월마를 달랜다. 그냥 병적인 헝가리인의 피가 흘러서 그렇다고, 모든 헝가리 남자가 하는 소리라고 한다. 그러면서 헝가리 사람은 자살 위협을 하지 않고 넘어가는 날이 없지만 실제로 그렇게 하는 사람은 거의 없다고 농담으로 덧붙인다.

헝가리 여자는요? 월마는 몇 차례 토비아스에게 물었다. 왜 여자들은 욕조에서 손목을 긋지 않는 건데요? 월마는 했던 질문을 또 하는 것을 좋아한다. 똑같은 질문에 대한 대답이 언제는 같고 언제는 다르기 때문이다. 토비아스는 출생지는 적어도 세 군데고 다녔던 대학은 적어도 네 군데며 여권도 한두 장이 아니다.

언젠가 토비아스는 "헝가리 여자는 그런 거 안 해요."라고 대답했다. "절대 끝을 모르거든요. 사랑에서든, 삶에서든, 죽음에서든. 장의사도 꼬시고, 자기 관에 삽으로 흙을 퍼 올리는 남자도 꼬시죠. 포기를 모른다니까요."

조앤과 노린은 헝가리인이 아니지만 둘 다 추파를 던지는 기술이 수준급이다. 깃털로 만든 부채가 있으면 그걸로 토비아스를 톡톡 치고, 꽃다발이 있으면 아무렇지 않게 토비아스에게 한 송이 건네고, 자기 발목이 보기 괜찮다 싶으면 그걸 은근슬쩍 노출하는 식이다. 그러면서 내내 선웃음을 친다. 월마는 나잇값 좀 하라고 말하고 싶은 마음이 굴뚝같지만 그랬다가 정말 나잇값을 하게 되면 어쩐담?

월마와 조앤은 수영장에서 만나 아는 사이다. 월마는 물속에 들어

갔다 나올 때와 탈의실로 향할 때 누군가 도와주기만 한다면 되도록 일주일에 두 번씩 수영장 레인을 몇 바퀴 돌고 오려고 한다. 노린은 콘서트 같은 단체 활동 시간에 만났을 것이다. 비둘기가 연상되는 웃음소리, 약간의 떨림이 있는 목소리가 익숙하다. 윌마는 조앤과 노린이 어떻게 생겼는지 전혀 모르지만 주변시를 통해 둘 다 자홍색 옷을 입고 있다는 사실 정도는 파악할 수 있다.

처음 만나는 여자 청중과 합석한 토비아스는 흡족해 마지않는다. 벌써 노린에게는 오늘 눈부시게 아름답다고 말했고, 조앤에게는 젊을 때 자기를 만났더라면 어두운 공간에 단둘이 있는 것이 안전하지 않았을 수도 있다는 속내를 넌지시 흘렸다. 토비아스가 "젊어서는 요령이 없고 늙어서는 체력이 없죠."라고 말한다. 방금 난 소리, 혹시 손등에 입을 맞추는 소린가? 조앤과 노린이 깔깔대는 소리가 난다. 그런데 소리가 전과 같지 않다. 꽥꽥, 꼬꼬, 헥헥에 가깝다. 가을 단풍 사이로 불어오는 돌풍 소리 같다. 성대가 짧아진 거구나, 하고 윌마는 애석해한다. 폐가 쪼그라들고 있다. 모든 것이 말라 가고 있다.

클램 차우더를 두고 오가는 추파에 대해 윌마는 무슨 생각을 하고 있을까? 질투심을 느끼나? 토비아스를 독차지하고 싶나? 아니, 독차지하고 싶은 것은 아니다. 그 정도는 아니다. 비유적인 의미의 건초 더미에서 그와 뒹굴고 싶은 욕망은 없다. 욕망 자체가 없기 때문이다. 아예 없는 것은 아닐지라도 거의 없다. 그러나 윌마는 토비아스의 관심을 원한다. 더 정확히 말하자면 토비아스가 자기의 관심을 원하기를 바란다. 그러나 지금 토비아스는 윌마보다 못한 바로 앞에 있는 두 여자와 흡족한 시간을 보내는 듯하다. 세 사람은 소설 『리젠

시 로맨스』속 장면처럼 서로 농담을 주고받는다. 그리고 윌마는 그 대화를 듣고 있을 수밖에 없다. 요정들이 나타나지 않아 달리 주의를 돌릴 대상이 없다.

윌마는 요정들을 소환해 보려 한다. 나오렴 하고 조용히 명령하면서 식탁 한가운데를 장식하는—토비아스가 품질이 좋다고, 생화와 거의 구별이 안 된다고 말한—조화가 있을 만한 방향에 시선을 고정한다. 윌마가 그 조화에 대해 말할 수 있는 것이라고는 색이 노랗다는 것뿐이다.

아무 일도 일어나지 않는다. 단 한 명도 나타나지 않는다. 다른 누구도 아닌 윌마 자신의 머릿속에서 나온 것임에도 마음대로 나타나게 할 수도, 사라지게 할 수도 없다니, 부당하다는 생각이 든다.

클램 차우더에 이어 버섯과 다진 소고기를 넣은 캐서롤이 나오고 그다음에는 건포도가 든 라이스 푸딩이 나온다. 윌마는 먹는 일에 집중한다. 주변시를 이용해 접시의 위치를 파악하고 굴착기를 조종하듯 포크로 음식을 조준해야 한다. 가까이 다가가고, 방향을 돌리고, 목표물을 집고, 들어올려야 한다. 꽤나 힘이 드는 일이다. 마지막으로 여느 때처럼 쇼트브레드와 막대 모양의 쿠키가 담긴 접시가 식탁에 놓인다. 그때 아주 잠깐 프릴이 달린 회백색 속치마를 입은 여자 일고여덟 명이 캉캉 춤을 추며 실크 스타킹을 신은 다리를 드러냈으나 거의 곧바로 쇼트브레드 모양의 쿠키로 변신해 버린다.

"밖에 무슨 일이래요?" 윌마가 서로 연쇄적으로 칭찬을 주고받으며 쉼 없이 이어진 대화에서 잠시 침묵이 흐른 틈을 타 묻는다.

"아." 노린의 목소리는 들떠 있다. "저희는 그런 거 신경 쓰지 않으려고요!"

"맞아요." 조앤이 말한다. "너무 우울하잖아요. 우리는 지금 이 순간을 살고 있는 거예요. 그렇지 않아요, 토비아스?"

"여자, 와인, 그리고 음악!" 노린이 외친다. "벨리 댄서도 부르죠!" 노린과 조앤이 꺄르르 웃는다.

놀랍게도 토비아스는 웃지 않는다. 대신 윌마의 손을 잡는다. 건조하고 따뜻하고 뼈가 드러나는 그의 손가락이 윌마의 손가락을 감싼다. "수가 점점 많아지고 있어요. 처음에 생각했던 것보다 상황이 더 심각해지고 있답니다, 여사님들. 얕보는 건 어리석은 짓일 거예요."

조앤이 "아, 저희는 얕보고 있는 게 아니에요."라고 말하며 비눗방울처럼 유유히 공기 중에 떠다니는 대화의 분위기를 이어 보려 한다. "저희는 그냥 무시하고 있는 거예요!"

"모르는 게 약이죠!" 노린이 명랑한 목소리로 말한다. 하지만 더 이상 토비아스에게 잘 보이려는 기색을 내비치지 않는다. 토비아스는 소설 『스칼렛 핌퍼넬』 속 한껏 치장한 귀족의 탈을 벗어 던지고 행동가 모드로 전환한다.

"최악의 상황에 대비해야 합니다." 토비아스가 말한다. "충분히 대비하고 있으면 함부로 덮쳐 오진 않을 거예요. 자, 부인, 이제 방으로 모셔다 드리죠."

윌마가 안도의 숨을 내쉰다. 토비아스가 윌마에게 돌아왔다. 이제 그는 윌마를 방문 앞까지 데려다줄 것이다. 매일 저녁 시계처럼 충실히 이행하는 일이다. 윌마는 무엇이 두려웠던 걸까? 혼자 굴욕적으로 더듬더듬 방을 찾아가도록 토비아스가 내버려 둘까 봐? 토비아스가 사람들이 다 보는 앞에서 자기를 버리고 노린 그리고 조앤과 허둥지둥 관목으로 뛰어 들어가 전망대에서 셋이 섹스를 할까 봐? 그럴 일은 없다. 금세 경비원들이 들이닥쳐 그들을 고령 생활 보조 건물로 연행할 것이다. 밤마다 손전등을 들고 비글을 동반해 부지를 순찰하기 때문이다.

"준비됐으면 우린 가 볼까요?" 토비아스가 윌마에게 묻는다. 토비아스를 향한 윌마의 마음이 누그러진다. 우리라고 했다. 조앤과 노린과는, 다시 말해 그들과는 아직 우리라는 말을 쓸 사이가 아닌 것이다. 윌마는 자신의 팔꿈치를 잡은 토비아스에게 몸을 기댄 채 함께 걸어간다. 윌마는 이것이 품위 있는 퇴장이라고 제 마음대로 생각한다.

"그런데 최악의 상황이 뭐예요?" 엘리베이터에서 윌마가 토비아스에게 묻는다. "우리가 할 수 있는 대비는 뭐고요? 설마 그 사람들이 우릴 불태워 죽일 거라고 생각하는 건 아니겠죠! 여기선 그럴 수 없어요! 경찰들이 막아 세울 테니까요."

"경찰을 믿을 수가 없어요. 더 이상은 아니에요."

하지만 우리를 보호하는 게 그 사람들 일이잖아요! 윌마는 반박하려다가 그만둔다. 그동안 경찰들이 신경을 쓰고 있었다면 이미 어떤 조치든 취했을 것이다. 하지만 그들은 뒤로 물러나 있을 뿐이다.

"처음에는 신중하게 행동할 거예요. 천천히 한 단계씩 밟아 나가겠죠. 아직 시간이 조금 있으니까. 당신은 걱정 말고, 잠 잘 자고, 체력을 길러 둬요. 나는 준비해 둘 게 있어요. 지지 않을 거예요."

토비아스가 책임을 지고, 철두철미하게 계획을 세우고, 운명의 뒤통수를 치려는 이 한 편의 멜로드라마 같은 상황이 어찌나 마음을 안심시키는지 이상한 일이다. 관절염 있는 허약한 노인일 뿐이야. 윌마는 혼자 생각한다. 하지만 그렇다 해도 여전히 안심이 되고 진정이 된다.

윌마의 방문 밖에서 두 사람은 평소처럼 볼 인사를 나누고, 윌마는 절뚝절뚝 복도를 빠져나가는 토비아스의 발소리를 듣는다. 지금 드는 감정은 후회인가? 해묵은 과거의 온기가 살며시 되살아나고 있는 건가? 윌마는 토비아스가 힘줄이 불끈한 팔로 자기를 감싸 안기를, 벨크로와 지퍼를 거쳐 자기 살갗에 와닿기를, 거뜬히 수백 번은 했을, 아니 과거에는 수천 번은 했을 그것을 유령처럼 삐걱대는 몸을 가진 절지동물처럼 재현하기를 진심으로 바라고 있는 건가? 아니다. 아무 말 없이 혼자 머릿속으로 초콜릿처럼 달콤하고 관능적인 정부들, 감탄을 금할 길 없는 가슴들, 대리석 조각 같은 허벅지들을 비교하는 것은 윌마에게 몹시 고통스러울 것이다.

나이가 들면 몸을 초월할 수 있다고 생각했었지. 윌마는 혼잣말을 한다. 몸에 초연해지고 비육체적인 고요의 왕국으로 갈 수 있다고 생각했었지. 하지만 황홀경 속에서만 그럴 수 있고, 황홀경은 몸을 통해서만 경험할 수 있다. 뼈와 힘줄로 이루어진 날개가 없으면 날 수 없다. 황홀경에 들지 않으면 더더욱 몸에 매여 살 수밖에 없다. 기계처럼 작동하는 몸에, 녹슬고 삐걱대고 복수심에 불타는 잔인한 몸에.

토비아스의 발소리가 더는 귓가에 닿지 않자 윌마는 문을 닫고 취침 일과를 시작한다. 먼저 신발을 실내화로 갈아 신는다. 이 단계는 되도록 천천히 진행하는 것이 좋다. 그런 다음에는 찍찍이를 하나씩 뜯어 옷을 벗고 대강이라도 옷걸이에 걸어서 옷장에 넣어 둔다. 속옷은 세탁 바구니에 넣는다. 내일이면 카티아가 세탁을 해 줄 테니 바구니를 채워 두기에 딱 적당한 때다. 그리고 큰 어려움 없이 소변을 보고 물을 내린다. 그다음에는 비타민 영양제와 여타 약을 먹을 차례인데, 이때 알약이 식도에 걸리면 불쾌한 느낌이 들 테니 물을 충분히 마셔야 한다. 게다가 질식사도 막을 수 있다.

윌마는 낙상을 당하는 일 없이 샤워까지 해낸다. 손잡이를 단단히 붙잡고 미끄러운 샤워젤은 과하게 사용하지 않는다. 수건으로 몸을 닦는 일은 어딘가에 앉아서 하는 것이 최선이다. 선 채로 발을 닦으려다가 봉변당한 이들이 많다. 윌마는 발톱을 깎을 때가 되었으니 잊지 말고 서비스 부서에 연락해 미용실에 예약해야겠다고 생각한다. 발톱 깎기도 윌마가 더는 혼자 할 수 없는 일 중 하나다.

침대에는 저녁 식사 시간 동안 남몰래 분주히 움직이는 조용한 일손이 고이 개어 둔 깨끗한 잠옷이 놓여 있고 침구도 단정히 정돈되어 있다. 베개 위에는 항상 초콜릿이 하나 놓여 있다. 윌마는 더듬더듬 초콜릿을 찾아 납지를 벗기고 게걸스럽게 먹어 치운다. 이런 것이 암브로시아 매너가 경쟁사와 차별화되는 섬세한 서비스라고 안내 책자에 적혀 있었다. 자신을 소중히 여기세요. 여러분은 그럴 자격이 있습니다.

다음 날 아침, 식사를 해야 하는데 토비아스가 평소보다 늦는다. 시간이 늦어지고 있다는 느낌에 윌마는 부엌에 있는 말하는 시계로 시간을 확인한다. 그 시계는 앨리슨이 준 또 다른 선물로, 버튼을 누르면—버튼을 찾을 수 있다면—초등학교 2학년 수학 선생의 고압적인 목소리가 시간을 알려 준다. "8시 32분입니다. 8시 32분." 이윽고 8시 33분, 8시 34분이 되고 1분씩 지날 때마다 윌마는 혈압이 치솟는 느낌을 받는다. 혹시 무슨 일이 생긴 건가? 뇌졸중이나 심장마비가 온 건가? 암브로시아 매너에서는 매주 그런 일이 일어난다. 재산이 아무리 많아도 막을 수 없는 일이다.

마침내 토비아스가 나타난다. "전해 줄 소식이 있어요." 문을 채 통과하기도 전에 토비아스가 윌마에게 말한다. "던 요가 수업에 갔다 왔어요."

윌마가 웃음을 터뜨린다. 토비아스가 요가를 한다니, 요가를 하는 공간에 있다니, 그 모습을 떠올리면 웃지 않을 수 없다. 어떤 옷을 입고 갔으려나? 토비아스와 운동복 바지는 좀체 어울리지 않는다. "웃어도 이해합니다, 부인. 사실 하고 많은 수업 중에 요가 수업에 간 건 정말 원해서가 아니라 정보를 좀 얻으려고 이 한 몸 희생한 거예요. 어차피 강사가 없어서 수업이 열리지도 않았지만요. 그래서 거기 모인 다른 여자들이랑 얘기를 좀 나눴죠."

윌마가 정신을 차리고 묻는다. "왜 강사가 없어요?"

"출입문을 봉쇄했대요." 토비아스가 힘주어 말한다. "아무도 들여보내 주지 않고 있대요."

"경찰은요? 매너 경비원들은요?" 봉쇄라니. 이건 별일이 아니라고 할 수 없다. 묵직한 장벽을 세워야 하는 일이니까.

"아무 데도 안 보여요."

"들어와서 좀 앉아요. 커피를 좀 마시죠."

"그래요. 마시면서 생각해 보죠."

두 사람은 작은 식탁 앞에 앉아 커피를 마시면서 오트밀 시리얼을 먹는다. 분쇄된 건 다 떨어져서 없고 이제야 알게 된 사실이지만 더 얻을 수 있는 가망도 없다. 이 시리얼이라도 감사해하며 먹어야겠군. 윌마는 오트밀을 우적거리며 속으로 생각한다. 이 순간을 음미해야 한다. 요정들은 오늘따라 흥분해 있다. 빠른 속도로 왈츠를 추면서 빙빙 돌고, 사방에 은색과 금색 스팽글을 붙여 번쩍거리는 몸으로 윌마를 위해 대규모 공연을 펼치고 있다. 하지만 더 심각한 문제부터 해결해야 하는 관계로 지금 당장 공연을 감상할 수는 없다.

"밖으로 나가게는 해 주는 거예요?" 윌마가 토비아스에게 묻는다. "장벽 밖으로요." 프랑스 혁명에 관한 그 책이 뭐였더라? 베르사유가 봉쇄된 바람에 그 안에 갇힌 귀족 가문이 애태우며 초조해했던 책.

"직원들만요. 거의 억지로 내보내고 있어요. 하지만 거주민은 안 된대요. 우리는 머물러야 한대요. 그런 명령이라도 내렸나 봐요."

윌마는 토비아스가 한 말을 생각한다. 그러니까 직원들은 이곳을 떠날 수 있지만 한번 나가면 다시 들어올 수 없다는 말이다. "그러면 배송 차도 못 들어오네요." 윌마가 질문을 던지기보다는 진술을 하듯 말한다. "닭고기 같은 거요."

"물론 못 오죠."

"우리를 굶겨 죽이고 싶은 걸까요. 그런가 본데요."

"그래 보이긴 해요."

"변장을 하죠. 변장해서 나가는 거예요. 음, 청소부처럼. 머리에 두건을 쓰면 무슬림 청소부처럼 보일 수 있잖아요. 아님 다른 사람으로 변장해도 되고요."

"우리가 아무 의심도 사지 않고 통과할 수 있을 것 같지가 않은데요, 부인. 세월의 문제잖아요. 시간은 흔적을 남기니까요."

"꽤 나이 많은 청소부도 있을 수 있잖아요." 윌마가 희망적인 태도로 말한다.

"그것도 정도가 있잖아요." 그러면서 토비아스가 한숨을 쉰다. 아니, 숨을 몰아쉰 건가? "하지만 절망하지는 마요. 아무 대책도 없지는 않으니까요."

윌마는 절망하지 않는다고 말하고 싶지만 괜히 말이 더 복잡하게 길어질까 봐 입을 다문다. 지금 정확히 어떤 기분을 느끼고 있는 건지 콕 집어 말하기가 어렵다. 절망은 아니다. 전혀 아니다. 그리고 희망도 아니다. 다만 앞으로 어떤 일이 벌어질지 알고 싶을 뿐이다. 분명 평소와 같지는 않을 것이다.

토비아스는 일단 앞으로 벌어질 일에 대비해 윌마의 욕조에 물부터 가득 받아 두어야 한다고 주장한다. 자기 욕조는 이미 채워 둔 상태다. 조만간 전기가 끊길 거예요. 토비아스가 말한다. 그다음에는 단수가 될 테고요. 시간문제예요.

그러더니 토비아스는 윌마의 간이 부엌과 작은 냉장고에 보관된 음식의 목록을 작성한다. 점심이나 저녁 식량을 구비해 두지 않기 때문에 별것이 없다. 윌마도, 그리고 그 누구도 그럴 필요가 없지 않았나? 요리를 할 일 자체가 없거늘.

"요거트 건포도가 좀 있어요." 윌마가 말한다. "올리브 절임도 한 병 있고요."

토비아스가 코웃음 치는 소리가 들린다. "그런 걸 먹고 살 수는 없어요." 그러면서 마치 정신 차리라는 듯 어떤 종이 상자 같은 것을 휘두른다. 토비아스가 말한다. 어제, 만일에 대비해 1층 매점에 들러서 에너지 바랑 캐러멜 팝콘, 그리고 소금 간이 된 견과류를 좀 사다 놨어요.

"영리하네요!" 윌마가 감탄한다.

그렇죠. 토비아스가 인정한다. 머리 좀 썼어요. 하지만 이 비상식량으로는 오래 못 버틸 거예요.

"내려가서 식당 부엌 좀 살펴보고 올게요. 다른 사람들이 선수 치기 전에 가 봐야죠. 매점을 털고 서로를 짓밟을 수도 있으니까요. 그런 광경을 목격한 적이 있거든요." 윌마는 토비아스를 따라가고 싶다. 누군가가 토비아스를 짓밟아 뭉개지 못하게 막는 역할을 할 수 있을지도 모른다. 윌마를 위협으로 여길 사람이 있을 리가 없지 않은가? 게다가 정말 매점을 털기 위해 떼거리로 몰려온 사람들을 물리친다면 윌마가 일부 식료품을 가방에 챙겨 올 수 있을지도 모른다. 하지만 그러지 않기로 한다. 당연히 방해가 될 테니까. 윌마를 여기저기로 안내하는 것 말고도 토비아스는 할 일이 많다.

쓸모 있는 사람이 되고 싶다는 윌마의 마음을 토비아스는 아는 듯하다. 사실 윌마가 할 수 있는 역할을 충분히 고민해 보았다. 그래서 그는 윌마에게 방에 남아 뉴스를 듣고 있어 달라고 한다. 정보 수집,

그것이 윌마의 역할이다.

토비아스가 나간 후 윌마는 간이 부엌에 있는 라디오를 켜고 정보 수집 준비를 한다. 대부분 이미 아는 내용이고 새로운 소식은 거의 없다. 우리 차례는 하나의 운동이고, 전 세계에서 벌어지고 있으며, 어떤 시위대는 "죽은 나무의 꼭대기를 차지하고 있는 기생충"이라고 부르고 또 어떤 시위대는 "침대 밑에 쌓인 먼지 더미"라고 부르는 대상을 소멸시키는 것이 목적인 듯하다는 것이다.

당국의 대응은 시답잖고 그마저도 산발적인 대응일 뿐이다. 추가적인 홍수, 방화에 의한 추가적인 산불, 추가적인 토네이도 등 눈코 뜰 새 없이 바쁘게 만드는 더 중요한 문제들을 처리하느라 그렇다고 한다. 여러 최종 책임자와의 인터뷰가 송출된다. 공격 대상이 된 퇴직자 전용 주택 거주민들은 공포에 사로잡히지 말아야 하고, 안전을 보장할 수 없으므로 길거리로 나설 시도도 하지 말아야 합니다. 무모하게 폭도에 맞서려 했던 사람들의 시도가 수포가 되었고 그중 한 명은 맨손으로 구타당했습니다. 조만간 모든 상황이 수습될 테니 봉쇄당한 분들은 실내에 머무르시기 바랍니다. 헬리콥터가 배치될 수도 있습니다. 상황이 불안정하니 공격을 당하고 있는 분들의 친인척은 함부로 개입하지 마십시오. 모두 경찰이나 군대, 특수 부대의 지시를 따라야 합니다. 아니면 확성기를 가진 사람의 지시를 따르십시오. 그리고 무엇보다 곧 도움의 손길이 닿으리라는 점을 기억하십시오.

윌마는 미심쩍은 기분을 느끼면서도 인터뷰 후에 이어지는 토론회를 경청한다. 먼저 진행자가 각 토론자의 연령과 직책을 소개한다. 35세 사회인류학자, 42세 에너지 분야 엔지니어, 56세 금융 전문가로 구성된 토론자들은 현재 벌어지고 있는 일이 노인과 시민성과 가족이라는 개념 자체에 대한 공격 즉 폭력 행위인지, 아니면 가령 25세 미만 청년들이 떠안고 있는 경제적 및 환경적 도전 과제와 그들의 분노를 자극하는 상황들, 그리고 솔직히 아수라장에 가까운 현 상황을 고려하면 이해할 만한 행동인지를 두고 쓸데없는 설왕설래를 이어 간다.

격한 분노가 표출되고 있습니다. 그리고 사회에서 가장 취약한 인구 중 한 집단이 희생되고 있다는 사실이 물론 애석하기는 하지만 이와 같은 갑작스러운 상황 변화는 역사상 전례가 없지 않습니다. 많은 사회에서 노인들은 젊은이들이 먹고살 수 있도록 은퇴를 하거나 산 중턱으로 떠나는 식으로 우아하게 사회에서 퇴장했습니다. 사회인류학자가 말한다. 하지만 그건 물적 자원이 부족했던 시절의 이야기죠, 노인 인구는 사실상 상당한 고용 창출원입니다, 하고 경제학자는 맞받아친다. 맞는 말씀입니다, 하지만 노인이 건강 보험 예산을 먹어 치우고 있고, 대부분의 예산이 생의 말기 단계에 있는 사람들에게 쓰이고 있는 데다…… 예, 물론 맞는 말씀이지만 무고한 사람들이 목숨을 잃고 있습니다. 잠깐만요, 실례지만 방금 말씀하신 무고한 사람들은 누구를 무고하다고 할 것이냐에 따라 달라지는 문제 아닙니까. 그런 사람 중에는…… 당연히 그런 사람들을 두둔하고 계신 건 아니겠지만, 그래도 그런 부분은 인정하셔야…….

진행자가 이제 시청자와 전화 연결을 해 보겠다고 말한다.

"예순도 안 된 사람들 말은 믿지 마세요."라고 첫 번째 시청자가 말한다. 그러자 다들 웃음을 터뜨린다.

두 번째 시청자는 어떻게 이 일을 이렇게 가볍게 여길 수 있는 건지 이해가 안 된다고 말한다. 지금 어느 정도 나이가 있는 사람들은 평생 열심히 일했고, 수십 년 동안 세금을 납부했고, 대부분은 지금도 그러고 있는데, 대체 이 문제를 두고 정부는 뭘 하고 있는 겁니까? 젊은이들은 투표도 안 한다는 사실을 다들 모르는 겁니까? 확실히 대응하지 않으면 우리 시민들이 뽑은 대표들이 투표장에서 되갚아 줄 테니 지금 당장 제대로 해결하세요. 지금 우리한테 필요한 건 교도소를 더 많이 짓는 겁니다.

세 번째 시청자는 본인은 투표를 하지만 투표를 해도 상황이 나아진 적이 한 번도 없었다며 말문을 연다. 그러면서 이렇게 말한다. "먼지 더미를 불태우세요."

"잘 못 들었습니다." 진행자가 말한다. 그러자 세 번째 시청자가 고래고래 소리 지르기 시작한다. "들었잖아요! 먼지 더미를 불태우라고요! 들었잖아!" 그러고는 전화를 뚝 끊는다. 경쾌한 음악이 흘러나온다.

윌마는 라디오를 끈다. 오늘의 정보 수집은 이 정도로 충분하다.

차를 우리다 화상을 입을 위험이 있기는 하지만 아주 조심하면 괜찮을 거라고 생각하며 티백을 찾아 곳곳을 뒤지고 있을 때 일반 전화기보다 숫자가 큼지막하게 적힌 전화기가 울린다. 수화기가 달린 오래된 전화기다. 이제 핸드폰을 사용하는 것은 무리인 탓이다. 윌마는 가장자리에 모피를 덧댄 벨벳 망토를 두르고 손은 은색 머프로 감싼 모습으로 부엌 조리대에서 스케이트를 타고 있는 열 명 혹은 열두 명의 요정들을 무시한 채 주변시를 이용해 전화기의 위치를 파악하고 수화기를 집어 든다.

"아, 신이시여 감사합니다." 앨리슨이 말한다. "소식 들었어요. 텔레비전에 엄마 사는 건물이 나오는데 사람들이 전부 바깥에 나와 있고 세탁소 차는 뒤집혀 있어서 얼마나 걱정했다고요! 지금 비행기 타고 있어요, 그리고⋯⋯."

"아니야." 윌마가 말한다. "괜찮아. 난 괜찮아. 수습되고 있어. 그러니 넌 거기에 있으렴⋯⋯." 그리고 전화가 뚝 끊긴다.

그러니까 이제 통신을 끊고 있는 것이다. 곧 전기도 끊어질 것이다. 하지만 암브로시아 매너에는 발전기가 있으니 당분간은 그것으로 버틸 수 있을 것이다.

윌마가 차를 마시고 있는데 문이 열린다. 하지만 토비아스가 아니다. 브루트 향이 나지 않는다. 다급한 발소리가 들리고, 소금과 물결레 냄새가 풍기고, 울음소리가 터져 나온다. 그리고 무언가가 윌마를 강하게, 머리를 마구 흐트러뜨리며 품에 끌어안는다. "사모님을 두고 떠나래요! 떠나야 한대요! 여기를 떠나래요. 직원들이며 건강 관리사들이며 전부 다요. 안 그러면⋯⋯."

"카티아, 카티아. 진정해요." 윌마가 그러고는 몸에서 카티아의 팔을 한쪽씩 떼어 낸다.

"하지만 사모님은 저에게 엄마 같은 분이라고요!" 카티아의 말을 존경의 의미로 받아들이기에 윌마는 폭군 같았던 카티아의 어머니에 대해 다소 많은 것을 알고 있지만 그래도 좋은 뜻으로 하는 말이리라.

"괜찮을 거예요."

"하지만 이제 사모님 침대는 누가 정리해 주고, 깨끗한 수건은 누가 갖다 주고, 사모님이 떨어뜨린 물건은 누가 치워 주고, 사모님 베개에 초콜릿은 누가 올려 두겠어요, 밤에는……." 카티아가 더 서럽게 흐느낀다.

"내가 할 수 있어요. 이제 그 사람들 말 잘 듣고 괜한 문제 일으키지 말아요. 군대를 보내고 있대요. 우릴 도와줄 거예요." 거짓말이다. 하지만 카티아는 떠나야 한다. 시간이 지날수록 더더욱 포위된 요새처럼 보이는 이 공간에 갇혀 있을 이유가 없다.

윌마는 카티아에게 지갑을 가져와 달라고 부탁한 뒤 그 안에 든 소액의 현금을 전부 건넨다. 누군가는 쓰는 편이 나을 텐데 당분간은 흥청망청 돈을 쓸 일이 없을 것이다. 윌마는 카티아에게 화장실에 보관해 둔 꽃향기가 나는 새 비누들도 챙겨 가고 만일에 대비해 두 개만 남겨 두라고 한다.

"욕조에 왜 물이 받아져 있죠?" 카티아가 묻는다. 적어도 이제 눈물은 멈췄다. "찬물이잖아요! 제가 덥혀 드릴게요!"

"괜찮아요. 그냥 둬요. 자, 서둘러요. 출입문을 막아 버리면 어떡하려고 그래요? 늦게 가서 좋을 거 없을 거예요."

카티아가 떠나자 윌마는 발을 질질 끌며 거실로 가다가 책장에서 무언가를 건드려 떨어뜨린다. 나무 막대 소리가 나는 것을 보아하니 연필통이다. 윌마는 이내 안락의자에 쓰러지듯 몸을 맡긴다. 자신이 처한 상황을 신중히 살펴보고 지금껏 살아온 삶이나 그 비슷한 것을 돌이켜 볼 생각이지만, 먼저 큰 활자가 지원되는 전자책 리더기로 『바람과 함께 사라지다』를 한두 문장 읽으면서 찬찬히 할 것이다. 월마는 리더기를 켜고 마지막으로 읽었던 문장을 찾는다. 이 자체도 참 놀라운 일이다. 혹시 점자를 배워야 할 때가 된 걸까? 그렇다. 하지만 지금 당장은 불가능하다.

오, 애슐리, 애슐리, 스칼렛은 생각했다. 심장이 빠르게 뛰고 있었다…… 바보 같으니라고. 월마는 생각한다. 파멸이 코앞에 들이닥쳤는데 그 겁쟁이에게 정신이 팔려 있다니. 애틀랜타는 불에 탈 것이다. 태라도 전소되고 말 것이다. 모든 것이 깡그리 사라지고 말 것이다.

자기도 모르는 새에 월마는 꾸벅꾸벅 졸고 있었다.

살살 팔을 흔드는 토비아스의 손길에 월마는 잠에서 깨어난다. 코를 골았으려나? 입을 벌리고 있었나? 틀니는 제자리에 있나? "몇 시죠?"

"점심 먹을 시간이에요."

"음식은 좀 찾았어요?" 월마가 자세를 똑바로 고쳐 앉으며 묻는다.

"건면을 좀 구하기는 했어요. 구운 콩 통조림 하나랑. 그런데 부엌에 사람이 꽉 차 있더라고요."

"아. 남은 사람이 있나 보네요? 조리사들인가요?" 그렇다면 위안이 되는 소식이다. 마침 허기가 느껴진다.

"아뇨, 조리사들은 다 갔어요. 노린 씨랑 조앤 씨랑 다른 몇몇이 있었어요. 수프를 만들었더라고요. 우리도 가 볼까요?"

시끄러운 소리가 들리는 것을 보니 부엌은 한창 분주한 듯하다. 다들 무엇 때문인지는 몰라도 한껏 들떠 있다. 히스테리일 것이라는 게 윌마가 할 수 있는 최선의 추측이다. 분명 종업원들처럼 부엌에서 수프를 내놓고 있을 것이다. 뭔가가 부딪히는 소리가 들린다. 그러고는 더 큰 웃음이 터진다.

윌마의 오른쪽 귓가로 노린의 목소리가 불쑥 침범해 들어온다. "놀랍지 않아요? 다들 팔을 걷어붙이고 돕고 있어요! 여름 캠프 같다니까요! 저들은 우리가 아무것도 못 할 줄 알았을 텐데."

"수프 어때요?" 이번에는 조앤이 묻는다. 하지만 윌마가 아닌 토비아스에게 하는 질문이다. "대형 냄비로 끓였답니다!"

"맛있네요, 여사님." 토비아스가 정중하게 말한다.

"저희가 냉동고를 털었거든요! 전부 다 넣었어요! 넣을 수 있는 건 죄다요! 도룡뇽 알도! 개구리 발가락도! 태어나자마자 질식당한 아기 손도요!" 조앤이 깔깔 웃는다.

윌마는 수프의 재료를 살펴본다. 소시지 조각, 누에콩, 그리고 버섯인가?

"부엌 상태가 아주 말도 아니었어요." 노린이 말한다. "직원이라는 사람들이 대체 우리가 낸 돈으로 뭘 한 건지! 청소를 안 한 건 확실해요! 쥐도 봤다니까요."

"쉿." 조앤이 말한다. "그런 건 모르고 먹는 게 낫지!" 두 사람은 유쾌하게 웃는다.

"저는 쥐 따위에는 놀라지 않아요." 토비아스가 말한다. "더 끔찍한 걸 봤었거든요."

"그런데 고령 생활 보조 건물은 상황이 끔찍하더라고요." 노린이 말한다. "저희가 수프 좀 갖다 주려고 갔었는데 연결문이 잠겨 있었어요."

"열리지가 않더라고요." 조앤이 말한다. "게다가 직원들도 다 떠나서 없고. 그러니까……."

"어휴 끔찍해, 끔찍해." 노린이 말한다.

"할 수 있는 게 없네요." 토비아스가 말한다. "어쨌거나 이쪽 건물에 있는 사람들이 그쪽 사람들을 돌봐줄 수는 없어요. 저희가 가진 능력 밖의 일이죠."

"하지만 저쪽 사람들 지금 굉장히 혼란스러울 텐데." 노린이 작은 목소리로 말한다.

"음." 조앤이 말한다. "점심 먹고 나면 우리 다 같이 마음을 다잡고 2열 횡대로 서서 밖으로 행진하죠! 그렇게 하면 당국에 우리 상황을 알릴 수 있고, 사람들이 와서 문을 열어 주고 저 가엾은 사람들을 제대로 된 시설로 옮겨 줄 거예요. 모든 게 정말 눈 뜨고 봐줄 수 있는 상태가 아니에요! 아기 가면이나 쓰고 있는 저 멍청한 사람들은……."

"내보내 주지 않을 거예요." 토비아스가 말한다.

"하지만 같이 가면 되잖아요! 기자들이 찾아올 거예요. 전 세계가 지켜보고 있는데 감히 어떻게 우리를 막겠어요!"

"그럴 것 같지 않은데요." 토비아스가 말한다. "이런 일이 벌어지면 전 세계가 구경거리가 생겼다며 텔레비전 앞으로 모여들 뿐이니까요. 마녀사냥이 벌어졌을 때도, 공개 교수형이 진행될 때도 늘 관중이 많았죠."

"무섭게 왜 그래요." 조앤이 말한다. 하지만 그리 겁먹은 목소리는 아니다.

"저는 일단 낮잠부터 자야겠어요." 노린이 말한다. "힘을 비축해야 죠. 행진하기 전에요. 여기에 오래 있지 않을 테니 적어도 저 불결한 부엌에서 설거지할 필요는 없겠네요."

건물 부지를 한 바퀴 돌고 온 토비아스가 뒷문도 포위된 상태라 고, 당연한 일이라고 말한다. 그날 오후 토비아스는 쌍안경을 빌려 쓰느라 윌마의 방에서 시간을 보낸다. 사자 장식이 박힌 문 밖에 더 많은 사람이 모여들고 있다. 늘 들고 있던 팻말을 휘두르고 있는데 새로운 팻말도 눈에 띈다. 때가 됐다. 먼지 더미를 불태워라. 때가 됐으니 서 둘러라.

대담하게 건물 담장 안으로 들어오려는 사람은 없다. 적어도 토비 아스 눈에는 보이지 않는다. 날이 우중충해 시계가 좋지 않다. 예년 에 비해 제법 추운 밤이 찾아올 것이다. 통신이 단절되기 전 텔레비 전에서 전해 준 소식이 맞다면 그러할 것이다. 토비아스는 이제 핸 드폰이 작동하지 않는다고 윌마에게 말한다. 저기 있는 젊은 사람 들, 게으른 공산주의자여도 디지털 기술을 다루는 데는 아주 능해 요. 흰개미처럼 인터넷 곳곳을 몰래 헤집고 다닌다니까요. 분명 암 브로시아 매너 거주자 명단이랑 계좌 번호까지 다 파악하고 차단해 뒀을 거예요.

"드럼통도 있더라고요." 토비아스가 말한다. "거기에 불을 태우고 있었어요. 핫도그를 만들어 먹고 맥주를 마시나 봐요." 핫도그를 좋아하는 윌마는 밖으로 걸어 나가 그들에게 자기한테도 좀 나눠 줄 수 있겠냐고 정중하게 묻는 장면을 상상한다. 하지만 그들이 할 답변 또한 머릿속에 그려진다.

5시쯤 되자 얼마 되지 않는 암브로시아 매너 거주민들이 정문 밖에 모여든다. 열다섯 명 정도밖에 안 돼요. 토비아스가 말한다. 행렬에 나서는 사람들처럼 두 명씩 2열 횡대로 줄을 선다. 마지막엔 세명이 붙어 서 있다. 출입문 밖 군중은 아무 반응 없이 조용하다. 지켜보고만 있다. 암브로시아 사람 중 한 명이 메가폰을 잡았어요, 조앤 씨네요. 토비아스가 말한다. 창문을 통해 알아들을 수 없는 명령이 전해져 온다. 멈칫대는 발걸음으로 행진이 시작된다.

"출입문에 도착했어요?" 윌마가 묻는다. 두 눈으로 볼 수 있다면 얼마나 좋을지! 대학생 시절로 돌아가 축구 경기를 보는 느낌일 텐데! 그 긴장감, 서로 마주 본 두 팀, 그리고 확성기까지. 윌마는 항상 경기에 참가하지 않고 관중석에만 앉아 있었다. 여자애들은 축구를 하지 않았기 때문이다. 여자애들의 역할은 경기를 보다가 숨을 헐떡이며 놀라는 것, 경기 규칙에 대해 아리송해하는 것이었다. 꼭 지금처럼.

긴장감에 심장이 요동치고 있다. 조앤이 이끄는 무리가 뭐라도 이루어 낸다면 나머지도 마음을 다잡아 똑같은 시도를 해 볼 수 있을 것이다.

"네. 그런데 뭔가가 벌어졌어요. 사고가 발생했어요."

"그게 무슨 말이에요?"

"상황이 좋지 않네요. 돌아오고 있어요."

"뛰어서요?"

"나름요. 날이 어두워질 때까지 기다렸다가 빨리 여기를 떠나야 해요."

"하지만 떠날 수 없잖아요!" 윌마가 거의 울부짖는 목소리로 말한다. "내보내 주질 않잖아요!"

"건물을 빠져나간 다음에, 부지에서 때를 기다리면 돼요. 저들이 떠날 때까지요. 그러면 우리는 무사할 거예요."

"하지만 떠나질 않고 있잖아요!"

"이 일이 끝나면 떠날 거예요. 이제 뭘 좀 먹죠. 내가 구운 콩 통조림을 따 볼게요. 인류가 지금까지도 제대로 된 깡통 따개를 발명하지 못했다니 참 매번 실망스럽다니까요. 전쟁이 벌어지던 시절이랑 비교해도 하나도 발전하지 않았다니."

끝나다니, 무슨 뜻이에요? 윌마는 그렇게 묻고 싶지만 묻지 않는다.

윌마는 토비아스가 제안한 외출을 할 채비를 한다. 토비아스는 바깥에서 몇 시간, 혹은 상황에 따라 며칠을 보내야 할 수도 있다고 말한다. 윌마는 카디건을 입고 숄과 비스킷 한 통을 챙긴다. 휴대할 수 있을 만큼 가벼운 보석상용 돋보기와 전자책 리더기도 챙긴다. 사소한 걱정거리가 머릿속을 어지럽힌다. 사소하다는 건 알지만, 그래도, 이를테면 오늘 밤엔 틀니를 어디에 보관해야 하지? 비싼 물건인데. 그리고 깨끗한 속옷은? 토비아스는 물건을 많이 챙겨 갈 수는 없다고 말한다.

이제 두 사람은 쥐처럼 달빛을 받으며 모험을 떠날 참이다. 지금
이에요. 토비아스가 말한다. 그는 윌마의 손을 잡고 비상구 계단을
통해 아래로 내려간 다음 복도를 지나 부엌으로 가서 식량 보관 구
역과 쓰레기통을 지난다. 특정 장소에 다다를 때마다 잠깐씩 멈춰
서서 윌마가 현재 위치를 파악할 수 있도록 거기가 어디인지를 알려
준다. "걱정 마요. 여기엔 아무도 없어요. 다 떠났어요."

"하지만 무슨 소리가 들렸는데." 윌마가 속삭인다. 정말 그랬다. 종
종대는 발걸음, 바사삭 뭔가가 스치는 소리, 그리고 어떤 작은 뭔가
가 찍찍대는 새된 소리. 드디어 요정들이 말을 거는 걸까? 심장이 성
가실 정도로 빠르게 뛴다. 잠깐, 지금 이 냄새는 씻지 않은 겨드랑이,
열 오른 두피 등에서 나는 동물의 악취 같은 건가?

"쥐예요. 이런 곳엔 항상 쥐가 숨어 있죠. 밖으로 나와도 안전할
때를 잘 알고 있고요. 난 쥐가 우리보다 똑똑하다고 생각해요. 내 팔
을 잡아요. 한 계단 내려가야 해요."

이제 두 사람은 뒷문을 통과해 밖으로 나간다. 멀찍이서 목소리
가, 찬송가 같은 것이 들린다. 필시 정문에 모인 군중이 내는 소리일
터다. 뭐라고 말하는 걸까? 가야 할 때. 서두를 때. 태워라 태워라. 우리 차례.
박자가 불길하다.

하지만 소리와의 거리는 멀다. 두 사람이 있는 건물 뒤편은 조용
하다. 공기가 상쾌하고, 밤이 되니 서늘하다. 윌마는 고령 생활 보조
건물의 침입자나 탈출자로 오인받을까 봐 걱정하지만 주변에는 아
무도 없다. 비글을 데리고 다니는 사람도 없다. 토비아스는 이동하
는 동안 손전등을 껐다 켰다 하면서 자기 발과 윌마의 발에 비춘다.

"반딧불이 있는 거예요?" 월마가 속삭이며 묻는다. 반딧불이 있기를 바라고 있다. 반딧불이 있는 것이 아니라면 월마가 주변시로 본 번쩍번쩍하는 빛은, 모종의 신호처럼 고동치고 있는 빛은 대체 뭘까? 새로운 신경 이상 증상인가? 뇌가 욕조에 빠진 토스터처럼 합선을 일으키고 있는 건가?

"많아요." 토비아스가 속삭이며 대답한다.

"우리 어디 가는 거예요?"

"곧 알게 될 거예요. 도착하면 알게 될 거예요."

월마의 머릿속에 불경한 생각이, 뒤이어 소름 끼치는 생각이 떠오른다. 이 모든 것이 토비아스가 지어낸 일이면 어떡하나? 출입문에 아기 가면을 쓴 시위대가 존재하지도 않는다면 어떡하나? 집단 환각으로 인해 피눈물을 흘리는 조각상이나 성모 마리아 형상의 구름 같은 것을 본 거면 어떡하나? 그게 아니라면, 더 최악의 경우라면, 이 모든 것이 토비아스가 월마를 꾀어내어 목 졸라 죽이기 위해 꾸며낸 정교한 계략이었다면 어떡하나? 토비아스가 짜릿한 흥분을 느끼려고 살인을 저지르는 사람이면 어떡하나?

하지만 라디오 방송이 있었지 않나? 그런 건 쉽게 조작할 수 있다. 하지만 노린과 조앤과 그들이 운영한 무료 급식소는? 돈 주고 산 배우들이다. 지금 들리는 구호들은? 녹음이다. 아니면 돈 주고 모집한 학생 무리다. 구호를 외치는 대가로 최저 임금을 받는다면 기꺼이 그렇게 할 이들이니까. 돈이 있고 계획이 철저한 미치광이라면 이런 일을 벌이는 것도 전연 불가능하지는 않다.

살인 미스터리를 너무 많이 읽은 거야. 월마는 속으로 생각한다.

나를 죽이고 싶었으면 진작 했겠지. 게다가 윌마의 추리가 맞다고
해도 돌아갈 방도가 없다. 어디로 돌아가야 할지조차 모르겠지만.

"다 왔어요. 특별석이에요. 여기는 꽤 편안할 거예요."

두 사람은 여러 전망대 중 한 곳에 와 있다. 가장 왼쪽에 있는 전
망대다. 장식용 연못의 끝 부근에 위치해 있고, 토비아스의 말에 따
르면 암브로시아 매너의 정문이 일부 보이는 장소다. 토비아스는 쌍
안경까지 챙겨 왔다.

"땅콩 좀 먹어요." 따닥, 하고 포장 용기 뚜껑을 따는 소리가 들리
고, 토비아스가 타원형의 땅콩을 한 움큼 쥐어 손가락 끝을 오므린
윌마의 손바닥에 올려 준다. 어찌나 마음이 놓이는 순간인지! 윌마
의 공포심이 차츰 옅어진다. 전망대에는 토비아스가 오늘 미리 숨겨
둔 담요와 커피가 담긴 보온병 두 개가 있다. 토비아스는 그것들을
꺼내 독특한 소풍을 시작한다. 그리고 어렴풋이 기억이 날 듯 말 듯
한 옛 시절에 젊은 남자들과 핫도그와 맥주를 먹고 모닥불을 피우며
소풍을 했을 때 그랬던 것처럼, 어둠 속에서 불쑥 팔 하나가 나타나
대담하면서도 수줍게 윌마의 어깨를 감싼다. 진짜인가? 이 팔이? 아
니면 윌마의 상상인가?

"저와 있으면 안전하십니다, 부인." 토비아스가 말한다. 모든 것은
상대적이지. 윌마는 생각한다.

"그 사람들 지금은 뭐 하고 있어요?" 윌마의 목소리가 조금 떨린다.

"산만하게 돌아다니면서 떠드네요. 저러다가 흥분하고 자제력을
잃겠죠." 토비아스는 윌마가 걱정이 되는 듯 담요를 둘러 준다. 남
자와 여자로 구성된 요정 일단이 옷감의 질감을 살리고 금빛 무늬

를 새긴 칙칙한 빨간색 벨벳 의상 차림으로 늘어서 있다. 분명 전망대 난간에 서 있을 텐데 윌마의 눈에는 보이지 않는다. 요정들은 위풍당당한 자세로 짝끼리 팔짱을 끼고 행진 중이다. 앞으로 갔다 멈췄다 뒤로 돌았다 고개 숙여 정중히 인사했다 다시 금빛 발가락을 뾰족하게 세우고 앞으로 간다. 여자들은 나비 날개로 장식한 화려한 왕관을, 남자들은 주교처럼 주교관을 쓰고 있다. 분명 어딘가에서 인간이 들을 수 없는 음역대의 음악이 연주되고 있을 것이다.

"저기. 첫 번째 불꽃이에요. 횃불을 들고 있어요. 틀림없이 폭약도 갖고 있을 거예요."

"하지만 다른 사람들은……."

"우리가 그 사람들을 위해 해 줄 수 있는 건 아무것도 없어요."

"하지만 노린은. 하지만 조앤은. 아직 다 안에 있잖아요. 그러면……." 윌마가 자신의 두 손을 꽉 움켜쥔다. 아니, 어느새 움켜쥔 상태다. 마치 다른 사람의 손 같다.

"항상 이랬죠." 토비아스가 구슬프게 말한다. 구슬픈 것이 아니라 냉담한 건가? 윌마로서는 알 도리가 없다.

투덜대는 군중의 말소리가 점점 증폭하고 있다. "이제 담장 안으로 들어왔어요. 건물 문 앞에 물건들을 쌓고 있어요. 옆문에도 쌓고 있는 것 같네요. 출구를 막으려는 거예요. 입구도. 그리고 뒷문도. 철두철미하네요. 드럼통을 굴려서 출입문 안으로 들여오고 있어요. 차도 몰고 와서 문 앞 계단 바로 앞에 세워 놨네요. 탈출 시도도 막으려는 거죠."

"이건 아닌 것 같아요."

갑자기 쾅 하는 굉음이 들린다. 단순히 불꽃놀이라면 좋을 텐데.

"불타고 있어요." 토비아스가 말한다. "매너가." 찢어지듯 가냘픈 비명이 들린다. 윌마는 두 손을 두 귀에 갖다 대 보지만 귓가에 울리는 소리는 여전하다. 비명이 계속 이어진다. 처음에는 시끄럽게, 그리고 점점 희미하게.

대체 소방차는 언제 오는 건지! 사이렌 소리도 들리지 않는다.

"못 견디겠어요." 윌마가 말한다. 토비아스가 윌마의 무릎을 쓰다듬는다.

"사람들이 창밖으로 뛰어내릴지도 몰라요."

"아뇨. 안 그럴 거예요." 윌마였다면 안 그랬을 것이다. 그냥 포기했을 것이다. 어차피 연기가 먼저 숨통을 죄어 올 테니까.

이제 화염이 매너를 집어삼켰다. 사방이 너무 환하다. 주변시를 이용하지 않고 앞을 똑바로 봐도 보일 정도다. 안쪽에서부터 진홍, 주황, 노랑, 황금빛을 발하는 빨간 의상 차림의 요정들이 그 명멸하며 솟구치는 화염과 뒤섞인다. 소용돌이치면서 솟아오르고 있다. 이렇게 즐거워할 수가! 그들이 서로를 마주 보고 껴안았다가, 서로에게서 떨어진다. 공중에서 춤판이 벌어지고 있다.

저거 봐요, 봐 봐요! 노래하고 있어요!

감사의 말

이 책에 실린 아홉 편의 이야기는 옛날 옛적부터 전해져 내려온 이야기에 빚지고 있습니다. 한 편의 단편 소설을 '이야기'라고 부르면 설화 혹은 놀라운 이야기의 세계, 그리고 먼 과거의 이야기꾼이 환기되면서 평범한 작품과 평범한 시간으로부터 적어도 조금은 멀어지게 됩니다. 모든 이야기는 소설이라고 생각하기 쉽지만 '이야기'*는 사회적 리얼리즘의 경계 안에 머무는 단편 소설일 수도 있고, 우리가 대체로 이견 없이 '실제 삶'이라 부르는 것에 관한 실화일 수도 있습니다. 노수부가 들려주는 것은 이야기입니다. 로버트슨 데이비스는 "동전 하나 주시면 귀한 이야기 하나 들려 드리죠."라는 말을 즐겨했고요.

---

* 393쪽에서 394쪽의 첫 문단까지 '이야기'로 번역된 부분 중 이곳의 원어는 story 이며 나머지는 전부 tale이다.

이 책에 실린 이야기 중 일부는 이야기에 관한 이야기입니다. 어떤 이야기가 그런 이야기인지를 판단하는 것은 여러분의 몫으로 남겨 두겠습니다. 아홉 편의 이야기 가운데 다음 세 편은 책으로 출간되기에 앞서 다른 지면에 발표되었습니다.

표제작 「스톤 매트리스」는 어드벤처 캐나다를 통해 떠난 여행에서 함께 모험을 한 동료들을 즐겁게 해 주려는 의도로 캐나다 북극에서 짓기 시작했습니다. 이야기의 소재는 단체 여행 도중 사람을 살해하고도 들키지 않을 방법을 머릿속으로 세세히 그려 본 듯한 그레이엄 깁슨이 제공해 주었습니다. 같은 여객선을 탄 승객들 모두 결말을 듣고 싶어 했기 때문에(다수의 밥들이 특히 관심을 가졌습니다.) 저는 이야기를 끝마쳤고, 감사하게도 편집자 데버러 트리스먼 덕분에 《뉴요커》(2011년 12월 19일, 26일)를 통해 발표되었습니다.

「루수스 나투라」는 이상한 이야기 선집 『맥스위니의 놀라운 이야기로 가득한 마법의 방』(마이클 셰이번 편집, 2004년 빈티지 북스 출간)을 구상 중이었던 마이클 셰이번의 청탁을 받아 쓴 소설입니다.

「이가 새빨간 지니아가 나오는 꿈」은 《왈러스》(2012년 여름호)에 기고하기 위해 쓴 소설입니다. 당시 작가들은 각자의 전작에 등장한 인물을 중심으로 새로운 이야기를 써 달라는 청탁을 받았고 저는 『도둑 신부』에 등장한 지니아를, 그리고 지니아의 친구 혹은 하수인이라 할 만한 로즈, 캐리스, 토니를 택했습니다.

언제나처럼 이 지면을 빌려 랜덤 하우스 맥클렐런드 앤드 스튜어트 출판사(캐나다)의 엘런 셀리그먼 편집자, 랜덤 하우스 더블데이 출판사(미국)의 낸 털리스 편집자, 블룸즈버리 출판사(미국)의 알렉

산드라 프링글 편집자, 그리고 교정자 헤더 생스터(Strongfinish.ca)에게 감사의 말을 전하고 싶습니다.

또한 제 첫 독자가 되어 준 제스 애트우드 깁슨, 북미 에이전트 피비 라모어, 영국 에이전트 비비엔, 커티스 브라운 에이전시의 캐럴리나 서턴에게도 감사합니다.

판권을 담당한 커티스 브라운 에이전시의 벳시 로빈스와 소피 베이커, ICM의 론 번스타인에게도 감사를 표합니다. 빈티지 출판사의 루이스 데니스, 앵커 출판사의 루앤, 비라고 출판사의 레니 구딩스, 그리고 전 세계의 여러 에이전트와 출판사도 감사드립니다. 앨리슨 리치, 애슐리 던, 매들린 피니, 주디 제이컵스에게도 감사의 마음을 전합니다.

수재나 포터, 세라 웹스터, 로라 스텐버그, 페니 캐버나, VJ바우어, 조엘 루비노비치, 셸던 쇼입에게도 감사합니다. 저와 함께 일하는 마이클 브래들리, 세라 쿠퍼, 콜린 퀸, 샤오란 자오에게도 감사합니다. 그리고 유네스코 문학창의도시 프로그램을 통해 학기 중 일부 시간을 객원교수로 보내고 이 소설에 실린 이야기 두 편을 완성할 수 있었던 이스트 앵글리아 대학에, 특히 앤드루 코완과 노리치 작가 센터, 그리고 크리스 그리블에게 감사의 말씀 드립니다.

마지막으로, 늘 평범함과는 거리가 먼 생각을 품고 사는 그레이엄 깁슨에게 각별한 감사의 마음을 전합니다.

스톤 매트리스

1판 1쇄 찍음 2024년 5월 17일
1판 1쇄 펴냄 2024년 5월 24일

지은이 | 마거릿 애트우드
옮긴이 | 양미래
발행인 | 박근섭
편집인 | 김준혁
책임편집 | 장은진
펴낸곳 | 황금가지

출판등록 | 2009. 10. 8 (제2009-000273호)
주소 | 06027 서울 강남구 도산대로 1길 62 강남출판문화센터 5층
전화 | 영업부 515-2000 **편집부** 3446-8774 **팩시밀리** 515-2007
홈페이지 | www.goldenbough.co.kr

도서 파본 등의 이유로 반송이 필요할 경우에는 구매처에서 교환하시고
출판사 교환이 필요할 경우에는 아래 주소로 반송 사유를 적어 도서와 함께 보내주세요.
06027 서울 강남구 도산대로 1길 62 강남출판문화센터 6층 민음인 마케팅부

㈜민음인은 민음사 출판 그룹의 자회사입니다.
황금가지는 ㈜민음인의 픽션 전문 출간 브랜드입니다.